地方经验与杭州作家研究

周保欣 主　编

荆亚平　顾奕俊 副主编

浙江工商大学 出版社

ZHEJIANG GONGSHANG UNIVERSITY PRESS

·杭州·

图书在版编目(CIP)数据

地方经验与杭州作家研究 / 周保欣主编；荆亚平，
顾奕俊副主编. —杭州：浙江工商大学出版社，
2023.12

ISBN 978-7-5178-5785-3

Ⅰ．①地… Ⅱ．①周… ②荆… ③顾… Ⅲ．①地方文
学－文学研究－杭州②作家群－研究－杭州 Ⅳ．
①I209.955.1

中国国家版本馆 CIP 数据核字(2023)第 207975 号

地方经验与杭州作家研究
DIFANG JINGYAN YU HANGZHOU ZUOJIA YANJIU

周保欣 主　编　荆亚平　顾奕俊 副主编

策划编辑	任晓燕
责任编辑	沈明珠
责任校对	李远东
封面设计	蔡思婕
责任印制	包建辉
出版发行	浙江工商大学出版社
	(杭州市教工路 198 号　邮政编码 310012)
	(E-mail:zjgsupress@163.com)
	(网址:http://www.zjgsupress.com)
	电话:0571-88904980,88831806(传真)
排　　版	杭州朝曦图文设计有限公司
印　　刷	浙江全能工艺美术印刷有限公司
开　　本	710mm×1000mm　1/16
印　　张	20
字　　数	321 千
版 印 次	2023 年 12 月第 1 版　2023 年 12 月第 1 次印刷
书　　号	ISBN 978-7-5178-5785-3
定　　价	82.00 元

序

21世纪以来的杭州作家队伍俨然已成蔚然气象。这里所言的气象,其一指的是杭州作家在"40后""50后""60后""70后""80后""90后"等代际层面,皆有出类拔萃的风云人物涌现;其二则指的是在各个文学门类,例如小说、散文、诗歌、戏剧、报告文学等领域,杭州作家均有着令人瞩目的创作实绩。而杭州作家自21世纪以来的谱系脉络、创作特质及其意义,已然是国内外学术界、批评界加以讨论与研究的重要议题。

与之相关的是,当我们谈到当前的杭州作家群体时,显然有必要逸出既定的地域文学论调。比如现今时常谈及的杭州作家中的几位代表人物,王旭烽来自浙江平湖,艾伟来自浙江上虞,钟求是、吴玄、哲贵皆来自浙江温州,黄咏梅来自广西梧州,海飞来自浙江诸暨,沈苇来自浙江湖州,晓风来自江苏南通,朱晓军来自辽宁沈阳,祁媛来自浙江嘉善。从传统的地域—文学观念的角度而言,他们似乎都不能算入杭州作家的对象范畴,但恰是他们有关杭州题材、杭州元素、杭州味道的书写创作,丰盈了社会转型期背景下的杭州文学与文学杭州的向度——由之,当我们谈论杭州作家时,他们理应是其中显豁的组成部分。而从另一角度讲,这也显现了杭州作为世界范围内具有典范性的移民城市的海纳百川与兼容并蓄。

此外需要指出,网络新媒体、媒介新技术在当下社会日常生活中的广泛传播与实践运用,也让网络作家这个一度多少有些神秘的群体获得了广泛的关注。而杭州,正是"网络大神"风云汇聚的中心。这些"网络大神",比如我们熟知的南派三叔、管平潮、烽火戏诸侯,他们的现实世界和杭州之间具有怎样的勾连关系,他们又是怎样在虚拟时空里书写杭州、影响杭州的,同样是我们在思考晚近以来杭州文学创作特质与杭州作家群体潮流趋势时要格外留意的议题。

　　基于此,我们编写了这部《地方经验与杭州作家研究》。该书分为"地方经验:城市、流域与文明""文学实验:类型、先锋与创化"与"杭州现象:网络、思潮与新生"三部分。围绕黄亚洲、李杭育、王旭烽、麦家、艾伟、沈苇、苏沧桑、黄咏梅、吴玄、钟求是、哲贵、萧耳等知名的杭州作家,谈他们的日常与写作,谈他们看杭州、写杭州的视角与心路,谈"新杭州作家"如何在这座诗意的城市内获得一种充满温度的认同感,且在此过程间形成值得注意的创作转向与新变,谈杭州的浮沉过往是怎样在作家的叙述中演化得荡气回肠。

　　尽管这部作品的书名以"地方经验"为关键词,但我们编著该书的深层次用意却是想要说明,现今重新看待"地方"与作家之间的关联时,要破开狭隘、保守,抑或偏激的地域观念,要从世界性的维度、人类命运共同体的维度,观照杭州、理解杭州。由此,杭州的意义也不再仅停留于某种具有限制性的地域层面,而是盘旋凝聚为一种诗性的文化、一种悠扬的精神、一种开阔的文明。

　　而观照书中这些如星河璀璨的杭州作家,我们需要意识到,他们和其身处的城市一样,正经历着令人期待的生长与创造。从相关研究与批评的篇章里,我们能探寻到这些杭州作家曾经历的异常特殊的理路轨迹,他们的来路影响了各自的文学创作,也从文学维度形塑了杭州这座城市,赋予了其内在的生机与活力。李杭育小说的富春江文脉与王旭烽小说的茶文化传统,麦家小说的谍战世界与艾伟小说的欲望迷宫,晓风小说的知识分子书写与顾艳、方格子、萧耳等人小说的女性书写,陆春祥散文的历史写照与苏沧桑散文的非遗展示,沈苇、潘维、梁晓明、李郁葱、泉子等人诗作中的江南密码,南派三叔、管平潮、烽火戏诸侯等"网络大神"营造的跌宕的历险时空,池上、祁媛所聚焦的都市青年群体的情感波动与精神动态,都是从特定角度与经验出发,对杭州的深情体察与邀约。如果说,西湖、灵隐寺、雷峰塔、拱宸桥、西溪湿地等构成了杭州闻名遐迩的景观地标,那么李杭育、王旭烽、麦家、艾伟、黄咏梅、海飞等作家则以他们充满热忱的城市书写之情的文学创作,道出了关乎杭州的文学景观图谱的一种新的可能性,这种可能性也是新时代杭州故事的另一种讲法。

　　这些杭州作家与他们笔下的杭州故事,同样也需要具有分寸感、审美性、创造力的观察者去阐发与呼应。本书的作者皆为业界具有重要影响力且学养深厚的学者、批评家。他们凭借开阔的研究视野、深刻的思想能力与明晰的问题意识,为富于才情的杭州作家勾勒出迷人的轮廓,而作家轮廓深处映照出的,是有关一个时代与一座城的倒影。关于黄亚洲、李杭育、王旭烽、麦家、艾伟、黄咏梅、海飞、潘维、沈苇、南派三叔、烽火戏诸侯，以及其他以文学之名、以城市之名熠熠生辉的名姓，这些在场的观察者恰如其分地提供了精准而有弹性的判断、总结，也赋予了作家们令人充满遐想的新的开端。正是在作家与学者、批评家的合力下，文学杭州与杭州文学从"地方"延伸向了更为辽阔的未来。

是为序。

编者

2023 年 11 月 15 日

目　录

中　编　文学实验：类型、先锋与创化

地方经验：城市、流域与文明

第一章　黄亚洲：行吟歌者与异质文明的交互

从诗歌窗口看文明共生

——黄亚洲行吟诗集中的跨文明对话

姚　溪

《我的北美，我的南美》(2015)①、《我的北非，我的南非》(2018)②、《我的西班牙，我的葡萄牙》(2019)③系列诗集，是编剧、诗人黄亚洲造访异域大陆的游吟之作。来自中国浙江的诗人与欧非美文明之间的交流构成诗歌的行吟焦点。行吟不仅是"边走边唱"，兼具叙事与抒怀的诗歌体裁，也是一种对话，一种能够打破创作主体和客体的隔离墙，让私人情感和外部世界呼应，使得行吟者自由地表达文化想象。对此，万龙生在序言中表示，诗人以富有哲理的目光打量异国。④ 杨四平在另一篇序言中强调，"非洲心脏"与敏感的诗心共鸣，最终铸造黄亚洲的非洲。⑤ 在此之前，诗人进行过多次行吟诗创作尝试，并获得文坛认可。《磕磕绊绊经纬线》(2003)首次记录环球旅行中的所见所感，《行吟长征路》(2006)荣获第四届鲁迅文学奖，《行吟孔子故里》(2014)荣获第二届李白诗歌奖金奖。因此，得益于诗人丰富的行吟诗写作经验，又恰逢当下世界文学盛行的契机，对黄亚洲行吟诗三部曲中的异质文明对话进行深入讨论，有助于我们了解行吟诗的旨趣，或许还能为今天的新诗创作和创新提供参考。

---

① 黄亚洲：《我的北美，我的南美》，环球文化出版社 2015 年版。
② 黄亚洲：《我的北非，我的南非》，环球文化出版社 2018 年版。
③ 黄亚洲：《我的西班牙，我的葡萄牙》，环球文化出版社 2019 年版。
④ 万龙生：《中国当代行吟诗的领跑者——序黄亚洲诗集〈我的西班牙，我的葡萄牙〉》，黄亚洲：《我的西班牙，我的葡萄牙》，环球文化出版社 2019 年版，第 3 页。
⑤ 杨四平：《关于非洲的新型心灵史诗——序黄亚洲诗集〈我的北非，我的南非〉》，黄亚洲：《我的北非，我的南非》，环球文化出版社 2018 年版，第 2 页。

一、异域身体—本土视野:从身体历史看异质文明

黄亚洲的身体对话,既继承前人的身体观念,又体现个人的身体认知。自穆旦始,"用身体思想"①成为中国新诗写作的全新路径。在穆旦的作品中,身体是"一颗种子,而不是我们的掩蔽",是"岩石,成立我们和世界的距离"。② 身体图景就此铺陈开来:一方面被动地受社会环境影响,另一方面主动地投影社会全景并试图做出改变。如此一来,身体、书写身体的诗化语言、构成身体的诗歌形式、主导身体的文化冲突,以及中国传统的身体观、外来的身体论等,都交融在域外行吟诗里。黄亚洲的三本行吟诗集未刻意围绕身体展开思辨,而是将其隐入诗行,伴随行走、游览、凝望等行为,身体不自觉地成为会话主体。经由旅途重新观察世界,诗人构建异质文明对话,由此点化出深层次的创作要旨——"深度挖掘人间真善美,不局限在个人的小天地里"③。

诗人关注身体的历史遭遇,把一种文明的兴衰演变书写为一个身体的成长与受难史,或者说,诗人诉说身体故事,以此聆听民族内在的声音。主体与客体不断对话,通过对话搭建诗歌,对话本身有时也作为诗歌展现。例如,在《溯尼罗河而上》中,诗人不仅把外物躯干化,还把自己的身体融入外物。他写道:"我在卧铺车厢放平脊椎,无数枕木做了我的肋骨/这些枕木,是尼罗河铺在岸上的脊椎/为尼罗河供应血液"。"枕木"组成的骨架,既是人的骨,也是河流的骨。当人与河流共用一个身体时,主客体合二为一,然而在同为一体的状态下,矛盾随之滋生。接下来,诗行是这样延续的:"我知道古埃及人是溯河而下的/……/他们先是信奉从上面控制下面/后来又相信可以从下面制造上面/我深明此种大义,所以我下最大的决心上溯而行/于今夜,开历史倒车"。此时,"我"成为他者身体中的一根反骨。对话的主题是"开历史倒车",表面上诗人已指明古埃及文明衰败的症结所在,往深处挖掘会发现,"上溯"与"下行"何其相似,两条路线重叠织就世界历史发展的轨迹。文明的共鸣仍在继续,诗人从古埃及的经历联想到中国的发展史,两种文明借助行吟

---

① 王佐良:《一个中国诗人》,穆旦:《蛇的诱惑——穆旦作品集》,珠海出版社1999年版,第6页。
② 穆旦:《蛇的诱惑——穆旦作品集》,珠海出版社1999年版,第126—127页。
③ 赵勇鹏:《文学的力量和文人的担当——〈香港名主持采访作家黄亚洲节目〉观后感》,https://www.360doc.cn/article/1522547_156951701.html,2011年10月17日。

诗和身体语言展开交流。

历史建筑物的拟人化身体书写集中展示了黄亚洲身体话语的独特性。诗人将加拿大的博物馆比喻为正在唱歌的历史巨人，场馆内的诗人变异为历史的一缕气息。他是这样想象的："历史一旦把我吞入，黑暗／就开始了歌唱／我在无法抗拒的食管里，向前爬蠕／我是一粒窒息的音符／十五世纪是胃部／十七世纪是肠部／……／岁月到了十二指肠，我就感觉／歌曲转了声部／果然历史就在那个窄窄的出口的地方／将我轰了出来"（《渥太华，人文博物馆》）。诗人在博物馆身体的内部探听世界，看到的是由历史碎片重新组合、粉饰的身体。被"轰出"后，视角出现变化，诗人得以打量身体全貌，看到的是"关于死亡和爱情的史诗"。两个视角合并后诗人发现，在这片土地上上演的悲欢离合虽然被遗忘、被漂白，但记忆已经化为身体的伤疤和功勋，永不消失。因此，诗人得出结论：民族若要崛起，势必铭记教训、负重前行——"背脊上有真实的十字架，土地上才有深刻的脚印"。诗人以古建筑和博物馆为创作蓝本，不仅因为它们是历史的载体，还因为行走于建筑物内部的游客，包括诗人自己，正在变成历史的一部分。诗人观察到不同事物的"身体"模糊在一起，正如王朝成为历史、人类拥抱自然，一种文明对话另一种文明。换一个角度推敲，诗人的创作从身体及身体的历史这个微观视角出发，进而描摹异质文明，也许正是为了让个人"与历史保持平衡"。

异域身体进入本土视野，本土身体随之进入异域视野，身体与身体之间的互动、修正、行吟达成本土和异域的交流。纵然身体几乎只作为诗人的替代物和诗人笔下的客体出场，但对其诗意的阐发从来不是非此即彼，而是身心关系的再确认与再融合。"身体"脱胎自地理概念，业已成为文化体征，它们以看得见、摸得着的"身体成长／衰老史"构建国家形象。诗人的加入，使得异域客体与本土主体在行吟诗中会合，异质文明找到交流契机。需要注意的是，黄氏诗歌中的身体话语并非身体的中国化，而是以具体方式展现世界民族文化的多样性，打破强势文明，把其他文明界定为臣服者的思维模式。异域和本土的概念颠倒，身体和叙事主体的视角转换，让描述客体消散东方主义色彩，成就文明与文明之间平等、和睦、真诚的交流。

二、民族相异—文化相通：在比较视野中看异质文明

诗人黄亚洲自称"国际主义者"，他的国际主义主张在诗歌中可见一斑。黄氏记录他看见的当地人的日常起居，分享他理解的当地人的历史观念，接着对此进行艺术加工，清除大而空的修饰语，反思修饰语背后可能存在的傲慢与偏见，继而让异国形象在中文语境中尽可能地真实映现。为了完成这种映现，诗人运用比较视角，让中外文明互为对照。诗歌除了刻绘文化差异、习俗区别等，还描摹异质文明的相似性，使得行文亲切生动。比如，诗人形容西班牙的伊莎贝尔女王时说"善使中国武则天铁腕的女王"（《格拉纳达大教堂》），无须过多着墨，中国读者顿时感受到女王的强硬做派。又例如，诗人把葡萄牙王室的避暑地比喻为广寒宫，把军事城堡比喻为黄埔军校。借代的使用让意指与意指、意指与所指之间，不断产生语义的分离与重叠，显露语言自身的创造力。[1]

异质文明在诗歌中的交互大致可分为三类。其一，中外地域物产互为对照。诗人还原生活场景，为现实注入诗意。《在葡萄牙吃鳕鱼》就是一个例子，"觉得鳕鱼在我肚子里活了起来/它感受到了一片陌生的东方海域/它甚至在那里，碰上了舟山渔场的黄鱼和带鱼/我乐见其成，我是一个国际主义者"。诗人风趣地解构这顿饭。他首先置换逻辑，将吃下的南欧鳕鱼复活，又把中国胃假想为东方大海，让被吃掉的食物在诗歌思维中"重生"。然后让"重生"的鳕鱼与东方鱼类碰头，仿佛是强调"大海"对所有海洋生物一视同仁，最后自封为"国际主义者"，以此"褒奖"自己。初读一遍，诗歌氛围轻松，语言幽默。再读一遍会发现，"国际主义者"的身份并非为了夸张效果而故意捏造，恰是诗人创作诉求的凝练体现，因为在这首小诗中，包容的胃代指包容的诗心。早在前作《站立赤道线》里，诗人就解释过他的诗心是什么："追求人间公平，尽力靠近光明/内心保持清凉"。明确诗心的含义后会发现，物质层面的交互指向诗心追求——要使异质文明平等对话，就需要消除歧视，弥合裂痕。诗歌呼吁来自不同种族、地域、文明的人们携手同行。而诗人发出呼吁，一是被眼前景色所感召，二是长期受儒家、道家思想的熏陶，三是中国的传统文化与当下构建人类命运共同体的提议不谋而合，跨异质文明的交流是一种构建模式，交流中阐述的大同愿望是

---

① 赵毅衡：《符号学原理与推演》，南京大学出版社 2011 年版，第 115 页。

一种构建动力。

其二,中外文化数次交锋。诗人记录体现文化差异的日常小事,糅杂理性认知和感性情绪,让文化对照由浅至深递进。收录于《我的北美,我的南美》诗集的五首诗歌中,频繁出现"乌鸦"意象。诗人把乌鸦视为美国文化的象征,通过阐释乌鸦,达成文学层面的中美文化比较。《一只乌鸦碾死在圣何塞》陈说乌鸦之死,分析其死因是因为"过于相信美国的民主,以至于/把马路也看作是草坪的延伸",认为其死亡"是美国自由的污点/也是美国自由的真谛"。乌鸦莽撞地追求自由,从而造成惨剧。稍做引申,乌鸦喻指人类,草坪喻指社会,马路喻指歧途,当自由远离现实,失去束缚时,所谓为自由奋不顾身者或将脱离社会,走向歧途。诗歌不曾以是非标准评判美式自由,只说"不忍心看这样的展览",转而把评判权留给读者。但诗人的离场也是态度的体现,他是乌鸦死亡的见证人,也是美国社会的旁观者。创作主体与客体间保持适当距离,是为了给异质文明留下交锋的空间,这不失为一种交锋的方式。在另外两首诗歌中,乌鸦与诗人的距离无限近,它们是住宅区的常客,已然与诗人如影随形。《在乌鸦的叫声里生活》和《感觉不到美国的存在》是一组主题恰好相反的诗歌:前者抒发身在异乡的流散感,"乌鸦的叫声总是陪伴着我/这婴儿般的哇哇声,总要暗示我/身在美国,也得怀念故乡";后者书写当地人对异乡人的关照,温暖的人情消融了寂寞,"只有远处的那面懒洋洋的星条旗/让我感受到身处美国/又一群乌鸦落在草坪上,衔来故乡,又叼走故乡"。当一种文明和另一种文明互相疏离,文化隔阂就会加深,对话难以继续下去;反之,当两者在彼此视野中得到确认,友好交往随之增多,就便于进一步讨论不同文化的相异与相通了。"诗人—乌鸦"关系的起承转合,一方面说明小至人与人的交际,大至国与国的往来,都不存在永恒的壁垒或桥梁;另一方面给出提示,交锋产生的前提是尊重异质文明,生成的作用是促进全人类共同繁荣。这呼应了黄亚洲的"天道主义"思想。

其三,中外历史跨时空共鸣。文学想象带领诗人跨越古今中外,让他能够与异国的历史和文化、实实在在的人和事对话。因此,诗人的创作富有虚构性却不虚假,富有生活经验却不落俗套。《西班牙的塞维利亚,中餐馆》将21世纪的中餐馆华人老板和15世纪的哥伦布通过一条绳索、一根面条关联。哥伦布去往东方寻找新大陆,把塞维利亚当作起点,几百年后,中国人来此创业,把塞维利亚当作终点。诗人引用道家观点做出总结"起点与终点是互换的",暗示世界范围内的人口流动和文化传播是个首尾相连的循环,也可以说,异质文明有着同质的一面。《南非,先民博物馆》对比南非土著民的流亡经历和中国人民解放军的长征经历。诗人追忆"牛车迁徙",旨在呼唤一个美好、和平的未来;还原土著民的受难史,旨在揭露西方殖民话语统治下"非洲共同体"的屈辱史;对比东方、非洲两个民族的求生经历,旨在说明中国与南非经受过相同的欺凌,但不曾被击垮,源于他们怀揣相似的生的希望。一系列的追忆、还原、对比,反映诗人的立场,即"一个写诗的和平主义者"(《乌拉河,角马过河点》)。除了勾描外国的历史事件,诗人还从外国的实验课堂联想到中国的当代政治文化史。美国教授跪地做实验,用实践证明真理,这让诗人记起一位中国伟人所说的立世警言。"神,就是实践/我们中国一个姓邓的总设计师,也这么说过"(《麻省理工学院:两个教授跪在台阶上》)。历史已经证明,要使实验有重大突破,社会有积极变革,就需要不断实践,并让实践来证明真理。显然,诗人和读者都深谙此理。对真理一致的不懈追求,让美国学者的跪地背影与中国伟人带领中华民族走向开放的身影重叠,进而使读者感受到中美文化的交锋与交融。异国符号的原旨并未消失,进入新诗句后,旧符号获得新的复合含义——既体现外国文化,也展露中国文化,并且,由于不同的文化表征寄宿在同一个象征中,文化间的摩擦和默契显得愈发鲜明、诙谐。

异质文明在地域物产、文化、历史层面的交互,突出文化异同。诗人始终坚持国际主义者的主张,不赞同给文明分高下,只享受跨文化的思想碰撞。碰撞出的火花形成创意十足的视觉语言、"曲径通幽"的多层次表达,同时也塑造了充满人性关怀的诗歌内核。

三、域外景象—跨地域诗情:异质文明的多元共生

长期受历史题材剧本创作、小说创作的影响,诗人以独到的眼光追溯中外文明诞生、昌盛、消亡、复兴的历程,并将自己的历史观交付于诗歌。诗人去往文明的起点,站立在金字塔前,行走在西班牙庄稼地里,发现中非欧先民的生死观念何其相似。沿着历史继续往前,凝望非洲莫赛尔湾(诗人在诗中称其为"莫赛湾")、美洲印第安人的雕塑,他留意到族群变迁和种族纷争的背后所存在的文明融合,准确地说,是特定情况下的强行融合。基于经验与见闻,诗人提出理

想中的异质文明多元共生的模式。

　　不同文明对于"今生""来世"等生死概念都有过思量，甚至出现过类似"生者可以死，死者可以生"的民间文化体系。古埃及人心中，法老墓是为复活法老而存在的，象征人的永生信念。诗人眼中，法老墓如同古埃及人手中牵引的风筝，如此脆弱，却肩负着带领他们出离生老病死法则的使命。他这样描述："较量，还将持续下去/人类不可能放过天空/既然事情牵涉到生与死，牵涉到/人从哪里来，该往哪里去，所以/必须让开罗在下面，风筝在上面，拉成/一道永恒的题目，哪怕是道死题"（《金字塔：生与死》）。从上至下的"天空""风筝""开罗"形成空间对峙。从理性角度思考，风筝无法将开罗拔地而起，更别说让一座城市越过天空。事实上，诗人欲以此说明，人类潜意识里的永生观念贯穿全球的文明发展史，尽管人类自知某些情况下"人不胜天"，但还要永葆"与天斗"的决心。由此看来，"永生"一词在当代日常生活中渐渐褪去迷信含义，更像是权力意志的变体，引导人行走在追逐永生的道路上。诗人意识到了这点，是以，他将这种追逐命名为"一道永恒的题目"。而在万里之遥的西班牙，诗人再次与这道难题会面。"离今年的死亡，已经很近/但是离明年婴儿般的再生，也不遥远/对于真正的生命，土地/不予入殓"（《西班牙南部，这些收割过的田野》）。秋收之后，庄稼地将会迎来下一轮春耕夏耘，如此循环往复下去，"死亡"即是新生。诗人赞美天道循环，并认为"真正的生命"是永生的，于是在诗人的中式想象中，"一岁一枯荣"的庄稼与屹立五千年的法老墓并无差别。对比两首同主题的诗歌，能够发现两种文明几乎都默认永生存在的可能，而永生者脱离形而下的躯壳（例如庄稼和法老墓），变幻为符号化的、令人向往的精神高标。根据卡尔·荣格的说法，人们不得满足的欲望回溯到无意识深处，造就诸如"永生"等原始意象。[①]原始意象是古老的、抽象的、群体化的，在异质文明中普遍存在。

　　诗人返回到文明的起点讲述文明的共生，而后，他继续漫步历史长廊，书写伴随传教、种族融合、战争、新的和平而产生的交融。《莫赛湾，上帝的脚踩上了非洲》叙说了基督教的南非传教史，"白人和黑人的肤色，在道德判断上，并无黑白可言/……/在道德判断上，历史/无黑白可言"。末段，一前一后两句"无黑白可言"形成反讽张力，诗人指出，借传教之名的文化侵略，让崇尚众生平等的基

---

　　①　［瑞士］卡尔·荣格：《分析心理学与诗的艺术》，侯国良、顾闻译，《文艺理论研究》1986 年第 5 期。

督教教义沦为笑话。《圣保罗：先锋旗队雕塑》更为露骨地讲述由霸权者主导的种族融合，"这一群人，强行嫁接文明/……/脑浆和血浆，做了黏合剂/这就是嫁接，嫁接的别名是强奸"。强行融合的结果被称之为殖民，纵使殖民带来了先进技术，促进了经济发展，但生活在殖民阴影下的土著民饱受屈辱，饱尝血泪。因此，诗人客观地说："殖民主义，自有它高尚的一面/就南非的政治而言，当然，这是个争论不休的道德命题"（《夜宿南非帕尔镇》）。紧接着，他在同一首诗歌中说出己见："就南非的黑夜而言，肤色已不再是敏感的话题"。将自己搁到黑夜的位置，诗人与黑夜中的黑人站在一起，表明隐性立场：尊重差异，团结共进。里约热内卢的涂鸦给予诗人灵感，他构想出异质文明多元共生的模式："我却要想到殊途同归这个词汇/一个国家本来就有双重人格，一个民族也是，但是——/街头涂鸦者弥合了这个分歧"（《里约热内卢的街头涂鸦》）。被矮化的他者形象消失，有色族裔选择以真容示人，以独立姿态走入世界文明大流，最终异质文明"殊途同归"，归往未来，归为多元认同、多元共生、多元协作的发展趋势。

综合看来，文明共生在诗歌中具有三个层面。首先表现在诗歌的写作手法上，尽管诗人擅写外国景象，但或多或少地掺杂了中国文论话语。一则大量吸收西方文化来扩充诗歌视野，二则回归中国传统的诗歌精神，去访问异质文明的相同、相通与相和之道。其次，中外对话始终隐性或显性存在于黄亚洲的诗作之中，形成连贯且前后呼应的行吟主题。正如巴赫金谈及"对话"时提道："在任何时代和任何社会集团的意识形态视野里，存在几条分开的意识形态途径。"[①]黄亚洲留意到不同人类文明的共同话题，加以刻画，抽象的宏观概念付之于极细密、极具象的表达，让读者能够超越文化障碍和时空限制，感知"生死""历史"中永恒的诗意。最后，相较于常见的用中国话语诠释非中文场景，黄亚洲倾向于站在人文关怀的高度，考虑客体处境，寻求共同价值，因此他不仅看到共生关系，还窥探到共生模式中的妥协、挑战与融合。于是，经历"求同"和"求通"之后，诗歌到达"求和"的阶段。中外文化的异质性提供"求和"的现实基础，[②]叙事主客体彼此激活、互相启发，哪怕通篇着墨于域外，也能流露跨地域的诗情。

---

① ［俄］巴赫金：《文艺学中的形式主义方法》，钱中文等译，《巴赫金全集》第 2 卷，河北教育出版社 1998 年版，第 131 页。

② 曹顺庆：《跨文明文论的异质性、变异性及他国化研究》，《深圳大学学报》（人文社会科学版）2016 年第 2 期。

四、结语

黄亚洲以历史为线索，以行吟为风格，以异国见闻为素材，以国际主义、和平主义为导向，进行抒情创作，勃发盎然诗意。诗集之中，异质文明通过身体话语达成交流，又通过比对中外历史、文化、现实而达成交互。而在交流和交互之外，四大洲文明呈现多元共生的格局。诗集背后，诗人依托意象织造一张崇尚和平、拥护真理、追求自由的价值网。他毫不避讳地书写异质文明对话中曾出现过的非正义现象，也捕捉人与人、人与动物、人与自然友善交往的细节，并预测异质文明将走向共生。其行吟诗的本质是爱的表达，这样的博爱让肉身与心灵、个体与族群、俗世与精神和谐相处，造就诗人所说的"内心保持清凉"。

黄亚洲行吟诗三部曲追想异域身体的历史，比较文化的差异和同一，描述文明共生的情状。种种叙事与抒怀在一次又一次的追想、比较、描述中产生，自然而然地成就诗人的吟唱。诗人"边走边唱"，引领读者"边读边想"。于读者而言，通过行吟诗这个平台认知异国异族文化，既可促成跨文化交流，也可感受到生活中的诗意，还能引发思考。之所以读者能产生复合式阅读体验，那是因为诗性语言之下是对主流价值观的坚守。人权、民生等严肃话题经由诗句阐释，变得更灵动、不枯燥，容易吸引读者的目光。可见，行吟诗的魅力在于它兼容创造力和批判力，具有超越性和开放性，记录私人旅途的同时描述时政民俗。最重要的是，异质文明对话通过行吟，在阅读过程中得到延伸，缔造作者和读者的对话，使得诗歌从社会田野中来，最后到心灵田野中去。

（本文原载于《艺术广角》2021 年第 3 期）

第二章　李杭育:"寻根者"的来路与去处

李杭育与"寻根文学"

——"另起炉灶"与"自我限制"

吴　艳

　　1984 年 12 月,上海文学编辑部、杭州市文联西湖编辑部、浙江文艺出版社在杭州陆军疗养院联合举办了一场关于青年作家与评论家对话的会议,会议题目是"新时期文学:回顾与预测"。这次历时一周,集中关于小说观念与文学批评观念进行研讨的"杭州会议"后来成为文学史上一个重要转折点,深刻地改变了 1985 年以来当代文学发展的趋势和走向。在蔡翔后来的追忆中,这次会议得以举行要感谢一个人,那就是当时还在杭州市富阳县(现杭州市富阳区)广播站工作的李杭育。

　　"我记得是 1984 年的秋天,应该是十月,秋意已经很明显。《上海文学》的编辑人员到浙江湖州参加一个笔会。在那次笔会上,我第一次见到李杭育……杭育正在写作'葛川江'系列小说,有许多想法,且对韩少功、张承志、阿城等人极为赞赏。杭育当时就提出,能否由《上海文学》出面召开一次南北作家和评论家的会议,交流一下各自想法。周介人先生听了,极为赞同。当时,我和介人先生已接到杭州方面的邀请,将于十一月中旬到杭州参加浙江作家徐孝鱼的作品讨论会,杭育说他届时也会去,周介人先生和他当即商定在杭州再就具体事宜讨论。"[①]

　　事实上,根据李杭育的回忆,这次会议的发起人应该是程德培,"程德培自

---

① 蔡翔:《有关"杭州会议"的前后》,《当代作家评论》2000 年第 6 期。

已有想法也不敢跟茹志鹃说,他在茹志鹃面前是毕恭毕敬的,他就鼓动我跟茹志鹃说","最初有主意是程德培和吴亮两个人想出来的,然后程德培鼓动我去找茹志鹃谈"。① 在后来的当代文学史叙述中,李杭育常常被视为"寻根文学"的代表作家,他的"葛川江"系列小说以及诸多"文化宣言"②丰富着"寻根文学"作为一种文学流派的创作实绩,这一点已经成为文学史共识:"或者是作家创作上的有意追求,或者是批评家理论阐释上文本搜求的需要,一时间,被列入'寻根文学'名下的作品骤增。它们包括贾平凹从 1982 年起发表的'商州系列',稍后李杭育的'葛川江小说'系列……"③然而到底是"作家创作上的有意追求",还是"批评家理论阐释上文本搜求的需要"却见仁见智,众说纷纭。南帆认为:"'寻根文学'并不存在公认的纲领或宣言。这场运动仅有一个不约而同的大趋势而已。愈是仔细阅读围绕着'寻根文学'所留下的种种文本,人们则会愈加强烈地感到人言人殊的状况。"④多年以后李庆西进一步指出:"其实,所谓'寻根派'是一种复杂的多边集合,它不是由某个社团发展起来的流派,没有共同宣言,没有同忾相求的艺术主张,被称作'寻根派'的作家里边自有不同的精神取向,这或许意味着分类研究的可能。"⑤两人作为参与和见证 20 世纪 80 年代的文学批评家,都开始强调"寻根文学"作为一种文学思潮内部具有显著的差异性。斯炎伟认为"文学批评'潮流化'的一个结果,是一些作品在发表后,自觉或不自觉地被某种文学思潮裹挟,原本不乏个人化的创作动机,极大程度地被该文学思潮的话语收编,而文本可能存在的别样意蕴,也经这种话语的特定阐释,实现了面向潮流的更替"⑥。而目前学界关于寻根文学的起源/发生问题众说纷纭,莫衷一是。有鉴于此,本章选择从个案研究出发,不把已经成为文学史共识的寻根作家李杭育作为"前理解",而是试图重勘写作者李杭育和"寻根文学"之间的关系,探究李杭育被命名为"寻根作家"的这一过程如何在历史中生成,以及在这一生成过程中带来的问题。

---

① 参见笔者 2020 年 11 月 24 日与李杭育的访谈,未刊。

② 李杭育:《创作·理论·感觉》,《当代作家评论》1985 年第 6 期;《从文化背景上找语言》,《文艺报》1985 年 8 月 31 日;《理一理我们的"根"》,《作家》1985 年第 9 期;《也谈"找出路":谈寻"根"问题》,《钟山》1986 年第 1 期;《"文化"的尴尬》,《文学评论》1986 年第 2 期。

③ 洪子诚:《中国当代文学史》,北京大学出版社 2010 年版,第 350 页。

④ 南帆:《札记:关于"寻根文学"》,《小说评论》1991 年第 3 期。

⑤ 李庆西:《寻根文学再思考》,《上海文化》2009 年第 5 期。

⑥ 斯炎伟:《20 世纪 80 年代中国当代文学批评的"潮流化"问题》,《文艺研究》2021 年第 10 期。

一、从杭州到富阳

李杭育 1978 年 4 月考入杭州大学中文系①并开始学习写作。据李杭育回忆,他走上创作道路带有很大的偶然性:"我写小说从大学开始的。我读的是 77 级杭大中文系,那是恢复高考的第一届。当时班上的同学素质很高,有的发表过诗歌,还有的精通外语。我刚进大学的时候觉得自己一无是处。我一想我们这个年纪还没有发表过小说,就开始写小说,之后不到一年,我的处女作《可怜的运气》在《西湖》杂志发表了。""我从 1978 年暑假开始写小说,1979 年在浙江两个文学刊物《东海》和《西湖》上发了大概六七篇。之后我和哥哥李庆西合著的小说《白栎树沙沙响》发表在《钟山》杂志上。大学期间写小说写了快有 30 万字,包括与哥哥合写的。毕业后的第二年我就成为中国作协的会员了,接着 1984 年又获得全国的奖项。"②从以上自述可以看出李杭育最初的写作道路相对顺畅,然而当事人后来的回忆总是容易轻描淡写:"虽说在大学期间发表了几篇小说,但是从八一(1981)年开始,整整两年,他写的小说发不出去。整整两年哪,杭育说,这是多么漫长的时间!他不断地努力,又不断地失败。他越是苦恼,越是想写,越是失败。不去听课,暴躁起来去骂人、打架,还受了处分,他简直无法摆脱这种生活的恶性循环。他找不到自己的路……"③这两年究竟发生了什么,李杭育何以陷入长久的写作困境之中,要回答这个问题,我们有必要回到 1981 年的一次笔谈。

基于 1979—1981 年跟随当时文学风尚写作的不成功,④1981 年李杭育在

---

① 祝毅主编《120 个回望:纪念高考恢复 40 周年》(浙江人民出版社 2018 年版)一书第 2—5 页:1977 年浙江省招生须经过初试和复试两个环节,即先在各县(区)通过初选报名(考试科目为语文、数学)后才能参加全省组织的统一考试,1978 年 4 月后又陆续扩大招生,该年该校政治系和中文系招生最多,中文系招生 140 人。该年 77 级入校时间为 1978 年 3 月 6—8 日入学,1982 年 1—2 月毕业。而李杭育是 1978 年 4 月份入学,另据李杭育回忆,"我初中毕业后没上过高中,数学考试我才考了 8 分,这 8 分也是现学的,学了一堆记不住,只考了 8 分,靠其他分数上的大学"。见叶果:《打一枪换一个地方》,《江南》2015 年第 5 期。

② 李杭育、王湛:《打一枪换一个地方,但要把鸟打下来》,《钱江晚报》2015 年 9 月 13 日。

③ 赵玫:《和李氏兄弟共度中秋——访李庆西、李杭育》,《青年作家》1986 年 2 月号。另 1981—1982 年,李杭育单独发表的报告文学《人是靠脚站起来的》(《浙江青年》1982 年第 2 期)、短篇小说《硬汉小生》(《西湖》1982 年第 7 期)。

④ "大学读书期间,在当时的文学风尚影响下,他也写过伤痕、反思之类的作品,但没有获得成功,他觉得自己不是写这类作品的料,但一下子还没有找到创作中的'自己'。"见黄书泉:《他造就了自己——与李杭育一席谈》,《当代文坛》1986 年第 2 期。

《钟山》第 4 期上发表了迎新笔谈《"真实"与"伟大"》，批评了当时生活气息有余、艺术功力不足，甚至有些无聊的农村题材作品，其中不乏自我怀疑："攀登文学的高峰。我们，行吗？"①这并非李杭育第一次质疑，此前他曾与兄长李庆西一起表达过对于伤痕文学题材写作的不满。② 如果我们承认李杭育两次发言对应着他这一时期对于伤痕文学、农村题材的"洞见"，那么接下来的问题是，意识到这些创作弊端的李杭育如何在日后的写作中规避类似问题。而恰恰是因为没有寻找到解决之道，李杭育陷入了创作困境之中。

　　创作困境的难题尚未解决，又迎来了新的"人生困境"。1982 年，李杭育大学毕业后被"发配"到杭州市富阳县大源中学当老师。这对向来桀骜不羁，并且已经发表过一些作品，春风得意的李杭育来说近乎一场"灾难"，他觉得自己落魄、背时，因为心有不甘甚至和富阳人事局有过一段时间的对峙。③ 而在经历了与兄长李庆西合写三年小说之后，两人不可避免地也要走向"分道扬镳"。④ 对于彼时的李杭育来说，与环境改变随之而来的是他需要重新去理解"生活"和"人"，重新寻找自己的写作资源。这种自我不确定和内在紧张感无疑增长了李杭育的创作焦虑。

　　① "一篇小说写了一系列生活琐事，吃饭、干活、做买卖、男婚女嫁、夫妻打架、偷鸡摸狗，而通篇又都是村里人的俗语俚语，最后再弄点'政策'进去点缀一番。故事很生动，材料也用得新鲜，绘声绘色，有板有眼，读来使人感到真实、亲切，富有乡土气息，也不乏庄稼人家喻户晓的道理。然而，读完之后，人家又会觉得没多大意思，很无聊，会批评我们太浅薄，干吗要写这样的东西？"见李杭育：《"真实"与"伟大"》，《钟山》1981 年第 4 期。该文写于 1981 年 8 月 11 日。

　　② "说实在的，我们不满意如今人们已经习以为常的那种让主人公抚摸着'伤痕'去幻想'明天'的写法——这固然也符合生活的逻辑——不能忘记，主人公的使命还应该体现于在人生的十字路口作出富有勇气的抉择，应该让读者感受到文学形象的道德力量。'伤痕文学'实质上只是表现了弱者的呻吟，而时代需要强者的呐喊。"见李杭育、李庆西：《社会责任感：文学作品不可或缺的道德力量——我们写〈白栎树沙沙响〉的一些想法》，《钟山》1981 年第 2 期。

　　③ "我第一份工作是在富阳一个中学当老师，但是我不想去，因此还和富阳人事局对峙了两三个月。当时富阳的广播局长老蒋很看重我，想要我去，但富阳人事局觉得我不服从分配，不给面子。最后是老蒋从中调解，让我先去学校，暑假之后就调到广播局。我其实没有教书，大概就听了一个星期的课。那一年正好在搞人口普查，我被抽调去做人口普查了。这个事情很好，让我迅速地了解了当地的民情，这些都是好素材。做了几个月之后，老蒋把我调去广播站做编辑。这也是个好差事，我编新闻，这个县里什么事情我不知道？……那一年本科文科生分配到富阳去的就我一个，如果我放弃的话，省人事局是会知道，肯定会追究他们的责任。"见叶果：《打一枪换一个地方》，《江南》2015 年第 5 期。

　　④ "在我们共同的道路上，彼此的艺术趋向并不完全一致。差异是逐渐呈露的，而终究被意识到了。为了不给各自的创作个性带来某种束缚，从一九八二年开始，我们已彻底'分道扬镳'，各自寻找自己的艺术天地。"见李杭育、李庆西《白栎树沙沙响》，江苏人民出版社，1985 年版第 2 页。另：两人最后合写的短篇小说《A 型性格》(写于 1981 年 8 月)发表于 1982 年第 11 期的《小说林》上。

好在天无绝人之路,李杭育遇到了他生命中的伯乐蒋增福,蒋增福不只帮他把工作从偏僻的大源中学调到富阳广播站,[①]而且多次陪李杭育出去采风,了解当地的风土人情。李庆西也来信鼓励他。[②] 这种命运不由自己掌握的痛苦和落寞心境反倒促使李杭育得以敏感地发现周遭。1982 年夏天富春江发大水,引起李杭育的注意,他凭借直觉、本能以及新鲜的感受力发现了富春江。而人口调查则让他发现了那些消失的渔佬儿。[③] 李杭育逐渐克服了他的流浪汉意识,在富阳建立了自己的生活基地。随之而来的就是他创作了"葛川江"系列的前三篇《葛川江上人家》《最后一个渔佬儿》[④]《沙灶遗风》,并于 1983 年上半年集束式发表。

从杭州到富阳,生活道路的转折引起了李杭育创作题材和视角的转变,从霓虹闪烁的大城市跳到了遍布村寨的葛川江。而今后的创作是否必然沿着这一脉络进行,此时的李杭育心里并没有明确答案。

---

① "杭育刚从杭大中文系毕业,然因他在校有不好好上课只顾写作、只顾谈恋爱又不服从管教、竟与系书记吵架等'劣迹'记录,所以尽管家在杭州,却被分配到富阳乡间一所中学。刘要我帮帮忙:可否分配或调到县级机关呢? 如此'铺垫'后,杭育便来找我,我先是说大道理必须服从分配……最后我表示一定尽力而为,只要好好工作,我会帮你调到县里的。他虽有点心动但觉得仍有犯难之处:学校已开学一月,本学期已上不了课,该发的两个月工资也不曾领到。于是我去人事局和教育局疏通,让他去报到和答应补发工资。自然,他的课程早已为他人代替,但'偶然'却在等待着他。那一年正好是全国第一次人口普查,大源镇政府要中学抽调一人去,也正好由他顶替。实际上他成了大源中学只领工资不教书的在编老师。因为下半年他就调到了县广播站当编辑。由于当人口普查员,他常常往返于大源、富阳之间,虽其时的心情并不宽松,但却让他有了更多观察和幻想富春江的机会了。"见蒋增福:《富春文集》(上卷),红旗出版社 2016 年版,第 219—220 页。

② "在富阳,他接到了庆西的来信,说有篇文章说过当年托尔斯泰和契河夫都参加过人口普查,了解了民情和风俗。杭育如获至宝,想不到成才之路竟在人口普查中呢。"见赵玫:《和李氏兄弟共度中秋——访李庆西、李杭育》,《青年作家》1986 年 2 月号。

③ "八二年夏天,有两件事把我的兴趣带回到童年时极熟悉的一条江上。一是富春江发大水。又壮观又吓人,感觉上大起大落……第二件事其实早已发生了。是渐渐发生的,而我直到那才注意到,先前钱塘江上数不清的渔船和那些常受我们这帮'小爹爹'作弄的渔民,而今忽然都不见了。渔佬儿都到哪去了? 那阵子我老在想这个问题。思索的结果便是《最后一个渔佬儿》。"见李杭育:《漫话"葛川江"》,《西湖》1984 年第 7 期。

④ "当年,他刚从大源中学调到富阳广播站,我俩同在一个编辑组,他编《富阳新闻》,我编《农村科技》兼打字文印。有一天,他对我说,你教我打字吧。我欣然答应。那时,我们用的是老式铅字打印机,先要在机器上装好蜡纸打好文稿,再到油墨机上摇滚筒印刷。从装蜡纸,打字,到滚筒油印,我耐心仔细地教他基本的操作方法,他学得挺快。没多久,他就能自己用铅字打字机写小说了。后来,我索性把文印室钥匙给了他一把。这以后,他一有空就一头扎进文印室打字写小说。那种老式打印机,最大的麻烦就是要熟记每个字的位置,找到它,再一个一个敲出来。一开始,他打字的速度很慢,两三分钟才找到一个字,'啪嗒'一下,再两三分钟,又'啪嗒'一下。慢慢地,一二个星期后,'啪嗒啪嗒',我们在编辑组办公室,听到对面文印室的打字声间隔时间越来越短,他打字的速度明显加快,成了打字高手。过了一段时间,文印室多了一叠打出来的蜡纸,原来他写出了一部小说,叫《最后一个渔佬儿》。"见蒋增福、蒋文瑶、赵晴:《三个富阳人眼里的李杭育》,《富阳日报》2015 年 12 月 5 日。

二、"南方的孤独"

如果说李杭育"葛川江"系列前三篇的写作是因了天时地利人和，并不必然走向后来的"寻根作家"李杭育，那么1984年上半年的进京之旅则进一步明确了他强化地方性写作的现实感。1984年李杭育凭借短篇小说《沙灶遗风》获得了1983年全国优秀短篇小说奖，位于张贤亮《肖尔布拉克》之前，王戈《树上的鸟儿》之后。在评选结果尚未出来之前，李杭育就接到了北京方面的电报，邀请他参加由《文艺报》和人民文学编辑部召集的全国农村题材小说创作座谈会，于是，文学新人李杭育开启了"进京之旅"。

这次会议"目的是促进农村题材小说创作更加繁荣，更准确、更深刻地反映变革中的农村现实，努力塑造和热情讴歌农业战线上的社会主义新人"，意在通过文学会议的形式针对变革时期农村现实生活中的新情况、新问题凝结共识，"要求作家到生活的激流中去观察、分析和研究，本着大胆探索、知难而进的精神，写出适应形势所需要的作品"。① 然而这次"进京"于李杭育个人而言，却是五味杂陈，百感交集。会议在河北涿县（现河北省涿州市）的桃园宾馆召开，李杭育与山东青年作家张炜同住。王蒙在会上做了发言，希望年轻的创作者能够开阔对于"农村题材"的理解和认识。鉴于当时的具体语境，王蒙采用了辩证而又滴水不漏的讲话策略。李杭育"一是很钦佩王蒙的口才，二是觉得他这样讲话很累，心想，我们写小说的，其实可以不去理论那些肤浅的道理"②。显然文学新人李杭育对于1984年之前北京的文化环境缺乏了解和兴趣，融入也有困难。

"像我这样的外省小说家，其实很不适应当年他们北京文人圈的亦政亦文的那些话题。我们只管写出自己的人物和故事，有血有肉，乃至血肉模糊……

"那几天在北京，留给我最深刻的记忆是，我这样的外省作家，且身处南方，远离首都……当年在北京文坛上的那些热闹话题，我竟没有一个是应对得来的。他们都有内幕消息，这就比我有话语权，就让我插不上嘴了，这常常让我感到孤独……他们不谈文学，不谈小说的叙事艺术，觉得谈这些太幼稚了。于是，

---

① 《人民文学》记者：《大胆探索知难而进：记农村题材小说创作座谈会》，《人民文学》1984年第4期。

② 李杭育：《我的一九八四年（之一）》，《上海文学》2013年第10期。

我在那些日子里话很少,深深地感到孤独。后来,大约在 1985 年,我写过一篇文章,叫《南方的孤独》,其中委婉地表露了我的这种最初源自 1984 年 3 月在涿县和北京的感受。"①

如果说这份多年后的追述因着时过境迁尚需仔细甄别,那么李杭育在随后短篇小说获奖座谈会上的发言(两次会议相隔十天左右)显然可以作为"历史现场的证词":"我渴望继续得到理解和支持,因为我的生存和发展有赖于这些。对于今后仍将理解我、支持我的师长和朋友们,我预先表示感谢。我知道我正在写一片富有生气的土地,以及这片土地上产生的独特的文化。这种文化作为我们民族文化的一个组成部分,它源远流长,古往今来,不可能忽然消失,也不可能一成不变。它是历史的。我也只能历史地去写它,写它的历史和它的现实。对它的历史报以现代意识的观照,对它的现实发掘历史痕迹的启示。除此而外,我孜孜以求的,便是把东西写得硬朗、结实,力所能及的话,还想洒脱一些。当然这很难,我知道。但我想试试。这就需要被理解,被支持。这里头当然也包括批评、指点。"②两相对照,我们发现恰恰是基于此前农村题材座谈会上无法融入,甚至被排斥、被疏离的感受,才使得李杭育在这里反复寻求"被理解、被支持"。而且纵观当时其他获奖作家的发言,③只有李杭育一人隐含着这样潜在的深层焦虑,这种焦虑后来甚至被他上升到文化层面。④

一个青年作家创作道路的确立或转轨很多时候既是历史的偶然,同时又被历史所规定。李杭育最初以《葛川江上人家》《最后一个渔佬儿》《沙灶遗风》的集束发表引起文坛注意,被视为年轻一代中的农村题材作家(我们不应忘记李杭育受邀进京的前提)。然而两次座谈会上,无论是王蒙强调的开阔、深化农村题材,反映生机蓬勃的农村新生活,还是周扬、冯牧热情洋溢的"文学应当和生

---

① 李杭育:《我的一九八四年(之一)》,《上海文学》2013 年第 10 期。

② 李杭育:《一点渴望》,《一九八三年获奖短篇小说作者座谈会发言》,《小说选刊》1984 年第 6 期。

③ 陆文夫强调关注生活,加强对生活的理解和认识;史铁生感念众人的关爱和帮助;楚良"试探新型人物"的塑造;邓刚强调要"让荣誉敲打自己";石言坦陈"要深刻地认识生活";唐栎认为要"用感情的笔蘸着生活的墨汁去写";乌热尔图沉醉于"远山的呼唤";彭见明主张"面对更多的艰难",开辟自己的小路;林元春(少数民族作家)、石定、张洁、王戈、张贤亮表达了"感谢与希望";刘兆林要"开垦军营里的广阔用文之地";陶正还要继续描写陕北;达理、胡辛、刘舰平表明了"眷恋和追求";陈继光要"反映飞速发展的时代"。见陆文夫等:《一九八三年获奖短篇小说作者座谈会发言》,《小说选刊》1984 年第 6 期。

④ "他(李杭育)曾经对我说,他正在研究南方的幽默,南方的孤独,等等。"见韩少功:《文学的"根"》,《作家》1985 年第 4 期。

活同步前进"的鼓与呼,①显然都未对李杭育形成有力的召唤结构,未能让他跳出地方性写作的脉络反观自身(当然这一要求对于刚刚获奖、意气风发的李杭育来说确实稍显苛刻),反倒是无法融入的疏离感让他印象深刻,记忆多年。而某种程度上,李杭育渴望"被理解、被支持"的焦虑背后潜藏着他对于日后创作道路可能性的询唤。因为获奖和北京之行并不意味着后面的创作是一条不言自明的道路,毋宁说接下来如何走,于李杭育而言是一个开放的节点:可以沿着各种可能的创作脉络朝着不同的方向展开探索。但很显然,北京之行并未为他答疑解惑。令他失落的是尽管"葛川江"系列已经初具规模,②在"葛川江"系列小说发表之后将近一年里(1983 年 9 月—1984 年 6 月),北京的核心评论家都没有对他的作品评论,他所期待的来自文学批评的肯定、鉴赏、导引并未如期而来。换言之,文学新人李杭育必须自己去寻找下一步怎么走的答案。

行文至此,本着从体察、理解、分析李杭育的精神苦恼和心灵逻辑出发的原则,我愿意将这次北京之行理解为是一次"创伤经历"。在我看来,李杭育后面所有的文学创作、理论文章、创作谈等都是对这次"创伤经历"的努力克服。当我们习惯于从作家自身的创作脉络出发整理出一条有迹可循的线索,建立一套完整的叙述时,不容忽视的一点是,作家同样处于跟历史、文学场等互动、激荡、被形塑的结构中。无法融入、没有话语权带来的疏离感和边缘感使得李杭育必须考虑"另起炉灶"来别开生面。而这一克服"创伤经历"的努力在让他成为后来的寻根文学弄潮儿的同时,又埋下了新的创作困境的危机。

三、"另起炉灶"

北京评论界的"沉默"让李杭育在 1984 年的春夏之交稍感失落,略带焦虑,也对后面的文学创作无从把握。而茹志鹃和程德培,一个作为文坛前辈、一个作为新锐批评家,则共同为李杭育指出了一条相对明确的道路。北京领奖结束后,李杭育顺道去上海拜访了茹志鹃(茹志鹃托人带话邀请他)。与在北京感受

---

① 　周扬:《在一九八三年全国优秀短篇小说评奖授奖大会上的讲话》,冯牧:《文学应当和生活同步前进——在一九八三年全国优秀短篇小说评奖授奖大会上的讲话》,《小说选刊》1984 年第 5 期。

② 　除了 1983 年上半年发表的《葛川江上人家》《最后一个渔佬儿》《沙灶遗风》外,李杭育分别在 1984 年《钟山》《北京文学》第 3 期上发表了《船长》《珊瑚沙的弄潮儿》,在同年《上海文学》第 4 期上发表了《人间一隅》,在《人民文学》第 6 期上发表了《土地与神》。

到的"孤独"不同,茹志鹃给李杭育留下的印象是"这位前辈,太容易亲近了",不止亲切随和,她还帮李杭育出谋划策,"她建议我在《最后一个渔佬儿》这种套路上再多写几篇,话中隐含着对我把小说题材撒得太开,有点四面出击的批评。后来,程德培也曾批评过我'打一枪换一个地方'的做法"①。如果说北京之行是寻求"被理解、被支持",那么直至来到上海,李杭育才获得了一定程度的理解和支持:茹志鹃早在几个月前访美之际就向美国读者介绍《最后一个渔佬儿》,同时从过来人的角度帮他明晰未来的创作方向。进而言之,北京之行和上海之行的差别还在于:周扬、冯牧、王蒙们是借由文学评奖的机制导引年轻的写作者朝着文化生产、繁荣所需要的创作方向发展,而茹志鹃则是基于读者和作者的双重经验,从更为具体贴切的层面给出李杭育建议,这也势必造成李杭育个人感受力的差异。我们无从得知当时的李杭育对于自己日后的创作有着怎样的规划,但显而易见的是,在北京之行"创伤经历"的刺激下,他接受了茹志鹃和程德培的建议,并且决定"另起炉灶"。

回到杭州后,李杭育分别于 1984 年 4 月(见完茹志鹃后)和 8 月(6 月开始与程德培通信)写了创作谈《漫话"葛川江"(创作余墨)》和《"葛川江文化"观》。在第一篇文章中李杭育提出"葛川江"这一文化区域作为吴越文化中的一支,有它自身的独特性和丰富性,致力于"完整准确地写出这条江和这种文化",但同时又觉得"这是个大题目——大得叫人发慌——我很可能力不从心",本着"不妨试试,走到哪步算哪步"②的创作心态。可见即使获得了茹志鹃的鼓励与支持,李杭育此时尚未具有足够的自创能力和信心,同时"走到哪步算哪步"的心态也症候性地预示了他克服"创伤经历"的努力不会走得太远(当然彼时李杭育对这些潜在的问题毫无察觉,也可能他意识到了但选择回避)。而等到四个月后的《"葛川江文化"观》一文中,则一改犹疑,满怀信心与豪情,在文章开头就开宗明义:"出于某种需要,我把我在一系列小说中写到的钱塘江流域的历史沿革,自然变迁,风土人情以及当代生活中的种种具有地方色彩的事物暂且命名为'葛川江文化'。"此前这一系列中的秋子、大黑、"最后一个"(渔佬儿福奎、画屋师耀鑫老爹)、弄潮儿、船长等作为小说中的人物/主人公统统被作者隐匿到

---

① 李杭育:《我的一九八四年(之一)》,《上海文学》2013 年第 10 期。
② 李杭育:《漫话"葛川江"(创作余墨)》,《西湖》1984 年第 7 期。

背后,"臣服"于"葛川江",同时还强调在具备整体意识、历史感和文化观的基础上,"我要做的工作,就是找到并且准确、生动地描绘出人物背后那个氛围——我称之为'文化氛围'",致力于"尽可能地在小说里历史地写民俗","通过对渗透着民族精神的文化遗产的研究,以求在小说中充分表现我对钱塘江流域的历史和现状的理解"。①

从以上引述可以看出,从《漫话"葛川江"》到《"葛川江文化"观》,借由自我命名,李杭育将"葛川江"系列小说叙述为地方文化的写作实践,并且上升到了文化观的层面予以高度概括。如此一番,创作、理论都具规模、成气候,且不容忽视。李杭育就这样充当了"吴越文化"的代言人。也恰恰是由于李杭育的自我命名,随后的评论几乎都是围绕"葛川江小说"展开,②可以说是作家有意识地引导了评论的走向。通过自我阐释和批评家们的再阐释,"葛川江"系列的面貌也愈加生动鲜活了。

而如果我们注意文章末尾的写作时间"八四年八月于白沙",就会发现李杭育写这篇文章之前,正与程德培、吴亮、李庆西等一起参加他人生中第一个小说研讨会(7 月 27 日—8 月 3 日)。鉴于李杭育是当时浙江省获得全国短篇小说奖的第一人,杭州文联在建德县(现建德市)白沙镇为他举行了研讨会。在李杭育后来的追述里,四个人每天晚上聊到凌晨,高谈阔论着中国当代文学未来走向的大问题,甚至不乏狂妄地认为北京评论界的"沉默"是"老革命遇上了新问题","所以他们失语了"。③ 文学新人和新锐批评家在高密度又酣畅淋漓的聊天中互相激发、碰撞、荡涤,而后达成了"共识",坚定了信心,收获了友谊。李陀曾经对 20 世纪 80 年代的友谊有过很好的注解,"八十年代的那种友情是很难用温馨或者精致来形容……那是另一种友情,是很烫人的……为什么说烫人?因为形成这种友情的是一种重要纽带,是我前面说的那种继往开来的激情,还有激情带来的非常活跃的思想生活"④。而这种继往开来的激情和活跃的思想碰

① 李杭育:《"葛川江文化"观》,《青春》1984 年第 12 期。

② 李庆西:《葛川江的艺术轨迹——关于李杭育〈船长〉的断想》,《钟山》1984 年第 3 期;钟本康:《他找到了自己的文学位置——读李杭育有关葛川江的小说》,《西湖》1984 年第 7 期;吴亮:《李杭育给我们带来了什么——论"葛川江小说"中的当代意识》,《西湖》1984 年第 11 期;王蒙:《葛川江的魅力》,《当代》第 1 期;盛钟健:《独居色彩的生活画面——李杭育的"葛川江小说"散论》,《江南》1985 年第 3 期;徐志强:《越过生活的"恩赐"——读李杭育的葛川江系列小说》,《当代文坛》1985 年第 4 期。

③ 李杭育:《我的一九八四(之二)》,《上海文学》2013 年第 11 期。

④ 查建英:《八十年代访谈录》,生活·读书·新知三联书店 2006 年版,第 270—271 页。

撞、创造恰是彼时的李杭育最需要的,他需要同代人的团契感抵御孤独,进而另辟蹊径克服此前的"创伤经历"。显然这次会面于李杭育而言无疑是一剂良药,在分开后他给程德培的回信中写道:"白沙那些天的兴奋尚未平静,分手后我一直摆脱不了你俩的'魔影'"①。

通过以上分析我们可以推论出:李杭育恰恰是在与程德培、吴亮畅谈后尚未平静的兴奋中写下了《"葛川江文化"观》,那文章中的自信与豪情也就不难解释了。而经过这一系列事件,李杭育对于文学创作的把握、信心无疑都大大加强了,认识论和方法论层面也都有所推进和明确,"另起炉灶"的目标某种程度上已经实现了。没有什么比一个作家找到属于自己的文学位置、创作道路更令人兴奋了。只是此时的李杭育并不知道很快他又要面对努力克服"创伤经历"所带来的危机和困境。

四、潮起潮落

当李杭育经历了被他描述为无法融入、极具疏离感的北京之行,又在 7 月底自己的小说研讨会上与程德培、吴亮达成共识,致力于"另起炉灶",构建更为广阔更多姿多彩的"葛川江"世界,解决了"写什么"的问题后,1984 年 12 月"众声喧哗"的"神仙会"(杭州会议)对他来说更像是揭竿而起的加速器。他以吴越文化代言人的身份强调"许多富于生命力的东西恰恰存在于正统的儒家文化圈以外的非规范文化之中"②,并由地域文化引申到文化和文学的关系也就水到渠成不足为奇了。也因此,当韩少功会后发表《文学的"根"》追问"绚丽的楚文化流到哪里去了",李杭育会很快以《理一理我们的"根"》等文章积极响应。不只是因为两人在杭州会议上对于文化的理解达成了共识,更为重要的是,李杭育依然需要借由边缘走向中心来克服内在的创作焦虑。这位曾经倍感"南方的孤独"的青年作家终于在"时势比人强"的历史氛围下克服了此前北京之行的"创伤经历",成为新的寻找文学"当代性"的弄潮儿,并带着被这一潮流裹挟的"意识结构"③在 1984 年之后发表了短篇小说《炸坟》《怪诊》《草坡上那只风筝》,中

---

① 李杭育:《我的一九八四(之三)》,《上海文学》2013 年第 12 期。

② 李庆西:《寻根:回到事物本身》,《文学评论》1988 年第 4 期。

③ "他毫不怀疑自己目前所做的事——采风、考据、实地查访、亲身体验、听野史秘闻、记录村夫老妪的风土掌故。"参见吴亮:《孤独与合群——李杭育印象记》,《当代作家评论》1985 年第 6 期。

篇小说《老鱼吹浪》《阿环的船》，以及长篇小说《流浪的土地》（1987）。然而令人颇感意外的是，这一系列作品均未产生很大的影响力。细究原因，在理应春风得意的 1985 年，李杭育就陷入了焦虑和困顿中，之前克服"创伤经历"的努力很快暴露了问题。

"较之别的作家，我的情绪的起伏和运行都比较艰涩。张承志到处捅火山，每每喷发出炽热的岩浆；韩少功有座水库，闸门一开，便把人类的所有同情顿时倾泻到哑巴身上；张炜像海边的潮涨潮落，涌来涌去很有节奏；王安忆给自己开了一条不宽不窄的水渠，细水长流，潺潺而来。我常常羡慕他们。可能因为水源不够充足，我没法喷发，也不得畅流，只能点点滴滴地过滤，像枯水季节的州溪，很少的水，隐入干涸的河床底下，再千折百转地从砂砾缝中渗滤出来，滤出多少算多少。我写作不快，下笔艰涩，涩就涩在情绪的过滤上。之所以这样，我想有两个道理：一是我多用客观材料，本身水分较少；二是我的个人情致不单纯，比较杂，一肚皮的汤汤水水不经沉淀过滤，诚恐怕不上台面。"①

"我的阅历很一般，写作之前的积累、准备很有限，至今还是现收现卖，肚里存货不多。"②

从以上自述可以看出，李杭育面临的创作困境是：第一，主观情致很难与客观材料渗透、交融；第二，尚未形成可以长期依据的写作资源。换言之，鉴于主观情致难调动，客观积累又不够，李杭育的创作只能像他频繁引用的那句名言那样"打一枪换一个地方"，而无法朝着开拓的方向深耕细作。此前的"葛川江"系列小说事实上几乎已经耗尽了他在富阳所获得的写作资源，因此当李杭育循着《沙灶遗风》和《最后一个渔佬儿》获得的经验、方法继续延伸到后面的写作中，很大程度会变成一种近乎自我重复的"批量生产"而无法有所突破。③ 因为当他将民俗、文化氛围视为小说创作的核心，某种程度上人物／主人公势必成为承载历史信息的符码而丧失动能与活力，这也导致了尽管在寻根文学的潮流下李杭育密集地发表了一系列小说，然而我们却无法对其中任何一个人物留下深

---

① 李杭育：《小说自白》，《上海文学》1985 年第 5 期。该文写于 1985 年 2 月。

② 李杭育：《创作·理论·感觉》，《当代作家评论》1985 年第 6 期。该文写于 1985 年 7 月。

③ 王彬彬在《李杭育论》（《文艺争鸣》1992 年第 2 期）一文中极富洞见地指出李杭育在写《沙灶遗风》时并未找到适合的美学表现方法，而是由于写出了对于"人性的感受与理解"，契合了读者的"心理情结"因而获得成功，本文倾向认同这一观点。

刻印象。^① 另一个可以佐证李杭育后面创作难以为继的原因是他对于新的文学形式的隔膜。尽管在杭州会议上他以吴越代言人的身份大谈民间文化的重要性,却对同样深刻改变 1985 年以后当代文学发展走向的另一趋势完全不具备足够的敏感性。当李陀对莫言《透明的红萝卜》的感觉和丰富的想象力大加赞赏时,他表现得不以为然。^② 这一多年后追述所表征出的"滞后"意识很大程度也预示了李杭育此后的创作道路必然难以别开生面,越走越窄。

1986 年"新时期文学"十周年,陈思和写了《当代文学中的文化寻根意识》一文,高度肯定了寻根文学思潮对当代文学的贡献,认为"文化寻根意识的产生标志着民族文化的更新与走向新的成熟"^③。"李杭育看了对我说,寻根文学本来可以好好发展的,现在大家一哄而上,真真假假,血污污的,反而不想挤进去了。我觉得他说这个话,有点奇怪,但李杭育后来也不再写寻根小说了。"^④陈思和诧异于李杭育作为寻根文学的推动者居然快速放弃了这一创作路向。然而与其说是寻根文学本身的驳杂导致李杭育丧失兴趣,毋宁说是李杭育自身陷入了无法克服的写作困境。既有的创作方向无法进一步深度探索,新的写作资源和创作形式又尚未找到,也因此就形成了在寻根文学尚未兴起时他是不自觉的先觉者,而当这一潮流蔚为大观之际,他却陷入创作危机的尴尬局面。

以上大致梳理了李杭育从事文学创作以来的三个重要节点:从杭州到富阳,尽管当时李杭育觉得落魄、背时,但他基于自身遭际发现了"最后一个",重新激活了"葛川江",接受了来自生活的"馈赠",写出了葛川江系列;北京之行在让他感受到"南方的孤独"的同时也埋下了克服"创伤经历"的契机;致力于克服"创伤经历"的"另起炉灶"让他明确了未来的创作道路,拥有了方法论自觉。然而当李杭育作为不自觉的先觉者,开辟、影响了后来的寻根文学,成为弄潮儿之后,却循着创作惯性导致了无法克服的危机,未能在后来的作品中有所突破,进入文学史作家经典化行列。

---

① 程光炜《重看"寻根思潮"》(《文艺争鸣》2014 年第 11 期)一文反思了寻根思潮遗留的问题,其中之一就是"怎么看'典型论''环境论''主人公'被遗弃后,八十年代以后文学创作所存在的问题"。

② "莫言并不在场,李陀津津乐道地称赞《透明的红萝卜》,甚至赞叹小说的标题,说'红萝卜'已经有点不寻常了,居然还是'透明的'! 真有想象力……我当时听了心想,北京人真是少见识,红萝卜有啥稀奇的,杭州的菜市场里多得去了。"参见李杭育《我的一九八四(之三)》,《上海文学》2013 年第 12 期。

③ 陈思和:《当代文学中的文化寻根意识》,《文学评论》1986 年第 6 期。

④ 陈思和:《杭州会议和寻根文学》,《文艺争鸣》2014 年第 11 期。

同为"寻根文学"的倡导者，相较于韩少功后来在文学创作上的多种尝试和突破，李杭育由于未能克服自身的创作困境，在经历了一系列失败的小说创作尝试之后，自 20 世纪 90 年代起就停止了创作。① 这位不自觉中促成了寻根文学思潮的作家，在浪潮过后也逐渐被文学史遗忘，成为一个"潮起潮落"的"寻根作家"。而文学史标识李杭育创作成就的依然是他尚未具有明确寻根意识的《最后一个渔佬儿》和《沙灶遗风》，②对李杭育来说可谓缘起即高峰。饶有意味的是，多年以后，当李杭育重新回顾这段"寻根文学史"时，却表现出鲜明的拒绝姿态："我不是某个流派，这是别人来概括我们的。"③然而不管情愿与否，"寻根文学作家"这一身份已经成为一种极具标签性的共识，就像李杭育多年后痛的领悟："成名早有个坏处，容易自己被自己框死。"④

（本文原载于《中国当代文学研究》2022 年第 2 期）

① 2015 年，李杭育发表长篇小说《公猪案》，然而并未引起学界足够重视。另：关于李杭育 20 世纪 80 年代中后期停止小说创作有多重原因，创作困境只是其中一种。

② 虞金星在《这一个"福奎"：重读〈最后一个渔佬儿〉》一文中详细分析了李杭育在写作前三篇时尚未具有明确的寻根意识。

③ 李杭育、叶果：《打一枪换一个地方》，《江南》2015 年第 5 期。

④ 李杭育、王湛：《〈公猪案〉诞生记》，《钱江晚报》2015 年 9 月 13 日。

第三章　王旭烽:江南文化与茶文化的精魂

江南文化与茶文化的同构

——评王旭烽长篇小说《望江南》

冯静芳

茅盾文学奖获得者王旭烽的长篇小说新作《望江南》是其继"茶人三部曲"后,时隔二十余年推出的长篇小说。和此前的"茶人三部曲"(《南方有嘉木》《不夜之侯》《筑草为城》)一样,这部作品也是关于茶文化的小说,但是从题目就可以看出作者写作倾向的某种转变。"茶人三部曲"的三个标题本身就是茶的隐喻,而《望江南》显然将侧重点放在了"江南"二字之上,通过江南文化与茶文化的同构,呈现出更为完整的江南文化精神。

一、江南文化与茶文化的契合

江南文化作为一种地域文化,是中华文化的重要组成部分。"茶文化"是中国传统文化"以物载道"的体现,以茶这种物质形式为"中介",来传承精神内容。

江南文化与茶文化的孕育和发展,都依托于特定的地理位置和气候条件。中国是茶的故乡,品类繁多,大江南北皆有产茶区。早在唐代,陆羽就在《茶经》中列出了八大茶叶产区:山南、淮南、浙西、剑南、浙东、黔中、江南、岭南。尽管产茶区以我国南方为主,且如今的"江南"概念所指代的区域也已远大于陆羽所说的"江南",但必须承认,江南依然只是我国产茶区的一部分。而这一部分区域,又很好地传承了茶文化精神。

千百年来,茶早已深入人们的日常生活之中。依托于茶这一物质,通过茶叶种植、加工、冲泡等一系列实践,茶文化得以发展起来,人们通过特定的物质和实践活动,寄托对自然山水、天地万物的情感和审美。茶文化是一种非常具有包容性的文化,涉及经济、社会、文学、艺术、礼制甚至政治等诸多内容,还会随着社会的发展而不断发展。但总体而言,相较于雄浑、粗犷的北方文化,精深、儒雅的江南文化及江南人的生活习惯,与茶的特性更为契合。

一方面,茶是大自然的产物,喜生于名山秀水之间,而风光秀丽的江南因气候、土壤等适宜的自然条件,拥有诸多产茶胜地。另一方面,茶性中平而味略苦,具有提神醒脑之功,能使人静心思考、保持理智,以平和之心应对世间纷争,其特性恰好吻合了江南文化所孕育的才子型君子人格取向。

江南一度盛行品茗之风,不少江南文人在饮茶实践和前人茶论的基础上,或研讨茶艺、著书立说,或游历山水、品茶作诗。文人与茶的互动,使茶的自然功能与特性得到进一步挖掘。江南文人群体文质彬彬、个性内敛、爱好和平,同时,擅长蓄势和坚守,在需要持守节义、勇挑家国重任的关键时刻,亦不乏刚直坚毅之士,可以说,高雅淡然的江南文人在特定时期也正是为了信仰而奋斗的、具有大无畏精神的仁人志士。这些特点,不由让人想到茶的特性。江南和茶,可谓相互成就。而中国十大名茶之首——西湖龙井的发源地杭州,也自然而然地成为江南文化与茶文化实现同频共振的最佳结合点,这既是长篇小说《望江南》所依托的背景,也是它所展现的主舞台。

二、《望江南》所体现的双重文化特质

从“茶人三部曲”到《望江南》,一直有一条副线——与杭家纠缠了几代的吴家。在《望江南》中,步入晚年的吴升反复强调让孙子跟着杭家人走,因为杭家人在大事情上从来不失撇。“失撇”为杭州方言,此处意指杭家人在大方向上从来不走错。这是一个和杭家人斗了一辈子的老人的经验之谈,但也引出一个值得深思的问题:几代杭家人历经风雨,为何不失其“正”和“真”的本质,始终受人尊重？这个问题背后恰好是《望江南》所体现的双重文化特质在起作用。

杭家的不失其大格局,显然不能排除“规训社会”的影响,因为杭家作为茶人世家,一举一动受人关注,杭家自然有其家规,尤其重“礼”,在子女的教育上也颇为用心。只是,这个家族即便在礼崩乐坏、战火纷飞时,即便缺少外在法律

法规的约束、不再有"透明的穹顶"时,核心成员依然凝聚在一起,坚持自己的宝贵品质,从未因外在环境的变化而异化或扭曲人性,这背后除了"规训",更离不开精神的支撑。结合其扎根的地域,结合其茶叶世家的定位,或许可以将这种精神的支撑概括为:以江南文化精神为内蕴,以茶人精神为表征。具体而言,主要表现为三个方面。

(一)追求中和、冷静淡泊的思想

中国的茶文化在儒、道、佛各家皆有流派,形式和价值取向有所不同,但其对和谐、平静的追求是相同的,处处贯穿着"中和"思想。煮茶、点茶、泡茶,都讲究"精华均分",各种茶艺手段既要与自然环境协调,也要与茶人个性相和。茶性的平和冲淡与江南文化中淡泊名利、向往自然纯真、渴望人格独立与精神自由的特点相一致。

浸润在江南文化和茶文化中的人,能更清醒地看待世界,涤去心中尘埃,摆脱俗世的纷争,适情适性。他们识大体,具有亲和力和包容性,"不偏狭,不出卖灵魂,不亵渎生命的神圣……以他们的气节与尊严,维护着民族的自由形象,求证着人生的自由本质"①。《望江南》的主人公,杭家的核心人物杭嘉和就带有"中和"的象征意蕴,冷静淡泊,又一身正气。他以和为贵,即便面对曾经与自己作对的人,只要不涉及大是大非、家国正义,都能怀着悲悯之心宽容以待。

作为一部茶文化小说,《望江南》多次写到喝茶,其中,有两个场面令人印象深刻。其一,在即将结束的抗美援朝战场上,三个杭州的战友用大茶缸喝着忘忧茶,期待着即将到来的和平,就在那一瞬间,邹志远大夫被炸弹炸伤牺牲。其二,罗力从朝鲜回国,见到邹大夫的丈夫杨真,两个承受着巨大悲痛的男人竟开始了一系列泡茶的程序,不紧不慢地谈论起茶事,在没有茶杯的情况下,用饭盒给已经离世的邹大夫敬茶。最终,两个男人的泪水和饭盒中的茶水混在了一起。整个过程,罗力没有多说什么安慰的话,但杨真丧妻之痛得到了缓解。和平的可贵和来之不易,在两次喝茶过程中也表露无遗。茶有着抚慰人心的力量,喝茶成了使人与现实磨难和解的圆融策略及生活艺术。

---

① 李咏吟:《茶的精魂与王旭烽的形象化解释》,《南方文坛》2000 年第 3 期。

(二)坚韧不拔、刚柔相济的精神

茶有清香,亦有苦涩。不论周围环境怎么变化,茶始终直面风霜雨雪,四季常绿,老叶新叶生生不息,象征了坚韧、不屈不挠、充满希望的生命精神。

江南文化亦具有刚柔相济、坚韧不拔、积极进取的精神,江南历史上出过不少有风骨之人,他们带着看似不属于江南的硬气。这种精神、硬气或许可以追溯到越文化崇尚野性的传统。《越绝书》卷八《越绝外传记地传》有记载:"水行而山处,以船为车,以楫为马,往若飘风,去则难从,锐兵任死,越之常性也。"①而江南的灵秀又赋予这种野性更多的灵气,表现出来的并非只是匹夫之勇,而是有谋略的、随机应变的勇。

当江南文化与茶文化相融,坚韧不拔、刚柔相济的精神便更加凸显出来,其代表就是杭家人。在"茶人三部曲"中,杭得茶曾说杭家人有两种:一种是细腻的、忧伤的、艺术的,一种是坚强的、勇敢的、狂热的。但深究起来,杭家人基本上都是两种气质兼而有之的。他们不会垂头丧气,也不会盲目乐观,不会畏首畏尾,也不会横冲直撞,而是始终以豁达的态度面对人生的重重挑战。比如小说中的女性角色杭寄草,压力越大,越有灵感和行动力,敢于当机立断。她在忘忧茶楼做"卧底",当伪装混入茶楼的特务魏青遨和李飞黄大闹茶楼时,她怒摔茶壶,还用藏在手心的瓷片当武器,镇定自若地予以反击,颇有英雄气概。②

至于杭家主心骨杭嘉和更是坚忍不拔、刚柔相济的代表。在"茶人三部曲"中,他给人留下的就是为人随和的谦谦君子形象,也正是这样一个人,坚强地守护杭家数十年:他欣赏在恶劣环境中仍扎根土壤努力生存的"野茶"精神,还以此鼓励罗力坚韧地面对各种磨难;他曾为赶走日本人而纵火毁家,拥有断指明志的勇气。在《望江南》中,面对即将到来的食物供应困难,杭嘉和灵活应变,早做准备,在既有条件下创造最大的可能性;面对为了杭盼而投诚的飞行员曹家远,他沉稳冷静,即便知道会给杭家带来巨大的麻烦,但依然尊重女儿的决定;面对妹妹寄草的不理解,他没有争执,也没有以一家之主的威严压人,而是巧妙地借史量才、沈秋水的情感往事来说服妹妹接纳曹家远。所以,与其说杭嘉和是龙井茶的代表,不如说他是坚忍不拔、刚柔相济的野茶的代表。

---

① 赵晔:《二十五别史·6·越绝书》,齐鲁书社 2000 年版,第 43 页。

② 王旭烽:《望江南》,浙江文艺出版社 2022 年版,第 292、169 页。

(三)务实执着、精行俭德的作风

茶文化讲求"精行俭德"。从陆羽所撰《茶经》开始,茶人们就把饮茶视为一种艺术过程,创造了独具特色的中国茶艺,有一套套严格、精细的技艺程式。龙井茶的培育、采摘、炒制、冲泡,甚至储藏,在各个环节都有诸多精细的要求。《望江南》中特别提到西湖龙井的炒制手法,采回的鲜叶如何摊晾、筛分、揉捻,炒茶时如何青锅、回潮、辉锅……都通过杭嘉和的动作和语言,一点点呈现出来,可谓"有条不紊中的眼花缭乱,漫不经心中的一丝不苟,如履薄冰中的熟能生巧"[①],充分呈现出龙井茶的"极品之感"。

"精行俭德"与江南文化的务实精神可谓一脉相承。"江南文化务实精神,体现在江南人讲实学、办实事、求实惠、重实效等诸多方面。"[②]务实精神影响的是日常生活的方方面面,秉承务实精神之人不求奢侈华丽的生活,而是讲实际、讲科学,以及重视生活细节和日用技艺。

不论是江南文化还是茶文化,都需要在生活实践中陶冶情操、提升自我修养,都提倡勤动脑、勤动手。当人们对材料和技术的要求不断提升,有了思想、美感的渗透之后,日常生活也似乎有了本质区别,有了独特的内涵。

值得一提的还有杭盼制作茶树花茶的过程。茶树花并非名贵之物,常被人忽视,但在杭家人眼中,也是宝贝。制作茶树花茶看似简单,其实颇费心思——"茶树花先要摊晾,要在阴凉处放上四五个小时,白色花边要微微卷起来才行","还得烘,来来回回好多次,最后要进焙笼,小火烘后再收,放上两个月拿出来复焙"。沏泡时的数量也很讲究,"多一朵有涩味,少一朵就淡了"。以老龙井泉水冲泡时,先用沸水冲瓷缸,再用瓦壶壶口的热气来回熏,待沸水稍凉而瓷缸热气尚存时,才把茶树花放进瓷缸,低低地举起瓦壶,用短流将水沿缸壁注入瓷缸,"茶树花在水中旋转起来,片刻之后,瓷缸里的茶树花就一朵朵开放了,半透明的花瓣,中央簇拥着金黄的花蕊,真是说不出来的迷惑"[③]。作者在此处用了较长的篇幅缓缓道来,其实传递的是一种对茶文化的执着,即便制作的不是精品龙井茶,也体现出茶人在充分实践的过程中精益求精的态度。

---

① 熊月之:《略论江南文化的务实精神》,《华东师范大学学报》(哲学社会科学版)2011 年第 3 期。

② 王旭烽:《望江南》,浙江文艺出版社 2022 年版,第 292、169 页。

③ 王旭烽:《望江南》,浙江文艺出版社 2022 年版,第 43—44 页。

浸润在江南文化精神中的茶人，因其追求中和、冷静淡泊的思想，坚忍不拔、刚柔相济的精神，务实执着、精行俭德的作风，而呈现出一种独特的气度和格局，"内清明，外直方"，自然能够坦然地应对俗世中的各种风浪而不失其"正"和"真"。这种因江南文化与茶文化的双重文化同构而成的人生观、价值观，即便对于当今世人，也颇值得借鉴。

三、双重文化同构的实现

属于不同范畴的江南文化与茶文化是如何实现同构的呢？在长篇小说《望江南》中，主要表现为：是历史进程与集体记忆的正向耦合，非功利的审美精神的自然融入。

（一）历史进程与集体记忆的正向耦合

德国当代文化人类学家兰德曼认为，在历史发展过程中，人创造的不是抽象的文化，而是多种文化，同时正是在历史中，人给了自己无限多样的不同形式。因此，人的文化性本身包含了历史性。《望江南》便充分显现出这种包含着历史性的文化性，引入了诸多社会历史信息和茶文化知识。小说中的杭家人并非普通商贾，他们因袭了几代的家族传统，一直在茶叶领域默默耕耘，素来与诸多文人有交往，而至杭嘉和、杭嘉平一代，更是从年轻时就积极融入社会变革或投身革命，走在时代前列。因此，由他们的个体生活带出社会历史进程中一些标志性事件，带出江南风物及其变迁，带出茶业兴衰与社会革新便显得顺理成章。作为小说，无法亦不必完整再现历史事件，但关于那些重要节点的重要场景、重要人物的信息却会通过文学性的表达传递给读者。虚实结合的写作手法增强了作品的现实意义和可读性。这一特点，是与"茶人三部曲"一脉相承的。对此，洪治纲曾评论说："所有这些话语又不是绝对地重叠于真实的历史，而是亦虚亦实，作家只不过借助这些时空框架来完成对人物命运和茶叶发展轨迹的演示，所有人物的活动轨迹和生活冲突则在虚构中洋溢着艺术灵性。"①

以一个家族为切入点讲述的历史，离不开集体记忆。王旭烽赋予杭嘉平一

① 洪治纲：《历史与文化的双重寓言——读长篇新作〈南方有嘉木〉》，《当代文坛》1996 年第 6 期。

定的政治身份,通过他,引入了中华人民共和国成立前后的诸多事件(尤其是和茶产业相关的事件);赋予杭嘉和茶人之家守护者的身份,通过他,表现了该家族与龙井茶、与故乡杭州密不可分的联系。他们的经历都已超越了个人,而成为特定时空的人物群像,既还原了易被历史所忽略的普通人的情感结构,也展现了江南地域文化风情,凸显出该作品史志性的现实主义特质。

家庭作为社会的细胞,是集体的一种类型,它并非孤立的、封闭的小群体,而是社会的"标本",而在风云激荡的社会中,家庭又有其相对稳定的一面。不同类型的家庭有各自的特点,这些特点往往会成为集体无意识,而不会消解于其他各类社会群体中。《望江南》中的杭家人的特点有二:其一,有着从茶文化中汲取的生命理性。杭家人世代侍茶,虽然每个人有着不同的身份(还有人面临不同身份的转变),活跃在各条战线上,甚至生活在不同的地方,但不论在外面的境遇如何,他们都与茶有着千丝万缕的关系,能在"杭家"这个茶人家族群中,找到心灵的归宿,得以"诗意地栖居"。杭汉与华侨黄蕉风曾有过一次关于出身的对话:"我们忘忧茶庄的杭家人是不问出身的,这是祖上传下的规矩。不管你是在哪里生的,谁生的,杭家只管茶有没有喝到一起。"[①]几句话,直白地说明了杭家人的价值观。杭家人的集体记忆,也是中国几代茶人的奋斗史,记录了茶人们献身茶事业,以自己的方式为新中国添砖加瓦的不懈努力。其二,都有着"江南"这一精神原乡。在社会变革、文化转型的时代,走在前列的中国人通常有两条路径:向外学习,向内挖掘。杭家人并非闭目塞听的古板之人,他们能够主动开眼看世界,同时,又很好地继承了江南文化中的精华,向地域文化寻找意义的支持。江南人的集体记忆,因江南文化特有的意义指向,有着建构美好人生理想的审美期待和心灵自由的价值尺度,而这些也成为引导人们突破现实的樊篱、走出重重生活困境的精神力量。"在这个维度上,'江南'正是作为人的精神原乡而存在。"[②]

(二)非功利审美精神的自然融入

地理位置的优越、气候条件的适宜,使江南成为宜居的富庶之地。在这样的土地上,人们在满足生存需要的基础上,很早就有了更高的精神追求,最大

---

① 王旭烽:《望江南》,浙江文艺出版社 2022 年版,第 140 页。
② 黄健:《论中国现代文学意义生成中的"江南元素"》,《贵州社会科学》2009 年第 6 期。

限度地超越了儒家实用理性,进而表现出一种较为纯粹的、非功利的诗性文化形态,即代表着生命最高理想的审美自由精神。刘士林曾提出江南文化的"诗性精神"。在他看来,"从根本上讲,南北文化的差异主要表现为审美主义与实用主义的偏重"①,"对于像江南这样一个从头到尾都被充分诗化了的审美对象,如果没有特殊的审美感觉、审美体验乃至艺术化的人生观与世界观,可以想象,那也是根本不可能真正走近江南的内部,更遑论可以与她进行灵魂深处的对话"②。

有意思的是,茶文化亦如是。若没有一定的文化积淀和审美能力,很难领悟到茶的妙处和茶文化的底蕴。茶文化的种种程式,都体现出生活向审美看齐,尽力创造条件使生活艺术化的特点。在茶文化中,实用性与审美性奇妙地达到了一种有机平衡,并形成了良性循环。

不论是走近江南,还是走近茶文化,《望江南》都因其题材而有着天然的优势。更重要的是,小说充分展现出一种审美式的人生态度和人生境界。当社会动荡,各种不确定性叠加增强,传统意义世界不足以支撑现实人生时,可能会造成文化认同上的危机,杭家人也曾有过各种迷茫和困惑。但总的来说,不论江南文化还是茶文化,都侧重于"审美—诗性",相较于侧重"政治—伦理"的文化,更容易完成思想启蒙的转型,排除杂念,迈向对精神自由、个性解放和生命情感的追求。

这是一个充满诗性气质、有着丰盈的心灵世界的茶人家族,虽不离人间烟火,但他们的一举一动、一言一语,都自然地融入了非功利的审美精神。正是通过对这样的家族的书写,《望江南》很好地实现了江南文化与茶文化的同构。

江南文化精神和茶文化精神,作为一种历史"集体无意识",深深地积淀于江南人的精神血脉之中。要将这两种精神呈现于当今时代,便要通过特定的艺术形式来提炼、塑造,而《望江南》就是将这两种精神注入鲜活生动的当下的样本。在此过程中,茶是重要的媒介,就像它作为国际经济文化交流中的重要元素,是传播中国文化的重要媒介一样。《望江南》这部实现了双重文化同构的长篇小说,无疑体现了相应的"鉴赏力"和审美趣味。这种"润物细无声"的创作风

---

① 刘士林等:《江南文化理论》,上海人民出版社 2019 年版,第 44、16 页。
② 刘士林等:《江南文化理论》,上海人民出版社 2019 年版,第 44、16 页。

格也为我们讲好中国故事、传播中国传统文化提供了更容易为读者接受的可能性。或许,通过一部小说,我们就能够回忆起一种"昔日所处的心理状态"①,从而更好地认识我们生活的大地,了解我们传承的文化。这也是《望江南》的现实意义。

（本文原载于《东吴学术》2022 年第 5 期）

---

① ［法］莫里斯·哈布瓦赫:《论集体记忆》,毕然、郭金华译,上海人民出版社 2002 年版,第 81 页。

第四章　陆春祥：时代见证者的热爱与悲悯

用笔挖掘思想与光芒

——陆春祥散文刍论

张亦辉

一

当然，我们首先应该谈论的，是陆春祥散文创作面相的驳杂、繁多与次第嬗变。

当我们称呼一个人为散文家的时候，好像只是在指出一个事实，他不写小说，也不写诗。

我们知道他是写散文的。可问题在于，散文到底是怎么回事？究竟是干什么的呢？散文是一种形散神不散的文体？或者，散文就是散落在小说与诗歌之外的文字？小说有叙事学，诗歌有诗艺与诗学，散文有自己的理论吗？相比之下，小说与诗歌都有较为严谨的自律性，有自己的边界与疆域，有自己的内部规定与内部规律，而散文则似乎让人有些摸不着头脑了。

评论家李敬泽曾经在一次访谈中谈到过他对散文的看法，深以为然。他的意思是，中国古代就没有散文，只有文章。文章笼盖四野，无所不包，囊括各种文类，尤其到了文起八代之衰的韩愈这样的大家手里，文以载道，而道无处不在。天地万物，心之所向，尽可纵笔驰骋。但是在现代转型之际，一以贯之的道统早已崩溃，我们需要在白话文语境里重新进行一个现代散文的建构工作，需要重新划定它的文学疆界，而载道早已变成言志，变成了个人之私事，结果把庙堂江湖一股脑都划出去了，过去诏书、奏折与墓志都是文章，现在这些都不算了：把史书划出去，把传记划出去，各种实用的交际性书写也划出去，不断划出去,最后才剩下一个叫散文的东西。

以现代散文的代表人物周作人为例,我们可以来看看散文到底是干什么的:它往上主要承袭了晚明小品,而往外找的是兰姆等人的 Essay,基本上就是个人经验与日常情感的散漫书写,所形成的这个新的散文传统,其视野收缩,疆界狭窄,文体固化,几乎只适于描画余裕,修身养性了。

情况差不多就是这样,只有把现代散文的构建过程与文学视野作为参照背景,我们才会充分察觉与发现,陆春祥散文写作之繁杂斑驳与多元多变,自有其重要的不可忽视的意义。

关于当代散文写作,李敬泽先生提出了一个特别有趣而意味深长的说法,即"子部的复活"。他认为,现代散文的主要构建者周作人等人,在传统的经史子集中,独取集部,而且是集部中的晚明,只有鲁迅走的是子部,而且后无来者。所以他呼吁,我们的散文写作应该恢复"子"的"杂"的气象。

窃以为,陆春祥那杂花生树般的散文写作,他那川剧变脸般的散文写作,与鲍尔吉·原野、周晓枫、蒋蓝、黑陶、汗漫等独树一帜的超越性散文创作一样,都是在努力探索并复活这样的气象。

二

陆春祥起先写的是杂文。

21 世纪初,他将自己的杂文称为"实验杂文"。他在实验什么? 看几个标题:《〈本草纲目〉新方五帖》《官场词典征稿启事》《两只名鸟的身世调查》《会做思想工作的短信》《我的拒泡经历》《关于举办"庆祝嫦娥奔月两万零一年"的通知》《悼子虚》《包装协会章程》《李三亩年谱》《将会议博彩一下》《八个新经济增长点》。这样的标题一直列举可以成一本书。比如《新子不语》,他试图打破一些杂文原有的陈规,他想学鲁迅真正的精神,他认为,杂文是散文之一种,首先是文学,不能板着面孔给人当爹。

2006 年,陆春祥推出一本杂文集,封面上直接标明"笔记杂文",从识鉴、规箴、术解、任诞、排调、轻诋、夹杂、转品、抑扬九个分类中,我们可以得见刘义庆《世说新语》里浓郁的笔记气息,嬉笑谐侃,绵里藏针,这需要深刻的机智。

陆春祥还有一本极为特别的微杂文集《焰段》,全书两百多个段子,似乎都是边角料。陆春祥说,这仍然是在实验,《焰段》的写作时间前后长达十余年,它不是长杂文缩减了字,它有简练而生动的叙事,有完整精短的结构,自然也有思想深邃的张力。

《用肚皮思考》《鱼找自行车》《41度胡话》《新世说》《焰段》,陆春祥说,他写的是"NEW 杂文",创新才能让文学焕发出新的生命。我这样推测,这是一位极想突破杂文边界的作家。他在积聚力量。

三

毫无疑问,让陆春祥声名鹊起并在"散文界"众所周知的,是那部让他获得鲁迅文学奖的杂文集《病了的字母》。

也就是说,从一开始,陆春祥的写作跟随的就是鲁迅的步伐,而不是周作人的轨迹。

然而,杂文在鲁迅手里早已经炉火纯青并且登峰造极,后来者最多只能借其样式针砭时弊,在文体与艺术性上很难再有什么创新与建树了。

以杂文集而获得鲁迅文学奖,不说绝后,至少不多,我知道有朱铁志、鄢烈山,还有以前何满子、邵燕祥等几位老作家。我以为,陆春祥数十年的杂文探索得到了应有的报偿。

那么《病了的字母》这本杂文集,究竟是凭什么打动了评委们呢?

葛剑雄先生在序言中强调了陆春祥的社会责任感,强调了心平气和、谐中带庄和绵里藏针;也有评论者强调的是陆春祥的胸怀之宽厚与笔下的热情,以区别于鲁迅那种讽刺与犀利。对自己的杂文创作,陆春祥在访谈中也曾坦言:"新时期的杂文不一定非要匕首和投枪,杂文也可以表现得很温柔,我们需要的是心态沉静而澄明,在讥讽和鞭挞不良社会现象的同时,心怀善意。"这些当然都是这本杂文集的亮点、优点与长处。

但我觉得,让《病了的字母》在众多杂文写作中脱颖而出的东西、它最具特色的地方、它的独创与新颖之处、它的神来之笔,应该是书中每篇文章与一种中草药的微妙呼应与隐秘联系。葛剑雄先生把这些草药说成是内容的补白,我更愿意把它看作是形式的构建,是对杂文文体的创新,是散文写作的可能性探索(我记起来了,陆春祥的故乡桐庐就是因中药鼻祖桐君而得名,他喜欢中药,应该不是偶然）。这一百多种中草药对于文章，既是补充，是引申，是拓扑，也是互文，是升华，是点化，两者之间，形成了一种独特而玄妙的函数关系。

借助中草药的巧妙嵌入与精美的印章呈现，陆春祥创造出了一种没有先例的"有意味的形式"，从而有机地提升了杂文的文学品质，有效地提升了杂文集的艺术含金量。

我想，这才是这本杂文集所以取得成功并征服了评委们的撒手锏。

四

获奖其实是双刃剑，它既是对一个作家的肯定，也对他提出了更新更高的要求，是对他那持续的创作生命力的考验。

《病了的字母》取得了突破性成就之后，陆春祥并没有固守在驾轻就熟的杂文领域，而是很快就把创作重心与文学视野，投向了浩瀚的古代笔记，也就是李敬泽所说的子部。陆续推出了《字字锦》《笔记中的动物》《笔记的笔记》《太平里的广记》《袖中锦》等集束炸弹般的"笔记新说"系列著作，从而为自己的散文创作开拓出了一片崭新的场域与丰厚的疆土。

笔记新说的关键当然在一个"新"字，"通"与"趣"，乃"新"之具体呈现。

首先当然是内容的新。无数笔记典籍已经存在了几百年甚至上千年，凭什么你能看出新意？陆春祥自己特别强调一种澄明的心态：虚心专一，放空内心，宁静才能致远，沉潜方可创新。这些年，陆春祥一直在历代笔记与典籍中穿行，从汉魏六朝，到唐宋元明清，锲而不舍，坚毅专注，涉猎的笔记卷数应该不下于三千卷，因渊博而深刻，从爬梳到透视，有会意有顿悟，咀华撷英，屡有创获。陆春祥潜入并优游于笔记典籍的字里行间，不仅用自己的智慧去碰触古人的智慧，用自己的思想去探究古人的思想，而且能用自己的心灵去感知古人的心灵搏动。因此，陆春祥的笔记新说，不仅有独到的哲思，而且有浓烈的情愫，还有盎然的趣味。

陆春祥在梳理和荟萃古代的知识与智慧的时候，并不停留于爱好与把玩，也不止于穿越与汇通，而是总能够以今察古，有鉴有别，用现代之光照亮古籍，呈现新意，给人启发。面对浩如烟海的笔记典籍，面对无数有待辑录有待发现的古代思想与智慧，陆春祥一方面耕耘搜罗如数家珍，另一方面，又始终保持一种问题意识与质疑精神。比如《袖中锦》里有一篇《笔记中的医学》，整理汇集了从甲骨文开始的古代典籍中的大量医学记载，从《淮南子》到《搜神记》，从《博物志》到《酉阳杂俎》，包容并举，博闻强识，既丰富，又有趣。然而，在脉络般蜿蜒的行文中，在集腋成裘的过程中，陆春祥却能够入乎其中出乎其外，用今天的眼光与科学的精神，去鉴别去发现古籍中的讹误，从而体现了一种尽信书不如无书的难能可贵的清醒。南宋的宋慈写过一部《洗冤录》，陆春祥认为宋慈是中国乃至世界范围内的著名法医，《洗冤录》则堪称专业的法医笔记，但在列举书中诸多关于"溺死"的论述时，对"若生前溺水尸首，男仆卧，女仰卧"这一条，陆春祥站在今天的科学实证的角度，提出了自己的纠正，认为尸体是仆是仰，取决于重心，而不是性别，他还用一个现实的案例佐证自己的观点：两名姑娘，一起投水自尽，尸体同时浮起，却一仆一仰。陆春祥由此断言，古代笔记中，也常常将个案当普遍现象，甚至难免有道听途说的奇谈怪论……

然后，再来看看这些著作在形式上的种种探索与创新。比如《字字锦》是围绕十二部经典笔记展开的；《笔记中的动物》则专门着眼于动物、人、自然与社会的关联；《笔记的笔记》《太平里的广记》采用了精华条目的形式；《袖中锦》侧重话题间的打通；2021年出版的《夷坚志新说》则从断代角度解读；2022年出版的《云中锦》，则注重于笔记作家的人生经历、重点笔记剖析等等。一部著作差不多就构成一种形式，琳琅多样，蔚为大观。

正是内容与形式的双重创新，使得这批笔记新说著作甫一上市，就吸引了众多读者的眼光，产生了很好的阅读效应与社会影响。

我记得《云中锦》的自序，陆春祥颇具创意地运用了戏剧性的方式，演绎了一幕玄幻的时空穿越剧，让自己与段成式、沈括、叶梦得、洪迈、袁枚等古代笔记作家一齐参加一场高峰论坛，交流辩论，气氛融洽，不亦乐乎。这样的想象与虚构，这样的跨时空书写，无疑显现了陆春祥那越来越从容大气的创作自信与渐入佳境的创作状态。

五

接下来，我们去往的是陆春祥文学创作版图中的人物传记板块。2021年底，他赫然推出了那部三十万字的长篇力作《天地放翁——陆游传》。对他的散文创作而言，这无疑又是一次全新的尝试与探索。

这部传记，不仅资料翔实，文献丰富，准确、细致而又具象地勾勒了陆游那逶迤漫长、命运多舛的传奇人生；也不仅是把陆游的无数诗文还原到了生活现场，从而在陆游的生涯与创作之间建立起了内在的必然的联系，以便让我们对其诗其文产生体贴的感受与别样的解读；我觉得，这部传记的最大特色与魅力在于，陆春祥发挥了太史公记事传人的功夫，施展出小说家一般的想象能力与叙事能力，把一个遥远时空中的历史人物，塑造成了有血有肉如在眼前的鲜活生命，我们不仅能感受其音容笑貌，我们还能听到他的呼吸与心跳。读完传记，陆游仿佛不再是那个传说中的著名文人，而成了一个比现实生活中的朋友还要熟悉亲近的人。

这部传记，凝聚着陆春祥对人物的厚爱与情感，也凝结着陆春祥的心血与创意，无论在写法上还是在结构上，都独具只眼，与众不同。

比如，传记的序言居然是一封作者写给陆游的书信《致务观书》。抬头便是"务观兄好"，瞬间就建立起一种超越时空见字如面的现场感与亲切感，读着读着，我们就像游泳时从岸上跃入水中那样，恍然间已置身于南宋的山河岁月。这封充满想象与创意的书信，让我想起电影《甜蜜蜜》对人物视角的创新：用写信代替旁白，容易出戏的间离感于是被置换成了没有距离的代入感。

比如，这部传记的卷目，采用的全是"家世记""离乱记""从师记""初官记""乡居记""严州记""修史记"这样的一致性笔记写作方式，手记乎，日记乎，传记乎？有的标题直接就是对陆游著作文章的引用和化用，比如"入蜀记"和"老学庵记"。无形之中，这部传记好像被赋予了一些自传似的色彩，就好像陆游本人也认同并参与到这部传记的写作中一样，你中有我，我中有你，顺应无间，融会化合。仿佛通过这样的方式，作家与传主得以跨越时间与空间，相互靠近，相互呼应，相互欣赏，默契如携手。

再比如在叙事时间上，这部传记放弃了常见的线性时间，运用了现代小说的时空穿插与颠倒跳跃，晚年的陆游与少年的陆游似乎可以在叙述中相遇，而频繁的倒叙、插叙和顺叙恰好映射出陆游那颠沛流离的坎坷人生与跌宕命运。在第二卷"从师记"里，陆春祥叙述陆游少年从师学诗，既向生活中的老师学，也向书籍里的古人学，像陶渊明，像王维，像岑参。陆春祥引用了那首《剑南诗稿》卷二十中的《老病追感壮岁读书之乐作短歌》，在陆春祥的叙述里，写这首诗的陆游，已然置身于六十四岁的晚年，但在紧接着的倒叙里，让晚年的陆游回忆并见到了少年的陆游。

这是淳熙十五年（1188）秋，陆游刚从严州知州上卸任回乡时所作的诗，六十四岁的他，身体不太好，但想起少年的苦读情景，依然清晰如昨：

> 十四五岁，读书的好年纪，长长的暗夜，对喜欢读书的少年来说，正是无人打扰的好时光，虫声唧唧，风吹庭树，城楼响鼓，无论春夏秋冬，堆满经典的书房中，捧着书的少年，或默声诵读，或取过纸奋笔疾书，肚子饿了，咬一个饼，那味道，不亚于山珍海味。天渐渐露白，窗外已现晨光，待晨光穿过窗棂，少年起身，用力地举手伸伸腰，再将如豆油灯吹灭，呵，又一个新的日子来临了。

六

除了杂文、思想性随笔、笔记新说系列和人物传记，陆春祥还创作了大量现在时态的游记式散文，他自己称为"笔记散文"，已结集的有《连山》《九万里风》等。

九万里者，显现了陆春祥这些年的游历之频之广之远，他从东游到中，从东游到西，从东游到南，从东游到北，所以，这本书分为"东西南北中"五辑。在这本书里，我们看到读万卷书的陆春祥，已然蜕变成了行万里路的陆春祥，手里有光的陆春祥，变成了足下生辉的陆春祥。

风者，既是风雅颂的风，又是春风十里的风，还是风俗人文的风。这些风最终都被陆春祥收拢涵纳于纸页里，凝结成一篇篇华彩文章，从而显现了其游历的深度。

关于这本书，陆春祥做过这样的自述：

> 对我而言，《九万里风》的写作是一种尝试和转型。我希望，富足起来的人们，今后跑到各地游玩，除了吃喝玩，做更多的打探，探天探地探历史，或许，那个地方的历史人文，就和你有关，刚刚搭上你肩膀的那张银杏叶，那棵老树，就是你的十八代祖宗，不，三十六代祖宗栽

下的,这种打探出来的惊喜感,要远远好于让味蕾一时满足的简单
行游。

这段话的亮点,我以为是那张落在肩膀上的银杏叶,读完这些篇章你会发现,陆春祥就是那个敏锐多思一叶而知秋的人。这样的人,才能成为一个好的散文家。

七

陆春祥的文学地理与散文版图,其实远比上面的介绍更加疆域宽广,也更加色彩斑斓。

比如,他对故乡人物的系统挖掘与重点书写,其中既有历史的名人,也有时代的骄子,已结集为《水边的修辞》。这部长篇非虚构散文,既是人的记传,又是江的描画,深入挖掘了两千多年来大江丰厚的历史人文,全方位新角度抒写了富春山水。

再比如,最近他又完成了一本十八万字的《论语的种子》,内容与形式都与以前的写作完全不同……

纵观陆春祥的写作历程,其形式之多变,内容之驳杂,跨界之频繁,在当代散文领域几乎无出其右者。作为一个散文创作的多面手,他一直左冲右突,不仅有十八般武艺,而且有七十二变化。

凭借多姿多彩的探索实践,凭借容纳百川的自觉经营,凭借辗转腾挪的身手功夫,凭借思的敏捷与情的丰沛,他的散文创作拥有了优质高产的"杂的优势",真正呈现出一股多元化多维度的"子的气象"。

我想,正是陆春祥这样的散文家们的不懈努力,让当代的散文写作返回到了那个丰饶广阔的文章传统。

八

那么,在陆春祥色彩斑斓繁杂多样的散文创作中,有没有一以贯之始终保持的东西? 有没有万变不离其宗的东西?

陆春祥自己在访谈中曾经提出六个字:"有文,有思,有趣。"

自然是很好的浓缩与总结，却也是一种抽象的分解。我想试着化合并还原为一种具象。

我以为，脉络般维系并贯穿于陆春祥全部散文创作的精髓或特色，乃是通过创造性的文学努力，把思想与情怀演绎为光芒。

巴尔扎克在《人间喜剧》的前言中曾断言："光与思想是两种几乎相同的东西。"我的理解是，优秀的文学作品是有光的，它能穿越灰暗的生活与精神的雾障，照亮我们的生命，照亮我们的心灵，让心灵重新变得水晶般澄澈与透明。

跟实证的科学与抽象的哲学不同，文学作品里不仅有思想，还有想象有灵感有情趣有温度有色彩有喜悦有美与爱，所有这些东西融会化合在一起，就成了那种光芒。

而《约翰福音》里有言："语言是世界之光。"这句箴言也许道出了文学创作的秘密，即，就像唯有爱才能触发爱，如果你想把思想演绎成光芒，你的语言本身也需要发出光彩。

我觉得陆春祥的散文创作，正是在努力实践并证明这一点。

九

因此，在笔记新说著作《相看》的扉页，陆春祥所写的这句话便绝非偶然：

　　嗬，要有光，必须添光。

在某种意义上，陆春祥的写作，就是用一支如锹如镐之笔挖掘社会历史深处或山河大地之中的光芒。

比如，在《病了的字母》里，在文章与草药之间，在理性与感性之间，在讽刺与幽默之间，隐隐透露出来的是一种善意之光。

比如，在笔记新说系列里，用陆春祥自己的话来说，"是想发现个中饱含着千年思想的灵光"。

再比如，在《天地放翁——陆游传》里，陆春祥用自己的挚爱与心血，穿越时空，摹写出陆游书生剑客忧国忧民的全息人生的同时，捕捉的是陆游那永不湮灭的灵魂之光。

十

《九万里风》,也许是一部最接近散文概念的作品集了,我接下来想以这部作品为个案,借助文本细读,管间窥豹,尝鼎一脔,具体赏析一下陆春祥的语言艺术,去探究和阐发内敛于其笔端的思想与文采,并试着去辑录字里行间那些出土的青瓷片一样在太阳底下散发出来的光芒。

在那篇就叫《上虞之光》的散文里,陆春祥书写了上虞历史中的文化之光。第一节写的是"重华",在结尾处,陆春祥驾轻就熟地自觉地把舜的"孝感动天"精神,酝酿并隐喻成了一种魅人的晶光:

> 离开上虞宾馆的那天早晨,阳光晴好,再一次经过舜井,大樟树掩映下,舜井水漾着异常明丽的晶光。

《上虞之光》的第四节写"越瓷"。
开头先写那些重新出土的青瓷碎片:

> 一场热带风暴过后,禁山南麓,有村民在小溪边突然发现了大量的青瓷碎片,这显然是暴雨的功劳,大暴雨将松软的土刷了一层又一层,仍然"刨根问底",但幸运的是,数千年前的青瓷碎片,终于有了和阳光对视的机会。

好一个"刨根问底",除了准确,当然还谐趣。一个思考历史书写文化的人,就应该用暴雨的精神武装自己。唯其如此,那终于"与阳光对视"的青瓷碎片,才会散发出它的迷人光芒:

> 从窑址上发掘出来的各色青瓷,有整器,有碎片,青中带黄的颜色,拙而古,显然,它刚拂去上千年的尘埃,跨越时空远道而来,虽风尘仆仆,却依旧泛着鲜亮的光。

接着,陆春祥进一步描摹陶瓷世家传人的内心愿望与青瓷之光:

> 越窑青瓷,博大精深,我只想重现它的光彩。
> 破译越窑青瓷的密码,为的就是找回历史记忆,恢复它的辉煌。

而文章的最后,陆春祥恰到好处地把青瓷的光芒完美地收拢在了一句不可替代的诗句里:

> 夺得千峰翠色。

十一

无独有偶,在《诸暨三贤》这篇散文中,陆春祥先是穿越时空,让自己置身于幻想中的元明,目睹了"梅翁王冕"人梅合一的生命之光:

> 看着石碑,望着王冕故居的郝山,那片梅林、桃杏林上空的白云忽
> 然漂浮升腾起来,梅花屋主,或者梅翁,或者梅叟,正扛着锄头,悠闲地
> 行走在花树间,手一下一下地撩着撞他面的白云,他每天都去看望那
> 些梅伙伴,细细地锄草培土,和它们倾心交流。

紧接着,又在艺术学养与识见的合力作用下,捕获并定格了王冕的艺术之光:

> 王冕笔下的梅,枝梢道劲,千花万蕊,骨格清健,神韵俊逸。整个
> 元明的艺术天空,顿时明亮起来。

在同一篇文章中,陆春祥运用拟人化的鲜活文字,状写了"文章巨公"杨维桢的书法艺术,生动地描摹了那种"乱头粗服"的心灵个性与时代特色,透过张狂的艺术弧线,陆春祥抓住的分明是乱世奇才杨维桢的真挚性情与生命光芒:

通篇皆为醉墨狂舞,线条忽浓忽淡,字形忽大忽小,随势构字,任由心出,八面用锋,夸张率性,犹如一酒醉汉子,或似衫不履的游僧,手里握着个葫芦,跟跟跄跄,时而低吟,时而狂吼,旁若无人,这种神态,是他笔、墨、线和心灵的无奈、痛苦、悲愤紧紧相连的结晶,也就是说,杨维桢书法的巨变开合,有着鲜明的时代节奏。

但陆春祥的笔致并没有停留在这儿,在这一节的最后,他把杨维桢的草书艺术与心灵样貌,用比兴的手法,诗意地寄寓在了一种从古开到今的黄色小花之中,在艺术家的故乡铁崖山下,随处可见这种叫景天的黄色小花:

> 回望铁崖山,山脚岩石下开着簇簇黄色五角小花,鲜亮透明,那是景天,是味经典中药,味苦、酸、性寒。景天还有数十种别称,如戒火、护花草、八宝草、土三七、观音扇、美人草,专治烦热惊狂、蛇虫咬伤等。
>
> 嗯,这种草,说不定少年杨苦读时就生长在那些岩石上了,草的先辈、先辈的先辈,一定见证了少年杨的苦读时光。
>
> 景天的五色小黄花,看似杂乱无序,细看,却也如杨氏草书,秩序井然,变化多姿。

却原来这种黄色小花就是美人草,却原来景天有这么多别名、这么多功效!这段比拟与寄兴文字,除了打通了人格与自然,打通了古代与今天,它再一次显现了陆春祥的博物与学识。这个例子其实告诉我们,好的散文语言,除了要有文学性与诗意,还要有扎实的学识与广博的修养。

如果说这里只是通过一段文字,说明学养对散文写作的重要性,那么像书中的《在日照,问候灰陶尊》则用一篇文章显现了学识与知识积淀对散文写作的支撑作用。没有对古代典籍与太阳崇拜传统的熟悉与了解,没有相关的考古知识尤其是制陶历史的掌握,就不可能写出这样一篇内容充盈富有营养的文章。

我想,丰厚渊博的学养,也许是陆春祥的文章蕴含并散发光芒的秘密之一。

十二

《诸暨三贤》的最后一贤，写的是陈洪绶，号老莲。

陆春祥利用谐音开门见山：

> 这老莲，确实老练，小时候就如此，还不是一般的老练，思想、才情，都老练。

接下来，陆春祥通过谐谑好玩的名人轶事具体展现了老莲的老练。

读这一节的体会和启示是，散文语言还应该幽默，还应该有趣。唯其如此，才能吸引读者的目光，从而把文与思酿成光芒传达给别人。

《诸暨三贤》这篇文章最后绾结在一个妙喻上，借助这个生动的比喻，陆春祥把分开讲述的三个诸暨贤达巧妙地叠合贯通在了一起，形成了一个整体，从而体现了陆春祥熟稔老练的文章章法：

> 梅翁王冕，铁笛道人杨维桢，陈洪绶老莲，七百多年过去了，他们的名字，依然如深涧传笛般响亮而悠扬。

十三

"范规众随"，是陆春祥生造的一个词，他用它作了书写范成大处州故事的题目。中学生作文最忌生造词语，而一个成熟自信的作家却不妨偶尔为之，既可以展现浓缩性与概括性，又可以收到文学写作中的创造性与陌生化效果。

在这篇文章里，陆春祥没有面面俱到地书写范成大作为处州知府的政绩与生活，而是追着一块碑，勾连纵横，上下古今，抒写出范成大修建通济堰并亲拟管理规则的感人事迹。

通济堰是浙江省最古老的水利工程，全国文物保护单位，也是灌溉工程世界遗产。然而，在冬日降温天气里，在陆春祥的生花妙笔下，它变成了一道美丽的虹：

　　戊戌冬日，丽水莲都区的堰头村，寒风逼人，一道弧形的白色大虹，横躺在瓯江与松阴溪的交汇处，虹的上空，雾气弥漫，一直缭绕至青山的怀抱，薄纱遮盖着差不多半个湖面。

　　不过，更让我们喜爱的，也许是下面这段描述毛渠的叙述：

　　毛渠，我很喜欢这个词语，细小，小到几十厘米，但它是粮田旱涝保收的重要命脉；入微，瓯江水流到这里，已没有"哗哗"的喧闹，只是静静地"汩汩"流淌，旱季里的清流，按时足额注入农田，犹如三伏天人们喝到的甘露。毛渠极似人的毛细血管，是粮田的生命通道。

　　这段关于毛渠的文字，既有专业的功能性的介绍与说明，又有文学性的描绘与形容，既有视觉的把握（细小、几十厘米），又有听觉差异上的准确表达（从"哗哗"到"汩汩"）。而通过破格地把"细小入微"这个词语的拆分运用，则巧妙地形成了这段叙述的条理、逻辑与节奏。

　　这样的文字，彰显的是写作者指事类情的扎实功夫。

十四

　　散文《梅花之城》的结尾又一次体现了陆春祥写作经验的丰富与老道。

　　这篇文章既叙写了梅城严州的历史，又记述了诸多与梅城有关的文化名人与诗人，从梅城下游富春山隐居的严光，到贬为睦州刺史的宋璟，还有曾游历过梅城的诗人谢灵运、沈约、王维、李白、孟浩然、杜牧等。后面又重点展开讲述了范仲淹与陆游两人在梅城的事迹，以及严州出版业兴盛繁荣的历史。

　　但到了文章的最后，陆春祥特地让自己登上南峰塔，从而让目光与叙述落脚在了这篇文章的中心意象梅花与梅城的灵魂上：

　　我们登上南峰塔望远，乌龙山逶迤连绵而远接天际，富春江衔新安江、兰江阔波向前，塔下有硕大梅苑，白梅、红梅、青梅、花梅、蜡梅，五十几个品种，数千株梅花，将南峰层层点染。

梅花盛开的季节,这座江南古城的千年文脉和城脉似乎一下子被激发了,梅城的灵魂顿时鲜活无比。

陆春祥老马识途一样让文章的结尾落在了梅花上,娴熟的落地动作就像一个体操高手,山的"远接天际",江的"阔波向前",斩截的语调与顿挫的节奏,让这个落地动作显得格外平稳有力,漂亮潇洒。

十五

世上所有的女子,都应该有娘家。

这是散文《娘家小院》开头的话。这句话,体现的是真挚情感对散文写作的灵魂地位与功用。

乍一看,这只是一句家常话,一句平常语,质朴无华,貌不惊人。

细品则堪称金玉良言,语气轻缓,却内涵深长,字里语间,分明蕴含着一片温馨,透出一股慈祥,有脉脉的善意与愿景荡漾其间并弥散开来,让人觉得温暖与感动。

不妨把这样的句子,称为佛家话、菩萨语,它超越了任何文采与技巧,非历经沧桑者不能书,非宅心仁厚者不能写。这样的文字襟怀宽柔,自带光芒。

有了这一句,一篇普通的记游文字便升华为美文佳构,故可称之为文眼。

倏然想到人世间还有铁链女,暗夜里还有无家可归的女子,再读这句话,简直让人流泪……

十六

最后,祝愿陆春祥在杂文与散文之间,在灵动与执着之间,在记与笔之间,在虚与实之间,在诗与思之间,继续冶炼,继续淬火,继续糅合,让光芒照亮思想,让思想沐浴光芒,最终抵达炉火纯青之境,抵达思想与光芒融合无间之境,写出传世的美文,铸就自己的经典。

(本文原载于《新文学评论》2023 年第 1 期)

第五章　苏沧桑:江南非遗文化的"发现"与"再现"

民间温度　纸上沧桑

——从苏沧桑散文集《纸上》[①]看非虚构写作修辞学

王　迅

非虚构散文是近年来文坛颇为流行的文体。这种文体发端于《人民文学》2010年第2期开始陆续推出的"非虚构"栏目,直接引发了梁鸿、慕容雪村、李娟、韩石山等作家的非虚构写作实践。非虚构写作逐渐成为作家回应时代焦点与现实问题的重要途径。苏沧桑散文集《纸上》同样触及时代命题,在中国传统文化视域中检视民间艺人现状,提出民间工艺行当日渐衰微以至面临失传的问题,引发社会广泛关注与反思。本章从写作维度、生命美学和艺术探索等三个层面入手,揭示苏沧桑散文创作与时下流行的非虚构写作之异同,并探讨作为新世纪重要文学现象的"非虚构写作"的概念以及此种写作范式的可能性。

一、写作维度:"互相寻找""内部对话"与"精准表达"

非虚构作品的优势很大程度上在于它是一种大容量的文体,能为读者提供丰富而鲜活的社会历史文化信息。《人民文学》2010年第9期推出梁鸿《梁庄》、刘亮程《飞机配件门市部》等非虚构作品,编者就是出于这样的考虑:"探索比报告文学或纪实文学更宽阔的写作,不是虚构的,但从个人到社会,从现实到历史,从微小到宏大,我们各种各样的关切和经验等在文学的书写中得到呈现。"[②]大概是说,非虚构文学之所以"大于"报告文学或纪实文学,得以被大力提倡,是

[①] 苏沧桑散文集《纸上》于2021年3月由北京十月文艺出版社出版。

[②] 《人民文学》2010年第9期卷首语。

基于对后者模式化的不满。《人民文学》策划"非虚构"栏目，"部分地促成写实作品由单一政治的宏大叙事向日常社会生活叙事的回归"。因此，与报告文学、纪实文学等文体相比，非虚构有两大优势：一是"注重故事的讲述"和"人物形象的再现"，"更加注意回归文学叙事本身"，"增强了对接受者的召唤力"；二是实现"公共叙事与个人叙事的有机结合，使个人故事中透视出时代演变的面貌"。①因此，微观个体与宏大历史的融合构成了非虚构写作维度的本质规定性，这决定了文学审美的历史纵深感对执迷于日常的非虚构写作来说并非可有可无。因为非虚构写作往往是对社会焦点问题的精微解析与深度阐释，以区别于读者大众对社会生活的表面认识，这就要求创作主体在理解和把握问题时，用审美的方式将历史与现实接通，在双重视域推进中构筑文本的意义深度。

有了历史与现实的双重视野，就为非虚构写作提供了观察事物的入口与方式。相较而言，非虚构写作侧重"发现"生活中原本存在的东西，而文学则是"发明"世上本无的东西。如果要把实时"新闻"变成审美的"文学"，那么，写作者所"发现"的东西是否是有效的"素材"，是否具有文化价值和思想价值，则又是检验和判断非虚构写作审美价值高低的试金石。对非虚构而言，如何去"发现"呢？以《纸上》为例考察非虚构写作的方法论，至少有两点值得借鉴。一是要保持对生活的洞察力，捕捉适于非虚构审美的题材。二是要深入现场，与自己的人物同呼吸、共命运，在感同身受中去发掘那些日常中熟视无睹却历史文化蕴含深厚的素材。

从主题学上看，《纸上》以江南"非遗"文化、手艺行当、风物人情为写作的基本元素，聚焦传统民间文化在现代文明进程中的遭遇与现状。在审美向度上，作品在"人"与"物"的关联中建立写作伦理，在传统与现代、精神与物质的框架中为读者提供了关于非遗书写别样的思维空间。在工业文明冲击下，传统文化中很多优秀成分逐渐被边缘化。尤其21世纪以来，这个过程越演越烈，引起知识界高度关注。国家通过非遗项目的设立试图缓解传统文化的衰落进程。这种情势下，文学的介入可谓正当其时。如果说梁鸿的审美兴奋点在中国乡村的民间世象以及对传统乡村社会在改革中所经历的阵痛与衰败，那么，苏沧桑则从现实人生入手，走进中华传统文化的旷野，切入民间手工艺人的生命百态。

---

①　丁晓原：《非虚构文学：时代与文体的"互文"》，《东吴学术》2018年第5期。

从书中七篇来看,造纸、唱戏、采茶、养蜂、育蚕、酿酒、摇船等,这些蕴藏中华优秀传统文化精髓的民间劳作项目,逐渐淡出大众日常视野。由此,作者发问:"有谁真正注意过一张纸本身,它来自哪里?如何制造的?能活多少年?谁在担心一张纸会永远消失?一门古老的手艺将无人传承,一种珍贵的精神将永远绝迹?"那些古老的手艺曾经辉煌而如今式微,与此相伴随的是,非遗文化传承人"以最低的姿态活在芸芸众生视线之外"。他们的生存现状、性情与心态极少为人所关注,无疑为非虚构写作提供了绝好的素材。基于这种"发现",苏沧桑以江南文化人的视角和立场观察身边快要消失的民间文化生态,挖掘传统文化精髓并阐释其传承价值,呈现民间艺人的匠心志气。其中既有作为传承人的信仰和抱负,也有平静淡泊中的自得其乐,当然更多的是行当衰微态势下无法掩藏的焦虑与无奈。

苏沧桑的写作有诸多层面的意义,最主要的莫过于非物质文化传承问题的提出。国家非物质文化遗产名录评定工作领导小组副组长、专家委员会主任冯骥才认为:"非虚构文学在我们非物质文化遗产的传承与保护中发挥着独特的作用,其对中国文化的理解与阐释也有重要意义。"①从这个意义上看,文学对精神文化遗产抑或非物质文化遗产的挖掘、解读与呈现,就有了国家文化战略上的意义。同时,就题材与文体关系来看,把非遗题材纳入写作视野可以激活非虚构散文独特的文体优势。

古今对比中打开审美视野,建构历史与现实的对话空间,是苏沧桑散文写作的重要维度。阅读《纸上》会让人想起白先勇小说集《台北人》。两部作品虽然文体不同,题材内容与主题指向也差异甚大,但今昔对比的写作维度却是惊人一致。苏沧桑散文中的民间艺人有如白先勇小说中的台北人,他们的人生及其所从事的行当都经历了昔盛今衰的戏剧性变化。历史与现实的对照中,那些暧昧的或被遮蔽的事物就会异常清晰起来,在文学书写中获得精确的界定。事实上,《人民文学》推出"非虚构"栏目之际,也就对非虚构写作如此期盼:"努力看清事物与人心,对复杂混沌的经验作出精确的表达和命名,而这对文学来说,已经是一个艰巨而光荣的目标。"②通常为我们所忽略的民间经验是"复杂混沌

① 冯骥才:《非虚构写作:现实有着不可辩驳的力量》,《写作》2018年第12期。
② 《人民文学》2010年第9期卷首语。

的",而《纸上》系列篇章从行业现状入手,以一个家族为视点往前追溯这个行业的源头并梳理其发展史,试图在历史与现实的对话结构中,在"看清事物与人心"的基础上对民间文化"经验"做出"精确的表达和命名"。正如李敬泽所言,好的散文须有"一种内部的对话精神",在"对话"中反映"诸种价值间的冲突"。①无论是对民间工艺的起源、发展与现状的追踪,还是对传承人精神状态和生活态度的揭示,文本都基于民间文化史建构古今对话体系,并以诗化语言出之,正如自序所称:写作者就像冰河上定格春信的秒针,精准而诗性。

其实,散文艺术上的"精准"并非仅仅是指符合事实的客观呈现,而更多的是将"人"置于现实与历史的对话结构中,对侵染于民间文化中的世道人心的准确把握。如《与茶》对黄建春人生态度的描写:"他不太懂茶文化的博大精深,好好做茶,心无杂念,随遇而安,是最心安理得的谋生方式。他用最无害的方式与茶同生共存,守护着中国根深蒂固的传统美德而不自知。"做茶对黄建春来说只是"谋生方式",因此他无心包装经营,更无意打造品牌。如此,哪怕是正宗的明前龙井茶,由于包装简陋,也只能贱卖。应该说,黄建春与《纸上》其他篇章的人物同属传承人系列,但又同中有异,黄建春勤劳而朴实,文化水平不高,所以,他对茶艺行当的前景没有更多想法,未能意识到龙井茶生产工艺的传承价值,仅凭着良心老老实实做事,在不自觉中守护着拥有一千二百年历史的传统茶艺文化。显然,作者没有刻意拔高这个群体的文化素质和道德品格,而是遵循人物的生命逻辑,去考察绵延千年的茶文化的现代境遇,在传统文化与消费文化的交汇点上呈现传承人的心态。

二、生命美学：在"人"与"物"的关联中塑造多样生命形态

多样生命形态的捕捉与发现是苏沧桑非虚构写作的审美立足点。非虚构作品既然是文学,自然不可忽视"人"的维度。"人是文学的生命与灵魂,如果我们抓不住一些这个时代特有的、个性的、典型的、命运独具的、活灵灵的人物,非虚构写作就谈不到价值与意义。"②非虚构写作同样须以"人"为支点。尤其对文化传承题材而言,事无巨细地讲述生产过程或描画演出现场,很容易导致"人"

---

① 冯骥才等:《散文的可能性》,人民文学出版社 2006 年版,第 108 页。
② 冯骥才:《非虚构写作与非虚构文学》,《当代文坛》2019 年第 2 期。

本身被淹没在烦琐的工艺流程与演出程式中。无论是写酿酒、造纸、养蚕、养蜂，还是写摇船、采茶甚至戏班演出，在每个行当的生产工艺、操作流程以及表演程式的描写中，苏沧桑都将笔力放在人物的动作、语言、外貌和心性的呈现上，致力于种种生命形态的构造。如《冬酿》写中国酒文化，其实放在黄酒酿造工艺的笔墨并不多，而更多的是写酒人与酒事——酒局、庆典、喜宴、典故穿插其间，概言之，就是写杯中事，写酒中人。这种以"人"为支点的非虚构写作中，个性、命运各异又带有时代印记的艺人身上，蕴藉着历史文化积淀，折射出坚硬的生命质地与复杂的人格特质。

作者在后记中说，《纸上》创作灵感源于作家盐野米松《树之生命木之心》中对日本宫殿木匠群体的书写，那传承了一千三百年的"匠人之魂"触动了作者的神经，驱使她把目光投向江南古村落，关注古法造纸、酿酒的传承人、老家玉环的越剧草台戏班、浪迹天涯的养蜂人，还有勤劳坚韧的茶农、养蚕人以及历经沧桑的西湖船娘。他们游走于现代社会边缘而时常受到遮蔽。他们纠结、焦灼的情绪沉潜于心底，奔忙于各自行当的经营中。由于社会地位处于弱势，他们的孤独是双重的。对养蜂人郭靖们来说，几十年如一日地守在新疆人迹罕至的花海上，是行业追求中所必须忍受的孤独，而当他们回到故乡温州，置身商业化空间如同置身一座孤岛，又会陷入另一重难以言说的孤独。这种大众视野难以企及的生存镜像与他们所从事的行业有关，仿如一张元书纸的境遇：如果它开口说话，发出的声音，必定是水的声音。水声里，是比古井更深的寂寞。若要真实呈现这群被遮蔽的传统艺人及其生活状态，在灵魂的穿透中实现一种"去蔽"，那么，作家就应该走近他们的生活，将其日常生活及其精神状态纳入审美视野，并尽可能做出贴近日常的原生态描述。对作者来说，打捞并激活身边"被忽略的现实人生"，是为了让这个群体挣脱一种"概念化的存在"。[①] 应当说，苏沧桑所秉持的"去概念化"的创作理念是其人物真实性和鲜活感的重要理论来源。

从艺术形象来看，《纸上》系列中民间艺人的人格形态是丰富多元的。首先是自我审视型人格。他们对自己所从事的古老行业前景并不乐观，其焦虑、无奈、倦怠的情绪如影随形，如蚕农沈桂章。其次是现实型人格，以朱启航及其同学为代表，其人生理念是必须先解决生存问题，才谈得上理想和精神。最后是

---

① 苏沧桑：《纸上·后记》，北京十月文艺出版社2021年版，第366页。

流浪性人格。《跟着戏班去流浪》中的曲艺演员居无定所，走到哪里算哪里，演到哪里算哪里，这是草台戏班演出生活的常态。然而，无论是哪种人格类型，也无论是过去还是现在，他们都在焦灼中劳作，在逆境中探寻出路，显示出勤劳、坚韧、淳朴的生命本色。对西湖船娘来说，每一天都是"眼睛的天堂，身体的地狱"。改革开放四十年，养蜂人生活方式发生巨大变化，如今有车、有房、有网，但依然风餐露宿，担惊受怕，隐居在人们视线不及的地方。也许沉迷于"甜蜜的事业"就是养蜂人的本色。《跟着戏班去流浪》中的阿朱、潘香、赛菊、爱妃、俏俏等被刻画得活色生香的女性形象，在我看来完全可以与孙犁《荷花淀》中的水生女人相媲美，虽然二者创作语境不同，文风各异，但对中国女性身上那种人性美、人情美的书写却是如出一辙。就拿赛菊来说，她是戏班的台柱子，眼看就被别的戏班挖走。就在收拾戏箱之际，姐妹们七手八脚卸下她的行李，并要求老板为赛菊提薪。此时，作者这样写道：

> 赛菊心里在流泪。其实，留住她的，不是后来涨了多少工资，而是被她低估了的不舍。多年来，老的小的戏迷跟了一大班，但不可能有掏心掏肺的交往，自己的性格也不喜欢主动跟别的戏班的人深交。最知心最开心的，也就是戏班里这些个姐妹了。每次她生病了，烧饭奶奶比自己家人病了还着急，照顾得无微不至，老板娘阿朱再忙也会替她多演几场，而戏台上一个走神，同台的姐妹间都会互相巧妙地暗示补台。

这段文字呈现赛菊在姐妹挽留之下的心理活动，一种"被她低估了的不舍"借助日常细节呈现出来，显得分外真实。不难看出，对她们来说，吉祥越剧团就是一个温暖的大家庭。互爱互助的姐妹情谊正是她们长久活跃在民间舞台的内生动力。她们常年在外流浪演出，与家人长期处于分离状态，但与同事、观众的关系却相当和谐、融洽。总之，尽管民间艺人身份低微，生活在社会底层，但在他们身上，那些向善的品格依然焕发光彩，弥足珍贵。坚守艺德、为人厚道、善解人意、成人之美、重情重义等传统美德，在那些被遮蔽的场域中熠熠生辉，显示了生命的本色与价值。

"人"与"物"的关联化书写是《纸上》艺术形象塑造的重要特征。《纸上》系列中，"人"与"物"互相关联，彼此映照。《跟着戏班去流浪》着眼于"人"与"戏"的关系，可谓戏如人生，人生如戏。同样，《冬酿》把"人"融入"酒"中，人如杯中酒，酒中有人生。以《纸上》为例，主人公朱中华是元书纸造纸第十三代传人，也是朱家门村最后一个坚守古法造纸的人。在机械造纸普及的今天，他在古法造纸的坚守中不乏后继无人的担忧。工人说走就走，但他和妻子怎能一走了之？你可以说，这其中有一种不得已的责任担当。在妻子工作热情不断递减、古法造纸面临失传的情势下，他仍在不经意间流露出对传统造纸的文化自信。这归结于一个匠人的雄心，他想努力用竹子做出世界上最好的纸，一种会呼吸的纸，让纸上生命存留千年。《四库全书》用纸是清朝最名贵的御用开化纸，光滑细密，精美绝伦，不可复制，但对朱中华来说，这种纸就像"失散多年的亲人"，而拥有一千多年历史的元书纸完全可以与之比肩。果然，古法造纸这个被瞧不起、几近没落的行业引起专家重视，并在古籍印刷、国宝级的珍贵文物修复上发挥作用。朱中华由此更自信，决定让下一代子承父业。在其召唤下，朱起航、朱起杨两兄弟放弃城市就业机会，投入古法造纸。这样的结尾寄予了古老的造纸行业一丝光明前景。可见，朱中华的一生是与元书纸联系在一起的，二者之关联有如两个对等的生命体。所以，要完成这个人物的塑造，就离不开对另一生命形态——元书纸的观照。

基于"人"与"物"之间的种种关联，上文所提到的"生命形态"，其实不仅指称作为特殊群体的民间艺人，同时也指涉"物"本身。如春蚕、元书纸等，都是作为有"灵"之物被命名而纳入生命对话体系的。以《春蚕记》为例，作者从沈桂章家要来一百条幼蚕，置于书房喂养。但她不只是把蚕宝宝当宠物对待，体验养蚕之趣，而是将它视为传统文化视域中大自然的精灵：蚕之有灵，在于它能听懂人间话语。蚕房不可有淫声秽语，不然，闻之即僵。湖州有传，"文化大革命"时期，一室冬蚕绝命于民兵连长与一女子的苟且之声。因此，书中邵云凤以"宝宝"唤之，犹如对怀里的婴儿呢喃，语气"比屋外的雨丝更柔"。同样，在苏沧桑看来，富阳元书纸是会呼吸、有灵魂的生命体。当然，纸的生命是人类所赋予的，可见传统造纸中"人"本身的重要性。现代造纸中，纸的生成是流水线上从"物"到"物"的过程。而《纸上》则着力于元书纸生命化的讲述，纸的生产过程仿如一个生命的诞生。从一根竹子到一张纸需要七十二道工序，耗时十月，像孕育一个胎儿："随着一棵毛竹慢慢倾斜、倒下，一小片天空就大出了一点点，预示着一棵毛竹在天空消失,投胎到大地上做了一张纸。毛竹倒下时伸出绿色的手,和其他依然挺立的家人说珍重,然后砰砰砰投入山涧——朱中华的父亲和伙计们早已铺设好的竹道上。"竹子裹着山林的日月精华,在滴答声中渐渐形成元书纸的胚胎。在朱中华眼中,元书纸是有生命的。所谓"千年寿纸"就是指手工纸,经过"酿酒""玉化"等机械造纸无法企及的工艺,一张纸便会呼吸并产生独有的光泽。显然,朱中华是把元书纸的生产当作一种生命形态的构造。所以,他碰触元书纸,就像"碰触佛祖一样恭敬,像碰触婴儿一样小心"。

如果说元书纸在实物意义上的生命来自朱中华的天工之手,那么,"人"与"物",造纸者与元书纸,两种生命形态之间形而上的"对话"却是由创作主体的审美体验和文学想象来完成的,它源于作者敏感的审美神经,也来自作者对生活、对生命的独特认知。

三、艺术探索:叙事与抒情的兼容中彰显审美张力

非虚构写作不等于非虚构文学,而是一个很宽泛的概念,包括所有忠于真实题材的写作。但"它要达到优秀的虚构文学的高度,就需要文学的力量与价值,就要关注文学的思想、人物、细节、语言"[①]。作为一种审美表达,非虚构散文创作目前还处于初步尝试阶段。非虚构写作在审美修辞上,除了锁定人物这个核心要素之外,当然也少不了创作主体在形式上的自觉探索。这个意义上,苏沧桑的艺术自觉值得关注。《纸上》系列大体上采用作者叙事,在叙事中插入抒情化的表达,在叙事与抒情的兼容中彰显审美张力。

叙事性是非虚构散文的重要特征。我们通常讲的"叙述",既可用于记录虚构事件,也可用于记录真实发生的事件。[②] 就非虚构散文而言,叙述的事件基本是真实的。但由于创作主体审美气质的差异,叙事策略、叙事风格在非虚构写作中就有了多种可能。然而,有学者指出,当下非虚构作品"叙述视角单一",叙事结构上"遵循线性发展的故事走向",因此审美价值不高。[③] 言下之意,当前非虚构写作在形式感的追求上还不是那么自觉。"非虚构"从多种维度书写当下

---

① 冯骥才:《非虚构写作与非虚构文学》,《当代文坛》2019 年第 2 期。

② [英]保罗·科布利:《叙述》,方小莉译,四川大学出版社 2017 年版,第 20 页。

③ 洪治纲:《非虚构:如何张扬"真实"》,《文艺争鸣》2021 年第 4 期。

中国经验,已经成为重要的文学类型,但毕竟也是一种年轻的写作文体,它的"生长性、不确定性和异质性又让写作者难以操作和把握"①。苏沧桑是叙述意识相当自觉的散文家,为提升非虚构作品的美学价值而在"形式"上不懈探索。《纸上》系列打破了通常的"线性叙事"结构,给读者带来多样的审美体验。我们不仅看到叙述视角的多元变量,也注意到叙事时空的自由切换。以《船娘》为例,先在叙述者的设置上将"我"置换成西湖船娘虹美,以人物自身的口吻来追述"船娘"这一自古有之却今昔有别的职业史,以及摇船生涯中的委屈与光彩,迁居的不舍与释然,与夫君相濡以沫的美好情感。而后在叙述时空切换模式上多处征用《百年孤独》开篇"多年以后"式的叙事语法:"多年以后,沈建基确定,乌鲁木齐火车西站的那个寒夜,是他与养蜂生涯最后的告别。那一夜,刻在记忆里的,是一刀一刀的冷与痛,是春蚕吐完最后一根丝后的精疲力竭。"(《牧蜂图》)作者借用小说的叙事语法,在闪回与闪前之间切换自如,强化了养蜂人奔波中的苦与痛。这种叙事上的多样探索无疑是提升非虚构散文审美价值的重要途径。

互动式叙述是这部散文集凸显的审美追求。在与书写对象互动和对话中探寻生命踪迹、勾勒人物灵魂是《纸上》意义深度的主要来源。与以假见真的小说艺术不同,非虚构作品是以作者与人物近距离接触为基础的,对人物、事件的呈现都以经验的真实性为前提。近年来,文化传承题材的小说往往借助小说中人物的讲述来演绎故事,如葛亮《书匠》、陈集益《大地上的声音》、王松《梅花煞》等。与小说虚拟叙述者不同,作为主体形象,苏沧桑置身叙事现场,在与人物互动中透着敏锐感知,其所思所想时时映射在民间艺人的日常劳作、演出与生活中。在这个叙述者的统摄下,所有的叙述都贴近日常,贴近人心,接近一种原生态。值得注意的是,书中多处提到,一场意外事故使苏沧桑头部受重伤,直接影响了她对世界的认知,使她的生活远离世俗的喧嚣,更关注弱势的社会阶层,也更能体谅非遗传承人的苦与乐、悲与喜。叙述主体的立场由此生成。作者与文本中主人公的关系更趋亲近,构成一种肝胆相照的叙述格局。

非遗传承人身上所携带的"文化因子"及其人格张力,通常难以为人感知,只能在创作主体与表现对象之间不断对话中得以还原,或是借助当事人的回忆

---

① 郭艳等:《多面向的非虚构写作》,《文艺报》2017年12月18日第7版。

性讲述，实现一种审美性揭秘。《纸上》主要以作者的视角来呈现朱家造纸的现实状况，但很多地方也隐藏着转述视角，即借助朱中华的回忆来追溯朱家古法造纸的历史渊源，以此传达元书纸代代传承与坚守的家族精神。换言之，创作主体的视角之外，间或插入人物视角，或以"他者"视角进入，呈现"他者"眼中的世界。相较作者视角，透过朱中华的视角，可以更清晰地看到其妻子在文化传承问题上的立场和心态的变化。亲缘视角与作者视角相比更显客观和真实。这是苏沧桑的叙事策略之一。通过朱中华的视角进入妻子不无纠结的内心世界，比起作者全知视角的讲述自然更容易触及作为"战友"的妻子的真实情状，也更能让读者对叙述产生信任感和好奇心，去追寻妻子心理变化的根源。

一般来讲，细节是小说叙事的重要基石，而对非虚构写作来说同等重要。富于生活质感的细节缘于创作主体的"行动"和"体验"。这是因为非虚构写作以事实为根基，不宜发挥洒脱无羁的审美想象。正如梁鸿回到梁庄"体验"生活的"行动"，慕容雪村专门到传销现场考察的"行动"，苏沧桑同样身体力行，充当其中的一分子，在与叙述对象的互动中展示其生活状貌与精神棱角。以《与茶》为例，作者到茶乡长棣村考察龙井茶生产基地，与茶农同吃同住，并参与采茶全过程。因此茶农劳作的细节描写就很见功力。通过对黄建春择茶片段的勾勒，一个勤劳、细心又专注的茶农形象跃然纸上。又如《春蚕记》，作者奔赴湖州养蚕人家，于劳动现场感受到养蚕人的辛劳、焦虑与坚韧，通过细节传达出人物朴实、本分、友善的个性。作者不仅把镜头对准"他们"，也表达了"我"在城里养蚕的感受。城乡互动，彼此关联。在叙事中，"我"与"他们"实际上已经融为一体了。因此，借助在场经验谋划细节，是非虚构写作抵达人物灵魂的必要途径。这种抵达是心与心的碰撞中所形成的精神共振。沈桂章说："我们这一代人养好了，就不养了，儿子他们不会养了，太辛苦了。"作者写道："他声调平淡的话语将被暮色吞没时，我用力抓住它，心中黯然。"显然，这句话激活了作者纤细敏感的神经，引起了强烈的精神震荡。文中多处以沈桂章"看向虚无"来暗示一种心境。这是最后一个养蚕人的真实心境，但何尝又不是出于作者的观点。养蚕人那种不甘，那种无奈，正是借助作者的深度共情来得以深化的。《纸上》系列以鲜活的细节洞穿民间艺人的精神特质。自然，这些细节的捕捉离不开创作主体参与其中的在场感，以及发生在创作主体与表现对象之间的情感共振。

《纸上》系列中，在叙事之外，抒情的笔法也不容忽视。从角色功能来看，作者同时还兼任与表现对象平行的浪漫诗性的角色:这种浪漫诗性的角色定位为文本的叙述定下了抒情的基调。由于现代工业文明冲击,那些凝结着中华民族智慧的优秀传统文化面临失传的危险,作者内心自然颇不平静。当母亲感叹,做戏和看戏的人越来越少了,不知道几代以后,还会不会有人知道乡戏。作者心中便涌起一阵凄凉,因为对她来说,乡戏就是乡愁里最凄美的那一笔。也许,对苏沧桑来说,只有诗化笔法,才能承载得起这"许多愁"。其实,诗化的文字在这部散文集中几乎处处可见,构成文本审美价值的重要方面。《春蚕记》第八节"时光之选"就是突出的例子。检视过往,作者选取了与蚕丝相关的历史人物及其诗句、故事、事件来梳理蚕丝与人类互相勾连的文化记忆。蚕丝文化在我国源远流长,是中华民族文化自信的根基,而养蚕人家即将消失,这是令人无比惋惜的事情,但又是历史的选择。这种历史化抒情在书中十分普遍。再如句法方面,因为民间越剧戏班受到社会轻视,民间越剧姐妹常被看作是要饭的而被瞧不起,作者对此深表义愤,以一连串的排比句和疑问句道出胸中不平,以排山倒海式的句式来阐释越剧精神,揭示其作为"中华传统文化中多么珍贵的一股清流"的文化价值。这种抒情修辞在《纸上》系列作品中非常普遍,如写到茶与茶人,有时以梦境、悖论手法出之,一盏茶本来可以为漫长的人生苦旅完成短暂的释放,而制茶人却从未想到要释放他的疲惫,即便"累到极点时,也只是轻轻地、轻轻地叹了一口气";有时以鼓点式的诗歌语言呈现:"有时,它是一枚嫩叶,有时,它是一粒葵花子大小的绿光,有时,它是玻璃杯里千万个跳舞精灵;它是解毒的良药,亦是喂给敌人的毒;是刀剑,亦是丝绸之路上的生命之饮;是禅院里的一缕青烟,亦是殿堂上的最高礼仪;是僧侣行囊中无上的佛法,亦是凡间最美的烟火;是诗人的酒,是酒的友,是他乡明月,是游子的根,路的尽头……"这本身就是一首诗,在一种体贴中饱含着知识分子的人文情怀。

抒情修辞中,作者不仅致力于叙述语法的经营,还钟情于为她的表现对象注入浪漫基因,赋予诗性人格。船娘的活儿十分繁重,但在虹美眼中,每个游客都曾是西湖的一朵荷,一只鸟,一片云,一滴雨,一缕月光,一支香,一叶柳,一句诗。在《牧蜂图》中,养蜂人身处广袤无边的异域,但精神却并未因孤独而异化,而是保持着生命的激情,奔放而热烈。郭靖的爷爷唱新疆民歌、牧歌、红歌,那沙哑的歌声沉郁而粗粝,飘忽而悠扬。歌声终于唤醒了郭靖,从城里回到草原成为他深思后的人生抉择。爷爷的歌声在这里被符号化,隐含着一种"召唤"结构，是草原对郭靖的"召唤"，更是非遗文化对现代人的"召唤"。至此，现代与传统、精神与物质在这里交汇。古朴的草原、悠扬的牧歌以及养蜂人知足常乐的人生态度，这一切莫不让我们感受到沈从文《边城》的意蕴。在方法论的意义上，这种抒情笔法是以叙事为主导的非虚构修辞的必要补充，让我们看到了诗化叙事在非虚构写作中的生长空间。

总的来说，苏沧桑的写作实践至少给我们提供三点启示：一是基于历史与现实的双重思考，在今昔"对话"中构筑写作维度，这是非虚构写作意义深度的重要来源。二是在"人"与"物"的关联中塑造生命的多样形态，以生命化的叙事提升非虚构散文的审美价值。三是在艺术探索方面，以叙事为主体修辞，在叙事与抒情的兼容中彰显非虚构文体的艺术张力，以此拓展非虚构写作的审美疆域。

（本文原载于《当代作家评论》2023 年第 1 期）

第六章 顾艳、方格子、萧耳:向灵魂深处掘进的女性书写

略谈顾艳小说创作的转型

解 芳

顾艳生于中国杭州,20 世纪 70 年代在工厂做过临时工,也在文工团做过舞蹈学员。20 世纪 80 年代,考入浙江大学中文系。1991 年,顾艳发表了第一篇小说《空谷》。此后几十年,她创作不辍,成果丰硕,奠定了她在文学领域里不容忽视的地位。

顾艳写作形式丰富,从诗歌到散文,从传记到短篇、长篇小说,各种体裁都能得心应手。她总是怀抱一颗谦卑的心,书写大环境下的个体经验,以"个人化边缘写作"特立独行于文坛。她的写作表现出鲜明的性别特征和精神性追寻,无论《杭州女人》《疼痛的飞翔》《我的夏威夷之恋》,还是《冷酷杀手》《灵魂的舞蹈》等,都属于思索性、精神性追寻的小说,展现个体与时代的碰撞,揭示对社会与人的思考。

笔者发现自从《杭州女人》起,顾艳的艺术敏感执着于一类女性形象的创造,注重个体内在空间的开拓,表现人物心灵世界、情感经验和生命经验,这使她的作品呈现和包容知识女性的各种苦难、凌辱,噩梦般的命运在她笔下诗化的氛围中,既坚韧顽强与命运抗争,又怅然释然。她通过描写罪恶、丑陋、情欲、死亡、孤独、绝望等,孕育出无穷无尽的生命力量。

早在 20 世纪 90 年代,顾艳写作和出版过三部长篇小说《杭州女人》《疼痛的飞翔》《真情颤动》,有评论家把顾艳归为女性主义写作。评论家于青在《新周刊》发表的《杜拉斯与伍尔夫:被小资"文青化"的文艺教母》中指出:"中

国小资情调的走红，基础根植于 20 世纪 80 年代的文化解禁。在《外国文艺》携众多意识流、存在主义、黑色幽默、新小说派、斜阳派、戏作派为饥渴文青打开新大门后，一部分文青如余华、苏童、王小波、王安忆、陈村开拓了现代派，而另一部分文青如林白、陈染、虹影、顾艳则走上了女性主义、都市小资情怀的写作路线。在文化并没有随经济高速发展的中国，严肃文学的发展之路十分艰难，以至于除了 80 年代一批作家之后基本后继无人。而以城市生活为背景，着重于刻画个人情绪与感情经历的'私小说'文体，则如同雨后春笋，遍地开花。"

当年，胡志军教授在《顾艳："女人"到"人"的灵魂炼狱》一文中说："顾艳的创作在女性主义写作风起云涌的当代文坛，具有特别的意义。在许多新潮作家开始用'身体'写作的今天，同为女性作家的顾艳却反其道而行之，张起了'精神'写作的大旗。"

由此，我们看到从顾艳笔底创造出来的一系列女性形象，如《无家可归》中的叶凌，《走出荒原》中的沈越、朱红，《米鲁》中的米鲁，《精神家园》中的周梦琪，《逝去的玫瑰》中的邬云云，《杭州女人》中的池青青、苏艺成，《疼痛的飞翔》中的"我"，《真情颤动》中的文宣、夏虹等，都给读者留下了独特而深刻的印象。

如果我们追本溯源，可以看到顾艳的写作传承了五四时代女性追求独立、尊严和自我解放式的写作。我们从丁玲的作品里就可以看到这些女性形象的先驱，但顾艳从"女性"入手，却又超越了"女性叙事"，这是顾艳小说把这类形象的创造推到了精神艺术的高度。与此同时，这些人物形象在顾艳笔下又得到了变化和发展，从知识女性拓宽为社会各阶层的普通女性形象，从而形成了不同形态的女性系列作品。

从 21 世纪之初，顾艳发表的中短篇小说《筒子间的生活》《破碎》《如风过耳》《上海，你好》《九堡》《大杨村》《阶层》《手机短信》中，就有与以前的知识女性形象有所不同的角色，她们不全是沉浸在精神世界里的女性，而是脚踏大地的底层劳动妇女。尽管她们依然是弱者，但是她们有着默默的奉献精神，体现了人性中的高贵品质。在语言风格上，顾艳亦从诗性语言转到了白描手法，让人物在行动和语言中凸现其性格。

2001 年至 2010 年，顾艳出版和发表的长篇小说有《我的夏威夷之恋》《夜上海》《冷酷杀手》《灵魂的舞蹈》《荻港村》《上海弄堂》《辛亥风云》。一个有趣的发现是,顾艳在写中短篇小说时运用了白描的手法,回到长篇小说她的叙述语言则融白描与诗意,显得干净利索又不失诗意和灵气,极有张力。这时期给顾艳写过评论的有陈骏涛、陈思和、张炯、石一宁、左怀建、刘涛等教授和评论家,也就是说顾艳正值创作高峰,自身和外界的状态都不错,本应该借着东风趁热打铁,顾艳却忽然停顿下来,去读书充电了。她是以自己为轴心自转的人,拿得起,放得下——这与她喜欢老庄哲学不无道理。

停顿十年的小说创作,重新回归必定有相当难度。毕竟年轻有为的新生力量势不可当,人才济济的文坛想回归又谈何容易?别的不谈,就是发表再也不可能像从前邮箱里塞满了约稿信那样,甚至投出去的稿子石沉大海也是会有的。但是我发现顾艳很快调整了心态,一切从零出发。在恢复创作的一年多时间里,除却诗歌和散文不计在内,她总共发表了短篇小说《阿里的天空》《阿忠的遗嘱》《迷途》《玫瑰园草地》《向北飞翔的鸟》《在监狱中写诗的人》《海边的椰子树》《虚度》《狮峰岭》《旷世奇遇》《你别再管我》及中篇小说《黄云翼》,还有待发表的短篇小说《后院的枪声》和中篇小说《岁月亲情》等。这一份答卷,足以看出回归后的顾艳其自身实力比从前更有冲击力了。

我们可以把顾艳的小说创作分三个时期:第一时期20世纪90年代,第二时期21世纪00年代,第三时期就是回归写作后的21世纪20年代了。21世纪20年代刚开始,我们完全相信顾艳的创作,将进入更高层次的展现和表达。前不久,顾艳在北美极光系列讲座的演讲后,杨剑龙教授的点评颇具眼力和见地:"顾艳是用学者的睿智与作家的激情来写作的作家。我觉得她有一种不断拓展与执着追求的精神,不光是题材上,还有各种各样的创新思考。我觉得她在学业上的上进和创作上的丰富,去年还得了一个博士学位。这样的年纪还在兢兢业业做学生,是难能可贵的。所以我希望她再努力一下,创作出一部精品力作。这部精品力作,应该超过她以前的很多作品,应该成为这个世界上的,甚至冲击诺贝尔文学奖的这样一个作品。她有这样的能力,有这样的激情。这种创作和学术的准备,奠定了顾艳可以成为一个文学大家的可能。"

杨剑龙教授的点评,使我想起顾艳在21世纪头十年小说创作方面的创新和思考。那时无论在题材,还是在叙述语言上都有了明显的转型,评论家陈骏涛教授的论文《顾艳:从"本色"到"角色"》,就是最好的证明。比如她从都市题材到农村题材的长篇小说《荻港村》，从农村题材到历史题材的长篇小说《辛亥风云》，都在叙事和语言风格上有了新的开拓和发展。

农村题材的长篇小说《荻港村》，是一部中国作家协会重点作品项目。顾艳以史诗般的激情，讲述了荻港村百年的奋进与巨变。该书时间跨度为2003—1918—2004年，这是马蹄型的结构；而每章前的引言，是一篇语言优美的散文诗。顾艳在这部长篇小说中，第一次以男性视角来讲述故事，特别在结构和叙述语言上，都有了新的探索和展现。

比较有趣的是，这是主人公百岁老人许长根讲给一条狗听的故事。而在百岁老人许长根死后，这条狗又把自己对人类的所见所闻讲述给人听，并且在它行将死去时，告诉人们荻港村将出现的故事。全书分夏、秋、春、冬四个章节。值得注意的是，每个章节都有它内在的含义。顾艳将2003年非典病毒大流行，作为全书的起点，然后倒叙回到1918年世界病毒性感冒大流行。在跨度近百年的两场流行性疾病的新旧对照中，折射出人们在瘟疫袭击下，不同时代、不同生存境遇中的人性呈现。因此，《荻港村》无论在叙事风格、语言表达，意象运用等一系列写作技巧中，都给这个厚重的故事增添了亮色。

如果说，顾艳从都市走向农村，那么从农村带着泥土的芳香，进入历史就顺理成章了。2011年，顾艳出版的长篇历史小说《辛亥风云》，又有了新的突破和提升。按评论家刘涛教授的说法："《辛亥风云》采用'花开两朵，各表一枝'的叙述模式，沈鸿庆与邬爱香贯穿全篇，推动故事发展，整部小说处于家国视角转化之中，虽以辛亥为名，但并未孤立地写辛亥革命，而是将辛亥革命放在历史洪流中，写了辛亥革命的前因与后果。沈鸿庆作为历史的见证者，全程参与这些重大历史事件。

"小说中，沈家三代人，每代人因为时代与个性均有不同的命运。婆婆几乎没有时代特征，唯在家长里短中争斗，最后精神失常，惨死。邬爱香被沈鸿庆抛弃，但却自由恋爱，嫁往日本。小家辛被缠小脚，唯有待在家中。小家寅受新文化的影响，跑到北京读书，最后死于三一八惨案。公公是典型的清代开明绅士，同情革命。沈鸿庆与沈鸿武是典型的辛亥人，小家寅是典型的五四人。三代人代表着三个时代，体现着不同的精神气质。一个昔日堂皇的家庭最终风流云散，家庭成员几乎全部死去，真是落得个白茫茫一片大地真干净。的确，《辛亥风云》这部小说是游走于家国之间，真实人物与虚构人物之间，历史与小说之间，顾艳却能保持二者的平衡，实在难能可贵。"然而《辛亥风云》出版后，顾艳就停笔了，留下了十年空白。我想空白是思索，是为了更好地重新出发吧！

入选《台湾文学选刊》2021年第5期的一组短篇小说，是顾艳恢复写作一年来，发表的十多个短篇小说中比较有代表性的小说。《迷途》是一篇以男性视角写的小说，故事并不复杂，但写得极其诗意、超感觉。一个五十多岁的中年男人，失去了独生女儿，在一路寻找中沉浸在如梦如幻的往事追问里反省自己。读者很容易掉进顾艳渲染的艺术氛围中，为主人公失独后痛彻心扉的状态，抹一把同情之泪。

《玫瑰园草地》与《迷途》异曲同工，讲的也是失独故事。只是地域不同，故事有了更多精彩的地方。正如作者所说："小说展开的过程，就是这对夫妻不断互相发现的过程。从而在虚与实的艺术转换之间，故事超越了现实的隐喻意义。"

如果说，前面两篇是失独题材，那么《海边的椰子树》就是女性题材的小说了。这篇小说与顾艳以往的女性题材小说不同，它属于新移民小说，讲的是中国外婆不远万里来到美国管第三代，却在语言不通的情况下，与自己的儿女们渐行渐远很难沟通，但外婆依然执着地默默奉献。顾艳通过这个形象的塑造，谱写了一曲人性之中高贵的内核——爱。我们从这个小说中感受到外婆的爱，是不需要回报的，外婆的孤独是独享的，而外婆的牺牲则是分享的。

顾艳从写年轻的知识女性，到写年迈的平民女性，从写国内的芸芸众生，到写国外的海外移民，其观察生活的能力是敏锐而独特的。已身在美国多年的顾艳，重新回归小说创作转型是势在必行的。除了《海边的椰子树》《玫瑰园草地》，笔者还读过《后院的枪声》等，这些都是海外移民题材小说，我相信再等上若干年，顾艳回归后的第三时期小说创作，定会根深叶茂，宛如杨剑龙教授点评中期望的那样，写出更高层次的精品力作。我相信，她会做到的。我们拭目以待。

（本文原载于《台湾文学选刊》2021年第5期）

方格子小说论

竺建新

一

在 21 世纪底层叙事中，大多数作家关注的是如何呈现底层人群的逼仄处境，少了一种道德意识上的精神追问，而青年作家方格子的小说恰恰以悲悯之心赋予底层女性的精神追问和自我救赎行为。方格子的机敏在于以精神之痛书写底层女性的苦难，以丝丝入扣的方式探讨人性的深层本能，揭示无奈的生活镜像。她倾力写出了底层女性对生存意义的叩问，写出了她们的纠结和抗争，这是作家对底层女性人性的尊重，透视了作品温暖的力量。

方格子的小说一直关注女性人物，尤其是游走于城市与乡村的底层女性，如《锦衣玉食的生活》中的艾芸、《第三种声音》中的肖凤鸣、《桑小娜的城市生活》中的桑小娜和程青、《冥冥花正开》中的李桑烟、《秋风近》中的丁莉莉和黎小朵等。作家将这群女性置于俗世之中，书写各种辛酸、沉重和无奈，展示各种复杂而吊诡的人性，抒发这些女性在现实和理想碰撞中的孤寂、脆弱、不安全感，以及各种纠结和挣扎。

《锦衣玉食的生活》中的艾芸在现实生活中是失婚又失业的"双失"人员，作品的重点没有停留在艾芸的生存之苦上，而是细致地呈现她的深层心理，写她内心的孤独、悲伤、无奈等情绪流动。虽然艾芸遭受命运的戏弄，但仍不屑于过"搓麻将"的庸常生活："做人要是日日窝在一堆打麻将，还不如种在西堤路上的马褂木，马褂木好歹还能派上用场，人没有意志就是废物了。"她有强烈的寻找理想的意志，这种意志引出了后面的故事——某个偶然的机会，艾芸从一张废纸上知道了三世轮回的思想，遂把人生希冀寄托在来世上，希望穿着鲜亮去另一个世界，渴望来世可以过上鲜亮的生活。小说花了相当多的文字去描写艾芸精心设计寿衣样式，并举债去做镶有珍珠的织锦缎寿衣，准备过程极为认真，足见艾芸心之诚。艾芸对彼岸世界的真诚渴望，恰恰凸显了她的大苦痛和对现实世界的绝望。当然,艾芸执意于来世的幸福,也显示了她精神的虚无和荒谬。小说结尾的一场车祸,将艾芸寄托来世的梦也无情地碾碎了,这从事实上否定了艾芸的救赎方式,更增添了作品的悲剧意蕴。因此,《锦衣玉食的生活》通过对艾芸精神世界的呈现,提升了作品的深度:其一,以"寓言"式的书写呈现小人物的苦难和对俗世苦难的反抗;其二,对艾芸精神世界的反思。

《秋风近》中的黎小朵也是一个进行自我救赎的底层女性,她先后失去孩子、失去丈夫、失去好友,但在病相的生存环境中,她却没有沉沦。除了黎小朵,小说设置了另一底层女性丁莉莉,丁莉莉的迷茫、焦虑和失范行为更反衬了黎小朵的善良、正直和道德自律。小说在展示苦难之际,不乏温暖的精神力量的呈现,其中描写黎小朵给丁莉莉的婆婆和自己的公公擦洗身子的细节更是让人感动,昭显了乡村依然有纯真的道德。当丁莉莉沉迷于欲望的时候,黎小朵却选择克制,甚至用自虐的方式压抑自己的欲望。小说最后描写黎小朵"后来跟蔷薇居士一起读佛经,慢慢地就会背诵心经,金刚经,大悲咒,还会唱",这是对俗世生活的隔离和拒绝。黎小朵逃禅行为的书写虽然略显突兀,但很好呈现了在物欲时代下一个卑微的小人物依然坚守精神的执着,这如同黑色的夜中一抹亮色,给人温暖。

方格子为数不多的城市异乡人小说中,也十分关注底层女性的精神世界。法国哲学家和社会活动家西蒙娜·薇依认为,乡下人进城,他们"已被现代世界粗暴地拔根了"[①]。这种"失根"现象使得城市异乡人在城市人这个"参照群体"面前出现"失语"与"尴尬",使他们产生痛苦、自卑、迷茫,甚至产生道德沉沦和失范行为。《桑小娜的城市生活》中的桑小娜是一个城市异乡人,她误把另一个城市异乡人程青当作城市人,甚至把她当作"假想敌",暗暗和她较劲。桑小娜心情的"舒畅"和"烦躁"都围绕着程青转,这种较劲实际上是城乡二元对立的体现。西美尔认为"异乡人"是精神流浪者。"乡愚"意识使城市人以居高临下的目光"凝视"异乡人,乡下人的落后、愚昧被放大式地呈现。小说中桑小娜被城市人冯姨漠视,这深刻地揭示了桑小娜的被"凝视"之痛。程青努力使自己融入城市,但终究难以得到她想要的幸福生活,或许,程青的"乳房假体"就是她身份

---

① [法]西蒙娜·薇依:《扎根——人类责任宣言绪论》,生活·读书·新知三联书店 2003 年版,第 68 页。

的隐喻——看似真实,毕竟是假的。"乡下人愿意认同城里人的价值标准,却遭遇阿 Q 不准姓赵的厄运。"①作品的妙处在于精细地呈现人物的心绪,手剥洋葱般地层层揭示城市异乡人的精神之苦。

方格子的底层女性小说取材于日常生活,着意于日常生活的描写,但她并非无节制地再现底层女性的苦难生活,而是凝聚着她对底层女性生存意义的思考。米兰·昆德拉认为:"小说审视的不是现实,而是存在。"②在物化的时代,人的生存荒谬感充盈大地,一个优秀的作家不可能无视这一点。方格子正是用日常生活叙事的方式,叩问底层女性的生存意义。《第三种声音》中的肖凤鸣也是一位城市异乡人,为了成为城市人,她和城市的底层人物赵勤富结了婚。她却感受到了生活的空虚、绝望。小说多处写她在赵勤富面前的隐忍,写她的自怨自艾,写她"失根"情绪,作品也借"第三空间"这个声讯平台展示现实生活中的各种生存苦相和精神危机,表达了方格子对底层生存意义的思考。小说结尾,让肖凤鸣与杨光义有了身体接触,这是对各自庸俗生活方式的反叛。托马斯·福斯特在分析卡特作品中的性描写时说,"她几乎从不只是为性而写性","卡特试图发现一条道路,让女性在一个总体上排斥女性的男权中心世界中争取一个立足点,并以此解放我们所有人,包括男人和女人"。③ 方格子设置的肖凤鸣与杨光义的性事描写,也"不只是为性而写性"。肖凤鸣的痛苦更多是精神之痛,她不甘心"活着就好"的生存方式,而是反对庸俗生活,努力追问存在的意义。因此,二人的性背叛被作家赋予了独特的含义,是他们进行自我救赎的体现。但"楼道口的灯影"这个隐喻让人看到肖凤鸣的生活中虽有了"一丝亮光",但亮光"没有温度,冰凉冰凉的",这暗示了现实的本相,预言了肖凤鸣自我救赎的艰难。

"男人用恶,女人用身体"构成当下不少底层叙事作品的独特风景,不少作家致力于书写底层的暴力和欲望。方格子的作品不仅规避了暴力叙事,而且其欲望书写也含蓄委婉。城市的欲望和生存的困境使得许多城市异乡人中的年轻女性向城市打开了自己的身体,毫无羞耻之心。这诚如波德里亚所说:"身体

---

① 徐德明:《"乡下人进城"小说的生命图景》,《文艺报》2006 年 12 月 28 日。
② [捷]米兰·昆德拉:《关于小说艺术的谈话》,董强译,上海译文出版社 2004 年版,第 54 页。
③ [美]托马斯·福斯特:《如何阅读一本文学书》,王爱燕译,南海出版公司 2016 年版,第 156 页。

和物品构成了一个同质符号网。"①但若对进城女子"用身体"的过度书写,而无"巨大的心理挣扎和对抗"书写,则小说文本就会缺少"精神上的说服力"。② 因此,底层文学更应该烛照这些失身女性的精神世界,精神追问才构成底层叙事的深度表达。对于小说中的失身女子,方格子总以细腻的笔法展示她们的内心世界,写她们的精神之痛。如《上海一夜》中的杨青,她从农村进入上海打工,靠身体吃饭,但她也有自己的精神生活,有自己的幸福追求。方格子以婉美的文字写她返乡之前与上海某高校的一位研究生的一夜情,与其说是身体的交媾,不如说是精神的融合。杨青之所以以在校研究生为自己一夜情的目标,就是为了体验纯粹的爱,追寻梦中的幸福。杨青虽然身份低贱,但方格子依然给了她寻爱的权利。小说中设置杨青希望"从正门走"的细节,是杨青没放弃做人尊严的呈现。《冥冥花正开》中的李桑烟,也是从农村到城市的失身女子。虽然,因为生活所迫,她出卖身体,但小说多次写她的自责、忏悔,写她的善良,写她的失范之际的纠结,既揭示了城乡对立的矛盾,呈现了物欲时代伦理的崩落现象,又展示了李桑烟的精神抗争,呈现了作家的悲悯情怀,这使得人物形象显得饱满而真实。

二

书写中年女性的婚姻爱情生活构成方格子小说创作的重要内容。方格子不相信爱情,她曾经说:"我是个爱情不信任者,我觉得所有的爱情都只是一瞬间的感觉,是一个人内心脆弱或者情感迷乱时忽然出现的对异性的依恋,至于后来的追求和恋恋不舍,在我的理解里,都是因为不想否定初衷,想追问'人生若只如初见'那样的清丽。"③因此,她的小说,如《第三种声音》《秋风近》《冥冥花正开》《我在海边等你》《窗台上的风筝》《六姐的春天》《十二楼的灯》《聚散》《像鞋一样的爱情》等,都展示了各种爱情背叛或婚外情问题。

本文重点要探讨的是方格子在底层女性小说中的爱情婚姻危机书写。在她的小说中,底层女性尽管生活艰难,但她们依然对自由、平等、理想化的爱情

---

① ［法］让·波德里亚:《消费社会》,刘成富、全志钢译,南京大学出版社 2000 年版,第 139 页。

② 洪治纲:《底层写作与苦难焦虑症》,《文艺争鸣》2007 年第 7 期。

③ 梁红、方格子:《自在飞花轻似梦——与方格子聊天》,《浙江青年小说家访谈》,浙江文艺出版社 2012 年,第 2 页。

充满希冀，而她们的丈夫却往往在事业上无所建树，处境卑微，满足于庸常的生活，无精神追求，因此，这些底层女性在现实生活中面对的更多的是失望。方格子的这类小说表现了底层女性在婚姻问题上情感与理智的纠缠和困惑，作家借此拷问人性。

一是婚外情书写。婚外情的发生往往是因为婚姻中缺少爱情的润滑，缺少精神世界的沟通。柏拉图说："除了求善，爱绝不会期盼任何事物的另一半或全部。"①柏拉图过分强调精神之恋或许有失偏颇，但至少说明精神眷恋在爱情婚姻中的重要性。灵与肉是相互依存的，婚姻应该强调精神的重要性，应该保证彼此人格的独立，否则势必造成其中一方的背叛。《第三种声音》中的肖凤鸣嫁的是一个城市的符号，从赵勤富常挂嘴边的一句"小凤，幸好你嫁了我，不用种田不用担粪"可以看出她和赵勤富之间缺少基本的尊重，是不平等的婚姻。赵勤富一直以怀疑的眼光审视肖凤鸣，更显示了他们之间缺乏信任。虽然，小说一开头就描写赵勤富粗暴地向肖凤鸣要夫妻生活，但因为只有肉欲欠缺精神之爱，肖凤鸣的身体就像"一架生锈的机器"，夫妻生活毫无激情，这终究导致了肖凤鸣最后的出轨，让人体悟到她灵魂无归的痛苦。小说中的杨光义和文娟的婚姻情感危机亦然，因为二人不属于底层人群，本文不做讨论。

二是无性婚姻书写。柏拉图强调精神之恋，但无性婚姻同样不正常。美国人类学家默多克认为"婚姻必须既包含性关系又包含经济关系"②，这是婚姻关系建立的前提。《秋风近》中的丁莉莉为了改善经济状况，亲自把才新婚半年的丈夫罗锦添送至国外淘金，但在罗锦添外出一年后，丁莉莉渐渐感受到了"寂寞难耐"的痛苦。小说有一处生动的细节描写："有一次丁莉莉忽然抱着小朵哭起来，说，小朵，我受不住了。小朵惊讶地看着丁莉莉，丁莉莉抹了一把眼泪，抓起小朵的手放到胸前，说，你看我这里，鼓鼓的，我有很多话——"这个细节描写真实呈现了无性婚姻给丁莉莉造成了极大的身心痛苦，造成了她出轨意识的萌动，她与发型师好上了的传闻就说明了这一点。按照弗洛伊德的学说，人格成长的较高阶段是"生殖器阶段"，弗洛伊德认为"一个人若缺乏正常的性满足，便会产生精神官能症"③。无性婚姻导致丁莉莉"力比多"的压抑，人格错位。她诱

---

① ［古希腊］柏拉图：《柏拉图全集》（第2卷），王晓朝译，人民出版社2003年版，第248页。

② 转引自［美］C.恩伯、M.恩伯：《文化的变异》，杜杉杉译，辽宁人民出版社1998年版，第280页。

③ ［奥］弗洛伊德：《精神分析引论·新论》，罗生译，百花洲文艺出版社2010年版，第92页。

导小朵洗澡时的互慰,与小朵丈夫的虐恋,都是人格扭曲的结果。小朵丈夫杨志雄去城市打工长期不归,也造成小朵的寂寞与痛苦。小说同样用了一处生动的细节展示小朵之痛苦:"她特地留了指甲,在夜深之际,伸出手来,用尖利的指甲安慰三十二岁的皮肤,三十二岁的身子,三十二岁便荒芜的田野,一整晚一整晚,她越来越沉湎于此。"这种自虐,这种不可思议的细节呈现,是无性婚姻造成她身心之痛的真实写照,也可感受到她对婚姻情感的绝望,感受到她内心的苍凉和无奈。

另外,经济基础的缺失也是造成婚姻情感危机的一个重要原因。《冥冥花正开》中的李桑烟之所以出现婚外情,甚至成为城市特殊人群,其症结即在于她丈夫缺少经济基础,只满足于庸俗的生活,让她看不到生活的希望。李桑烟的背叛更多的是为了改善生活质量。这个人物塑造成功在于作家以精细的笔触描摹李桑烟隐秘的内心世界,呈现了现实生活与理想追求的撕裂之痛。方格子通过底层女性婚姻危机,展现她们各种精神之痛,表现她们的生存境况。

除了展示婚姻情感的困境,方格子也写底层女性对爱情的希冀和追求爱情的执着与坚韧。《做了一个梦》中的擦鞋女黎苏,并没有因为自己的地位卑微而放弃对爱的追求,她自尊自立,对知识分子陈先生的爱,大胆、炽热、执着,作品以梦的形式呈现,唯美而悲情。这也是作家的一个梦,以诗化的梦境,给充满物欲和功利的社会增加一抹爱的暖色调。

婚姻、爱情的游离、分裂和希冀是方格子探索底层女性隐秘心理的一个手段,通过婚姻情感的危机、困境以及企盼的书写,既呈现了底层的伤痛、背叛、伪装、希冀等精神万象,叩问生存意义,也表达了底层女性对真爱的渴求和呼唤;既表达了作家对本能与伦理碰撞的思考,也通过对底层女性人性光泽的探微呈现了作家的悲悯情怀。

三

从叙事策略上看,方格子的底层女性小说有江南柔性文化的印记,带有方格子的个人风格。

梁启超论及南北文学风格时言:"燕赵多慷慨悲歌之士,吴楚多放诞纤丽之文,自古然矣。自唐以前,于诗于文于赋,皆南北各为家数。长城饮马,河梁携手,北人之气概也;江南草长,洞庭始波,南人之情怀也。散文之长江大河一泻千里者,北人为优;骈文之镂云刻月善移我情者,南人为优。盖文章根于性灵,其受四周社会之影响特甚焉。"(梁启超《中国地理大势论》)因此,地域文化对作家的审美品性和文学创作影响深刻。譬如,同对"饥饿"描写,北方作家莫言和南方作家余华的写法完全不同,前者"以重击重",后者"以轻击重"。①

同样,长于富阳的方格子在江南诗性文化的长期浸染下,其叙事策略就颇有江南气,充盈着"精细""轻灵"和"诗化"的审美因子。

卡尔维诺推崇"以轻击重"的叙事策略,这种叙事"可以使叙事保持着天然的诗性成分,洋溢着某种与生俱来的飞翔气质。这种气质常常引领话语不断地沉入生活又超越生活,与现实紧密相连又抗拒着现实自身的一成不变,使叙事不断地进入人类生存的各种可能性状态,甚至拓展出各种广袤的、不可思议的审美空间"②。方格子的叙事往往"以轻击重",有"轻逸"之风,带着柔性的审美特征。

其一,方格子的小说叙述轻盈,举重若轻。方格子的小说入口都较小,小说主旨却往往深刻。如《锦衣玉食的生活》写一个底层女性的尴尬、悲伤、无奈、期盼等精神世界,聚焦点很小,却深刻呈现了社会转型时期贫富分化等宏大主题。另外,方格子有时会在小说中以轻松的叙述方式横刺社会问题。如《做了一个梦》中,黎苏丈夫患了"一种常见的低血性缺钾"的疾病,却被医生轻飘飘地说成"关节炎"。叙述中,方格子完全是"以轻击重",以冷幽默的方式,以轻松的笔调写出了"庸医杀人"的沉重。

其二,方格子的小说不重结构设置,少冲突,有散文化的倾向。汪曾祺说:"如果说传统的、严格意义的小说有一点像山,而散文化的小说则像水。"③比起汪氏小说,方格子的小说故事性强许多,但她往往用独特的叙述方式,有意无意削弱作品的冲突,更多地"弥漫着江南湿漉漉的水气"④。传统小说结构上重视冲突,而方格子重视写日常生活。在少冲突的文本中,呈现人物复杂的精神世界,构成了方格子小说独特的审美特征。

---

① 参见于红珍:《文学的"轻"与"重"——余华与莫言饥饿描写比较》,《中国现代文学研究丛刊》2014年第10期。

② 洪治纲:《邀约与重构》,作家出版社2012年版,第188页。

③ 汪曾祺、施叔青:《作为抒情诗的散文化小说》,《上海文学》1988年第4期。

④ 梁红、方格子《自由飞花轻似梦——与方格子聊天》,《浙江青年小说家访谈》,浙江文艺出版社2012年,第6页。

其三,方格子的小说语言细腻、婉美。她在《秋风近》中有这么一段文字:"照例是冲洗,打肥皂,让人擦背,再躲到水龙头下冲,丁莉莉引导小朵的双手安抚,从背后环住自己的身子,托住乳房,丁莉莉不由自主转过头来,嘴唇跟小朵的纠缠在一起,小朵听到丁莉莉一直在喊一个名字,锦添,锦添。"丁莉莉和小朵的虐恋,叙述语调可谓水波徐兴,语言轻柔,细节精细,且留下些许空白。然而,丁莉莉心中呼喊丈夫的声音深深刺痛了读者的神经,作品传递出的无性婚姻的疼痛感令人战栗。再看她在《上海一夜》中的一段文字:"杨青抱起了婴儿,她就那样抱着,然后她把嘴唇贴在婴儿的脸上,她听到旁人在说,是谁丢了这个孩子,多可怜啊。杨青想,他和我一样,被谁丢了。然后,杨青的眼泪流出来,一滴一滴都落在婴儿的脸上。杨青想,总是有人被丢弃着。然后她站起来,慢慢地走出了人群。杨青又一次听到了哭声,谨慎而轻微,一下一下,穿过上海的长风。"这段文字呈现散文化倾向,在轻描淡写中,不仅写出了杨青精神的疼痛,更以"弃婴"作为一个象征,隐喻了人类生存的荒谬感。

其四,方格子的小说充盈着一股婉美而深刻的艺术情调。徐岱认为,小说叙事有情节模式、情态模式和情调模式三种。① 这种小说重视氛围,着意某种情调。因此,方格子的小说叙事不是简单的再现,而是带有作家主体审美品性的表现;不是简单的写实,而是带着丝丝写意;不是简单的情节呈现,而是注重抒情气。方格子的小说在叙事上具有"诗化"的审美性,多选择短句,且文字雅洁。《上海一夜》《做了一个梦》都是颇有"情调"的小说,不仅写出了生活的深度,更是呈现了"韵外之致"。如《做了一个梦》中的一段文字:"陈先生就那样站在黎苏面前,看着黎苏,他的眼睛依旧是温存的,清爽的,散发着植物的淡雅气息,黎苏被看得晕头转向,她几次转过身去,想避开陈先生的看,但,又舍不得……"文字如散文诗,绵软、细腻、精湛,又如一缕轻音乐,舒舒缓缓地讲着一个底层女性的梦。

方格子这种抒情性很强的叙事方式,或许会造成她叙事手段略显单一,笔下的人物出现性格单面的缺陷,但这种叙事策略和她写的女性题材还是吻合的。尤其有些婚恋情爱的描写,因为抒情诗化的叙述,就多了些唯美而少了些媚俗。方格子以江南女子特有的细腻和婉美,"抓住那些具有艺术质感的细节,

---

① 徐岱:《小说叙事学》,中国社会科学出版社 1992 年版,第 217 页。

并极力通过盘旋、撕裂、延宕等手段,缓缓打开人物的内心世界"①。这使得她的小说传递出的不仅仅是沉重的叹息,更有"诗意思考"。

总之,方格子以"烛照精神,叩问生存"的视角,对底层女性进行了深刻的审视,揭示了社会万相,并呈现了底层卑微人物的抗争,这是底层苦难叙事的深度表达。

（本文原载于《小说评论》2016 年第 4 期）

女性精神耽溺者的自画像

——萧耳《中产阶级看月亮》阅读札记

荆亚平

《中产阶级看月亮》是一部有意味的小说。

小说的开头像一幕存在主义话剧,幕布拉开,是一个给定的场景,舞台聚光灯下一对男女,沉浸于电话中的诉说与倾听,话题跳跃,梦、童年、爱情、死亡,灯光之外一片暗黑,他们只为对方显示存在意义。在略显冗长絮叨的倾诉中,男女主人公的面目渐渐清晰起来。青瓦是一个耽于做梦且总是轻易被梦左右的女人,当然不只是梦,还有读过的书,正在经历的感情。情人春航则是个基本沉默的倾听者。电话作为一个重要的道具,似乎具有某种隐喻功能。它制造了一种近在咫尺的亲密假象,但达成亲密关联的前提是横亘在彼此间的距离;隔着空气对话的双方,都处于被对方的想象重构的可能,电话,作为现代化的通信手段,到底是拉近了人与人的距离,还是制造了更大的陌生? 电话中,青瓦和春航之间的关系隐含着某种不对等:虽然是两个人的通话,但实际只是一个人的抒情,一个无法遏制倾诉的欲望,另一个保持着冷静的倾听。阅读一开始,就会让人忍不住往下猜想,一种不对等的交流会将男女主人公的关系导向什么样的结局? 小说开端的这一幕不是青瓦与春航交往之始,也不是结束,它是从二人的交往史中截取出来的一段,作者为什么要凸显这样的一个场景,是很值得玩味的。因为这似乎并不是一个取悦读者的开头,特别是对于那些期待开门见山进

---

① 洪治纲:《卑微而执着地反抗——方格子小说论》,《西湖》2006 年第 6 期。

入故事的读者,的确有些耐心上的磨炼。就是作者自己,也忍不住借青瓦之口感叹:这真是个话多的晚上啊!

一

如果小说是从"青瓦和春航相识是很多年以前了"开始,就是熟悉的讲故事的展开方式了。这是一个类似《百年孤独》式的经典开头,不同的是,马尔克斯采用的是从将来回忆过去的倒叙手法,而萧耳回忆的出发点是现在。她要补足的是小说开头所标记的叙述时间"现在"以前和"现在"之后的故事。作者一边感叹:人海之中,一段又一段的关系,男男女女,潮涨潮落,遍地月光,活得热闹。一边想要对抗什么似的骄傲宣告:"这是我一个人的抒情时代。"这时候的萧耳和耽溺于倾诉的青瓦是坚决站在一起的,大有哪怕举世侧目,我独卓然的义勇。然而一旦进入真正的追忆,萧耳随即抽身而退为一个客观的审视者,回溯青瓦和春航十八年前的相识,她一句道断:"就在这样不合时宜的抒情中,(他们)彼此引为同类。""不合时宜",几乎成为接下来青瓦和春航命运的符咒。

毕业后的青瓦第一次回上海是"不合时宜"的,春航的已为人夫,将他们未来关系的形态从可能的相守推向只能相望,一对精神上十分投契的男女就此开始了十几年若即若离的精神缠绵。其中,青瓦的姿态尤为独特醒目。这个几乎是"以梦为马"的女子,凭借着梦,一次次在梦中抵达春航。二十九岁打算结婚前青瓦到上海出差的那个傍晚,在春航家楼下徘徊的她和从日本回来离婚的春航近在咫尺,但终是错过,这大概是命运之手制造的又一次"不合时宜"。从此,离婚后的春航常陷于寂寞而纷乱的情欲,而青瓦却将梦里的春航定格为永远纯良的"白衣秀士"。青瓦的生命中也曾经历过几个其他男子,无味的、有趣的,走马灯一样,终归不过是生命中的过客。就连丈夫洪镕,也不过是她短暂停泊的一个驿站而已。小说里有一个细节,"母亲去世后的第七个月,青瓦再一次梦见了春航"。母亲是青瓦生命的来处,而春航却是青瓦精神耽溺的原乡,与生命来处相系的那根线断了之后,对于青瓦来说,寻找精神憩息之所成为必然。在参商不见的多年之后,故人入梦来,青瓦是在患上失眠症之后,成为虚拟空间"第二人生"的寻人者冯小青的。失眠意味着连做梦都不能,而在虚拟空间遁入冥想状态的升腾之感，其实和进入梦境有相似之处。虚拟空间某种意义上是梦的一种延伸，青瓦依旧是那个严重的女性精神耽溺症患者。有意思的是，这个时候的萧耳又不同程度地与自己笔下的青瓦（冯小青）叠合在一起，不经意的叙述腔调里居然混同了诸如"此是后话""却说"之类的古典言辞，很显然，它们是属于冯小青所在的古代。

青瓦化身冯小青在茫茫人海寻找春航是出于主动的，十五年后的再次相见，也是青瓦打破矜持"英勇就义地发短信"单方争取来的。十几年来，青瓦从未走出过自己心造的幻影，而春航早已是千帆过尽。春航虽然依旧熟悉青瓦的声音、走路的样子，他问青瓦：你找我，是因为你对现实生活不满足吗？凭此一问，就可以见出他们之间的隔膜。如果不是青瓦的主动追寻，他们完全可能永远地失散于人群。梦中春航之于青瓦，是生命不可或缺的部分，而青瓦之于春航，并未曾占据对等的分量。这注定又是一次"不合时宜"的重逢。重逢后的多次对谈，两人之间多的是躲闪试探，少了从前的任情使性。"春航正想说，我们是逃避现实，话到嘴边，又咽了回去。""春航想说，其实我并没有那么强的等级观念、阶层意识，也没有那么强烈的精英意识，这些都是青瓦的意识，话到嘴边，还是不说了。"小说也多次写到青瓦的吃惊："春航讲，你看你现在像个孩子，我可以想象等老了，你看我时的眼睛会像我母亲的一样。青瓦听了一惊"；春航平静地向青瓦描述自己的荒唐性事，青瓦则听得"心惊肉跳，如梦初醒"；当春航告诉青瓦自己从日本回来，在当年结婚的电梯公寓还住过两年时，青瓦像是听到了一个霹雳，"惊得张大了嘴巴"；病人春航说"太太一直不同意我开车"，"青瓦惊愕"；青瓦一直纠缠过去，春航却不愿旧事重提，当春航对青瓦说"我是累了，难道你不累吗？青瓦停住，一个震惊的表情僵在了半空"。吃惊意味着对方的言行甚至思想逸出了自己的理解，有一部分不再能与之前的印象重叠。在青瓦和春航之间，出于平等的灵魂相契，也正在被明显的不对称所取代。当青瓦想起"好像有大半年了，都是自己先找春航，不觉将背脊绷紧了"。青瓦曾假设重逢时两人正好是单身，青瓦说"我明天就可以和你去结婚"，而被追问的春航则搪塞："结婚吗，那要看当时有没有这种冲动了。"青瓦和春航虽然重逢，并发展为现实中的情人关系，但谈话却有了禁忌，亲密中开始有陌生在蔓延。当精神上的恋慕坐实为一段三角关系时，春航感受到了夹缠在两个女人之间的疲累，而青瓦，也常常因为另外一个女人的存在而泛起醋意和哀怨。

二

对于精神耽溺者青瓦来说,梦,或者说想象,才是她所需要的精神给养;而春航,只是青瓦的梦和想象所依托的对象。与其说青瓦迷恋春航这个人,不如说她更迷恋自己对春航所做的各种想象。这些梦和想象与青瓦的文艺情怀直接相关,小说伊始,青瓦就向我们出示了她所沉迷的某种趣味。它们是由米罗的画、法国电影、松尾芭蕉的俳句、本雅明等所标记的,青瓦甚至表现出某种趣味至上的倾向,连她所做的梦,都会特别强调某种色调:"青瓦每次梦到春航,春航都在屋子里,屋子是暖色调的。""青瓦是那样一种人,很容易被自己的梦影响。室内是一种凝固的温暖的调子,……"显然,这样的趣味是超越于普罗大众之上,专属于特定社会阶层的。小说写到重逢时春航与青瓦的一次聊天,二人回忆往事,青瓦颇为当年的没能赶上春航他们"白衣飘飘"年代的激情和盛宴而惋惜,"为了这没能赶上的盛宴,青瓦必须爱春航。青瓦拥有春航,春航拥有从前白衣飘飘的时代,那么青瓦也拥有了自己来不及赶上的好时光"。青瓦称此为"曲线救国"。青瓦迷恋的是属于过去的一种文艺情怀,而对于现实中的春航,她"有无法说得清的失望"。小说中多次写青瓦如何借用文学、想象和梦来塑造心目中的春航,并且无限痴迷地沉醉于对这样的"春航"的爱恋。

作者一方面宣称"这是一个人的抒情",同时又将小说取名为"中产阶级看月亮",如果把"看月亮"作为一种精神向度,那么,在小说中,真正痴迷于此的,恐怕只有主人公青瓦。那些围绕在青瓦四周的人,虽然从社会阶层来看属于新兴的中产阶级,但在中国,作为一种身份标识,"中产阶级"这个称谓通常是有些不名誉的。小说中对此有一段专论:"中产阶级有时候就是这世界上最让人生出无名火的一群人,他们活得叽叽歪歪,不够干脆利落,时常伪抒情,莫名感伤,他们不关心人类,就只关心自己,就是欠揍。"在李教授的眼里,青瓦就是从原本清贫孤高的知识分子"堕落"为中产阶级的。但青瓦和她的那些中产阶级同道并不趋同,青瓦是他们当中的一个异类。青瓦不愿意自己成为"讨厌的中产阶级妇女"。她甚至也不满春航成为"一个地地道道标准的中产阶级"。当走入婚姻殿堂的青瓦发现自己和洪镕正是被某位专家所言的那类中产夫妇时,应该是对自己充满了厌弃的。她对家庭生活的冷漠,除了自身耽溺于精神玄想之外,很大程度上也与这种厌弃有关。

《中产阶级看月亮》到底是揭开了一个社会阶层的精神假面，还是记录了身处这一时代的女性精神耽溺者的个体抒情？小说始终以青瓦为中心，那些围绕青瓦的男人，春航、古金、吕援北、洪镕、郑医生等，在社会阶层属性上，无疑属于当下中国新兴的中产阶级，虽然他们也某种程度上符合当下社会对他们所属阶层的揶揄，但是，他们的出现更多是为了展现青瓦在与他们一段又一段的关系中从未放弃过的"一个人的抒情"，她从未改变过自己作为"精神耽溺者"的本色。青瓦的身上拥有中产阶级生活的烙印，但是却又以明显的个体特征自外于她所属的阶层。一方面是她的女性身份，另一方面是她对精神生活的沉迷。也正是因此，这些中产阶级男性无论曾经怎样被青瓦的特别所吸引，或长或短，最终都只是成为青瓦身边的过客。只不过在这些关系中，青瓦对春航的依恋最为持久。春航构成了青瓦的精神主线，在青瓦的生活中，只有当春航暂时消失的时候，其他人才成为她百无聊赖时候的替代。当然，最后当青瓦和春航的关系日渐从精神层面逼近日常的时候，其虚骄和脆弱的一面也暴露无遗，最后只能以各自逃开结束。小说的结尾意味深长，春航只能把现实的青瓦变成一幅画像珍藏，而沉醉于倾诉的青瓦"也没有问春航再要一次新的电话号码"。小说从打电话开始，结束于再无电话可打。还有一处细节也别有意味，春航的膝盖毫无征兆地出了问题，某一日的早晨，青瓦也感觉自己膝盖痛，进而惊异地发现"从什么时候开始，自己膝盖的样子，好像变得有点像春航膝盖的形状了，只是他的大，她的小"。不知萧耳如此落笔是否包含着一层隐喻：切断了电话这一精神交流通道的中产阶级男女，终于也无法在"看月亮"的路上继续走下去了。那么，从另一个角度来看，《中产阶级看月亮》也确实揭开了中产阶级的精神假面，终结了一种虚伪的抒情。

三

小说的最后一部分是《补：青记忆》，《青记忆》是青瓦的手写日记，它因丈夫洪镕整理书箱而被发现。日记的出现为青瓦和洪镕名存实亡的婚姻带来了一线转机，离开了春航，精神耽溺者青瓦是否能在医生丈夫的重新接纳和理解之下得到治愈？这是小说留给读者的猜测。除了对故事的可能性结局的某种暗示之外,《青记忆》更像是一种超文本链接,它直接向我们展现了一个精神耽溺者的各种症候。青瓦面对春航发烧的身体,曾经思索"他(春航)的确是个病人。他和她(青瓦自己),都是病人",很显然,如果精神耽溺是一种精神疾病的话,身体无恙的青瓦对自己是有很清醒的认知的。20世纪之初,鲁迅的《狂人日记》给现代文学贡献了一个精神迫害狂的文学形象,并借此将掩盖在衰亡兴替之下的"吃人"的历史揭露于人前。鲁迅的手法极高明,以假托日记的方式,直接让狂人自我演绎。无独有偶,萧耳的《中产阶级看月亮》也写到了主人公的日记,但却并没有完全出让叙事主动权,而是让精神耽溺者青瓦成为一个被讲述的他者。此外,还有一重相似,两个曾经的"病人"都有回归到正常人群的迹象,鲁迅笔下的狂人最后痊愈,"赴某地候补矣",而决计离开春航的青瓦则可能远走美国,回到丈夫和女儿身边。

如果《补:青记忆》出现在小说开头,会对小说题目构成一定意义上的消解。日记里有青瓦最"私人性"的一面,她是陷于"情迷"与"影恋"的晚明女子"冯小青"的现代翻版,是独特的"这一个",而并非所谓中产阶级的典型人物。虽然从表面来看,"无视自身生活以外的社会病征,苦难与不公,一味放大个人的日常生活感受,将其私人世界的鸡零狗碎,经过'闲适'或者'优雅'情调的包装来塞给大众,要么满足其附庸风雅的趣味,要么满足其窥视与探淫的癖好",这些关于中产阶级的批评,青瓦也不能幸免。但是当我们先从日记了解了这是一个享受思维的乐趣,在文字的诱引之下,"将现实与梦幻,现实自我与理想自我,角色身份与社会身份混同/叠映起来"①的女性,那么就会更加把青瓦从群体命名的中产阶级中区别出来。沉溺于阅读的冯小青,在生活中处处模仿和表演杜丽娘;同样沉溺于阅读的青瓦则在有意无意中模仿和表演着冯小青,只不过,在青瓦的阅读经验中,更增加了现代的内容。如同冯小青并不属于哪个社会阶层一样,给青瓦戴上中产阶级的帽子,无疑是用简单的社会学阶层分析模糊了她及如她一类的精神耽溺者的文化和心理特殊性,从女性这一层面来看,在幻觉中生活、把阅读经验替换为生活经验和期待的女子自古而今,由西而中,从来不乏其人,她们早已在历史中形成自己的精神谱系。

---

① 张春田:《不同的"现代":"情迷"与"影恋"——冯小青故事的演变与再解读》,载杨国荣主编:《多元现代性:中国与欧洲的视域》,华东师范大学出版社2011年版,第147—181页。

在这样一个并不适宜抒情的众声喧哗的时代,萧耳为什么会把目光聚焦于冯小青、青瓦这样的精神耽溺者,孤绝地宣告"一个人的抒情"?在冯小青、青瓦的身影中,是否也部分叠加着作者自己的情感投射和思想轨迹?因为笔者先于《中产阶级看月亮》阅读过萧耳的《锦灰堆　美人计》,两部书对照,发现青瓦和萧耳的阅读经验与审美趣味是如此的相似和一致,在《锦灰堆　美人计》里被津津乐道的那些电影、书籍、人物、文化也一再出现在青瓦与他人的对话中。因此,不必等到萧耳像福楼拜那样宣称"我就是包法利夫人",读者也会不自觉地将她和青瓦联系在一起。对于《锦灰堆　美人计》中所谈论过的那些阅读对象,萧耳直言不讳地用了一个词——"迷恋"——来形容自己阅读它们时的喜悦和沉醉,甚至写作在萧耳看来,也是"一场锦灰堆边的蝴蝶梦"。由此来看,冯小青、青瓦、萧耳,她们多么像是在阅读和书写的相互交汇中穿越时空而聚首的同类,她们在幻梦和迷思中完善对自我"第二人生"的塑造,也在病态的精神耽溺中寻求精神的自由与超越。

　　《中产阶级看月亮》之所以让一些读者觉得陌生,不在于其聚焦于中产阶级群体的日常伪抒情,而在于揭开了当下小说书写的一个陌生领域,为读者描绘了一幅女性精神耽溺者的自画像。中产阶级的经济条件不过是为女性精神耽溺者"抬头看月亮"提供了必要的物质前提而已,从这一点来看,青瓦们患上的的确是一种奢侈的精神疾病。潘光旦在分析晚明冯小青的精神病态时使用了一个词"精神拗戾"(Psychoneurosis)①,有与耽溺相类似的意思,但似乎更偏于精神病理分析。相对而言,精神耽溺更显温和一些,但本质上它们都不是向外的积极抗争,而是被限定的女性角色为拓展生命所做的向内的自我争取,注定是一种消极而虚幻的抗争姿态。

(本文原载于《浙江作家》2019 年第 3 期)

---

　　① 张春田:《不同的"现代":"情迷"与"影恋"——冯小青故事的演变与再解读》,载杨国荣主编:《多元现代性:中国与欧洲的视域》,华东师范大学出版社 2011 年版,第 147—181 页。

文学实验：类型、先锋与创化

第一章　麦家:"公共经验"与文学的创新

传奇人生的"常"与"变"

——从《人生海海》看麦家小说创作的审美嬗变

史婷婷

在长篇《解密》《暗算》,短篇《充满爱情和凄楚的故事》《两位富阳姑娘》等作品中,部队、纪律成为常被言及的词汇,人性、人情则隐于跌宕的情节之中。在小说世界里,有像容金珍、阿炳、黄依依、陈二湖这般的独特天才,也有排长、两位富阳姐妹这样的普通人,人物命运的起起伏伏蕴含了麦家对于人生的独特思考。近作长篇《人生海海》、短篇《畜生》《双黄蛋》除了延续命运书写,对人性的刻画与理解显得更为深刻。与此同时,《人生海海》亦是对浙江乡土资源的开采与挖掘,方言的灵活运用、景物的生动呈现令双家村跃然纸上。对上校与"我"父亲"天打不散,地拆不开"的兄弟情、上校与林阿姨情感的细致描摹,内蕴作家对笔下人物的温情关怀,体现近年麦家在创作审美上的自我调适与嬗变。

一、《人生海海》的奇人书写

麦家笔下的奇人似乎大多有性格、举止上的特殊性,比如作为容幼英之孙、"大头鬼"之子"大头虫"的容金珍除了是数学天才,还是不善社交的"棋疯子",平日"寡言寡语,不冷不热,荣辱不惊"[1],性情中则有偏执和激烈的成分。正是性格上与常人不同,成功破译"紫密"后,在火车上丢失笔记本成为容金珍最后精神残障的导火索;"听风者"阿炳自出生就"是个傻子",是集脆弱、敏感、强大

---

① 麦家:《解密》,中国青年出版社 2002 年版,第 148 页。

于一体的听力天才。性格特点加上对情义的简单理解最终引向了自杀的选择；"有问题的天使"黄依依在感情上"玩世不恭"，是单位里的"异类"，与张国庆的结合亦在冥冥之中引向被前者前妻杀害的结局；破译天才陈二湖也是个性鲜明，与平庸的芸芸众生不同。《人生海海》的主人公蒋正南，是爷爷口中的"太监"、父亲口中的"上校"，同样是聪明绝顶、天赋过人的奇人。且不说在乡间因聪明而习得的精妙木匠手艺，民国二十四年从军后四年第一次荣归故里时他已是大营长。据"我"爷爷的说法，上校在部队中当军医"既不是通过学校栽培，也不是经过师父传帮带，只是因为'那家伙'受了伤，在医院里养伤几个月，老是看医生救治伤员，日积月累，看会的"①。光凭几个月用眼睛看便能学会施行外科手术，并获得"金一刀"的美名，似乎有些让人不可思议，却恰恰体现上校的异于常人之处。除却手术技艺精湛，作为军人，上校枪法也是十分精准，甚至到"你放飞手上的鸽子，他同时装子弹打，十枪九中"②的程度，不可不谓奇。

上校后续的经历更是传奇，且不论通过精妙医术与解放军大首长结交，还在因缘巧合之下救下国民党情报特务，因而被其看中加入军统成为专业特务。后在上海与日本人周旋，因被手下出卖，被关押在战俘营劳改。其后从战俘营被救出，又迫于形势与川岛芳子产生瓜葛，并在身上留下含有川岛芳子名字的文身，亦为后继的祸事埋下草蛇灰线。后来出狱继续从事军医工作，与解放军一道抗美援朝。与战友林阿姨的一段往事，又直接导致上校被开除军籍，遣返故乡重当农民。

与容金珍们被单位特别保护，得以远离政治运动不同，被遣返回乡的上校因国民党背景而成为公开游斗与单独批斗的对象，甚至在逃跑被抓回后以被吊打的方式成为杀鸡儆猴的对象。对于上校来说，文身不仅不是英雄的象征，还是常年萦绕心头的禁忌与不可说。怀疑小瞎子看清自己肚皮上的文身后，上校反常地对小瞎子施以痛手。小说对此描写道：小瞎子"被人动了刀子，浑身是血，全身是伤。伤成什么样？舌头被割了，讲不成话了，成哑巴了；手筋也被挑断了，两只手僵掉，伸不直，十个手指头像鸡爪子一样合不拢，弯不起，报废了，完蛋了"③。只有这样，才能让小瞎子不能言、不可写，方可守住自身最大的秘

---

① 麦家：《人生海海》，北京十月文艺出版社 2019 年版，第 41 页。
② 麦家：《人生海海》，北京十月文艺出版社 2019 年版，第 47 页。
③ 麦家：《人生海海》，北京十月文艺出版社 2019 年版，第 115 页。

密,保留最后的一丝尊严。"我"爷爷和父亲合力救出伤害红卫兵的上校后,上校便成了"我"家不能提及的绝对秘密。之后与爷爷"好面子"有关,爷爷因无法容忍儿子被冠以"鸡奸犯"的恶名而与公安达成秘密协议,出卖了上校与其母亲的藏身之所。上校被公安抓回自然是意料之中的。

既是奇人,凭借与生俱来的天赋,性格之中便常常带有几分孤傲,爷爷的评价很是中肯——"骨头太硬,心气太傲,仗着聪明能干,由着性子活,对老天爷也不肯低头"①。正是"心气太傲",无法容忍肚皮上的文身被公之于众,才最终导致了上校的精神失常。在麦家笔下精神失常的奇人并不少见,譬如容金珍、退休后赋闲在家的陈二湖等,或许正是因为至刚易折,性格过于执着,追求完美、有序,才导致了天才们的陨落与悲剧。不过与其他最终暗淡的奇人相比,上校则得到了作家别样的眷顾。"我"在离乡多年后再次与上校重逢,他在林阿姨的照顾下"面色红润,双眸明亮,白白胖胖的,加上一头晶晶亮的白发,十足像一个鹤发童颜的洋娃娃"②,虽然只有七八岁孩子的智力水准,但也在绘画世界中求得安宁,并意外在养蚕中获得成就,最后在"我"与林阿姨的陪伴中平静地走完一生。

与先天带有某种缺失的阿炳不同,上校之奇并不在于缺陷中的奇,而是一种通透、世故的奇。譬如上校在被遣返后当农民之时,救下自杀的"我"小爷爷,并慷慨解囊给钱重买耶稣像;再如"我"爷爷一时糊涂向公安揭发,直接导致自己与母亲被抓后,上校仍是亲笔写了致全体村民的信,"希望大家原谅我爷爷","据说申明的最后一句话是:一切都是命"。③ 在经历了人生的风风雨雨之后,面对死亡和背叛,上校选择主动施以援手,选择原谅。或许这本身就是一种"奇"。自然,人无完人,与麦家笔下的许多天才一样,内心最深的执念也最终引向了上校的既定命运。但这又何尝不是一种出路呢?因为在公判大会上精神失常,上校方能免于一死,最后在故人林阿姨的静心陪伴下走完自己的传奇人生。

麦家特别在正文中解释了小说题名人生海海——"一句闽南话,是形容人生复杂多变但又不止这意思,它的意思像大海一样宽广,但总的说是教人好好

① 麦家:《人生海海》,北京十月文艺出版社 2019 年版,第 47 页。
② 麦家:《人生海海》,北京十月文艺出版社 2019 年版,第 264 页。
③ 麦家:《人生海海》,北京十月文艺出版社 2019 年版,第 240 页。

活而不是去死的意思"①。人生海海也印证了上校蒋正南的人生,作为"全村最出奇古怪的人",上校当过木匠、军医、特务、养蚕高手,也一度是村里最有威望的人,在经历了抗日战争、解放战争,即使在"文化大革命"劫难后,哪怕是精神失常之后,依然在自己的世界中好好活着。这不禁让人联想到《活着》中的福贵。不过,与福贵在大多数时候仅仅被动接受自己的既定命运不同,上校在关键节点皆做出自己的选择,如如何与川岛芳子周旋、如何在被遣返后安宁度日、如何在村中保护自己的秘密、如何处理小瞎子等。一次次的选择,也令上校最后成为"上校"。

二、传奇叙事的"常"

或为营造传奇故事的真实性,自《解密》以来,作家多以"我"出现在文本中。《解密》中"容先生访谈实录"、"郑局长访谈实录"、"严实访谈实录"、范丽丽手迹、保存在容金珍妻子小翟手中的一本笔记本等,也与"我"一道走访奇人旧事;《暗算》中"我"对"特别单位701"的寻访、"安在天"(初版本是"钱院长"而非"安院长")的讲述也令小说具有虚构的真实感。在《人生海海》中,"我""我爷爷""我父亲"的存在同样令传奇叙事带有纪实色彩。此处的"我"集记录者、旁观者、亲历者于一体,更是增强了小说的真情实感。

由于《人生海海》的主要叙述者"我"初期年龄尚小,与上校叱咤风云的历史时期相距甚远,因而小说采取上校、爷爷、父亲、老保长等人讲故事的方式推进情节展开,在全神贯注的聆听、明目张胆的偷听中,揭开上校的传奇人生。特别是在老保长的回忆和讲述中,上校"光辉灿烂"的故事尤为令人印象深刻。1941年,上校带老保长去上海体验灯红酒绿的生活,让老保长得享梦寐以求的体验,换装、接头、与上校上级姜太公的邂逅等,皆多少带有特勤故事的影子。包括后来上校受牢狱之灾,受姜太公委托,老保长以上校娘舅身份赴北平见上校,一路上所见所闻,遇到的汉奸随员等,似乎也为其人生镀上一抹传奇色彩。

一般而言,《解密》《暗算》《风声》等作品均可视为特勤小说,因而书中所叙述的也是特勤、谍战中的传奇。与容金珍们相比,《人生海海》中上校的人生经历更加丰富,内中既有军医的传奇,也有特务的传奇,当然也涉及情感层面的传

---

① 麦家:《人生海海》,北京十月文艺出版社 2019 年版,第 306 页。

奇。纵向比较，容金珍笔记本摘抄的只言片语中可见容金珍与小翟爱情的蛛丝马迹，然而这种爱情具有组织安排的特点。当"我"提问她是否爱容金珍时，小翟的"我像爱我的国家一样爱他"[①]一语，令人感慨万千；阿炳的妻子护士林小芳也是在前者立了汗马功劳之后安排的伴侣；黄依依与张国庆的瓜葛一开始虽不被看好，但最后仍是得到了组织的同意与帮助；即便是"捕风者"中看似平凡的越南人韦夫，也得到了女护士玉的"献身"。似乎爱情成为麦家小说所着意刻画的重点之一。或许这一方面源自对读者阅读期待的考量，另一方面也有增加传奇性的一层考虑。在《人生海海》中，林阿姨与上校相识于战时手术间，十九岁邂逅三十一岁，上校沉稳、精湛的手术技艺很快就抓住了女护士懵懂的心。然而上校与林阿姨并非单线的背叛与被背叛、施舍与接受的关系，上校先是拒绝了林阿姨的示爱，后冒死救林阿姨出火海，从中或可窥见上校坚硬外壳下的一丝柔软。还未等到水到渠成，无名氏的介入、内科主任的计谋，最终促成了林向上面告发上校强奸，这也直接导致上校被开除军籍、遣返回乡的命运。就像容金珍有小翟陪伴，上校也有林阿姨的陪伴。只是如许多麦家笔下的传奇一样，爱情往往带有苦涩。昔日的护士、今日的林阿姨对上校的细心照料，或许也有赎罪的一层意味。倘若没有自己对上校的倾心，没有受无名氏的欺侮，没有受内科主任的挑拨愤而告发上校，或许战功赫赫的英雄就不会没由来地回乡，受到乡亲的诸多恶意揣测，或许他能有机会保全自己心底最隐秘的文身，或许就不会走向精神失常的命运。然而，命运并不以意志为转移。上校最终还是走向了命运为他既定的道路。不过，倘若上述"或许"成立，那么这就是另一个传奇故事了。

另外，同《解密》《暗算》类似，麦家在《人生海海》中对女性角色同样使用了符号化的叙述方法。《解密》中的小翟是组织安排的众多被选中的一员；《暗算》中阿炳妻子林小芳也是组织选中的角色；黄依依虽是主要角色之一，其言行也带有男性凝视色彩。在《人生海海》中，林阿姨的人生经历、遇见上校之前的历史交代得相对较为细致，包括父亲之死，自己身上背负的国仇家恨，等等，但总体而言，其言其行基本没有超脱依附的定位。在上校精神失常后，突然出现的战友林阿姨不但带上校离开，还以妻子身份归来，妥帖处理了上校母亲的身后

---

① 麦家：《解密》，中国青年出版社 2002 年版，第 272 页。

事后带上校去上海老家。当"我"与上校重逢后,与精神有疾但身体健硕的上校形成鲜明反差,多年的劳累令较上校远为年轻的林阿姨呈现衰老之态。包括最后林阿姨的抉择——即在上校离世后也结束自己的生命——依然具有依附和救赎者的特点。这一点在作为副线的"我"的故事中同样有所体现。因为爷爷对上校的背叛,"我"全家均受到乡亲的苛责与刻意为难。不得已,父亲决定送"我"远赴重洋,以逃命的姿态远离是非之地。初到马德里的"我",幸好遇见了第一个救赎者——前妻。原本前妻大可自食其力开店谋生,但为了顾全"我"的面子,选择偏僻处所开店,有限的资金最终引向结婚七个月后怀有身孕的前妻死亡的悲剧。后来"我"又遇到了第二个救赎者——现任妻子,并在丈人的帮助下最终靠"垃圾"生意发家致富。由上可知,《人生海海》在女性形象塑造上延续了原有的男性视角。对于上校、"我"来说,女性皆是传奇人生中的插曲。在这一点上,也体现了麦家传奇叙事的"常"。

三、乡土资源、温情叙述的"变"

麦家在一次访谈中提到,写完《刀尖》之后自己"不甘于就此止步,还是想进行新的文学探索","阅读和思考有意无意地驱使我回到了故乡,故乡的影子就在我的停顿过程当中,慢慢凸显出来。或者说,我回到了过去的过去,最初的过去,上校的故事就在那儿等着我"。[①] 倘若《解密》《暗算》等前作是一种由内而外的对谍战世界、特勤宇宙的探索,那么《畜生》《双黄蛋》《人生海海》等近作就可视作由外而内的对乡土资源的开掘。《畜生》中爷爷让喝的杨梅酒,《双黄蛋》中张老师、毕文、毕武所在的小镇,都充满故土气息。长篇力作《人生海海》更是显示浙江风土人情的再次回归,譬如爷爷警告表哥的"早迟要吃生活"中的"生活",上校骂小瞎子的"村里最罪过的是你"中的"罪过","独养儿""独养女"的说法,爷爷的父母称"阿太","溪坎"等表述,爷爷对上校说的"快走,没时光耽误了"中的"时光",都是对浙江方言的一次呈现,与《繁花》对沪语的使用具有异曲同工之效。再如开头那几段对老式富阳山村、弄堂、祠堂的景物描摹,不禁使人联想到王安忆《长恨歌》的开篇,无不充满乡土意味。对此,何平就认为"如果仅仅读小说的开篇,《人生海海》从双家村地理起笔,从山形、祠堂,写到弄堂,你几

---

① 季进、麦家:《聊聊〈人生海海〉》,《当代作家评论》2019 年第 5 期。

乎要认为它是一部纯正的乡土小说"①，这在麦家早期的作品中并不常见。早期作品或许是对间谍、情报、破译情节的关注，削弱了对景物的描摹；而在较后期作品中，惊心动魄的情节逐步向乡间风土人情倾斜，表明麦家小说创作审美的嬗变。

除却对乡土资源的开放与回归，《人生海海》还隐含作家对于人性的温情理解，带有某种理想化色彩。2016 年发表的短篇《畜生》题名意指"我"们村的木金傻瓜，他在生产队负责放牛，听闻木金对牛犯了流氓罪被处决之后，无人愿意给木金收尸，只因村里人一致认为他是"畜生"。反而只有木金平日精心照料的三头牛不顾村人阻拦执意替木金"收尸"。人性与牛性之间孰优孰劣，体现麦家对人性、情的深度拷问；而在《人生海海》里，"我"们村对上校的感情则颇为复杂。小说写道，上校加入过国民党，是"革命群众要斗争的对象。但群众一边斗争他，一边又巴结讨好他，谁家生什么事，村里出什么乱子，都会去找他商量"②。由于爷爷的告密，上校不得不在公判大会上接受示众的命运，"恰恰是我们村，去的人少，大家出于对上校的尊敬，不想去看他洋相"③。这就与《畜生》当中全村人都去看公判大会上枪毙人的热闹形成鲜明反差。上校是特殊的存在，即便平日几乎没有什么朋友，行为怪异，但仍是村里的主心骨。甚至当爷爷出卖上校被公之于众之后，村人以各式各样的方式替上校出气，逼得"我"不得不背井离乡、亡命天涯。或许这本身就是作家对人性的一种理想化处理，与鲁迅的看客书写很是不同。

上校和猫的关系也是小说表现的内容之一。猫的获得源自行医时的机缘巧合，但却在之后改变了上校的命运。与猫一同回村后，上校对猫的饲养不可谓不尽心尽力。"文化大革命"时期，小瞎子献计以猫要挟上校回村，所凭借的正是上校与猫之间不可轻易割裂的羁绊。上校自行归来后看到被关的爱猫，"顿时有种天塌地崩的感觉，泪滚出来，涕流下来，骂天骂地，一点不掩饰内心的痛恨愤怒"④。直至最后，林阿姨安葬婆婆后亦携两只猫和上校同回上海。上校

---

① 何平：《回去，寻找属于你的"亲人"——评麦家长篇新作〈人生海海〉》，《中国文学批评》2020 年第 2 期。
② 麦家：《人生海海》，北京十月文艺出版社 2019 年版，第 20 页。
③ 麦家：《人生海海》，北京十月文艺出版社 2019 年版，第 255 页。
④ 麦家：《人生海海》，北京十月文艺出版社 2019 年版，第 66 页。

的传奇人生在多数时候是孤独的,而一黑一白二猫所扮演的就是陪伴的角色。通人性的猫不仅仅是爱宠,更是上校精神的寄托。或许对于上校来说,猫也是其灰色人生中一抹难得的亮色。

再如小说着意描写的上校与"我"父亲"天打不散,地拆不开"的兄弟情、上校与林阿姨之间克制而隐忍的情感,亦是对原有写作的一次自我调整。上校与"我"父亲同年同月生,自小便一起长大,之后二人人生轨迹虽发生偏离,但仍是称兄道弟、感情深厚。在特殊时期,在上校冷血处置小瞎子之后,父亲与爷爷甘冒风险合力救出上校,以至于上校一度成了我家的禁忌。得知爷爷才是告密者之后,父亲以"大逆不道"的方式向爷爷表达了自己的愤怒。包括之后父亲去替上校守家的行为,看似是为了做给村里人看,其实又何尝不是二人几十年兄弟情谊的延续呢?至于上校与林阿姨,在二人交往过程中,上校始终保持君子风度;而林阿姨,在听闻上校精神失常后,毅然选择耗费余生照料上校,使其在平静、安然中活着。虽然林阿姨自况"这是我的命,命运等着我来吃一生一世的苦"①,但这又何尝不是一种追随内心的选择呢?在小说结尾部分,林阿姨自学文身技术,将上校一生的心病修改成一幅画,也是对上校结局的一种温情处理。

附笔一提,小说对于重要配角小瞎子的命运处理亦体现作家对《人生海海》世界的温情塑造。口不能言、手不能写的小瞎子在其父亲离世后过着流浪汉一般的生活,似乎印证了善恶终有报的原始正义。但在小说末尾,电脑让小瞎子得以"说话",重新找回活着的快乐。网名从"可怜虫"到"可联虫"的转变,似乎也预示了小瞎子的新生。诚如王德威所言:"都说爱和时间能够带来宽宥和解,麦家也的确以此为小说添加了正面色彩。"②

麦家在 2007 年曾写道:"文学的创新决不是为了尽可能多地分享公共的经验,而是要在公共经验的丛林里,找到一块属于我自己的地方,以及一个属于我自己的观察世界的角度和深度。"③从某种程度上说,《人生海海》正是麦家基于此前所构筑的特勤世界新探索出的"一块属于我自己的地方"。与前作《解密》《暗算》相比,《人生海海》是特别的。虽同样是对传奇人生的书写,但上校之奇不唯其天赋异禀、学有专长,也不在于人生经历的险象环生、跌宕起伏,而在于

---

① 麦家:《人生海海》,北京十月文艺出版社 2019 年版,第 274 页。
② 王德威:《人生海海,传奇不奇》,《当代作家评论》2019 年第 5 期。
③ 麦家:《捕风者说》,作家出版社 2008 年版,第 155 页。

历经千帆之后,仍能保留赤子之心,在遣返回乡后觅得自己的一方天地。尽管政治运动粉碎了上校的计划,也让内心深处最隐秘的文身事件公之于众,上校也像麦家笔下的许多天才一般以精神失常落幕,但小说仍是给上校设置了"向灵魂'洁净'状态的回归"①的温情式结局,或许对于上校而言这也是最佳的归属与终点了。如小说结尾所书"没有完美的人生,不完美才是人生"②,上校的一生,正是对人生海海一词最好的诠释。

（本文原载于《新文学评论》2022 年第 4 期）

---

① 徐刚:《潮起潮落,看这滂沱的人生——读麦家〈人生海海〉》,《南方文坛》2019 年第 5 期。
② 麦家:《人生海海》,北京十月文艺出版社 2019 年版,第 344—345 页。

第二章　艾伟:镜中的南方与过往

一种南方诗学风格的演变

——艾伟小说新论

王宏图

一

任何一部文学作品,无论其文本外貌是多么奇谲繁复,意蕴有多么玄奥邈远,它们其实全都源自创作者内在的精神世界。艾伟在自 20 世纪 90 年代起的二十余年间,创作了大量作品,但他全部灵感的源头却相对单一,一切都从以他家乡为原型的"永城"开始。即便是在他 2022 年推出的以杭州为主要背景的长篇小说新作《镜中》里,永城的影子仍依稀可见,全书结尾部分还提及主人公庄润生在永城历史博物馆的招标中胜出。在中外作家中这种情形并不稀罕,莫言的"高密乡"、苏童的"枫杨树乡"和"香椿树街"便是这样。20 世纪美国作家威廉·福克纳在其大多数作品中精心打造的"约克纳帕塔法世系"便是以他的家乡为蓝本的。在某种意义上,家乡成了作家创作之根,美国作家安德森当年曾谆谆告诫福克纳:"你必须要有一个地方作为开始的起点,然后你就可以开始学着写……你是一个乡下小伙子;你所知道的一切也就是你开始你的事业的密西西比州那一块小地方。不过这也可以了。它也是美国;把它抽出来,虽然它那么小,那么不为人知,你可以牵一发而动全身,就像拿掉一块砖整面墙会坍塌一样。"①

————

① [美]福克纳:《记舍伍德·安德森》,见陶洁编《福克纳作品精粹》,李文俊译,河北教育出版社 1990 年版,第 503 页。

在对艾伟小说展开深入细致的解析之前，我们先来看一下其短篇小说集《整个宇宙在和我说话》。这部集子收录了十四篇作品，它们并不是一组不同主题作品的机械叠加汇编，而是相互之间有着一定的勾连，可视为和爱尔兰作家乔伊斯《都柏林人》相类似的主题小说集。它聚焦的是 20 世纪 70 年代游荡在永城西门街的郭晰、鬈毛、李小强、喻军及第一人称叙述者"我"等一群顽童的趣事逸闻，他们在那个年代里经历着成长的诸多烦恼。之所以要特别提及这部小说集，乃是因为它是进入艾伟繁杂的虚构世界的入口，他日后作品的多种主题、风格在此如若不是初露锋芒，便已是雏形初具。艾伟曾自述为何特别钟爱这部作品集："我喜欢其中的单纯与复杂，明朗与阴暗，天真与邪恶。我希望从我的个人回忆里能勘察到少年生活中所隐藏着的人类最普遍经验——爱与恨，罪与承担，美与感官，沉默与丰饶，自由与囚禁，当然还有友谊与背叛，而这些主题在这本小书里都作了寓言化的处理。"[1]

不难发现，在这部小说集里，对于现实生活中各色人物的展示，对于人性深处的探究与略带寓言化的手法，作者将其奇妙地结合在了一起。且不说《水中花》中隐没在暗处、让人惶惶不安的女鬼，《鸽子》中养鸽人的风流成性的妻子的离奇失踪，在《整个宇宙在和我说话》中瞎眼的喻军匪夷所思的听觉功能以及天马行空般的奇想，都被作者赋予了一种超现实的寓言色彩。形形色色让人啼笑皆非的桃色事件，少年那不无残忍的恶作剧，轻快而神秘的狂欢色彩与擦掠而过的死亡和暴力等场景交织在一起，而作者似乎并不满足于这尘世的视角，他要腾身飞翔而起，将这一切以抽象化的书写方式加以审视与展现。此后，艾伟的小说创作大都在对现实与历史情境中人的命运及心理的展示与文学上带寓言色彩的处理方式之间来回游走。

而这一切又被置于中国南方特有的地理植被风貌、风土人情、历史境遇和民间传说故事所酿成的特有氛围之中。艾伟自己也曾对此做过阐述："我写的就是关于南方的故事，里面充满了南方的风物，有很多关于南方气候、植物、人情、街巷的描述。而在中国，南方的历史充满诗意，很多传奇和浪漫故事都在这儿发生……古典诗歌中，南方的意象也深入人心。南方多山川湖泊，似乎容易出现神迹"，"南方文学传统在我看来就是这种植物般生长的丰富性和

---

① 艾伟：《整个宇宙在和我说话·后记》，上海文艺出版社 2014 年版，第 258 页。

混杂性"。① 不难发现,所谓南方文学风格其实是一个边界模糊、驳杂多元的诗学概念,涵盖了文化生活的诸多方面,具有极强的包容性。它的鲜明特性恰好是在与北国风格的比照中得以凸现,近代学者刘师培谈到自古以来中国南北文学的差异时便由此入手:"故二南之诗,感物兴怀,引辞表旨,譬物连类,比兴二体厥制亦繁,构造虚词不标实迹,与二雅迥殊。至于哀窈窕而思贤才,咏汉广而思游女,屈宋之作,于此起源。"②中国南北文学在诗学风格上的差异在《诗经》中已初露端倪,出自当时南方江汉地带的《周南》《召南》的作品的风格,不仅与展示庙堂祭祀、追忆先祖史迹、文体威严庄重的"雅""颂"迥然有别,也与"国风"中北方诸地的诗篇在气象情韵上有所不同。它们浓郁的南方色彩开启了后世以屈原、宋玉为代表的"楚辞"创作的先河。正是在"楚辞"中,奇幻瑰丽的意象、华美浓艳的辞章、飘逸不拘的想象、轻快灵动的节奏和凄婉低回的忧郁等南方诗学元素首次得到了完美而集中的展现。它影响了一代又一代中国作家,而艾伟的作品可视为源远流长的南方诗学传统在当代的赓续与发扬光大。有学者对同为南方作家苏童的作品中"南方"书写的阐释在很大程度上可以移用到对艾伟南方诗学风格上来:"南方的意义,在这里可能会渐渐衍生成一种历史、文化和现实处境的符号化的表达,也可能是用文字'敷衍'的南方种种人文、精神渊薮,体现着南方所特有的活力、趣味和冲动。与此同时,他更想要赋予南方以新的精神结构和生命形态,这些文本结构里,蕴藉着一种氛围,一种氤氲气息,一种精神和诉求,一种人性的想象镜像。"③近年来,有一些批评者提出了"新南方"的概念,将长江流域以南的南方地区析离出去,自成一体。"新南方"文本中展露的瑰丽奇异的风格、色彩与情韵是原有的"南方"书写概念无法化约,也无法醒目凸显的。④ 在此语境下,先前所说的南方的范围便缩小到长江流域地区;而生于斯长于斯的艾伟,他众多的作品恰好鲜明地展现了从文脉丰厚肥沃的土壤中萌生而出的南方诗学的诸多风格特征,它们在他笔下蓬勃生长,开辟出新的艺术空间。

---

① 艾伟:《时光的面容渐渐清晰——代后记》,《南方》,浙江文艺出版社 2022 年版,第 410 页。

② 刘师培:《南北文学不同论》,《清儒得失论》,吉林人民出版社 2013 年版,第 220—221 页。

③ 张学昕:《苏童:重构"南方"的意义》,《文学评论》2014 年第 3 期。

④ 参见杨庆祥:《新南方书写:主体、版图与汉语书写的主权》,《南方文坛》2021 年第 3 期;参见王德威:《写在南方之南:潮汐、板块、走廊、风土》,《南方文坛》2023 年第 1 期。

二

作为艾伟创作的首部长篇小说,《越野赛跑》问世于 21 世纪初。单从情节线索上看,它富有史诗性的视野,与稍后问世的莫言的《生死疲劳》、余华的《兄弟》有着某种类似之处。它们都聚焦 20 世纪下半叶与 21 世纪之交数十年间社会生活的复杂变迁以及人物命运的荣枯沉浮。莫言将佛教轮回转世作为叙述框架的基座,西门闹死后化为驴、牛、猪、狗,再由"大头儿"转世为人,这一情节构架给整部作品抹上了一层带有浓郁东方情调的奇幻色调。余华则通过李光头、宋钢两兄弟从相依为命到天壤悬隔的命运遭际之间的鲜明对比,展示了人世间的一幕幕催人泪下的悲欢离合,并以恣肆无忌的狂欢化笔法凸现了层出不穷的怪状异象。

值得注意的是,艾伟创作这部作品的灵感源自记忆中涌现而出的场景,"一匹白马奔驰在 20 世纪 70 年代阳光普照的机耕路上,骑在马背上的是身穿绿色军装的解放军。解放军腰间佩着一把手枪,手枪上系着一条红色的丝带。1999年,这个场景在不断地膨胀、变幻,就好像一粒种子落入土中,迅速繁殖"。艾伟打算写一部小说,希望小说"有着孩子式的想象和放纵,并且能够打通现实世界和幻想世界的界限"①。读了《越野赛跑》小说文本之后,不难发现,这的确是一部具有轻盈灵动风格的作品,作者在"我们村"之外设置了一个富有幻想色彩的平行世界"天柱",而且在对步年、步青兄弟数十年间跌宕起伏的命运的描述中充斥着种种魔幻意味浓重的意象场景。

显而易见,20 世纪传入中国的拉美魔幻现实主义作品(尤其是哥伦比亚作家马尔克斯脍炙人口的《百年孤独》)在艾伟的这部长篇处女作里烙上了鲜明的印记。这两部作品从总体叙事框架、基调和带寓言色彩的处理方式上有不少相似之处。马尔克斯笔下的马孔多小镇历经百年沧桑,你方唱罢我登场的纷乱争斗与布恩迪亚家族七代人的爱恨情仇的传奇故事密不可分地交织成一团,最后一阵从天而降的飓风将这座小镇从地球上刮走,落得个白茫茫一片真干净。魔幻神奇乃至荒诞不经的场景贯穿全书,马尔克斯以这种方式完成了对哥伦比亚,乃至整个拉丁美洲百年历史的透视与展现,揭示出个人、家庭、社会等孤独

---

① 艾伟:《平淡日子里的奇迹——代后记》,《越野赛跑》,浙江文艺出版社 2022 年版,第 342 页。

的缘由。① 而在德国学者埃里希·奥尔巴赫看来,近代现实主义创作的基础在于"严肃地处理日常现实,一方面使广大的社会底层民众上升为表现生存问题的对象,另一方面将任意的日常生活中的人和事置于时代历史进程这一运动着的历史背景之中"②。但马尔克斯采用的并不是19世纪经典现实主义将人物命运和具体历史背景紧密结合的方式,而是在一定程度上超越了现实,以奇幻的笔法对拉美社会纷纭变幻的历史和现实加以抽象化处理,以布恩迪亚家族的"孤独"为枢轴,衍生出一连串奇诡怪异的寓言化画面。

在完成《越野赛跑》十余年后,艾伟对自己当年的写作动机做了进一步阐发:"我得承认,写作这部小说时我野心勃勃","我希望在这部小说里对人类境况有深刻的揭示"③。和先前强调幻想、轻盈不同,这里艾伟更关注如何通过对一个村庄的演变历程的展现,对人类境况进行寓言化的探索与揭示。而带寓言色彩的写作方式并不意味着单纯的抽象化,并不意味着与具体的历史情境绝缘,而是作者以超越现实层面的视野对生活素材加以处理,赋予它超出具体场域与事件的某种普遍性。美国马克思主义文艺理论家杰姆逊在谈及第三世界文学时,他认为,"所有第三世界的文本均带有寓言性和特殊性:我们应该把这些文本当作民族寓言来阅读,特别当它们的形式是从占主导地位的西方表达形式的机制——例如小说——上发展起来的","甚至那些看起来好像是关于个人和力比多趋力的文本"往往所表现的也不是个体,而是"关于个人命运的故事包含着第三世界的大众文化和社会受到冲击的寓言"④。正是从这个意义上看,《越野赛跑》并不仅仅是对"我们村"人物、场景精准的写实展示,它超出许多同类型作品的出彩之处在于对与"我们村"毗邻的"天柱"的描绘,在于其摆脱现实因果链的天马行空般的奇思妙想的画面。在文学性的想象与书写当中,作者酣畅淋漓地展现激情、亢奋与安宁相交织的年月中的潮起潮落,反思商品经济年代曾经物欲流淌、全民皆商的热潮,以及个人无比热切的发财梦如何化为一枕黄粱梦。

---

① 赵德明:《20世纪拉丁美洲小说》,云南人民出版社2003年版,第422—424页。

② 〔德〕埃里希·奥尔巴赫:《摹仿论——西方文学中所描绘的现实》,吴麟绶、周新建、高艳婷译,百花文艺出版社2002年版,第551页。

③ 艾伟:《无限之路》,《当代作家评论》2003年第3期。

④ 〔美〕杰姆逊:《处于跨国资本主义时代中的第三世界文学》,载张京媛主编:《新历史主义与文学批评》,北京大学出版社1993年版,第234—235页。

无独有偶，在稍后于《越野赛跑》创作的中篇小说《家园》中，艾伟再次展示了他在寓言化色彩书写上的才情。小说以哑巴古巴的视角，讲述了光明村的奇人异事。同《越野赛跑》相仿，《家园》叙述的人与事都有着现实生活的根基，但作者并没有依照经典现实主义的方式加以精细的摹写，而是恣肆无忌地运用了非现实的手法，比如亚哥所作的画具有抵御鬼怪的神奇功用。从某种意义上说，带有寓言化色彩的写作这一方式在艾伟前期创作中占据着举足轻重的地位。

然而，对艾伟这样富有极高写作抱负的作家，带寓言化色彩的写作方式潜藏着难以祛除的致命弱点：作为把握世界的一种方式，它是外在的，着眼于外部世界的风云变幻，力图展示经过抽象概括的宏观的人类发展历程的图景。尽管它蕴含着探究人性的维度，但对内在精神的关注并不充分，有时甚至暴露出难以遮掩的匮乏。在《越野赛跑》和《家园》里，艾伟已将带寓言色彩的书写方式相当充分地发挥出来，而日后他的写作如果要进一步拓展，步入新的境界，对内心心理与精神世界的探究便是势所必然。寓言化色彩的写作模式的弊端及局限性，在此显而易见。

三

艾伟于 2002 年和 2006 年先后推出了两部长篇小说《爱人同志》和《爱人有罪》，它们在某种意义上的确可被视为艾伟创作转型的尝试。和他先前的作品相比，这两部小说尽管不乏历史大背景，但与《越野赛跑》和《家园》相比，它在作品文本中只是作为虚泛模糊的背景存在，与人物命运的关系不再那么密不可分地联结在一起。它们是两部内倾式的作品，聚焦人物隐秘深幽的精神世界和内心运动轨迹。对于艾伟而言，他对于内心世界的关注并非始于这两部作品。早在 1999 年发表的中篇小说《重案调查》中，艾伟以数个人物交叉叙述的多声部多视角手法，展示了主人公顾信仰纷乱癫狂的内心世界。到了《爱人同志》中，对人物内心世界的开掘探幽得以被大规模地强化，用他自己的话来说："那个不可捉摸的内心世界有着巨大的能量，让我深深着迷。我完全用写实的方法切入，一步一步，进入那个黑暗的潜意识领域……我努力'向内转'，试图打开人物精神世界的图景,他们的光荣和失落,幸福和疼痛,爱和恨,温情和暴力。"①

在老于世故的人眼里,没有比艾伟《爱人同志》(2002)中刘亚军、张小影这一对夫妇更不自然的结合了:刘亚军因故致脊椎瘫痪,成为一名残疾人。在20世纪80年代初那个尚留存较多纯真气息的年代,他虽身体残疾,但其既往事迹的光晕还是为他引来了一些倾心爱慕者,而张小影无疑就是其中最为果决的一位。她似乎是本能地爱上了刘亚军,并不顾父母的反对和世俗暧昧猜疑的目光与他结合,一时间成为众人瞩目的女性人物。

新婚后不久,这对夫妇持续的两性战争便开始了。从常理上说,刘亚军应该对张小影心怀感激才对,为了他,她不惜与父母决裂。但躯体上的严重残疾这一事实使各方面的美好的想象不断地化为泡影。占据刘亚军心头的是深重的怨愤,负面情绪在他体内积聚到一定程度,就要有一个发泄口。在他的生存世界中,妻子似乎成了他唯一可以施加攻击的对象。几乎从他们相识的第一天起,暴戾便不时从他的体内流溢、倾泻而出,而她则是默默地承受。有意无意间,张小影把自己塑造成了一个无私奉献者的形象,一个忍受苦难、以自己的牺牲来宽宥丈夫的无私的女性形象。无私的献身精神赋予了她超常的忍受力。幸好刘亚军与妻子的夫妻关系仍是正常的,也维系着这个异乎寻常的家庭,但常常是两人共享的快乐转眼间便烟消云散。刘亚军原本已与社会隔绝,社会的迅速变迁益发衬托出他的孱弱无能,内心的巨大不平衡使他内心的压力一次次周期性地喷发,女主人公竟然很早就不无奇怪地从他们的打闹中体味到一种让人心酸的幸福感,"哭在他们的生活中是一件经常发生的事,因为在哭泣的时候他们体验到了某种甜蜜的情感和生存的乐趣",而他们"会把他们的结合看成一种宿命,并从宿命中迸发出无穷的热情",进而"把他们身上的尘埃洗刷得一干二净"。②

就这样,负面情绪滋生暴力,又转化为夫妻间短暂的快乐,这构成了他们两人世界的基本节奏,构成了一个循环往复的怪圈。与人们通常设想的相反,夫妻矛盾在相当长时间内并没有摧毁这个家庭,相反却为它提供了强大的能量,维系着它的运转。艾伟以犀利的洞察力、敏锐的笔触细腻逼真地展示了这与众

---

① 艾伟:《时光的面容渐渐清晰——代后记》,《南方》,浙江文艺出版社2022年版,第412页。
② 艾伟:《爱人同志》,人民文学出版社2002年版,第108—109页。

不同的两人世界，披露了它独有的色彩、韵律，以及它在十余年间盛衰枯荣的历程。这是充满着人性色彩的真实世界，无法以一组僵硬抽象的概念加以概括、化约。在《爱人有罪》中，艾伟再一次以罕有的耐心与深邃的洞察力展示了这非同一般的两人世界深处难以为人知晓的奥秘。这个世界对于他来说，实在是丰饶的富矿，一部长篇小说根本无法将它开掘完毕。这一次，艾伟展示的社会生活画面比《爱人同志》当中所提供的画面更为广阔更加清晰可辨，但他并无意将它写成一部通常意义上的写实小说，其焦点依旧落在鲁建、俞智丽这对男女间爱恨交织的纠缠上。

如果说，刘亚军、张小影的结合在世人眼里只是显得不太自然、背负太多现实生活的压力与困难，那么，《爱人有罪》中鲁建、俞智丽的关系就显得尤为匪夷所思。西门街的美人俞智丽在被人强奸后，错指鲁建为嫌疑人，致使鲁建蒙冤入狱八年。他出狱后，试图报复俞智丽。在巨大的心理压力下，俞智丽竟然愿以自己的肉体来补赎鲁建所受的苦难。到此，一切还入情入理。但随后，两人的关系便急转直下，其结局令人瞠目结舌：俞智丽非但没有因把自己的身体奉献出来而感到屈辱痛苦，相反她从中获得了一种前所未有的快乐。她毅然抛弃了原有的家庭，离开了丈夫女儿，与鲁建结合，组成了一个怪异的两人世界。就此他们成了一对生死冤家。这样的写作，似乎仍然是一种在叙事上带有先锋性探索精神的写作路径。

毋庸讳言，这两部作品对男女主人公不无畸形的心理情态和虐恋式纠葛的刻画与展现给人留下难以磨灭的印象。但对于一个作家来说，对于心理和内心活动的过分痴迷与沉溺会导致另一种风险：由于文本承载了过多的对于心理活动的展示，它会在作品中不知不觉地抹去外部世界的形状与轮廓，让一切事件与场景都吸纳、融化在人内在的主观感受世界之中。一旦人的主观世界成了至高无上的主宰，成为作品中聚焦的主要对象，宏观的历史叙述在无形间就被消解了：一切源自内心，一切归之于内心。而内心沸腾澎湃的世界恰恰缺乏历史性这一向度，它将对往昔的追忆、对当下的感受和对未来的憧憬融为一体，呈现出一个诸多事件、感受并置的同时性层面。如果说寓言化色彩的写作将淡化历史场景细节而赋予整篇叙述以抽象化、普遍性的意蕴，那小说中过量的心理承载与泛滥则会导致另一种形式的抽象化：外部世界和宏观历史话语的丧失与消解。由此所带来的缺憾与不足，不言而喻。

四

综上所述,在完成《爱人有罪》之后,在艾伟的头脑中,已经有两种类型的诗学风格并行不悖地运行着,一种是《越野赛跑》这样以轻盈飞扬的带寓言色彩的方式方法展现数十年间激荡的社会变迁,另一种则是像在《爱人同志》和《爱人有罪》中那样,目光向内,久久地凝视人们内心世界幽秘难测的波澜。外向与内倾这两种叙述方式尽管存在着部分重叠,但要将它们圆融无碍地容纳于同一个文本中,在写作实践中有着极大的难度。而艾伟对这两种方式都很钟爱,一个都不愿放弃,并力图在日后的创作中尝试深度融合,于是人们见到了2014年问世的长篇小说《南方》。

这部二十余万字的长篇是艾伟所有作品中在结构和叙述视角上用心最多、设计安排最为复杂的一部,作者不仅采用了第一人称(女主人公罗忆苦的幽魂)、第二人称(肖长春)和第三人称(傻瓜杜天宝视角的限制性叙事)三个叙述视角,而且打破了顺时针的叙述方式,将自然时间切割成众多零散的片段,游刃有余地穿梭往返于当下与往昔不同的时空中,借此展现出罗忆苦姐妹、肖家父子、杜天宝等人物在20世纪60—90年代30年间令人感喟的遭际,鲜明地凸现出这些普通人身上承受的命运的跌宕起伏。正是在这部作品中,艾伟雄心勃勃地力图将上述两种不同的风格融合在一起,"我想让《南方》有寓言性,但这种寓言性要建立在人物的深度之上。我要在飞翔和写实之间找到一条通道""但如果一部小说既能做到人性的深度,又能指向关于世界的普遍性的寓言表达,也是件不错的事"。[1] 这一切看上去很美,这里需要追问的是,艾伟在《南方》里是否成功地实现了这两种不同诗学风格的融合?

从写作技巧的难度、展示人物内心的深度和给读者造成情感震撼的强度而言,笔者觉得《南方》是艾伟迄今为止最成功的作品。艾伟2022年推出的长篇新作《镜中》尽管独辟蹊径,但总体艺术成就并未能超越《南方》。《南方》全书首章以傻子杜天宝开场,先声夺人,"需要闭上眼睛,用尽所有的力气才能把过去找回来"[2]。通过一个傻子、疯子或奇人的视角进行叙述,在当代文学作品中并

---

① 艾伟:《时光的面容渐渐清晰——代后记》,《南方》,浙江文艺出版社2022年版,第412页。

② 艾伟:《南方》,浙江文艺出版社2022年版,第3页。

不罕见:贾平凹《秦腔》中清风街上的疯子引生,便是这样一个奇特的叙述者;德国作家君特·格拉斯《铁皮鼓》中与第三人称叙述者并行的,便是一个永远长不大、似傻非傻的侏儒孩童奥斯卡。可以推测,格拉斯的这一叙述方法在某种程度上影响、启发了艾伟,他先前曾在中篇小说《家园》中也通过哑巴古巴之口展开叙述了。而《南方》全书中杜天宝的第三人称限制性叙述的运用,部分地实现了艾伟保留寓言性写作的企图:天宝的父亲冻死在冷库,他与罗忆苦、罗思甜姐妹的交往,他因咬下肖俊杰耳朵、砍伤三人而入狱,他出狱后匪夷所思的婚姻生活,他做小偷的劣迹,过后因女儿银杏离家出走、他南下广东寻找银杏而引发的诸多奇遇,他被罗忆苦骗走巨款后又失而复得,最后女儿银杏成婚,他的家庭生活总算有了较为圆满的结局。

艾伟通过杜天宝这样一个智力低于常人的底层人物生活的展示,将数十年间社会生活的变迁及现实场景栩栩如生地展现了出来:过往年月和商品经济大潮年代世风人情的鲜明对照,它在时间跨度上和《越野赛跑》大体重合,可以说大体上秉承了后者轻盈飞扬的笔调,作品仍略微具有一定的寓言化书写的色彩,但又受制于《南方》全书总体悲郁的基调,其轻快的色调明显有所减弱。

与此相反,作品中所采用的其他两个人称(罗忆苦鬼魂和她公公肖长春)的叙述,便染上了截然不同的悲剧色调。罗忆苦一出场便已是一具飘浮在河面上的女尸,此后她的整个叙述全出自她的幽灵之口。这一叙述手法在拉美魔幻现实主义的先驱之一、墨西哥作家胡安·鲁尔福的代表作《佩德罗·帕拉莫》中就运用过,全篇鬼影游走不息,在与众多幽灵的对话中,回乡寻父的胡安也死去化为幽魂。罗忆苦天生丽质,但无奈红颜薄命,丈夫肖俊杰因杀人而被判死刑,孪生姐妹罗思甜与人私奔后生下一男孩,最后为找寻被她们母亲遗弃的儿子而溺死在河中。罗忆苦守寡后则与昔日情侣夏小恽南下广东,东游西荡,日子过得日益艰窘,最后在绝望中砸死了夏小恽,并将夺来的钱款输个精光。她的堕落没有底线,最后在骗取杜天宝巨款后,被半路杀出的须南国掐死。她在金钱和情欲中将自己的生命消耗殆尽,如果不是死于非命,也早成了行尸走肉。小说的这部分叙述贯穿着悲剧性色调。

显而易见,罗忆苦姐妹和肖家父子的生活是以与《爱人同志》《爱人有罪》相类似的心理写实手法精雕细琢而出的。它的叙述笔调时有起伏跌宕,但总体上难掩其幽咽、悲抑的特性。罗忆苦婚前情感选择上的举棋不定,婚后百无聊赖的日子,与须南国和夏小恽间越出常规的情爱纠葛,直至流落边地后与夏小恽间爱恨交加的虐恋,对堕落生活的忏悔,最后因为钱财死于须南国手中——这一切将一个女子大起大落的命运展现得惊心动魄。而肖长春则是另一种类型的悲剧人物,他对工作兢兢业业,不徇私情,亲手将犯下杀人罪行的儿子送上刑场。但他最后面对的是家破人亡的惨景:妻子周兰发疯,长年住在精神病院;儿媳罗忆苦意外遭人杀害,其尸体沿河岸漂来。他一生忠于所信仰的事业,但这无法勾销个人生活的不幸——在埋葬罗忆苦之际,他隐隐觉得自己有难以抹去的过失:"一切都过去了。生活从来就是这样,人生充满了悲剧……当然你认为自己难辞其咎,你会永远觉得自己是罪人。"①

不能否认罗忆苦的叙述中也包含着某些带寓言化色彩的元素,这最鲜明地体现在她和夏小恽南下、在密林深处的禅堂中拜谒"大师"并委身于他的描写之中。入定的大师,傲然直立的蛇,不仅仅是真实显现的形象,更是隐喻性的表达,它们在失魂落魄、惶惶无主的罗忆苦心中隐约燃起了希望的火焰,仿佛是来自彼岸世界的神使,有朝一日会将坠落到深渊边缘的她拯救到彼岸世界。但这毕竟是昙花一现的幻影,大师连同夏小恽都露出了粗野丑恶的本相,将她一步步推向万劫不复的地狱。对神使与彼岸的依托,肯定是不可靠的妄想,带来的则是更为深重的悲剧。

然而,如果说艾伟在《南方》中兼顾了对个体生命外部世界具有寓言化色彩的书写和对生命内部复杂性的开掘,并由此试图探究人性深处的奥秘及其边界,那么,只能说他的努力仅取得了部分的成功。能将上述两种特性圆满地融合在一部作品中,当然是一种美好的理想,但实现起来却并不顺畅,甚至会碰到难以逾越的障碍。如前所述,带寓言色彩的书写是具有外向性的,它力图赋予外部世界和人类生活进程以一个宏观、清晰的图景,个人的情感、心理与命运再重要,只是这巨型宇宙图式的一个有机组成部分,作者必须将对个体心理和内心生活的表现保持在一定的尺度内,与整体的图景相协调。而对内心世界的挖掘与探索面对的则是一个混沌芜杂的幽秘天地,个体再细小的感受往往被描摹成在外部历史进程中堪称里程碑般的事件。正因为它是内倾的,它蕴含的林林

---

① 艾伟:《南方》,浙江文艺出版社 2022 年版,第 395—396 页。

总总的外部社会、世界的信息都经过主观世界的渗透、过滤乃至扭曲变形。因此从这个意义上可以说，真正成功的对人物内心王国的深度发掘，能够向人们提供对于人性前所未有的崭新认识，能够包蕴某种深刻的启示，但却无法形成寓言化的世界图景。在《南方》中真正给人留下难忘印象的还是对罗忆苦、肖长春等人的内心情感世界的展示，而作者无法忘情的寓言化色彩的书写与此形成了难以调和的冲突，无法形成一个圆融自洽的整体。如果硬将两者并置在一个文本中，它们常常会形成不可调和的冲突，互相抵消，一方压倒另一方，使作者两者兼顾的愿望难以兑现。

此外，文学作品对人内心世界的展示、呈现一旦成为文本的主体，它会时不时突破作者设定的宏大叙述框架，林林总总繁杂琐碎的细节海浪般涌流而来，不断增殖膨胀，占据叙述画面的中心，使任何对外部世界和历史社会的宏观审视趋于解体，在此情形下寓言化色彩的写作也会几乎失去立足之地。这最典型地体现在 20 世纪初叶勃兴的意识流小说中。意识流小说是先前文学作品中对人内心探索的深化与飞跃。詹姆斯·乔伊斯的《尤利西斯》对人的内心世界作了史无前例的全方位勘察与呈现，小职员布鲁姆与大学生斯蒂芬在都柏林从清晨到午夜十八个小时的游历成为叙述主线。全书虽然以荷马史诗《奥德赛》的叙述框架为蓝本，但乔伊斯笔下的人物褪去了古代史诗中英雄人物的霓彩，呈现出内心世界奔腾不息的思绪与其间细微的褶皱翻转、光影变幻，野性血气、粗陋猥琐铺陈而出，一览无遗，正如精神分析学家荣格所说："全书中没有任何愉快、新鲜与希望，只有灰暗与可怕，只有残酷、尖刻与悲剧。一切都来自生活中伤痕累累的那一面，并且是如此的喧嚣躁动，使你不得不用一面放大镜才能找到其间的主题联系。但这些主题联系是确实存在于书中的，它们首先表现为一种高度个人性质的未经声言的愤恨之情，表现为被猛烈割断的童年的残迹；随之它们又表现为整个思想史之流的漂浮物——这整个思想的历史可鄙地、赤裸裸地呈现于万目睽睽之下。"①

与其不同，艾伟对人物内心世界的描绘大体上没有越出心理写实主义的框架，但他对男女两性间虐恋关系的探究（最鲜明地体现在《爱人同志》《爱人有

① ［瑞士］荣格：《〈尤利西斯〉：一段独白》，荣格：《心理学与文学》，冯川、苏克译，生活·读书·新知三联书店 1987 年版，第 150 页。

罪》中,《南方》里也有呈现)使他逼近、触及了人们心灵深处幽秘的潜意识王国,在这波涛汹涌的大海中,任何外在的伪饰都被无情地颠覆。正因为对人物内心世界的展示具有这样的潜在特性,艾伟在《南方》中融合外在寓言化色彩书写与内在人性深度描摹的尝试困难重重。

其实,早在 2009 年问世的《风和日丽》中,艾伟已经开始尝试将对外部的带寓言色彩的写作与人性探索两者相结合。这部长达四十余万字的小说是艾伟迄今为止篇幅最长的一部作品,也是他作品中最受读者欢迎的一部。小说以将军的私生女杨小翼传奇式的一生作为情节线索展开叙述。利用这种极易激起读者共鸣的传奇式叙述框架,艾伟按照自然的时间顺序,书写了她的童年、少年以及成年后一波三折的经历,她寻父的经历则是贯穿其间的主线。杨小翼的内心情感、人格成长与她的婚姻家庭生活水乳交融地合为一个整体,在某种程度上实现了艾伟在《南方》中力图达成的文学理想:对外部世界带寓言色彩的书写与对人性的探索并行不悖地共存于同一个文本之中。但必须指出的是,这种融合似乎并没有达到作者的期待,也没有完全达到读者的期待:现实生活的展现,被人们津津乐道的传奇化故事冲淡;而对主人公杨小翼的心理描绘则大都滞于表层,流连于她对外部事件的直接反应,她内在的精神世界基本上未被深度触及。因而,从探索人性深度的角度而言,《风和日丽》并没有超越《爱人同志》《爱人有罪》,而《越野赛跑》中那种略带轻盈飞翔意味的风格也未得到鲜明的展示。

五

综上所述,艾伟在数十年的创作历程中,其孜孜以求的南方诗学便沿着两条路径推进:一条是以《越野赛跑》为代表的不失轻盈飞翔意味的风格,力图以具寓言色彩的叙事框架作文学书写;另一条则充分体现在《爱人同志》《爱人有罪》等作品中,深入开掘人物的内心世界,凸现其无法进入常人视野的幽秘隐微之处。《南方》堪称艾伟一部集大成之作,它力图将两副不同的笔墨加以融合,尽管只取得了部分的成功。

其后数年,艾伟又创作了《敦煌》《过往》等中篇小说。它们依旧以作者熟稔于心的"永城"为背景,世俗生活的烟火气更为浓郁,家庭成员间的亲情、男女情爱等成为书写的核心。显而易见,作者已放弃了对外部世界进行带寓言化色彩写作的冲动,专注于对日常生活中普通人的情感与心理进行细致入微的刻画,并力图抽绎出某种超越性的价值与意义。《敦煌》中的小项婚后移情别恋,在与性情孤僻的丈夫陈波几番缠斗后,身心俱疲地离开永城。她最终到了拉萨,在当地特殊的氛围里获得了心灵上的洗礼与重生。作者在描绘小项曲折命运的同时,赋予了她进行自我精神拯救的维度。而《过往》则聚焦母子、兄弟间的恩怨情仇。作为一名杰出的演员,母亲在舞台上光彩照人,但她对父亲的背叛在儿子秋生、夏生两人的心灵上烙上了难以抹去的伤痛。几经波折,最后兄弟俩在父母的坟前尽释前嫌,也与母亲在心灵上达成了和解。让秋生、夏生在心灵上获得宁静的并不是高远的佛音,而是基于血缘关系的亲情。正是在这儿,家人亲情这一古老的传统价值维度再次被赋予了神圣的价值,成为人生意义的终极源泉,家人亲情令人性的光芒衍生而出,正如作者自己所说:"人性或许会被很多东西蒙蔽,但我相信人性总会在某个时刻胜出,闪现其动人的光芒。"[①]

在此,人们可以发现艾伟作品中一个重要的变化,在延续对人性深处幽微之处做不懈探询的同时,他先前作品中的寓言化色彩的书写悄然发生了变化。如果说还存在寓言化色彩的书写的话,它已不再力图展现外部世界图景,而是在内在层面上思索心灵与精神如何得到拯救,人性深处的善意如何得以弘扬强化。从这个意义上讲,可以说艾伟作品中南方诗学风格中寓言化色彩的书写这一维度并未被完全放弃,而是从外部世界向内转,与对心灵世界的探索紧密相连。这一新的变化在他的最新长篇《镜中》里得到了更为充分的体现。

《镜中》这个标题貌似寻常,细思之下颇有深意。作为经反射能映照出世间万事万物的制品,它可谓一件神奇之物,它既能映照出人们自身单凭双眼难以一睹的真容,也能展示出大千世界的雄姿纤影,更能闪现转瞬即逝的灵光与幽影。然而,镜中的影像再逼真再栩栩如生,毕竟只是虚薄的影子,不是事物的本体,所以自古以来人们就有"水中月,镜中花"的感喟,喻指其可望而不可即的特性。而真实的世界一旦与镜中的世界交织缠绞在一起,真实的形体与镜中影像相互交叠、折射,常常会孵化生成令人眼花缭乱、难辨真伪的迷宫,而艾伟的这

---

①　艾伟:《情感与人性的胜利(访谈)》,《过往》,浙江文艺出版社 2021 年版,第 156 页。

部新作正是一座经过细密编织的迷宫。

艾伟在全书后记中将小说艺术与镜像做了比照:"任何艺术都是人间的镜像啊,小说当然也是。小说就是通过虚构一个自洽的世界照见你我,照见人世。"①在这部长篇新作中,镜面作为靓丽而幽秘的迷宫的反映媒介,它同时映照出外部和内部世界的繁富景象。从外部世界而言,全书以一起惨烈的交通事故开启,事业如日中天的中年建筑师庄润生的妻子易蓉开车失控、撞击铁栏杆,导致自身重伤毁容,儿子一铭、女儿一贝双双殒命。但事故的缘由并不简单。当庄润生从助理甘世平那儿得悉易蓉是酒后开车肇的祸,不禁怒从胆中生;但随后他发觉自己在其间也有难以逃脱的罪责,出事那时他正和情人子珊幽会,易蓉向他打电话求助时他关了机。而易蓉随即在老宅自杀身亡,这又给了深陷悲恸中的庄润生一记重击。为此他陷入长久的自谴自责中,后跑到云南边地捐助建设学校,误打误撞间越境被缅甸军方扣留,最后依靠移居美国的子珊不远千里赶来救助,才得以脱离险境,完成了这一充满磨难的自我赎罪之旅。

然而,这还不是镜面折射出的外部世界的全部,它有令人更为惊恐的秘密。易蓉弃世前最后一刻发给远在纽约的子珊一封邮件,将她长年间与甘世平偷情、生下一铭、一贝的隐情全盘供出。当庄润生从缅甸脱身并得知这一消息后,其内心因易蓉、世平暗中背叛他而引发的巨大痛苦可想而知。他多次想杀死世平复仇,却在最后一刻摆脱了恶念,选择了宽恕。在重新思索生命意义后,艾伟的设计也有了一次飞跃,新的作品体现了他寻求精神救赎的路径与心灵寄托。

显而易见,《镜中》里因车祸而裸露曝出的庄润生一家的秘密,犹如层层叠叠的多重镜像,折射出人世间爱恨情仇的极致境界,而它又与镜面蕴含的人们内心的影像交相缠绞,密不可分。纵观艾伟的全部作品,就人物所经历的痛苦的强度而言,没有其他人物能够超过庄润生:痛失爱妻后,他又发现妻子与自己最信任的伙伴一起背叛了自己,一双儿女竟不是己出,而是偷情的果实——这种情感上的煎熬实非常人可以忍受。从这个意义上,他欲对毁了他一家的甘世平复仇,便有着伦理上的充分正当性。而当他摈弃恶念时,脑海中涌现出一道强光,它催生了极富创造性的设计,"通向佛殿的道路……象征人生的迷宫。在

① 艾伟:《镜中》,浙江文艺出版社 2022 年版,第 414 页。

这个通道里要创造出生命各个阶段的感受和状态:童年的灰暗,青年的野心,至暗时刻的危机,以及突然的解脱""最核心的部分当然是象征解脱时刻的佛殿",这佛殿"像一道解开宇宙之谜的数学公式。有一个科学家说过,至高之神住在数学公式之中"。[①] 创造性的灵感竟然是来自人生与内心巨大的痛苦当中的自我拯救所迸发出来的创造力。

不难发现,庄润生脑海中擘画出的佛寺建筑,是他超越往昔痛苦并自我拯救的一个副产品。正是在这里,在《敦煌》《过往》等作品中初露端倪的带寓言化色彩的书写的变体得到了充分的展示,它不再刻意对外部世界进行展示,而是转移到人们的内心,在一系列充满寓意的影像中展现人的心灵得到拯救与超越的可能性及其实现途径。在此,其文学书写从外在的维度彻底转向了内在精神的维度,成为对宗教、哲学、伦理探索的一部分,而它又与艾伟一贯追求的南方诗学风格中的另一个维度——对人性和内心世界的探索并行不悖,相互强化,在某些地方甚至合二为一——这使得他作品内倾的特性更加鲜明突出。从这个意义上说,带有一定寓言色彩的书写被对内心世界的探索吸纳,成为其有机的组成部分。

不得不指出的是,艾伟这一在文学书写上向内转的表现,系通过庄润生的经历向世人提供了一条貌似可行的精神拯救之路,它喻示了人们的精神、心灵经过自我涅槃后可能的重生之路,而《镜中》显露的这一诗化哲学集中体现在一个佛殿的设计构图中,但细思之下便会发现它在某种程度上过于直露、过于明晰。人们要追问的是,按照庄润生规划好的清晰可辨的路径,人们能否真的走出内心痛苦的迷津,能否真的在建筑这一并不完满的形式中呈现出真正的拯救之光? 答案恐怕是否定的。

对于一个作家而言,创作中最重要的莫过于形成自己可辨识的独特风格面貌。同为南方作家,余华、苏童与格非在其创作中体现的诗学风格也各不相同。在卡夫卡等作家的影响下,余华早期作品采取了寓言式的书写方式,但文本并不设置明确的时代背景,而是将人物安置在梦魇般的环境中,展示人们非理性、荒诞的生存境遇,其间暴力血腥的事件层出不穷。在 20 世纪 90 年代实现创作路径转向后,余华将笔墨转向世俗世界,但由于写实主义文本的规范与其内在

[①]　艾伟:《镜中》,浙江文艺出版社 2022 年版,第 379—380 页。

禀性的冲突,他在精细展现现实生活细节和心理流变时常常流于怪诞的夸张手法,无法顺畅地发扬其创作优势。[①] 而苏童作品中的"香椿树街""枫杨树乡"世界与艾伟笔下的"永城"不无相似之处,但他追求的是与中国传统文学"诗画同源"精神相通的"空间型写作",关注的是在跌宕起伏的历史潮流之外更为恒定的生活形态和意蕴。有批评家将这种诗学风格称为"意象主义写作":"他在意象上下功夫,那种拟旧的气息、梦幻的色调,那种潮湿而灰暗的氛围,那种欲望的宣泄和心绪的波动,都像水一样在小说中流淌。苏童无意于展现时代,也无意于刻画人物,他试图揭示的其实只是某种心态、意绪与幻觉。"[②]尽管他作品中不乏寓言化的片段,但这并不是他关注的重心;此外,他展现的更多的是人物内心的意绪,并没有深入到其幽秘的深层。格非早期作品受博尔赫斯的影响,悉心营造诡异奇幻、剔除了具体历史背景的迷宫,力图展示一幅幅宏大而玄奥的宇宙图景。如果说格非的作品中有寓言化的元素,那么它指涉的就是某种隐匿在万物表象背后的神秘"天机",一种隐而不现的秩序与法则。他步入中年后,将诸多传统文化元素融入以写实为基石、轻盈灵动、"中国式诗意"十足的典雅文本,表现出新古典主义风格,可谓在回归传统的同时实现了新的创造[③]。

通过与上述几个南方作家加以比较,艾伟创作的诗学风格的特性得以更加鲜明地展现出来。他在数百万字的作品中业已形成了自己别具一格的南方诗学风格,起初它兼具对外部世界进行带寓言色彩的书写和对内心世界的深度开掘两条路径,并试图将两者加以融合。由于这两种书写方式天然存在着某种冲突,在近期作品中他从对外部世界的书写转向了对哲理、宗教与伦理等的探索,希图借此揭示人生的哲理与生命的意义。这一向内转的变化消除了先前两者间的龃龉,但也使外向式的带寓言色彩的书写趋于解体,消融在其所作内心精神探索之中。在此,艾伟作品中体现的南方诗学风格步入了一个新的境界。应该承认,一个作家的优势同时也是劣势,再完美的风格也不可能将天地万物集于一身,就像《镜中》里庄润生最后体悟到的那样,任何建筑都不能十全十美,有

① 参见王宏图:《通向"文城"的漫长旅程:从余华新作〈文城〉看其创作的演变》,《山西师范大学学报》(社会科学版)2021年第4期。

② 葛红兵:《苏童的意象主义写作》,载苏童:《另一种妇女生活》,江苏文艺出版社2003年版,第350—359页。

③ 张清华:《春梦,革命,以及永恒的失败与虚无——从精神分析的方向论格非》,《当代作家评论》2012年第2期。

时残缺就是美的一部分。与此同理,再杰出的作家创造出来的作品也不可能圆满无碍,总会有某种缺憾、残损。在时间的长河中,它会被众多后来者不断形塑。重要的是在这残缺的作品中蕴含着美,它便能在后世人们的眼中闪现出不会被忽视的光焰。对于建筑师庄润生是这样,对于作家艾伟也是这样。

(本文原载于《文学评论》2023 年第 3 期)

第三章　吴玄:后现代主义的精神标本

一只具有艺术天赋的猫

——读吴玄小说随感

杨剑龙

鲁迅先生是仇猫的,因为小时候猫吃了他养的隐鼠,因为猫交配时大嚷特嚷吵得人睡不着,因为猫尽情玩弄猎物、玩厌了才吃掉。吴玄先生也说他一直不太喜欢猫,但是他十分赞赏猫的游戏精神,他甚至将猫捕鼠的戏耍把玩态度上升到一种审美活动,概括为"一种冷嘲热讽的游戏精神",并且褒奖说"猫具有一种与生俱来的艺术天赋",还认为"猫的游戏精神,也不仅仅是面对世界的一个态度,同时更是面对自我的态度"①,他指出"猫的这种游戏精神,面对现实很可能是遭人厌的,而一旦在虚构的小说世界里展现出来,却是伟大的"②。吴玄先生说:"猫的游戏精神就是小说家的精神","有一种小说家生来就是猫,猫自然是天才。猫的游戏精神无疑是小说史上最重要的精神资源"。③ 他列举了具有猫的游戏精神的鲁迅、钱锺书、斯威夫特、博尔赫斯。其实,吴玄先生自己也是一只具有艺术天赋的猫,他以猫的游戏精神从事文学创作,把一种戏耍把玩态度上升到一种审美境界。

一、一只乐清的流浪猫

吴玄曾经是一只乐清的流浪猫。他既不去看东海,也不去登雁荡,蜗居在房间的角落里,以充满敬意的心态读卡夫卡、普鲁斯特、乔伊斯、加缪、福克纳、

---

① 吴玄:《后现代者说》,《当代文坛》2009 年第 1 期。
② 吴玄:《关于无聊的小说和猫的游戏精神》,《大家》2004 年第 1 期。
③ 吴玄:《猫的游戏精神》,《当代小说》2003 年第 10 期。

博尔赫斯。他写的第一篇小说《匕首如梦》(《今天》2003 年第 2 期),以外资富士胶卷厂日本厂长川石秀三被杀为主要情节,写得神神道道、玄玄乎乎,创作了十四年后才发表。他发表在《人民文学》1998 年第 12 期的短篇小说《未城跳蚤》,以小吴夫妇调到未城工作却为跳蚤所骚扰,终于明白了这地方上班的内容就是搔痒和打瞌睡为情节,主人公领悟到:生活就是一连串的习惯,等你习惯了,到一个没跳蚤的地方,真还不习惯。以象征的手法写出官场的无聊,让人联想到卡夫卡、加缪的手法。

　　吴玄一度寄居在乐清中学学生宿舍的楼梯间里偷偷地写小说,或望着窗外那丛水竹发呆,或拿出棋盘摆摆围棋,"眼睛是微闭着的,像一只偎灶猫",但是谈起文学"他的眼睛里便微微放出一道光来"。① 他写的小说《玄白》八年后才在公开刊物上发表;他寄居在楼梯间的感受,后来出现在中篇小说《方丈》(《江南》1998 年第 3 期)里:在文联工作的方简住的方丈楼倒了,搬进学校女生宿舍的楼梯间写小说,他想做生意却无从下手,却被冒充的女作家骗去了一万元。方简在写作与挣钱、妻子与情人之间的纠葛,大概奠定了吴玄小说创作的基本路向。那时候的吴玄,是一只有文学理想的猫,生活在擅长做生意的温州却不屑于挣钱,他想抓到文学的老鼠,想抓到一只大大的小说之鼠。他在水竹后的楼梯间里,在没有月色的夜晚,瞪大着一双并不大的眼睛,关注着、遐想着,期望能够成为鲁迅那样的小说家。吴玄也有几个腰缠万贯的老板朋友,他却在精神深处并不崇拜他们,虽然吴玄也写过《温州老板——万家集团总裁陈成曼的故事》(《人民文学》1998 年第 11 期),但是他的理想仍然是做一个作家。他曾经像小说《陌生人》中的何开来一样,先任乐清市委办的秘书,后做电视台的记者,都觉得无聊乏味,他写小说投稿,却大多石沉大海杳无音讯。他有些心灰意冷了,不修边幅脸带倦意,常常将"无聊"这个词挂在嘴边,晒太阳和下围棋成为无聊的吴玄基本的业余生活。

　　吴玄幸运地成了一只大猫。他发表在乐清文联内刊《箫台》上的小说《玄白》,被推荐在《青年文学》2000 年第 5 期发表,又为《小说选刊》2000 年第 7 期选载。吴玄抓到了一只大老鼠,他不再安于学生宿舍楼梯间的生活了,他先去报考南京大学作家班,却未能如愿,后来发表在《山花》2003 年第 5 期的短篇小

---

　　①　东君:《无聊者——吴玄印象》,《西湖》2016 年第 9 期。

说《读书去吧》就以这次报考为素材：想当作家的郑君去南京报考作家班，过那种听课、睡懒觉、想女人的大学生活，却因迟到半小时被取消了考试资格。吴玄说"我是不想在乐清那个地方再待下去了，于是我就以文学的名义逃走了"①。2000年吴玄到北京大学进修，成为"北漂"中的一员，"他在北大附近租了一间房子，经常晃晃悠悠地到北大来旁听各种课程"②。2001年，浙江文学院把他聘为合同制专业作家，2002年9月，他进了鲁迅文学院首届中青年作家高级研讨班，与关仁山、孙惠芬、麦家、徐坤、戴来等人同学。在研讨班结束时，他成了《当代》的编辑。在北大两年多的时间里，他租住北大附近的一间地下室，除了去听课，几乎足不出户，像一只猫一样，白天蒙头睡觉，夜里读书写作。

吴玄说："'京漂'肯定不是一种理想的生活，这种生活看起来似乎很自由，面前好像有无数个方向，其实什么方向也没有，这是一种完全悬浮的状态，跟什么都没关系，我待在北大、待在鲁院、待在《当代》，其实这些地方跟我都没关系，我只不过是一个局外人。"③北漂的生活积累了创作素材和生活感受，吴玄说："那段北漂的生活完全改变了我的写作方向。与北京有关，比较典型的有《同居》，后来又衍生出《陌生人》。如果我不来北京，一直待在浙江，是不会写出这样的作品的，那种精神状态和写作方式与北京密切相关。那么，我的写作也就可以分为两个阶段：2000年前和2000年后。2000年前的写作可能比较现代，2000年以后的写作后现代色彩比较浓。"④多年的北漂生活，让吴玄成了一个"局外人"，或者成了何开来这样的"陌生人"，他一点也不适应北京的饮食和气候，他对故乡乐清也感到了陌生，他便选择了杭州，"觉着杭州相当不错，是个游手好闲的地方，是个适合我待的地方"⑤。2006年，吴玄担任《西湖》杂志的编辑，作为一只流浪猫的吴玄，结束了他的流浪生活，好像也结束了他的小说创作，长篇小说《陌生人》以后，好像再也没有看到吴玄有新的小说发表，他是否又回到了晒太阳下围棋的"偎灶猫"生活呢？

---

① 吴玄：《我怎样才能把作家继续当下去》，https://www.aisixiang.com/data/39998.html。
② 李云雷：《吴玄：站在自己的精神废墟上》，《北京青年报》2011年7月6日。
③ 吴玄：《关于无聊的小说和猫的游戏精神》，《大家》2004年第1期。
④ 吴玄、邓如冰、胡少卿等：《吴玄：我对崩溃以后的"自我"比较有兴趣》，《名作欣赏》2016年第13期。
⑤ 李云雷：《吴玄：站在自己的精神废墟上》，《北京青年报》2011年7月6日。

二、饥饿的文学

吴玄曾经说："我所理解的文学，其实挺简单，大体上就是两种，一种是饥饿的文学，还有一种就是吃饱了撑的文学。饥饿的文学，就是关于胃的文学，关于生存的文学，现实主义文学；吃饱了撑的文学，就是关于存在的文学，现代和后现代文学。我写过饥饿的小说，譬如《发廊》。但这些年，我写的多是吃饱了撑的。"①所谓饥饿的文学，就像那只捕鼠的猫，守候在夜晚的深处，炯炯有神的眼光盯住夜鼠的一举一动，只要有老鼠爬出，就会奋不顾身猛扑上去，瞬间将老鼠撕得粉碎吞食入腹。

在吴玄的小说中，《方丈》《男女》《西地》《发廊》《你饶了我吧》《柳文被狗咬了一口》《读书去吧》《裸夏》可以归入饥饿的文学之列，作品中的主人公大多为了生存而拼搏奋斗，也大多有着坎坷不幸的遭遇。方简想做生意挣钱购房，却被假冒的女作家骗走了一万元，他潜心写黄书换钱，约稿的书商却不知所终，他甚至被扫黄的警察误抓为嫖客。(《方丈》)去电视台实习的大学生杨扬想留在电视台工作，却遭到台长的强奸。她献身于电视台带教老师的高大帅气的倪纬，他却把做爱视作体验冷漠。(《男女》)②父亲赵伯虎是村里的时髦家，他穿皮鞋、理平头、戴手表、插钢笔，他让知青女教师林红怀孕，他让表弟伯乐的妻子生下他的孩子，他与结发妻子离婚，与小三十来岁的李小芳结婚，最终却被李小芳抛弃意志消沉。(《西地》)③方圆来城里开"小燕子"发廊，丈夫李培林在街上遭到赖账不付的顾客的报复，被铁棒猛击导致高位截瘫，方圆沦落为妓女卖淫为生，愤怒的李培林遭遇车祸丧生。(《发廊》)亿万富翁达克宁欲聘用马老师担任私立学校的校长，却看不惯马老师的妻子，喝醉酒的达克宁强行让马老师与妻子离婚，马老师在达克宁董事长面前唯唯诺诺。(《你饶了我吧》)柳文被打印店女老板的狗咬了，想象自己已经有了狂犬病症状，整日提心吊胆惶惶不可终日。(《柳文被狗咬了一口》)郑君报考 M 大学作家班，却因迟到半小时被取消考试

---

① 吴玄：《后现代者说》，《当代文坛》2009 年第 1 期。

② 吴玄：《男女》，《江南》2000 年第 3 期，收入小说集《像我一样没用》《都没有意思》，春风文艺出版社 2004 年版。

③ 吴玄：《西地》，《收获》2002 年第 3 期。此作以《好色的父亲》为题，刊载《中华传奇》2013 年第 11 期。

资格,气头上与出租车司机发生冲突,被公安局罚款和拘留。(《读书去吧》)刘元开办了游泳俱乐部,把乐清人拉到石门潭去游泳,雇了女大学生陈静做导游兼秘书,与南方娱乐城合作找小姐陪游,却与陪游女双双溺水身亡。(《裸夏》)

吴玄在描写这类生存的文学时,将其早年生存的困境和体验融入了作品,并往往插入了主人公欲望的宣泄,他们将性欲的发泄当作与饥饿时的吃饭同样简单。方简徘徊在妻子芸和前女友杏之间,倪纬可以与前妻、实习大学生、护士发生性关系,赵伯虎与女知青、堂弟媳妇、小三十来岁的李小芳性交,方圆被丈夫打后与一个男顾客发生了性关系,刘元与女大学生陈静上床、和诸多陪游女交媾。欲望的描写成为吴玄小说中生存的一部分,也成为其小说中的某些看点。

三、吃饱了撑的文学

吴玄在谈到长篇小说《陌生人》时说:"吃饱了撑的文学,自然是现代和后现代文学了。这儿,我们只谈后现代好吧,我以为,无聊就是存在的基本困境,就是后现代的关键词。我所说的无聊,是指零意义的生活状态,不是日常用语里的那种无聊。"[1]与饥饿的文学相比,吴玄的创作中更引起人们关注的,是这种吃饱了撑的文学,他描写人物无所适从浑浑噩噩的基本困境,建构了其笔下的"陌生人"系列。

在吴玄的小说中,《玄白》《未城跳蚤》《虚构的时代》《谁的身体》《像马一样奔跑》《像我一样没用》《吕出回家》《同居》《陌生人》可归入吃饱了撑的文学之列。吴玄说:"无聊,是我的生活状态,也是你的生活状态,也是所有人的生活状态,这是存在最基本的一个困境。"[2]在吴玄的这些"吃饱了撑的文学"中,总有一个无所事事十分无聊的主人公:作家刘白学了围棋后,几乎不再写作,除了睡懒觉就是下围棋,因与乘客下围棋而丢了行李,因闯入民居寻找白玉围棋而被关进监狱,他千方百计找高手对弈。(《玄白》)受到蚤害侵扰的未城,有蚤药街、有蚤治委,成立了蚤害治理办公室,未城的人们"都一律的脸色灰暗,神情恍惚,仿佛正在进行一场集体梦游","这地方上班的内容就是搔痒和打瞌睡"。(《未城

---

① 吴玄、娜彧:《废墟上的自我——吴玄长篇小说〈陌生人〉对话》,《文学港》2008年第6期。
② 吴玄:《关于无聊的小说和猫的游戏精神》,《大家》2004年第1期。

跳蚤》)网虫章豪的生活是上午睡觉、下午上班、彻夜上网，他以"失恋的柏拉图"
为网名，与"冬天里最冷的雪"网恋，他让妻子成了"电脑寡妇"，当妻子不准他上
网后，他的生活便出现了前所未有的混乱。(《虚构的时代》)傅生在一家网站当
程序员，他以网名"过客"与"一条浮在空中的鱼"网恋，后者执意从杭州来见他，
傅生却让"一指"冒名"过客"去机场接她，他们见面就拥抱接吻。(《谁的身体》)
某机关的秘书李宏图不上网活得就很窝囊，他用网名"红颜素手"变换女性的身
份与大学生"三脚猫"网恋，甚至偷偷穿同居者杜媛媛的衣服、戴她的胸罩，被杜
媛媛赶出门。(《像马一样奔跑》)丁小可是电台的闲人，"夜里不到两点是不睡
觉的，早上不到十点是不起床的"，妻子胡未雨跳槽到了私立学校极为忙碌，丁
小可根本不关心妻子，妻子与平庸、笨拙、老实的同事曾连厚出轨了，丁小可居
然无动于衷，他俩离婚了。曾连厚半夜被人杀害，警察怀疑是丁小可所做，他被
关押进监狱。(《像我一样没用》)在北京编电视剧的吕出想家了，他乘坐三十小
时火车回家，他在车厢里寻找女人的身影，下火车回到家门口，按了门铃却又逃
走坐火车回去了。(《吕出回家》)北京大学中文系旁听生何开来，与中文系的女
研究生柳岸同居一屋檐下，柳岸从来不去听课，热衷于做收拾房间洗衣服的家
庭主妇，柳岸与她在法国当教授的男朋友分手了，她想与何开来上床，却被婉拒
了。何开来将小姐叫到房间里被柳岸撞见，柳岸天天带不同的男人回来。(《同
居》)南京大学历史系毕业的何开来，返乡在市府办公室当秘书，不到半年调到
电视台工作。何开来将妓女黄小丫带回家，说是他找的女朋友。何开来陪妹妹
何雨来去医院流产，认识了实习医生李少白，他执拗地追求李少白，他俩同居后
却一天比一天陌生，何开来离开了李少白，却与比他年长胖胖的蛋糕店女老板
杜圆圆结婚了，他俩总共才做过两次爱，何开来去北京了，又要与杜圆圆离婚。
(《陌生人》)

　　吴玄这些吃饱了撑的文学中的主人公，都有着极度无聊的人生境况与心
态，就像《陌生人》中的何开来，自认为身上有一种"无聊时代的无聊的诗意"，他
整天"懒洋洋地什么都不想干"，李少白认为"他很抽象，很虚，如梦幻泡影"。何
开来认为"生活是不需要思想的，生活，把它过掉就行了"。李少白说："他说他
一直在心灵内部寻找什么东西，当初他毕业选择回家，也是在寻找什么东西，但
是，故乡是陌生的，他以为爱情就是故乡，他爱我，他经历过爱情，但是他发现爱
情也是陌生的，我也是陌生的，就连他自己，他也是陌生的……"陌生人何开来

一直在寻找,但是故乡是陌生的、爱情是陌生的、自己也是陌生的。在这些"吃饱了撑的文学"的作品中,欲望也变得含混陌生了,主人公在欲望面前往往变得十分矜持,或者婉拒,或者意淫,或者逃避,"饱暖思淫欲"好像在这些无聊者身上被弱化了、消弭了,以至于让读者甚至怀疑他们患了阳痿病。

四、一只具有艺术天赋的猫

作家徐则臣在《一只古典猫的现代玩法》一文中说:"如果吴玄是一只猫,那么我以为,他是一只古典的猫,他的小说也是一只古典的老鼠,但是他的把玩却不是纯粹古典的、传统的把玩。这就是我想说的,吴玄在小说中玩出了一种现代意蕴。"①吴玄在小说中玩出了一种现代意蕴,这是徐则臣所强调的。

在最初的小说创作中,吴玄模仿与追踪先锋小说的足迹。他说:"二十世纪的八十年代,在中国,大约可以算是先锋文学的时代。那时,我刚刚开始喜欢文学,对先锋文学自然是充满敬意了,书架上摆满了卡夫卡、普鲁斯特、乔伊斯、加缪、福克纳、博尔赫斯……二十世纪而又没有标上先锋称号的作家,对不起,他们基本上不在我的阅读范围之内。"②从小说《匕首如梦》将向日本人复仇的故事写得十分玄乎,到《未城跳蚤》把官场的无聊与无奈用象征笔触写来,到《门外少年》以山村男孩女孩情窦初开恋情的诗意描写,到《绿蜘蛛》以一口浓痰幻化为一只绿蜘蛛的超验感觉,都可以见出吴玄的小说创作在形式与手法上向先锋文学靠拢的痕迹。

作家魏微在评论吴玄时说:"在精神上,吴玄继承了加缪那一路的西方传统,《局外人》是他最喜欢的小说,他们对这世界的终极解释是荒谬和虚无。他们待一切都无动于衷,无爱,亦无恨,生命有如一场游戏,这游戏中的每个人都是行尸走肉。"③吴玄的小说创作大多将先锋精神融入其中,尤其呈现在其对于陌生人形象的塑造上,是他对于中国自新时期以来小说人物形象塑造的新贡献,发展了王朔笔下另类的"顽主"形象。"顽主们看似玩世不恭,其实内心却充满烦躁与悲哀,看起来游戏人生、潇洒快意,实际上内心大多充满焦灼、苦闷与

---

① 徐则臣:《一只古典猫的现代玩法——读吴玄小说集〈谁的身体〉》,《红豆》2006 年第 19 期。
② 吴玄:《告别文学的恐龙》,《当代作家评论》2003 年第 3 期。
③ 魏微:《吴玄:生命中的几个关键词》,《红豆》2003 年第 19 期。

空虚。"①吴玄笔下的陌生人，看似无聊至极，其实内心却充满着骚动与追求，看起来抑郁颓废、厌倦人生，实际上内心大多愤世嫉俗、执拗抗争，其长篇小说《陌生人》因此被誉为"堪称后先锋文学的成熟之作"②。洪治纲认为："而吴玄则深入到了虚无的内部，不断地展示了现代人在生存上的分裂和无聊，凸现了现代社会越来越流行的各种精神病理学的特征，从而使他的创作成为一种后现代主义的精神标本。"③这是切中肯綮的。

吴玄在谈到小说《陌生人》时说："陌生人是有文学渊源的，是多余人到局外人到陌生人，这些都是文学人物演化中的一环。我以为多余人是 19 世纪批判现实主义的人物，局外人是 20 世纪存在主义的人物，陌生人是后现代人物，是对自我也感到陌生的那种人。何开来比多余人更多余，比局外人更局外，他对于他自己也是多余的，他是一座废墟，一座移动的废墟。"④"所以，何开来不是加缪的默尔索，也不是莱蒙托夫的毕巧林，他是后现代社会自我崩溃后的一个碎片。他的心理进程是这样的：先是对故乡的陌生感，然后是对女人的陌生感，最后是对自我的陌生感。"⑤吴玄小说中的陌生人从多余人、局外人中走来，却呈现出其独特性，这大概与 20 世纪 80 年代末、90 年代初的转型有关，人们从 20 世纪 80 年代的铁肩担道义的宏大叙事走出，走进了民间的自我价值、个人欲望的追求，走进了个人化写作甚至身体写作的语境。

吴玄的小说与现代派小说情节淡化、支离破碎、抽象变形不同，他的大多数小说叙事都有一个引人入胜的情节，在颇有诱惑力的开端中引诱读者进入其小说故事，在富有张力的情节中呈现人物之间的矛盾与故事的魅力。《玄白》是棋癫子送了一副围棋给根本不懂棋艺的刘白，并宣告刘白将成为棋王，为刘白战胜妻子和表兄做了铺垫。《西地》是父亲决定与母亲离婚的来信，为好色的父亲离婚复婚的故事作了引子。《发廊》是妹妹方圆进城开发廊引起哥哥的不安，引出后来妹夫的高位截瘫和妹妹的卖淫。《虚构的时代》是成了网虫的章豪，妻子

① 胡涛：《浅析电影〈顽主〉的人物塑造》，《中国电影评论》2014 年第 22 期。
② 张乐、李悦悦：《塑造了中国新的文学形象，长篇小说〈陌生人〉——引发中国先锋文学新热议》，《海南日报》2008 年 10 月 28 日。
③ 洪治纲：《后现代主义的精神标本》，《小说评论》2008 年第 6 期。
④ 张莉、吴玄：《比多余人更多余，比局外人更局外——对话〈陌生人〉》，《信息时报》2008 年 11 月 23 日。
⑤ 吴玄：《自我比世界更荒谬》，载吴玄《陌生人》，重庆出版社 2008 年版，第 3 页。

成了"电脑寡妇",引出他在网上与"冬天里最冷的雪"网恋。《谁的身体》是傅生以"过客"为网名,与"一条浮在空中的鱼"网恋,导致后来让室友"一指"替代他去接来见面的网友。《同居》是何开来和名为柳岸的女人同居一室了,引出他俩从投怀送抱冷静婉拒,到相互敌视愤然报复,再到撕碎衣裙愤然上床的结局。《像我一样没用》是胡未雨告诉女儿爸爸是个废物,引出胡未雨与丈夫丁小可关系不正常,导致胡未雨出轨与丈夫离婚的故事。吴玄这只具有艺术天赋的猫,知道如何戏耍把玩小说这只老鼠,他从现代主义走向后现代主义,呈现出猫的游戏精神。

当被问到为何《陌生人》后不见其新作品时,吴玄调侃道:"我相信一本书主义,我觉得一个作家一辈子写一本书就差不多了,我不懂干吗要写那么多,虽然现在打字很方便,但节约文字,还是一种美德。"[1]我想应该将他这只偎灶猫从晒晒太阳下下围棋的境况中撵走,让吴玄回到流浪猫的年代,或许他会再写出令人刮目的作品来吧!

(本文原载于《当代文坛》2017 年第 4 期)

---

① 吴玄、娜彧:《废墟上的自我——吴玄长篇小说〈陌生人〉对话》,《文学港》2008 年第 6 期。

第四章 钟求是:记忆追踪者的诗学密码

钟求是小说艺术论

刘 杨

20 世纪 90 年代以来,在新中国文学日趋繁荣的过程中,一大批作家勤于创作长篇小说以彰显自身创作实力,似乎一个小说家的文学史地位与其长篇作品的关系更为密切。不可否认,新中国文学的发展离不开创作体量和质量的同步提升,但在这个意义上,以中短篇小说写作为主的作家在星光熠熠的文坛往往显得不那么耀眼。某种程度上说,这也使那些偶作长篇,但主要发力点在中短篇小说的作家不太容易被文学批评家所关注。钟求是就是这么一位作家。作为讲故事的人,钟求是不仅讲的故事与别的作家不同,而且他还逐渐形成独特的讲故事风格。当然,这并不意味着他只是在叙事形式上花样翻新,也不意味着他的小说在"形式即内容"的美学逻辑下掩盖了故事本身的魅力。难能可贵的是,他的小说在内容与形式间形成了一种相辅相成的美学关联。陈建功曾将这种关联总结为:"他的作品对现实有着清醒独特的探察,对人性有着冷峻深入的挖掘,加上不动声色的冷静的叙事,形成一种直逼人心的力量。"①面对这位看似老老实实地写现实主义小说的作家,我们更应深入发掘的是,他何以能达到这样的艺术效果,从而破译他小说的诗学密码。

一、越轨的故事与反常的内容

最近二三十年,小说的一个发展趋势确乎是产生了一大批"回归琐碎的现实的密集信息量和当下生活气息浓厚而且混合着大量新鲜生猛的观念和语言

---

① 《钟求是长篇小说〈零年代〉研讨纪要》,《文学自由谈》2010 年第 1 期。

的作品"①。也因此,我们阅读当代小说久而久之难免产生审美疲劳。也许是因为以文学碰触中国当代的某些特定年代或重大问题的冲动,也许是受了诺贝尔文学奖的召唤,也许是在纯文学边缘化的年代,迎合一批离文学本身越来越远的批评家的"问题意识"能受到关注,近二十年来,有不少名家深入探求的仿佛不是现实生活,以及生活中的人该如何表达,而是用足了文学的虚构功能,从一些二手材料出发虚构故事,将之降解为承载某种社会问题意识的叙事材料。这样一来,因为问题意识的趋同性,许多小说其实是异质同构的,所以在审美上的同质化和作家的自我重复也无可避免。

正是在这样的文学史背景下,钟求是在体量并不大的小说创作中,凭借他的认真、细腻和对情感、人性的一念执着,用越轨但又真实到能触动人心的情节,刻画出一系列在历史与现实中左冲右突的人物。可以说,以越轨的情节表现现实世界人与人之间的情感,并孜孜以求地深入开掘,是他的长处。似乎在钟求是的笔下,我们很难见到一个圆满的、常态化的、温情脉脉的家庭,而情节与情感的奇与变则恰恰显示出他选材的严格,也为日常生活叙事超越一地鸡毛的庸常提供了一种可能。但这样的奇与变不是猎奇与突变,而是有着坚实的细节和经验作为支撑的。

他有一批小说以昆城(或称昆阳)为实体经验与艺术想象出发的原点,又站在外部回叙或讲述一个故事。按他的说法:"儿时的故乡记忆是基础性的,它左右着一个人一生的思考方向……我从童年记忆出发,写下了一组以小镇为背景的小说。"②应该说,这一组小说也是他创作成熟的表现,他有了一个自己的叙事"根据地"。大约是回忆在叙事中所起的作用比较明显,他写得较为饱满和感人的,首先是那些有年代感的小说,《未完成的夏天》就是其中的代表。一个身份不明的背尸工被置放在"外面闹起了运动,死人的事也越来越多"的年代,被一个不谙世事的小孩子带去偷窥了一对姐妹,背后指向的当然是禁欲年代中欲望与情感的无处释放,以及人与人之间缺乏尊重、理解的社会现实,但作者把笔致集中在情节的内在逻辑上,而不是用社会批判思维结构情节。情节的发展使得这一偷窥事件的结果扑朔迷离,当小真被偷窥之后,同处一室的大真却在不断

① 郜元宝:《中国小说的"奇正相生"》,《扬子江评论》2015 年第 6 期。
② 钟求是:《洞孔里的小镇》,载《谢雨的大学》,花城出版社 2010 年版,第 112—113 页。

试图证明而又无从证明自己的清白,反而愈想证明愈加剧了与恋人的嫌隙而成为民众的笑柄,努力捍卫尊严最终却尊严尽失,即便五一爷刺瞎自己双眼也无从挽回她的生命。然而,这样一场悲剧并没有扩散为社会批判的叙事,作者始终把叙事的笔墨集中在个人的内在情感世界,从个人遭遇的"洞孔"窥见时代中人性的扭曲,在大量回避心理描写和社会透视之后,小说的最后五一爷在心里说,"在他家小洞里瞧见的身子,才是自己这辈子看到的最美的东西"。一个人,一个镇,一个时代,遗留下来的最美的东西,只能是从洞孔里窥见的。

由是观之,在昆城记忆的小说中,他是从那些撕裂的生活出发,将叙事的焦点集中到如何化生活经验于人性的深度书写,写出的是那些生命中的不易察觉的隐痛。暴雨倾盆,与花园洋房中的显贵并不相干,已无片瓦遮头的乞丐也并不在意,唯有那些在茅草屋中小心翼翼维系着生命尊严、家庭伦理的人最为恐惧,他们要在勉强的隐忍与无奈的放弃中,做出一念之间而又影响一生的选择,而这显得最为艰难。这种艰难是人生的,也是创作的,而钟求是往往从此处入手写人生的艰难。在《你的影子无处不在》中,见梅的弟弟由于弱智而给家庭带来了无穷无尽的灾难,使父亲在疲于维系家庭中最终于暴雨之夜溺死了弟弟,情节的逻辑是因为弟弟把父亲"旧色的毕业照皮和毕业证书,再加上几张花花绿绿的奖状"全部毁了,虽是傻子的无心,却彻底击垮了父亲回忆中最后一点的生命温情。然而,悲剧并没有结束,见梅在如影随形般的冷视中等到了父亲酒后吐真言而到公安局告发了父亲,这种举报背后的情感复杂性作者没有直接写出来,而是从第四节开始置换了小说的叙事空间。父亲的心脏挽救的生命成为见梅呵护的对象,但又引起对方的错觉意欲施暴见梅,于是见梅杀了他而再次到公安局。"我本来不想这样做的,我应该把他送到刑场上毙掉,但那样的话子弹会打在心脏上。这次我爸没做坏事,凭什么要替他挨枪子?"这样的小说看起来都是些离奇的故事,但故事背后又都是最朴素而真挚的人的情感。这恐怕就是扎实的生活经验和生命体验,支撑作家在想象的世界里有逻辑地飞翔。

二、精致的叙事与巧妙的结构

钟求是始终试图叙述的是反常的、越轨的故事,从常理来说,这种反常性本身是小说可读性或者说传奇性的有效支撑,但也往往会降低了小说的审美品质和严肃思考。随着新中国文学史发展到 20 世纪 90 年代,小说创作的兴奋点从讲故事方式回归到故事本身成为一个趋势。然而通读钟求是的小说,最令人眼前一亮的不是他讲的故事本身,而是他讲故事的方法。钟求是一反常态的故事层面和同样反常的叙事层面,形成了负负得正的叙事效果,这使得他的小说在故事和叙事间形成了一种相互消解又相互支撑的机制,这或可视为"奇正相生"的一种有效路径。对于钟求是来说,那些奇奇怪怪的故事包裹在大巧若拙的叙事中,又因其逻辑的细密、叙事的稳健,而不至于让读者只停留在奇文欣赏的层面。

从他部分小说如《秦手挺瘦》中,我们还可以明显地看出情节较为突兀,人物性格和情节之间的逻辑并不紧凑,情节发展不能有效带动人物性格显现,叙事的节奏变化使所有喜怒哀乐是前景化的,从情节的推进中也能看到作家刻意安排叙事效果的痕迹。笔者并不是说这篇小说不好,而是这样的叙事能力是许多作家都具备的,因而并不具备辨识度。写作经验的积累,使他在处理作品的时候有了自己较为成熟的叙事风格,因而无论什么题材,怎样的情感,他都能在不紧不慢的叙事节奏中展开故事,减少了叙事节奏的变奏感和对人物内在世界的外在展示,而获得了对叙事的有效控制能力。用研究者感性的话来说:"那种淡然而舒缓的娓娓道来,触碰着你最敏感的神经,开启了一次温暖而又百感交集的旅程……"①因而,他常常能把一个跌宕起伏的故事讲述得漫不经心。

其实我们若用叙事学的技术仔细分析他每一篇小说的叙事,并不难发觉直观感受和小说的技术层面是有乖离的。在他的小说中,时间发展并不是匀速的、线性的,那么,时间尺度的伸缩怎么被隐藏在叙事中而不易察觉?是叙事者的叙事姿态和叙事语调,使得小说的叙事节奏和阅读感觉读来是整一的。换句话说,叙事者的情感并不是与情节的跌宕起伏同频共振。这就体现在他相当数量的小说中,讲述的是以一个人为中心的两三段存在明显转折的故事,却又把情节的逻辑性严丝合缝地用细节串起来。这种小说结构在长篇小说《零年代》中体现得最为明显。赵伏文作为《零年代》的中心人物,经历了与林心等人的两段感情,这两个人把他的生命划分为三个阶段,小说结构的精巧和叙事的缜密使得这两段感情围绕着林心村和孩子不断发生潜在的关系,其中还有一些人物

---

① 鲍良兵、孙良好:《书写陌生化年代的生存困境》,《文艺争鸣》2009 年第 8 期。

穿插，而这种精巧和缜密是建立在一个个偶然事件基础上的，但在偶然之中处处有隐秘的联系而显示出必然。小说这三个单元的时间、故事、人物以及情感都是不一样的，赵伏文和林心的故事既是一个独立的故事，又是一个未完成的故事，后面的赵所、赵以的出生才仿佛是这个故事的完成。最后，当一个个意外接踵而至使得两个人又回到林心村的时候，一切仿佛又回到了原点，但又有所不同。不同之处在于，这个结局从一个人的两段爱情及其中关于孩子的故事，上升为一个关于生命的轮回。在林心村，赵伏文和林心偶然地孕育了一个生命，结果两个生命的消殒成为赵伏文第二段感情的一个幽灵般的存在，他在完成着之前未完成的故事，而故事的主角换了一个人。无节制的生育给他们原本脆弱的生存基础带来了更大的挑战，因而别离代替死亡成为新故事的终结，但这种别离又是以一个孩子送给林心的父母作为外孙女为呼应的。这使得作家没有陷入枝节丛生之中而疲于变化叙事的节奏，而是一天也好，一年也罢，都用一个讲述关于生命的大故事的叙事姿态，述说着恋爱、死亡、出生和别离。我们会发现这已经超越了"为了活着而活着"的层面，作者把生命本身的延续和发展作为超越性的主题，用波澜不惊的方式讲述一个情节不断转折的故事。

在他的中短篇小说中同样也是这样，两个故事之间的交汇点其实是小说的转折点。如《谢雨的大学》，如果我们粗粗读下去，这是一篇用现代的人性观去观照英雄的故事，说它有反讽的色彩或反思意识并不为过，一个大学生"捎去安慰"的"积德的事"，却换回了战斗英雄强暴了自己。然而，这样越轨的情节看起来是隐喻式的叙事，在情节的突转前，大量的细节显示出作者耐心的转喻式的叙事。从谢雨在探望重伤的周北极回校后满城风雨，到她不忍心对周北极一封封来信置之不理，再到她用诗人北岛为男友的借口回绝了周北极，她不忍心又回头去找周北极，使周北极人性中的欲望有了一个发泄的契机。这也就是钟求是的小说虽然写的都是越轨的情感以及由之而来的人生遭遇，但却不同于那些以"问题意识"为导向的概念化的写作。固然，作家有自己的问题意识，但很多作家是为了问题而牺牲了文体特质和审美规律，作品中通过情节的跳跃而有意留出的空白使得虚构变成了虚假。钟求是却相反，我们固然可以借助小说修辞学的理论，认定强奸行为的突发性是隐含叙事者干预叙事的结果，但从理论解读他的小说反而把他的艺术读浅了。在一个作家叙事的针脚细密度和人物行动的逻辑完整度都较高的文本中，读者依然能读出大量的空白，这就是作家的功力和用心。随着周北极的再度上战场以死亡救赎自己,作者把生的艰辛留给了谢雨和孩子,在关于孩子的去留的叙述中,作者耐心地讲述着谢雨如何要堕胎,如何要将孩子送人的细节。这些行动尽管最终都失败了,然而这些细节成为谢雨抱走孩子不告而别的契机。小说的故事走向和读者的期待视野的偏离,是逆着读者基于生活经验的期待视野而写作的。在钟求是不少小说中,每每临近结尾时都会发生转折,但又都有连续性的行动细节作为情节和心理支撑。

由此可见,钟求是小说中有他独到的叙事经验。一种小说叙事模式的成熟,免不了是作为作家自我重复的开始。所幸的是,在新近创作的小说中,他对这种叙事模式有了适当的调整,在同样的叙事姿态下,对小说叙事时间的把控实现了某种变化的可能。不过,从审美风格上来说,他的小说的美学风格似乎依然有其恒定的一面,这与他的语言是分不开的。一个作家的叙事风格离不开他对语言的驾驭能力,激活语言内部的张力也是调控小说叙事节奏的重要手段。

三、沉稳的文气与精准的用字

通常来讲,即便是最先锋的小说,或者声称是"零度写作"而不介入叙事者的情感,叙事者也会随着小说情节的发展而悄无声息地改变叙事节奏,这种调节是从语言本身实现的。一般而言,作家习惯于根据情节的紧张度发挥语言的时空伸缩性,然而,由于钟求是的小说叙事节奏稳定,因此,他更着意于在具体的语句中发挥语言的修辞功能,回过头来又反哺了他的叙事节奏,支撑了他的叙事姿态。

在钟求是刚开始写作小说的时候,语言活泼而又生涩,特别是刻意为之的陌生化效果是显而易见的。比如"饭菜中却添了偷袭别人被识破的不好滋味"(《秦手挺瘦》)这样的语言处理,在他日后的创作中也并非没有延续性。如:

"两万元是个缩头缩脑的数字。"(《零年代》)

"脸上搁着一些认真。"(《皈依》)

"这种感叹一不留神还深入睡眠中。"(《练夜》)

我们并不否认这种陌生化的策略所具有的审美价值，但这是一种已经常规化的语言处理方式，作家以之调节小说的阅读效果并非不可，但一个作家写作的独立还是要找到自己的句子。随着他对现实经验和叙事经验把控能力的提升，钟求是的小说语言从这种"做"出来的语言效果，转变为一种随着情节"流"出来的语言效果，譬如：

> "年头一多，日子就旧了。日子一旧，心思也松了。"（《皈依》）

> "再没出息的人也是攒着年头的，有了年头就有了历史。……现在我攒了一大把的年龄，不需要一声不吭了，我愿意把有些话说出来。这些话不是说给儿子或者别的什么人，而是掏给自己听的。"（《两个人的电影》）

> "咱们让时间逼着了，因为时间让孩子们长大了。"（《零年代》）

类乎这样的句子把一个短句中的巧，融在长句中的气里，也与小说一以贯之的叙事基调相匹配。这并不是仅仅凭借着努力和模仿就可以实现的，所谓"文以气为主，气之清浊有体，不可力强而致"[①]。这种父兄不能传于子弟的文气，落在小说语言上要靠作家不断调试汉语写作的感觉而形成。另一位作家东君在谈及钟求是的小说所受影响时说："他的句子是一句接一句写，不妄不乱。他把小说写长了，自己的调子就出来了，别的作家就罩不住他了，慢慢地他的文字里就抽生出了一种可供辨识的语言风格。"[②]此言不虚。比如《零年代》里有一句话："赵伏文不知道，在今后漫长的日子里，自己会怎样回忆医院里的这个决定。"这乍看起来有着《百年孤独》第一句话的影子，但又注入了只属于这个文本的标记。本来这样的时间和时态标记是为了打开一句话的时间的纵深感，但放在《零年代》这样一部长篇小说的上下文中，全知叙事者突然写了这么一句内敛聚焦叙事的句子，人物在特定时间内对未来的茫然和对生活的无奈跃然纸上。

其实这就是钟求是小说的文气，他的小说有一股绵延于语言中的气，支撑着他在小说情节和人物命运的讲述方式上不疾不徐。应该说，用准确干净的语

---

① （魏）曹丕：《典论·论文》，载郭绍虞主编：《中国历代文论选》上册，中华书局1962年版，第125页。

② 东君：《缝隙与转角——钟求是小说论》，《野草》2018年第1期。

言表达出丰富隽永的含义是许多作家不懈的追求,如果失了文气而图机取巧,舞文弄墨以逞一时新鲜也不失为一种退而求其次的策略,只不过钟求是的语言功力从后者向前者迈进。明晰的能指和内涵丰富的所指构成了他小说语言的内在张力,这固然取决于作者对动词的独特把握,也就是一般读者都能看出来的选取一些贴切但又新颖的动词,达到语言"陌生化"的效果,其实更取决于他在句子中对词语和句式的处理方式。也就是说,他语言的细致已经细腻到每篇小说有若干句子平均分布在小说中,每一个句子成分都精心打磨。指称性成分的奇特应然引起的阅读兴趣让位于述谓性成分的修辞实然带来的审美表征,这使得他的小说语言所形成的审美表征不单单是表象性的,还是情感性、思维性的,并贯穿于整篇(部)小说中。

四、深沉的灵魂与通透的温情

在对情节、叙事、语言三个艺术层面剖析的基础上,我们最终要进一步深入地讨论钟求是小说中的情感价值。诚然,他写的是底层,甚至是畸零的人与畸形的人生,而这种题材给人习以为常的审美感觉"是惊怵、绝望、凄迷和无奈,间或还有些堕落式的玩味和暴力化的戏谑"①。但钟求是小说中却有一种难得的安稳。出轨的军嫂,代孕的歌女,单亲的少年,丧子的双亲,瞎眼的背尸工,失身的大学生……这些支离破碎的家庭,满目疮痍的爱情,本身倒也能引起读者的同情与怜悯,但在叙事者对生命的理解体认和人物对寻找情感皈依的努力下,却化为生命的大通透,使读者获取的不仅仅是一种猎奇的即时快感,还有冷静的沉思。小说中的个体生命都有不完满之处,而因为个人的缺陷所以要表达情感时无所适从,因为情感的畸形所以要寄放灵魂时无处安放。生存固然是一个触目惊心的话题,在文学中书写生活以下,生存以上的状态,往往离不开挣扎,离不开焦虑,然而,钟求是小说的叙事姿态和语言风格决定了他书写挣扎而又超越挣扎,表现焦虑而又超越焦虑。这样来看,他的小说中有一种难得的通透感,而在这种通透中包含着作家的温情。

笔者所说的通透与温情并不与前文所讲的沉静的笔调和从容的语言相冲突,因为钟求是展示出的是另一种可能,即并不是只有炫彩华丽或温情脉脉,才

---

① 洪治纲:《底层写作与苦难焦虑症》,《文艺争鸣》2007 年第 10 期。

能触动读者那根敏感而脆弱的神经。他带给我们的不是冷峻下的紧张,而是从容中的超越,以及对生命、生活的看视时的那种经风霜后的严肃。说实话,近年来不少作家惯于"一点琐屑的没有意思的事故,便填成一篇"①,因而作家对笔下人物苦难人生所持的只是表面的、廉价的同情,但钟求是在同情之外还有这一层更深的悲悯。初读他的小说,我总觉得他写的小说让人读来心里不是滋味,仔细看下去才发现,作家和读者之间留出来一大块情感的空白点,可以细细品味。如果说,历史的荒诞与现实的残酷撕碎了人际关系上那层应有的温情脉脉的面纱,那钟求是在写撕碎的过程时,又观照到从被撕碎的面纱中残存的温情。

当下大部分作品中,个体生命的情感关怀常常让位于背后的社会关系,我们不否认作家创作的社会指向性所具有的价值,但这种指向性常常流于表面化。相反,钟求是重建了文学世界中"社会关系"与个体生命之间的关系。譬如《雪房子》是钟求是小说中比较特立独行的一篇。抑郁症的背后是 20 世纪 90 年代以后社会利益关系复杂化对感情的侵蚀,一方面这是他带入社会问题最多的小说,另一方面,这也是他在叙事上引入显性的叙事技巧最多的一篇。雪丹的死作为一个思想的、文化的、社会的材料,凝成的故事本可振聋发聩,然而作者却将叙事的权力交给了雪丹丈夫好友的"我"、雪丹的游姓同事、雪丹的儿子天果,如此一来留出了读者想象雪丹的空间,她自己的情感世界、心理世界反而成了向读者开放的世界。小说显在的叙事层面已经展示的很明显的社会问题,那么唯独缺失的是情感世界的直接呈现,叙事者身份的切换不是为了把故事讲述完整或更复杂隐蔽,而是吸引读者除了在阅读中建构起一个完整的事态,还要调动自身的情感经验去弥补小说余留的空白,从而在叙事的碎片中,感受雪丹作为一个生命的情感世界。

这样的表现方式在钟求是的小说中并不多见,更为常见的是他把一个悲情兮兮的故事讲出不以悲剧性动人,而又让人为之动容的效果。《两个人的电影》就是其中一篇。这篇小说初看来是写婚外情的,从伦理道德的角度当然是越轨的,而且还是军婚。但是作者把它放置在三十六年前的特殊语境中,给了人生欲望和感情以合理的历史舞台。若梅与"我"的相识源自"我"的文化和她对文化人的尊重,由之而来的是两个年轻人第一次进城看电影,"那时候一个女人出

① 鲁迅:《关于小说题材的通信》,《鲁迅全集》第 4 卷,人民文学出版社 1981 年版,第 368 页。

远门去看一场电影本来就不平常,而让一个不是丈夫的小伙子陪着去显然是件危险的事情"。然而,作者并没有把对特定年代的反思置于叙事的前景。坐牢的代价使两个人的情感存在方式发生了转向,"每年聚一次面,一起看一场电影,不做越界的事"。尽管开始时有过一次越界,但自那之后反而超越了床第之欢,两人成为真正的精神伴侣。难能可贵的精神理解和扶持,而不是捆绑在婚姻里厌倦到老的相互占有,这样的感情已经很难用世俗意义上的爱情来界定了。就这样从《卖花姑娘》到《妈妈再爱我一次》,从《霸王别姬》到《泰坦尼克号》,这一系列电影不仅承载着时代变革和历史发展的记忆,也使作者能从一个老套的"伤痕文学"故事讲起,出人意料地写出了一段干净、平凡而又感人至深的爱情故事。四十年前张洁从恩格斯那里悟到了"没有爱情的婚姻是不道德的"而写出了《爱,是不能忘记的》,借以否定特殊年代造成的没有爱情的婚姻。在几十年后,作者写出 20 世纪 70 年代的温州南部小镇上,确认过眼神的两个对的人,小心翼翼地呵护着在三十多年中一年只一次的认真,三十多年的感情细水长流,但双方却没有说过一个爱字,凝结一封没有情话只有一长串电影名称的信中,用一句"你替我看吧"超越了一切的海誓山盟。

钟求是的写作已到中年,他在杭州写作也已多年。2020 年他出版了新作《等待呼吸》,在叙事空间上有了新的拓展,但核心的审美要素还是依赖以往创作路径,可见他已经形成了稳定的风格。不知道他在已经取得的写作实绩中,有没有感到中年危机。新中国文学不乏勤奋制造长篇的作家,也应该有这样珍惜笔墨,不浮躁的作家。他已经有了自己的叙事根据地,如果说要克服或者超越中年危机,恐怕也要调整创作上的路径依赖,带着更为丰富的处理日常生活的经验,以及更为成熟的对生命、情感的思考返回昆城那个叙事根据地,写出直面生命的隐痛而更深沉、更精致的小说。

(本文原载于《小说评论》2018 年第 6 期)

第五章　哲贵："信河街"的空间建构及其精神地理

街区的地志书写与小说微观地理

—— 哲贵小说论

周保欣

　　世人论哲贵的小说，都会提到他的信河街，信河街似乎成了哲贵的符号。哲贵小说中的人物，主要活动区域就在信河街。哲贵早期以写商人、生意人为主，近年来，他写作的领域有所打开，《仙境》中的余展飞尽管仍是商人，但小说的重心已不在写商场的枝枝蔓蔓，而是更多延伸到越剧，延伸到《盗仙草》剧目，延伸到余展飞对白素贞这个戏里人物的执念中，人生如戏，戏如人生。在这个转向中，哲贵越来越多地聚焦于写人物的生命状态，感觉、情绪、心性与灵魂层面的东西，如浓雾般弥漫在哲贵的小说中。哲贵近些年的小说，从人物上来说，不少已经不再与商场有涉，如《诸葛莉莉的隐秘和孤独》《骄傲的人总是孤独的》《打渔人吕大力的缉凶生涯》《在书之上》《每条河流的方向与源头》《活在尘世太寂寞》《酒》等，而是写中医世家、书店主，写民间的黄杨木雕大师、打鱼人、老酒汗酿酒师，等等。虽说空间地理上，哲贵小说的人物和故事还是落在信河街，但此时的信河街，与早些时候的信河街已迥然有别。哲贵的信河街正变得多元、饱满和丰富，变得越来越富有诗性、哲学和文化人类学的味道，意味深长。因为诗性和哲学意味的增进，哲贵的信河街有了某种特殊的气质，它不再单纯是物理的、空间的、地理的，同时也是文化的、历史的、精神的。

　　当然，说哲贵的小说有哲学，此间的哲学，断不是那种纯粹的思辨哲学；哲贵的哲学更多的是从小说中人物的生活状态、生命状态中升腾起来的，它们是小说中人物"活"出来的哲学，也是哲贵自己活出来的哲学，是哲贵对个人生命的体悟,并将这种体悟与笔下人物的生命经验打通的产物。这种哲学化的转向,正变得越来越清晰,越来越突出。哲贵小说思想的色彩越来越浓郁。在如此的诗性和哲学化转向中,哲贵究竟会走向何处?如此的诗性和哲学化转向,又会蝶化出一个怎样的哲贵?目前还不清楚。可以想见的是,哲贵的信河街正在变得越来越醇厚,越来越意味无穷。

一、"地方感"与信河街的小说史意义

信河街是哲贵的"约克纳帕塔法"。在信河街,哲贵写形形色色的生意人、富人。哲贵写他们的奋斗史、生活史,写他们的情史、心史和灵魂史。他们在生意场上和人生当中的俯仰起落,构成哲贵小说创作的现实依据。在谈及个人创作时,哲贵如是说:"中国的传统社会对商人是有偏见的,这种偏见是社会主流对商人的偏见。遗憾的是,中外文学史上也充满了这种偏见,无论是《红楼梦》,还是《包法利夫人》,都可以找出这种偏见的例子,其他的文学作品中就更多了。这应该是我写信河街富人系列的一个起因,是从文学上考虑的。"①可见,哲贵有着不加掩饰的要以文学的形式为商人、富人重塑形象的意图。

哲贵熟悉商人。生在温州,长在温州,虽很少在他的小说中写温州的历史,但温州人的生存、生活方式,还是运化为哲贵小说之纷繁意蕴。地理上看,温州这个地方山海相连,绝少平地,通江达海,自然条件决定着温州人多辅以商贸谋生。特别是温州地处偏僻,绝少有儒家义利之辨的教化。明嘉靖《温州府志》记载:"汉东瓯王启土俗化焉,多尚巫祠。武帝时,粤人自相攻击,诏徙处于江淮间,其地遂虚。后虽置县,尚荒寂也。晋立郡城,生齿日繁,王右军导以文教,谢康乐继之,人乃知向方。"②许是如此,诞生于浙东的永嘉学派推崇经世致用之学风,义利并举,农商并重,并不例外。而哲贵用心去写商人、富人群体,为他们在文学上"翻本",也有其内在的文化地理逻辑。

哲贵的信河街是实的,是具象的。《你为什么不来天堂看一看》中,尹雯丽"走过环城路,朝右拐入公园路,有中山公园和新华书店。过了公园路就是五马街,是条步行商业街,有百年老店,也有国际新品,外地人来信河街旅游和访友,

① 桫椤:《对话哲贵:每个作家都有各自的使命》,《百家评论》2019 年第 4 期。
② 参见(明)张孚敬纂修:《温州府志》,上海古籍书店 1964 年版,据宁波天一阁藏明嘉靖刻本影印。

都要到五马街看看"①。信河街是一条实实在在的街区。但同时信河街又是虚的、抽象的。哲贵以佛经十万亿恒河沙、三千大世界的手法,写信河街之广大,"信河街是一个民营企业特别发达的地方,据工商部门统计,有十万家中小型企业,个体户有三十五万家,他们主要从事皮鞋、服装、眼镜、打火机、低压电器、包装印刷等行业……"②再如,"信河街地稠人稀,这里的人各自怀揣一身手艺,肩挑手提,穿州过府,为的是讨一口饭吃。有人统计,这里手艺人有一百八十多种:制笔客、磨刀客、补锅客、阉猪客、风水先生、剃头老司、弹棉郎、修鞋匠、拳头师傅、道士、和尚、斋公、圆木老司、雕花老司、泥水匠、漆匠,等等等等"③。哲贵笔下,信河街是温州的缩影,《图谱》中,信河街就直接成为城市的代称,"那时,信河街已经是一个名气很大的城市了。充满了暴发意味,也充满了神秘气息"④。诸如此类的描写,哲贵很多小说中都可以见到。

　　哲贵写信河街,自然要为信河街赋形,而他赋形的方式,即在写其地方感。温州古称瓯越或东瓯。《温州府志》载,温州"南控闽峤,北按台明,西为括苍","瓯郡数县,倚山滨海,为浙东控,接八闽要地,列城相望,襟江带溪,形势雄壮"⑤。东晋著名舆地学家郭璞根据天人合一,以象制器,以"倚江、负山、通水"和"东庙、南市、西居、北埠"的原则布局选址营造郡城,开创了温州棋盘型的街巷和河流并列的格局。到宋室南渡时,温州的经济、文化出现极大的繁荣,成为滨海重要商贸城市,店铺密布,百业齐全。⑥ 温州并不缺乏独特的自然地理事象和富有历史感的空间事物,单从历史街区来看,就有非常著名的四大历史街区,即五马街—墨池坊历史街区、城西街历史街区、庆年坊历史街区、朔门街历史街区等。但是,温州的地理事物,哲贵写得比较多的,就是瓯江。

　　　　瓜田无边无际,霍军觉得自己好像被这个世界遗忘了。他每天傍
　　晚走到瓯江边,这里是入海口,江面开阔,望不见对岸,江水浊黄,滩涂

①　哲贵:《你为什么不来天堂看一看》,《穿州过府》,作家出版社 2018 年版,第 54 页。
②　哲贵:《跑路》,《我对这个世界有话要说》,中国言实出版社 2018 年,第 133 页。
③　哲贵:《仙境》,上海文艺出版社 2022 年版,第 147 页。
④　哲贵:《仙境》,上海文艺出版社 2022 年版,第 79 页。
⑤　参见(清)李琬修:《温州府志》,齐召南等纂,清乾隆二十五年(1760)刊,民国三年(1914)补刻本影印本。
⑥　高启新:《温州历史文化街区的特性与有机更新路径》,《中国名城》2015 年第 2 期。

和江水混成一体,在斜阳的余晖下,闪射出无数片红光,气势恢宏。
(《猛虎图》)

尹雯丽没去做头发,她从人民路逛到九山湖,经过信河街第一中学,这里曾是她的母校,听说已搬了新址。然后逛到瓯江边,江中央有一座岛屿,她读小学时班级曾组织去春游。(《你为什么不来天堂看一看》)

瓯江与东海江海相连,站在江边,就有天地江河的壮阔,所以,在哲贵笔下,写瓯江不单单是环境描写,也不单单是满足小说中的情节建构之需要。哲贵写瓯江,是与小说中的人物——比如霍军、尹雯丽、柯一璀、伍一舟、梅巴丹们——逼仄的生命相贯通的。《猛虎图》中,霍军本是个浪荡子、赌徒,却喜欢上丁香芹,他在流亡之际,一心只想着回到丁香芹身边,陪伴、安慰丁香芹。回到丁香芹身边后,丁香芹的丈夫伍大卫被判刑,霍军却不乘人之危,只是帮扶丁香芹,此时的浪荡子,成了精神上的圣徒。其实哲贵比谁都清楚,生命之逼仄、孤独、无助、无意义是不可逃避的,它们是生命的本质;但哲贵同样清楚,人们在心灵上、灵魂上、精神上,必须要有逃避这一切的意识和动力,否则,活着还有什么意义呢? 正是如此,在《骄傲的人总是孤独的》中,哲贵让梅巴丹开着用黄杨木制成的小汽车,骑着黄杨木做的木马在大街上行走,划着黄杨木刻成的小舟,驶向大海,最后骑着黄杨木做的大鸟在天空飞翔,一路朝东飞去,再也没有回来。行走或者飞翔,是梅巴丹对逼仄的生命的反抗,对生命中的孤独、无助、无意义的反抗,然而,行走或者飞翔的意志,终究是木头实现不了的。

从小说的空间建构上看,哲贵写瓯江是借力,借瓯江之力,来扩大小说的叙事空间。信河街再怎么热闹、繁华,毕竟太真实了,小说需要真实,但也不能过于真实。

从哲贵的早期小说看,他写信河街,多在空间上用力,信河街除了自身四通八达外,还连通着杭州、上海,连通着神农架、西北的草原和戈壁、云南的丽江和西双版纳等,连通着美国、意大利、西班牙、葡萄牙等。时间上,尽管信河街有着古老的历史,但哲贵很少向时间和历史的深处溯游而上,去开掘信河街的古老意蕴,而从近几年的创作看,哲贵似乎渐渐有意识地在他的小说中复建信河街的某种历史感。《每条河流的方向和源头》,开篇即叙写信河街上的望族吴家的家世与家史,"诗书传家一千年",根据吴家的族谱和史志以及《万历温州府志》

记载，吴家自唐以降，一千多年出过一百多位诗人、作家、画家、书法家、戏剧家、舞蹈家等。家族的历史背后，是信河街的历史。

或许对哲贵来说，这些家史叙述只是闲笔，但这样的变化对哲贵来说是非常重要的，因为他的小说如果只能在空间上开阔，而不能从时间和历史纵深感上打开，那么，终究只能成就其广大，而无法成就其深广，而如今哲贵有意识地向信河街的历史深处溯源，接通信河街历史，历史的浩荡之气自会顺势而下，形成信河街的古今对话，激活信河街的历史文化对现实的解释。这种历史气运的下潜，是哲贵和他的小说走向深刻，走向具有历史文化内涵的开始。

我略有疑惑的是，温州历史文化街区甚多，除了前面所说的四大历史街区外，历史上的府城大街、府前新街、兴文街、北市街、广化大街、横街，以及古已有之且沿用至今的地名如谢池坊、招贤坊、五马街（坊）、康乐坊、墨池坊、百里坊等，哪个不深纳历史内涵？哲贵何以独独青睐信河街？其中缘由不得而知。或许哲贵自己也未必了然。作家写小说，写什么或者不写什么，未必全在清明的理性，而在章学诚所说的"著书者的心术"。或许对于哲贵来说，信河街之意味，就在于它的"信"字，所以，哲贵小说中的商人和商场，鲜有传统观念中"无奸不商，无商不奸"的诡计、狡诈和巧取豪夺。相反，"信"成为哲贵小说中所写到的商人至高无上的美德，典型的就是《信河街》。王文龙被骗后，从西班牙蓬头垢面回到信河街卖掉自己的别墅还债，是信；姘姗受王文龙牵连，卖掉自己的眼镜厂还债，是信；姘姗和王文龙传出绯闻，叔叔摸了摸自己的脑袋，微微笑了一下，说，"我是相信老婆的"，"王文龙不是那样的人"，还是信。哲贵写商人，写商场，写商战，全无观念上的先入为主和伦理判断上先验的对商人的污名化。哲贵所写的商人，既没有大奸大恶之辈，也鲜有作奸犯科者，相反，哲贵的很多小说中，都反复出现"看守所"这一具有惩罚性意味的空间。《猛虎图》中，王万迁、伍大卫进了看守所，《刻字店》中爸爸进了看守所，《雕塑》中唐小河进了看守所，《跑路》中的王无限最终还是进了看守所……这说明，哲贵内心是有他的律令和尺度的。哲贵小说中的温州商人，以他们自己的行为，测试着金钱的生命意义，测试着法律与欲望的边际，测试着人性。

从当代小说整体格局看，哲贵以信河街为他的"约克纳帕塔法"不算是独创，莫言、贾平凹、韩少功、张炜、阎连科、阿来、叶兆言、苏童、迟子建等绝大多数作家都有他们的"约克纳帕塔法"。这种返归地方，叙写地方自然、地理事物和生活经验的做法，是当代文学普遍的现象。特别是 20 世纪 90 年代，随着"国家"整体话语消退，文学的地方书写更见普遍，山岳、湖泊、河流、村落、小镇等，虚构的、写实的，以微观地理折射中国的地方性写作比比皆是。但哲贵的信河街却有其与众不同的地方，它不像莫言的"高密东北乡"、贾平凹的"商洛棣花镇"、阎连科的"耙耧山脉"、迟子建的"白银那"、苏童的"枫杨树故乡"等那样，甚至不像哲贵的前辈同乡作家林斤澜的"矮凳桥"——这些地方性的意象，都是乡土中国的，是农耕时代的社会空间与文化空间，而信河街则不是，它是商业文明的产物，是与矮凳桥、高密东北乡等有着迥然不同的文明类型差别的文学空间。

哲贵的信河街叙述，可谓是文学对现实的"发现"。在中国，商业活动古已有之，《周礼·天官·大宰》中，就有天子"以九职御万民"之说，其中就有"六曰商贾，阜通货贿"一职。① 然而，因为传统中国社会重农轻商的传统，中国作家对商业活动的叙述涉及极少，有限的一些作品，主要集中在明清两朝的部分拟话本小说里，像冯梦龙的"三言二拍"、石成金的《通天乐》《雨花香》、五色石主人的《八洞天》、天然痴叟的《石点头》、艾纳居士的《照世杯》《豆棚闲话》、李渔的《连城璧》、东鲁古狂生的《醉醒石》等。长篇小说则有晚清大桥式羽的《胡雪岩外传》、姬文的《市声》，以及民国初年江红蕉的《交易所现形记》等。这些小说连接着茅盾的《子夜》、曹禺的《雷雨》《日出》、周而复的《上海的早晨》等，构成中国商人小说的一个叙事传统。但综合来看，明清的商人小说，多在明世、醒世、警世、劝世的道德论框架中展开叙述，小说的主题，不外是告诫人们不可贪婪，不可欺诈，明辨义利。现代和当代领域的诸多涉及商人的小说，因为特定的现实原因和中国重农轻商的历史原因，同样无法祛除"商人"身上累加的诸多污名化符号（比如"无奸不商""无商不奸""见利忘义"等）。事实上，晚清以降中国社会的变局，其中一个重要路径就是从农耕文明向商业文明、工业文明演进，特别是改革开放四十多年来，工业文明、商业文明已成为中国的主导文明形态，传统的农业经济、农耕文明和乡村生活方式已渐渐退出历史舞台时，人，将如何面对财富？"富起来的"人，将面临怎样的心灵和精神纠缠？这是文学必须面对的。然而时至今日，绝大多数中国作家都还停留在乡土中国的审美想象中，难以进入对商业文明时代人的精神世界的探察。正是在这种意义

---

① （清）孙诒让：《周礼正义》（一），中华书局 2015 年版，第 96 页。

上,哲贵写商人、企业主、富人群体的小说,显示出哲贵的稀缺性。哲贵写作的意义也因此而得到凸显。

二、信河街与富人群体的精神地理

比较而言,哲贵的信河街比莫言、贾平凹们的高密东北乡、商洛棣花镇、耙耧山脉、白银那等更难塑造,因为,作为乡土中国的空间意象,"高密东北乡"等饱含数千年中国古老生活经验和心理经验,特别是乡土社会承载的"传统与现代"的冲突,是现代中国社会的大命题,自鲁迅以来,中国作家已有百年的写作积累。但"信河街"却不同,中国社会的商业经济还不发达,商品社会自身存在的意义,商品社会的伦理、价值准则还没有深入人们的内心,更没有成为我们的生活指南,所以说哲贵的信河街打造,以及他对商人、富人群体的形象刻画,难免缺少历史的根基和纵深感。特别是历史上,我们多以固有的观念、价值与情感判断,先入为主地型构商人的不良形象,这种固有的情感思维,哲贵或破或立,难免对他的创作产生影响。

所幸的是,哲贵并不打算从观念上展开对商人形象的美学辩驳。哲贵知道,小说家应该对生活的"事实"而不是观念负责,"我首先想将信河街上的富人作为一个人来考察,人的优点缺点他们都具备。商人只是他们的职业,是另一种身份。我想告诉读者一个最简单的道理,并非所有商人都是无奸不商,并非所有商人都是唯利是图,并非所有商人都是'重利轻别离',并非所有商人都是非黑即白的单一品种。他们首先是人,是拥有七情六欲的复杂的人。我希望我的文学作品中能够这么表达他们"[1]。正是如此,哲贵更为关心的,是商人和富人这一特殊群体,在获得充足的物质生活资料之后,他们的精神遭遇和心理危机。"普天下的人都知道温州人有钱,知道温州富翁多,温州的别墅多。可是,谁看见温州的富翁们的哭泣了? 没有。谁知道温州的富翁们为什么哭泣了?不知道。谁知道他们的精神世界里装着的是什么? 也不知道。但是,我知道他们的人生出了问题,他们的精神世界也出了问题。这个问题是他们的,也是中国的,可能也是人类的。"[2]

---

① 桫椤:《对话哲贵:每个作家都有各自的使命》,《百家评论》2019 年第 4 期。
② 桫椤:《对话哲贵:每个作家都有各自的使命》,《百家评论》2019 年第 4 期。

哲贵的小说是现实主义的。他的现实主义的基本方法,就是写真实的人物,紧紧地贴着人物,去写出他们身上遭遇到的东西。《猛虎图》中的陈震东、王万迁、李美丽和许瑶,《信河街》中叔叔、婶婶、王化龙,《跑路》中王无限、胡卫东、陈乃醒,在这些人物身上,哲贵揭示出人与社会、人与自身的近乎惨烈的博弈。商业社会自然是商机无限,但是更是布满暗礁和险滩,社会巨大的不确定性,人性内部的贪得无厌、欲壑难填,总是把哲贵小说中的人物推向绝境和深渊。《猛虎图》中,哲贵以寓言的形式,写曾经风光无限,却在资金链断裂后走投无路的陈震东的遭遇。他躲进积谷山里,山上有座土地庙,"他在土地庙外站了一会儿。庙里除了一尊泥塑的土地神和一尊香炉,空无一物。土地神身上布满了灰尘和蜘蛛网,香炉是用石头凿成的,破了一个大缺口"①。关于积谷山,《温州府志》载:"在府治东南隅,形元正如高廪,故名。"②积谷山在温州不过是一座小山,小说中,却被哲贵化为鸿蒙大荒之地,荒芜的土地庙、布满灰尘和蜘蛛网的土地神,这些农耕社会建立起来的信仰,早已经无人问津。陈震东在风生水起之时,何曾想到过积谷山?何曾想到过山上的土地庙?然而在如今败落之时,积谷山、土地庙,却成了陈震东反思过往的一个观照视角。小说最后,哲贵以隐喻的形式,让陈震东的眼里出现成千上万只吊睛白额猛虎,个个张开血盆大口,争先恐后地朝他扑过来。这种梦幻与现实相融合,既是梦又不是梦,既是现实又不是现实的美学奇观,是哲贵的创造。哲贵借助这样的美学创造,把《猛虎图》的审美意涵推到一个更高的境界。在陈震东眼里,情人楼雪飞是老虎,妻子柯又绿是老虎,朋友刘发展、许琼、王万迁、李美丽是老虎,父母和儿子陈文化、胡虹、陈宇宙等,也是老虎。事实上,陈震东何尝不是老虎?何尝不是那个张开血盆大口,随时扑向别人的老虎?只不过,是虎时他不知身是虎,识得他人是虎时,一身已为虎环伺。

哲贵没有否定商品社会的意思,相反,他和陈震东们一样,对如何建立商品社会人们的健全生活和道德准则有着巨大的焦虑,只不过,作为小说家,他还另有探索的热情。借助陈震东的自我反思,哲贵揭示出的,其实是商品社会人性陷溺的可怕,商品社会的世界本来可以是美好的,充满创造性的,但如果人们忘

---

① 哲贵:《猛虎图》,北京十月文艺出版社2017年,第255页。

② 参见(清)李琬修:《温州府志》,齐召南等纂,清乾隆二十五年(1760)刊,民国三年(1914)补刻本影印本。

记了初衷，忘记了其意义所在，灵魂世界被金钱和建立在金钱基础上的物质与心理欲求所占据，那就成了怪兽，就成了吊睛白额猛虎。

　　相比对陈震东们现实遭遇的关注，哲贵更感兴趣的，其实是他们的内心，是他们的精神世界。这是哲贵小说"写人学"的核心部分。在《骄傲的人是孤独的》这篇小说中，哲贵写女儿梅巴丹看父亲的黄杨木雕，认为其中有平庸之作，也有杰作。早期的神话人物，过于脸谱化，且没有走进人物的内心，就是平庸之作；而那件苏东坡被贬黄州期间，挂着一根木杖站在江边目视前方的黄杨木雕，则是杰作。因为，这件黄杨木雕，父亲的用力点是苏东坡的表情，孤愤之中包含着豁达，狰狞之中又有慈祥，父亲刻画出的，是一张谁看了都会心疼的充满矛盾的脸。梅巴丹的艺术哲学，是心学，是读心术，这同哲贵写人的方法如出一辙。哲贵具有哲学家的气质，他在信河街的富人群体身上，勘察到的是一种归属感的危机，以及现实感受和他们人生理想境界的距离。读哲贵的小说，无论是前期还是近来，其小说中的人物无论是顺还是逆，无论是人生的高潮还是低谷，他们当中的多数人，都处在精神上的游离和漂泊不定——"出去"状态。"出去"，与其说是灵魂的居无定所，毋宁说是小说中人物的灵魂出窍。《住酒店的人》中朱麦克六年多时间一直住在酒店，似乎是个隐喻。他和佟娅妮却是不同类型的灵魂出窍的人，佟娅妮是信河街的记者，嫁给本地的大老板儿子后，很快分得一笔遗产，离婚后远走云南丽江，在那里开了家名曰"四海为家"的旅店，旅店的隔壁是"南麂岛酒吧"，对面是"乡愁小栈"。佟娅妮有自己的故乡，那是她身体的故乡，在身体的故乡之外，她还有自己灵魂的故乡，那就是丽江，丽江是她的精神地理上的故乡。而朱麦克却似乎一直是个灵魂居无定所的人，他有灵魂的漂移，有不安的心，但却终究是无法安静下来。

　　哲贵的小说，"积谷山"是精神地理，"南麂岛酒吧""四海为家旅店""乡愁小栈""香巴拉"也是精神地理。哲贵用不同的地理事象，折射出商业大潮中人的精神图景和心像。哲贵小说的精神地理，是诗学的，更是白日梦。在《孤岛》中，它是光爷倾心打造的"桃花岛"，那是光爷的现代版的桃花源，是光爷的梦想。桃花岛地处雁荡山的余脉，四面环水，远离尘世的喧嚣与闹腾，岛上鲜花盛开，红色、白色、黄色，远看如一朵朵五彩祥云，走近了是一地锦绣。光爷的桃花源，不是陶渊明的桃花源，陶渊明的是臆想式的，光爷的不是，它是建立在雄厚的经济基础上的理想与现实的统一。在光爷身上，哲贵似乎是想探究金钱和理想主义统一的可能,所以,哲贵把光爷设置成一个在喧闹的尘世中追求灵魂自由的人。他是个商人,精明、能干,又交游甚广;但他又是个隐者,隐于酒,酒,可以让他灵魂出窍,让他处在"出去"状态,得到灵魂自由。他还热爱读《红楼梦》,喜欢贾宝玉这个最具有经典意义的"出去"者,用光爷自己的话说,就是喜欢贾宝玉式的理想主义和失败者角色。在光爷的潜意识当中,或许理想主义失败者的角色比理想主义更重要,因为,失败者角色,会让光爷得到某种生命的悲壮感,所以,光爷对衰败的身体,甚至有种隐隐的向往。光爷不想做一个意志上的理想主义的失败者,而身体的衰败,恰是他成为失败者的最好形式。

哲贵的小说,写出形形色色灵魂出窍的人,他们有很好的物质条件,但却对自己的生活感到厌倦,而他们应对厌倦的方式,就是逃逸。这种厌倦、逃逸和无家可归的状态,是灵魂和精神层面的,或构成对现实的彻底逃遁,或构成对白日梦的追寻。而无论是逃遁还是白日梦,哲贵都是借助精神地理形态完成的。《你为什么不来天堂看一看》中的尹雯丽,因为厌倦信河街,厌倦母亲,而选择远去美国,决意做个客死异国他乡的孤魂野鬼,这是逃逸。《雕塑》中的唐小河,因为做冒牌抽水马桶被判刑,刑满后虽然归入正道,做自己的品牌,但却迷恋于妻子董娜丽的不断整容,把妻子打造成一个彻头彻尾的假冒伪劣产品。典型的是《柯巴芽上山放羊去了》,小说中的柯巴芽,就是不断地在离开。大学期间谈了一个男朋友,国字脸,五官精美,身材匀称,但因为长得太周正、太完美而让柯巴芽不满意,一个人怎么可以没有缺点呢?她离开了男朋友,离开了父亲的服装公司,离开了农业局特产站,离开了戴喇叭,去了青海铁卜加草原石乃亥小学支教。在那里,柯巴芽常常一个人背着双肩包搭坐镇上的班车去青海湖,有时选择一个地方坐一整天,有时沿着湖边走一段路……寒暑假的时候,柯巴芽去过西宁、兰州、敦煌、西藏,柯巴芽的灵魂中有着不安分的冲动。小说最后,柯巴芽重新回到了信河街,但是,一个"出去"过的人,她的灵魂却不可能安放在信河街了。半年多的时间,她每天对着院子里的大榕树发呆,直到有一天,她突然想起她曾经去过的一个叫天井的自然村,想起了那片茶园,她回到了那个荒芜的世界,整座山安静得没有一点声音,她把三栋爬满藤蔓的石头垒成的老房子改造成民宿,取名"天井人家",搭起羊舍。"柯巴芽上山放羊去了",小说的标题既有出世的感觉,又有想入非非的白日梦的味道。

笔者不知道,哲贵在创作这些白日梦的精神地理意象时,究竟是写小说中的人物,还是把自己的个人生活感受也塞进小说人物的意识和行动中,让小说中的角色代替自己去行动。从年代上来说,哲贵这个年龄层次的作家,多少都有些理想主义的精神气质。外表缓慢的、沉静如水的哲贵,内心有没有狂野的东西,有没有他的想入非非的白日梦,而借助小说中的人物来帮他完成? 哲贵有没有"逸出"或从这个世俗的生活中"出去"的潜意识或者冲动? 我说不清楚。但是,总的来说,在场、不在场,逃逸、"出去",不安分的精神气质,构成哲贵小说非常重要的意识结构和情节构造。早在十多年前的长篇小说《迷失》中,哲贵就曾经写到过这种逃逸。雷蒙是信河街第一批下海的人,他做运动品生意,生意做得很大,可是他却在生意做得最好的时候把企业盘出去,一个人背起了登山包,融入自然和大野之中,登山、露营、攀岩、漂流、滑翔,最后消失在大野中。

　　十余年来,哲贵持续不断地写信河街富人群体的逃逸和"出去",特别是在信河街的第二代、第三代人身上,逃逸和"出去"的冲动、意志更加明显,行动更加坚决,并且因为"出去",小说中出现了诸多父子、母女之间的代际冲突。这种代际冲突,是人类文明演进的基本规律,因为时代、成长环境、教育背景不同,代际之间的经验、认知、价值观念必然会有所不同,也必然会造成各种代际的分裂和冲突。哲贵大多数作品当中,都出现信河街父子、母女之间两代人因为价值观、生活方式、职业选择的分歧而产生的代际矛盾,甚至是激烈的情感冲突。但是哲贵的写作重心,却并不是在写代际冲突,而是在一个更高的层面,来审视一个更为根本的、深层次的问题,即钱与人的心灵安放问题。如果说,在陈震东(《猛虎图》)、光爷(《孤岛》)、叶海鸥(《归途》)、黄作品(《信河街》)、黄腾飞(《倒时差》)、余全权(《仙境》)、史国柱(《企业家》),以及《柯巴芽上山放羊去了》中柯巴芽的父亲这些早期的生意人身上,赚钱的意义首先还是解决生存和温饱问题,那么,到他们的下一代,像陈宇宙(《猛虎图》)、柯巴芽(《柯巴芽上山放羊去了》)这些富二代的时候,生存和温饱已然不是问题,这样,企业、财富给他(她)们提供的人生的、生命的价值和意义又在哪儿呢? 这是哲贵小说明面上没有明确指向,事实上却又处处指向的地方。《归途》的开篇,哲贵写道:"有时候,叶一杰是蛮不讲理的。""蛮不讲理",当然是叶一杰有"蛮"的资本,他衣食无忧,生来富裕,父亲是信河街最早做百货生意的,他可以无欲无求,不依赖任何人——除了父母,所以他学化妆,长跑,唱越剧,玩摇滚,学摄影,出国留学,学服装设计等,随心所欲。"不讲理",是因为他不会遇到大多数人生活经验内遇到的麻烦和痛苦,所以,他的所思所想、所作所为,自然和大多数人有所不同,就会"不讲理"。"理",只是大多数人的道理。回到哲贵的小说里来看,陈宇宙、柯巴芽、余展飞等,这些富二代,谁不是"蛮不讲理"的呢? 对陈震东、光爷、叶海鸥、黄作品、黄腾飞、余全权、史国柱、柯巴芽父亲这些人来说,他们的"理"是求得"有",就是有钱,把企业做大;到了他们的下一代,所求已不再是"有",是"有"了之后如何? 这恰恰是柯巴芽、余展飞、丁一杰们面临的问题。对于求"有"来说,中国人从不陌生,数千年来吃苦耐劳忍辱负重,所求得的不过是个"有",但"有"了之后,人如何用"有"去获得理想的、恰当的、诗意的生活? 这却是一个难题。这个难题,陈震东、史国柱、光爷、雷蒙、柯巴芽的父亲没有,柯巴芽们也没有。这样,"有"的后面,其实是一个巨大的、空洞的、虚幻的"无"。雷蒙、光爷不得不在"无"中生活,柯巴芽、余展飞、丁一杰们更是如此,这是哲贵小说中有那么多的"出去"的根本原因。这是史国柱们无解的问题,也是柯巴芽们无解的问题,自然也是哲贵无解的问题。

三、信河街与哲贵的"和解美学"

小说虽是虚构,但却比历史更加历史,因为小说叙述的是普通人的日常生活。"礼失求诸野",这种"野"——普通人的日常生活,包含着比时代观念、英雄人物、历史事件等构成的历史更加真实、生动的内容。某种意义上说,小说具有考古学的价值,是一种关于过去时代人们的政治、经济、道德、礼俗生活的历史记录。

哲贵的小说,其考古学价值是将来意义上的。在大多数作家陷入二元对立的"城市与乡村""传统与现代"的冲突难以自拔的时候,哲贵以先行者的姿态,探入商业社会中的富人群体的日常、伦理与价值生活,捕捉到先富起来的一批人的内在心理冲突和精神困境,并将其上升到哲学的层次加以思考,这是具有先锋意义的,而且是超越形式层面上的真正意义上的先锋小说。小说构造上,哲贵对当代商业社会商人、富人群体的人心、人性的刻画,很少通过激烈的矛盾和冲突来呈现,相反,哲贵的小说几乎没有外在的冲突,如果说有冲突,那也是抽象意义上的,是人与大时代的冲突,是人性、欲望与规则、良序的本然的冲突,是人与自我的冲突,是前面所说的"有"和"无"的冲突。然而,就像前面所写到的现代桃花源、理想境界,以及逃逸、灵魂出窍或无家可归的状态那样,哲贵的小说表面看起来平静、波澜不惊,内里却激荡着湍急的漩涡,那是无冲突的冲突,是灵魂的冲突,是更古老的人类所面对的理想与现实的尖锐的冲突,只不过,哲贵将其转化为商业社会部分成功人士的心理困境和精神难题而已。

哲贵不写激烈的社会冲突,以及人与人之间剧烈的情感、道德、利益和价值冲突,是因为他不是以概念的、观念的方法去看商业社会,看待商人和富人,看待生活,他是以平常心去"观"。平常人的生活,哪有那么多大悲大喜、大起大落?

现代的现实主义小说传统,写生活尖锐的矛盾和冲突,其实多是理论和观念上的冲突,作家们意在笔先,于是"冲突"美学应运而生。以《坛经》六祖慧能的说法,所谓矛盾和冲突,"不是风动,不是幡动",而是"仁者心动"。哲贵心中没有诸如"传统与现代""义利之辨"之类先在的框范,或者是金钱罪恶之类的观念,自然笔下就没有那种观念制造的大冲突。

因为哲贵不愿意去营造惨烈的社会矛盾和激烈的人性冲突,所以,他的小说整体上看起来节奏舒缓,随物赋形,情节推进不疾不徐,绝无其他小说的大起大落,或者说所谓的跌宕起伏。哲贵善用"止"学,化动为静,让小说中人物本该奔腾的情绪沉稳下来。《柯巴芽上山放羊去了》中,对精致、完美、现代感有着近乎抵触心理的柯巴芽,短暂地迷恋起戴喇叭热气腾腾的肉身,在一次放纵后有了身孕,柯巴芽去医院打掉了孩子,并把那个小肉块带回家,埋在院子那棵据说有五百年历史的大榕树下。柯巴芽的"止",是发乎欲,止乎情、止乎智的。那块她和戴喇叭的骨血,在被埋进榕树下的那个时刻,柯巴芽在想些什么?没有人知道,柯巴芽一念未动,则万念俱止。止,是哲贵的诗学,是哲贵的忍学。止,不是无,不是终了,而是空寂,是空白,是悬置。柯巴芽的内心倘若空无一物,就不会把那块骨血带回来,埋进榕树下。柯巴芽的止是有,是空旷,是无垠。"善写意者专言其神,工写生者只重其形",哲贵是专言其神的"善写意者",他的止,是留白,是不言之言,就像《陈列室》中,魏松喜欢林小叶,却没有能够得到林小叶,于是,他在公司陈列室里陈列着各式各样的性慰器——塑料女人,都是按照林小叶的形象设计的。这是魏松的"止",是"止"也是"不止"。魏松时时对着这些"林小叶"出神,看着看着,眼泪就出来了。

说哲贵不写大的冲突,并不是说他的小说就没有冲突,代际、人际、自我内心,以及理想与现实、伦理、文化的冲突,在他的小说中比比皆是,像《你为什么不来天堂看一看》中尹雯丽与母亲的隔阂,《柯巴芽上山放羊去了》中柯巴芽与父亲的疏离,《陪床》中的夫妻冲突,《送别》中的阴谋与欺骗等,只是,哲贵一般不把冲突往大处写,这是因为,哲贵的内心虽然没有悲,但是却有哀,悲哀是内敛的,而怨和恨则是激越的。没有怨,没有怒,没有狠,没有恨,没有不平,所以他的小说总的来看,风格是冲淡、平和、舒缓的。这种冲淡、平和不是散淡,而是源自哲贵的那种无分别心,无是非心。哲贵没有强烈的善恶之念,没有明确的是非对错之别,他的小说中,经常出现一种句式,比如"他的语调总是缓慢的,轻柔的,很温柔,很有修养。但也可能是很没修养","这事可能跟他父母有点关系,可也未必有必然关系"等,这种句式,说明哲贵是一个折中的人,一个不喜欢走极端的人,所以,他的小说自然就没有水火不容的观念、价值缠斗。特别是哲贵动用了那么多富有诗意和富有远方意味的地方性地理事物作为他的小说的场景建构,如积谷山、瓯江、古榕树、青海草原、丽江、玉龙雪山等,更是化解了小说中人物与时代、人物与人物之间的紧张感,小说更难显现出冲突的激越。

说哲贵的小说没有分别心,没有是非心,不是说在哲贵那里,一切人事就没有差别和是非对错,而是说,哲贵有类似佛家"缘起性空"的断识,一切的善恶、是非、对错,都是因缘(特定的条件)而起,缘起则善恶、是非生,缘尽则善恶、是非灭。人的自性,是没有所谓善恶、是非、对错的,因而是"性空"的。"本来无一物,何处惹尘埃?"正是因为这样的"性空",哲贵小说中的人物以及人物间的矛盾和冲突最终都走向了和解,这在《柯巴芽上山放羊去了》《你为什么不来天堂看一看》《送别》等小说中非常明显。哲贵小说中这种人与人之间的抵牾与隔阂,根本就不是坚硬难销的东西,即便是《倒时差》中宣布与"我"断绝父子关系的父亲,在听闻他病危的消息后,"我"也会毫不犹豫地从美国飞回来。

哲贵小说的和解,不仅在人伦亲情上,在人与外部世界、自我的关系,理想与现实的关系方面,同样如此。《金属心》中的霍科,安装一颗金属的心脏,意味着他失去了对这个世界的爱的能力,在象征的意义上,这是霍科失去对这个世界的信任,但在盖丽丽的身上,他看到了信义、理想和坚持,霍科的"金属心"开始渐渐活泛起来,终于有一天,他和苏尼娜离婚,在走出酒店大门想到盖丽丽那一刻,他清楚地听到自己左边心室的跳动声。霍科"金属心"传出的跳动声,是霍科向世界的回归,也是与这个世界的和解。

哲贵的和解，释放的是他对自己对人世的善意。哲贵的身上，有一种非常特殊的气质，这种气质，有禅意，有老庄之气，有仙气。这种特殊气质落于物，则为山岚、云霓、莽苍之气；落于人，则有隐逸、超脱、飘逸之境界。所以，在《信河街》的结尾，哲贵写叔叔和王文龙下象棋，叔叔在进攻，局面上占着优势，可是王文龙的脸上却一直挂着微笑，神态安详；这种安详，不惊不喜，不悲不怒，随遇而安，就有禅意与老庄味。在哲贵最近的短篇小说《仙境》中，哲贵的仙气更加浓郁。余展飞是皮鞋商的儿子，本该子承父业做"皮鞋佬"，却迷恋上越剧《盗仙草》，迷恋上白素贞这个人物。一边是皮鞋商，一边是灵芝仙草、仙童、仙翁、许仙、白素贞这些戏里的元素，余展飞在皮鞋商和白素贞这样两个跨度极大的身份之间游走。肉身还是那个肉身，灵魂却是可以出窍的。出了皮鞋商，余展飞就成了似人似妖似仙，却又非人非妖非仙的白素贞。余展飞对越剧《盗仙草》、对剧中人物白素贞的迷恋，不是执着于群山巍峨、云雾缭绕的峨眉山的外境，也不是被浮云般的妄念遮蔽了自我的本性，相反，集美貌、善良、优雅、高贵，以及追求自由、敢爱敢恨的精神于一身的白素贞，就是余展飞灵魂里面的自我，就是余展飞的自我本心，就是他的自我心境。余展飞对白素贞的迷执，就是对自我本心的呵护和保存，所以，余展飞演白素贞，无论是扮相、神态、动作、眼神、氛围还是唱腔，都是极致，光芒四射，摄人心魂。余展飞对同是扮演白素贞的舒晓夏有好感，却终不能与她在一起，因为，和余展飞自己一样，舒晓夏不过是另一个肉身，她不是白素贞，余展飞爱的是白素贞。

余展飞这个人物，是哲贵的一个新探索。这个人物的出现表明，哲贵不再是在理想与现实或此或彼的二元张力中把握、塑造人物，哲贵试图探索一种新的可能性，那就是在传统商人的世俗、现实气之外，尝试从人类的文化根性中，为商人找到与我们共通的精神元气。在余展飞的身上，我们可以看到，哲贵试图给他的小说中的人物从"无"处生出一个"有"来，这个"有"，与上代人"安身"所求的"有"不同，他们是"立命"，是给自己的心灵找一个安放的地方，解决生命意义的问题。陈宇宙在尝试，柯巴芽、梅巴丹、丁一杰、吴旖旎、余展飞也在尝试。不过，余展飞又与众不同，他似乎代表着一种方向，哲贵尝试着给信河街注入历史的浩荡之气，给信河街的商人们引入一种文化气运。这种文化气运就是《在书之上》中的书卷气——尽管这个书卷气，在悦乎书店那里已经成为大火后的废墟，但是在小于书肆那里，却保存着微弱的香火。从此商人不再是一个符号,而是一个有根性、有精神、有文化气运的人。信河街也不再是一个只有皮鞋厂、眼镜厂、服装厂、打火机厂、包装厂、印刷厂的地方,信河街成为一个有文化的历史街区。这种从"有"到"无",再从"无"到"有"的过程,就是《每条河流的方向与源头》中吴旖旎与她哥哥吴起对话中所呈现出来的那样。

> 他转头问吴旖旎:"你确定没有跟人学过?"
>
> 吴旖旎很不好意思地摇摇头。
>
> 吴起问:"你这些画想表达什么?"吴旖旎还是摇摇头。
>
> 吴起说:"你知道你的画好在哪里吗?"吴旖旎说:"我是瞎画的。"
>
> "你的画好就好在瞎画,没有目的,没有道理,表达的只是一种情绪和意境。"

没有师承,瞎画,本就是无中生有,而无中生有,就是创化,就是最大的文化气运。

从大的脉络看,或许信河街、商人群体、富人群体,都不是哲贵本根的东西,这些不过是哲贵熟悉的经验生活,是哲贵阶段性的写作现象,真正属于哲贵的,恐怕还是他的精神生命中无处不在的禅意、老庄之气和仙气,这是哲贵作为一个作家,成就大的、独特的自我不可或缺的东西。

(本文原载于《中国当代文学研究》2023 年第 3 期)

第六章　黄咏梅：写作的"生长性"与作家的小说智慧

小说的"后视"法与情感"放倒"术

——黄咏梅小说论

荆亚平

帕慕克在谈及"我们阅读小说的时候，意识和心灵之中到底发生了什么"时，曾有过一段诗意的描述："我在年轻的时候阅读小说时，有时内心会出现一片宽广、深远而又宁静的景观，有时光线暗淡下去，黑白分明并且相互分离，各种阴影在其中涌动。有时候，我惊诧地感到整个世界沉浸在一种迥然不同的光芒之中。有的时候，余晖普照，含摄一切，整个宇宙化为唯一的情绪和唯一的样式。"①帕慕克是否有意强调"年轻"与小说阅读之间的某种特殊关系，不得而知。一个当下的事实是，笔者在阅读黄咏梅小说的时候，虽已不再年轻，却与帕慕克的这段文字产生了强烈共鸣。黄咏梅的小说令笔者惊讶的地方在于：同样是书写日常，为何她笔下的"俗世不俗"，能让人"在日常生活中倾听历史的回声"？为什么她如此执着于书写大时代下小人物们无所适存、无处安放的精神症候？她又是以何种视角于人们习焉不察的地方另有"所见"？什么样的小说技巧使她能将生活的沉重化为令人惊异心动的轻逸？她又如何借助写作过程中的真诚反思，确立起由"勇敢"走向"宽阔"的小说理想？

自 2002 年发表第一篇小说《路过春天》，黄咏梅从事小说创作已经整整二十年。在此之前，少女时代即因诗成名的她，一直以诗人之名立身。若从文学创作与空间的关系考察，黄咏梅的文学地理版图可戏拟苏轼的《自题金山画像》

---

① ［土耳其］奥尔罕·帕慕克：《天真的和感伤的小说家》，彭发胜译，上海人民出版社 2012 年版，第5 页。

概括为："问汝平生功业,梧州广州杭州。"当然,写作跨越的时间和空间并不足以证明一个作家的成熟。小说与小说家的关系,恰如镜子与自我的相互映照,小说家借由小说而自我发现、自我确证。在黄咏梅不断发出"我为什么会成为这样的我"的切问和审思的时候,答案也早已呈现在她的小说以及散见的创作谈中。

一、"后视"法:写作中如何"看见"

20世纪末中国文化(学)形态经历了由"共名"向"无名"的转向,60后作家以及此后以十年为期被命名的70后、80后等其他代际作家虽共处于"无名"文化(学)形态之下,在文学观念和追求上仍拥有一个显而易见的共性,即告别"宏大叙述",走向"细小叙事"。个体经验、日常生活成为主要书写对象,甚至成为作家的自我宣言,70后作家黄咏梅就曾经明言:"与那些'斗士型'的作家不同,我是个'生活型'的作家。我在日常生活里寻找写作的资源和想法。"[1]

或许是早年在报社工作的原因,黄咏梅在消化素材方面,显示出其"杂食"的一面。阶层分化、弱势群体、男女情爱、现代职场、网络游戏、粉丝文化、中年危机、老年孤独、克隆、传销、各类病残、文艺青年、赌徒、抹澡人、西关小姐、东山少爷……纷繁世相人生百态,悉数纳入笔端。她赞许艾丽丝·门罗是"提着菜篮子捡拾故事"的作家,其实她自己同样是对生活保有观察和发现的热情的作家。当然,"捡拾"什么故事,最后怎样呈现它,她有自己明确的主张——"对于擅长写日常生活的作家来说,日常生活和写作之间的重要关联在于,怎样从日常生活的蛛丝马迹中看见、认识并且呈现出难以言说的时代和历史意义,而不是为我们已经审美化的商业景观锦上添花。日常经常与'俗世'这个词挂钩,所以,我觉得写日常最危险的地方就在于——容易将俗世写俗。没有情感、没有思考、没有对这个时代的认知,就很容易将日常生活记为流水账"[2]。因为有这样的认识和警醒,在俗世里发现不俗,就成为黄咏梅的用心所在了。

谈到在写作中如何"看见",黄咏梅曾说道:"'所见'在这个时代如此轻易,却让讲故事的作家几乎动弹不得。既难以在纷繁的'所见'中辟出一条通往小

---

① 黄咏梅:《"But"女士》,《锦上添叶》,广西师范大学出版社2018年版,第283页。
② 黄咏梅、张鸿:《俗世不俗写——对话黄咏梅》,《走甜》,花城出版社2019年版,第235—236页。

说的蹊径,也难以在虚构的'所见'中获得读者新鲜的目光。写作者在生活中到底还能看到什么?"①她对作家因"习见"而导致"不见"的麻木有着自觉规避,作为爱猫人士,她甚至"经常会顺着猫凝视的方向去看",希望像猫一样"万事都觉得新鲜"。在从生活到小说的过程中,有人乐于拿着望远镜,有人习惯使用放大镜,也有人钟情于哈哈镜,黄咏梅选择的是后视镜。她对生活的观察采用的是一种少见的"后视"法。无独有偶,詹姆斯·伍德也曾说过,当作家严肃地观察世界的时候,他们眼中呈现的是"持续退却的世界,是事物、对象和感觉迈向无意义的世界。在这样的世界里,作家的任务就是要把探险从这种缓慢的退却中拯救出来,把意义、色彩与生命力重新还给大多数平凡的事物"②。

获得鲁迅文学奖的短篇小说《父亲的后视镜》,可以说是黄咏梅对"后视"法最成功娴熟的一次运用。与共和国同龄的老父亲,是个常年开着大货车奔驰在路上的男人。行驶在路上的父亲除了"前方的那团云",根本没有机会从容赏景。某次为了欣赏雨后彩虹的停车,导致了交通事故,彻底终结了父亲的司机生涯。父亲用倒行健走延续着过往的身体惯性和生命感觉,结果却经历了人财两空的更大"车祸"。再也"搞不掂这个时代"的父亲最后迷上了运河里仰泳,在成为岸上人们眼中一道奇异的风景的同时,也沉醉于"一用力,整个城市都被他蹬在了身后"的报复性快意。"后视镜"是小说里的一个重要意象,父亲固执地留恋"后视镜"里的风景,时代却无情地把他抛在身后,但恰恰是父亲的存在隐喻了现代人的普遍困境:在不断加速前行的现代化进程中,我们不可避免地失去了对美的欣赏、对人的信任乃至对生命的热情。早此一年完成的《小姨》则是"后视"法更为令人惊艳的一次亮相。小姨是一个精神停滞在理想主义年代,而肉身却不得不与消费时代周旋的女性。她的举止言行、思想观念都严重疏离于眼下这个时代,成为家人眼里"叛逆期永没过完"的异类分子、与时代背道而驰的"反高潮分子",只有心中埋藏的旧时爱情给了小姨一次鼓起勇气走进现实的机会,结果却是铩羽而归。此后,小姨成为一个与不合理、不公正的现实叫板的"高潮制造者",直到心中的理想主义激情白热化到极致,将她定格成一尊"自由引导人民"的肉胎雕像。时代把小姨和父亲甩在了一旁、身后,小姨和父亲也以

① 黄咏梅:《"所见"之不易》,《长城》2020 年第 6 期。
② [英]詹姆斯·伍德:《最接近生活的事物》,蒋怡译,河南大学出版社 2017 年版,第 46 页。

自己的方式向时代发出了可能根本微不足道的一击,只是小姨比父亲爆发出更令人惊骇的生命热力。

"后视"法为叙事带来双重景深,一重是空间上的边缘(向两边看),一重是时间上的过去(往回看)。黄咏梅小说中的人物从未站到过时代的前沿和中心,父亲、小姨、少爷威威、契爷、达人丘处机、表弟、傅医生、阿甘、老蔡、抹澡人廖远坤……都是与时代脱轨、生活在别处(过去)的边缘人。"后视"还内在的蕴含参照的视角,"作家就像在人生的后视镜中,通过参照获得更多的认识,就像月亮参照太阳,河水参照岸,火车参照风景,对参照错……时代朝前飞奔,只有不断参照过去,才能领悟其变迁的意义"①。小说《档案》和《跑风》,正是以管山父亲、漂亮小媳妇为参照,映照出现代化进程中告别乡村进入城市者精神上的偏私冷漠。正如有的论者所言,"后视"作为一种"回溯性观测方式",拉开了叙事的时间和空间,"从而形成了一种纵深感,前瞻与后瞩之间,恰恰构筑了生活的辩证视角"②。中心与边缘、个人与时代、日常与历史,当作家把握到其中匀称的节奏、呼吸,就会形成"小说的复调",黄咏梅深谙这一秘密。所以她不会因为自己是"生活型"的作家而自惭形秽,她敢于质问:"难道写当下就等于回避了历史?写日常就等于抛弃了意义?"③她更加坚定了从日常生活一点点写出"历史的回声"的写作信念。

二、"无力挽回的遗失"与"陌生拾到的惶惑"

黄咏梅曾经总结自己的写作时说:"我就发现目前所写的小说里基本上都围绕着一个母题:一种无力挽回的遗失和一种陌生拾到的惶惑。"④一个作家二十年的创作基本围绕同一个母题,至今也还没有放弃的打算,这一方面说明黄咏梅有固执的坚持,另一方面也说明这一母题深刻地主导了作家的思想以及对生活的理解和感受。不得不说,黄咏梅是拥有强大想象和虚构能力的作家,同

---

① 黄咏梅:《生活在喧哗中要学会对沉默进行反思》,《青年报》2018 年 9 月 17 日。
② 曾攀:《当代中国小说的生活化叙事——以黄咏梅为中心的讨论》,《中国当代文学研究》2021 年第 2 期。
③ 黄咏梅:《在日常生活中倾听历史的回声》,《锦上添叶》,广西师范大学出版社 2018 年版,第 306 页。
④ 黄咏梅:《广州不是一个适合诗意生长的地方》,《南方都市报》2002 年 11 月 8 日。

一个母题在她的叙事万花筒里，晃一晃，摇一摇，总能变化出令人惊异的崭新故事。但我以为，黄咏梅真正想要写出的不是异彩纷呈的故事，也不是令人印象深刻的人物，而是一种难以言明的意绪。"我刻画小人物，不是对他们的遭际做细密的社会学分析，也不想选取知识分子批判的视角。我的小说更多的是呈现人物的命运，注意营造一种氛围，并真切把握他们的心境与人性的秘密，最终捕捉一种时代与人心的哀伤感受。"①黄咏梅像一个精神分析师一样，自觉地把"处理这个时代中人的精神事务"当作小说的责任。

从根本上说，"无力挽回的遗失"与"陌生拾到的惶惑"是一种现代情绪体验，是中国社会在由传统向现代转型的过程中得到的一笔额外"馈赠"。它从 20 世纪初甚至更早起，就开始频繁袭扰中国人的内心。在那些对人心的变化更为明敏，对人性的揭示更为精微的现代作家笔下，已经呈现出这一情绪的蔓延。它是鲁迅在《故乡》中发出的悲从中来的感叹——"这不是我二十年来时时记得的故乡"，在《野草》中面对"将来的黄金世界"却"彷徨于无地"的自我预言；是沈从文《边城》中"那个人也许永远不回来了，也许明天回来"的伤悼；也是张爱玲在"更大的破坏到来"和"来不及了"之间所体会到的焦虑。进入 21 世纪，这种现代情绪体验不是减弱了，而是更以前所未有的强度和变幻的形式影响着我们。也许，一个更令人悲观的可能性是，只要我们仍处于哈贝马斯所说的"未完成的现代性"中，这种情绪就不会终结。由此来看，黄咏梅致力于表达的，其实是这一现代情绪在当下的赋形。这也是我们总是从黄咏梅塑造的诸多人物形象身上读出相似的精神表情的原因，她一直痴迷而反复书写的那一类人，在与时代的关系上，共有同一种情绪。

不少论者将黄咏梅笔下的人物称为卑微者与游荡者、后抒情时代的都市边缘人、时代的异质者等等，毋庸置疑，这些命名都精准地切中了人物的精神特质，但我却更愿意借用卡伦·霍妮的精神分析研究，将他们视为"神经症"患者。霍妮认为，"在我们的文化中，存在着某些固有的典型困境，这些困境作为种种内心冲突反映在每一个人的生活中，日积月累，就可能导致神经症形成"。②霍妮是从社会文化而非生物病理层面鉴别"神经症"的，因而，她指出"神经症"患

---

① 黄咏梅：《文学沦为边缘不着急》，《新快报》2011 年 4 月 17 日。
② ［美］卡伦·霍妮：《我们时代的神经症人格》，冯川译，贵州人民出版社 1988 年版，第 195 页。

者最突出的两种特征是：反应方式上的某种固执，以及潜能和实现之间的脱节。这两点在黄咏梅小说中的许多人物形象身上都可以得到印证。他们或许正是因为在应对现代社会时反应方式上的固执，才成为无所适存的边缘人、游荡者，也因为潜能和实现之间的脱节，而成为心灵无处安放的卑微者、溃败者。我以为黄咏梅小说的意义，正在于刻画了"我们时代的神经症人格"，写出了他们身上既无力又惶惑的普遍情绪。

黄咏梅对时代情绪的把握是从自我开始的，早期小说部分地有作者自我投射的影子。比如《路过春天》《骑楼》是为诗歌唱响的挽歌，"我"怀揣诗歌的梦想来到大都市，然而却无力应对"诗歌在这个城市没有自己的呼机"的窘境，"我"很快"掌握了一套话语"，成为"专为别人写好看的故事"的人，甚至以为"恋上柳其后，找回了我的诗歌"，殊不料终究只是柳其眼里那个"寄来两首诗和两瓣木棉花"的"傻B"。如果说"春天"是最诗歌的一种意象，那么"我"只能路过它，遗失它。《骑楼》里说："那个百舸争流的时代过去了，留给这个城市的，是一些美人迟暮的伤害。"这伤害也指向诗歌以及热爱诗歌的小军。城市用冷冰冰的现实将曾经有名气的校园诗人小军变成了一个空调安装工，小军虽被高中少女重新激起了写诗的热情，但最终又"像一片纸一样从天上飘了下来"。对于小军来说，理想（诗歌）与现实（生活）的距离，是二十三层楼的高度。

其后，黄咏梅日渐走出自我，塑造了许多应对时代变化的方式上十分固执、又无力与现实对抗的边缘人，比如曾经的东山少爷魏侠，已然无可奈何地成为年轻一代眼里的"大叔"，在跟年轻人的较量中只能落荒而逃。（《少爷威威》）武侠痴孙毅，固执地坚持读武侠，给自己改名为丘处机，然而现实中他却只是个菜场搬运工，既没办法帮助上访的"桃谷六仙"，自己的生活也过得举步维艰。（《达人》）在城市里当保安的管山"开成鳖"顽强地要让女儿过上在城市里扎根的生活，最终却因为守护女儿的一次打架把自己送进了看守所，女儿也不得不因此离开城市重回管山。（《瓜子》）契爷卢本（《契爷》）、小姨（《小姨》）、克里斯蒂（《献给克里斯蒂的一支歌》）、父亲（《父亲的后视镜》）、鲍鱼师傅（《鲍鱼师傅》）、傅医生（《八段锦》）、老蔡（《金石》）、满崽（《病鱼》）等，都是这个谱系中的一员。不止如此，黄咏梅有时也会赋予小人物某种异能或者病症，以略显夸张变形的方式来隐喻"我们时代神经症人格"的病态。比如嗜食者林求安（《暖死亡》）、有数字超能力的李小多（《单双》）、瘸腿的"大家姐"（《把梦想喂肥》）、肥胖症患者张明亮（《天是空的》）、癫痫病人"我"（《隐身登录》）、弱智的阿甘（《负一层》）、丑人三皮（《三皮》）、大麻吸食者（《带你飞》）、精神分裂者（《杀死王老虎》）这些"畸零人"的困顿挣扎是黄咏梅对"无力挽回的遗失"与"陌生拾到的惶惑"的母题更为冷静极致的书写。

三、"一笔，轻轻地将人的情感'放倒'"

因为将自己的写作定位于对人的内心世界的探寻，黄咏梅并不满意那些读后只是让人觉得"惊奇"和"感慨"的小说，她要求小说要"动人"。认为哪怕小说取材于新闻素材，也要"沿着这些已经发生的新闻，缓缓地，艰难地挺进，从新闻人物的内心逐渐进入到读者的内心，一笔，轻轻地将人的情感'放倒'，将人们的冷漠、隔膜、躁郁、疑虑等情绪统统'放倒'。这样的作品才动人"[1]。"一笔"而能将人的情感轻轻"放倒"，不仅需要一定的写作技巧，还需要有极高的小说智慧。因为"情绪奠定一个作品的主要基调，它决定了叙述的语调，以及你提到的一连串的人物心理、故事走向等等问题，但情绪又是最难找准的"[2]。黄咏梅的小说之所以总能在不经意之中打动读者，某些时刻又令人拍案叫绝，正在于这种"一笔"之间就将人物、读者的情感"放倒"的高妙技巧。

"放倒"首先必须是出人意表的，脱离既定的叙事逻辑，为故事提供一个新的方向，给人物创造一种新的可能。《父亲的后视镜》里，父亲最后在运河里畅游时的那"一蹬"，他一生的不如意都在这"一蹬"里得以释放和补偿；《骑楼》里小军从二十三楼窗口的"一飘"，将他和诗歌的距离重新拉近，他得以"骑着自己的想象飞走"；《小姨》中，在游行队伍即将溃散的时候，小姨将身上宽大的黑色T恤"一撸"，以赤裸上身的雕塑之态捍卫了自己固守的理想主义激情；《负一层》中阿甘从负一层升到三十层顶楼的那"一跳"，终于实现了把问号挂到天上的梦想；《何似在人间》里最后一个抹澡人廖远坤河坝上那匪夷所思的"一掉"，实现了让河水替他抹澡，洗净了灵魂上路的最后愿望；《单双》里李小多最后面朝天空在路上的那"一躺"，以死的方式将胜券永远操在自己手里；《表弟》中表弟模仿雷克萨扑敌的那"一跃"，以游戏英雄的姿态退出了与这个复杂世界的赌

---

① 黄咏梅：《小说家不是旁观者》，《锦上添叶》，广西师范大学出版社 2018 年版，第 300 页。
② 黄咏梅：《生活在喧哗中要学会对沉默进行反思》，《青年报》2018 年 9 月 17 日。

局……黄咏梅往往是在故事即将走向结尾的时候才放出这"神来一笔",但它不是我们熟知的"欧·亨利笔法",因为这"一笔"根本无从改变主人公的命运,并不会造成强烈的戏剧冲突效果。哪怕主人公最后走向死亡,也并不让人觉得惨烈和冷硬,反而透射出温暖的人性之光。"我喜欢写小人物,喜欢写他们在摆脱无望的现实纠缠时存有的高出地面一点的理想追求,这是他们进行自我攀升的重要精神支撑。"①这样的"一笔"里,有"高出地面一点的理想追求",有黄咏梅对笔下人物的体恤和深情。

有时候,黄咏梅也会"一笔"让人物越过自己的性格和命运,于瞬间迸发出令人惊异的凌厉之势,尤其体现在女性人物身上。对耿锵鞋垫上两对鸳鸯的"一瞥",让乐宜从"什么都有也什么都没有"的"实习老婆"身份醒觉过来,以一股风的速度对情人平静地说出"你该走了",自己转身走进"人有我有"的婚姻生活(《多宝路的风》);总是把"是但"(随便)挂在嘴上的草暖,不动声色间就悄悄出头替丈夫解决了棘手的问题,在维护家庭安稳上,一点都不"是但"(《草暖》);许戈,名字里就有杀伐之气,兵不血刃摧毁了丈夫的婚外情,还"一笔"就"销毁"了与前夫的两颗试管婴儿胚胎(《睡莲失眠》);沈迪是一个被丈夫的谎言囚禁的女人,最后决定通过墙上的摄像头为自己做证,找回真实的自己(《证据》);樊花看透了生意场上的"勾肩搭背"不过逢场作戏,当有人僭越了这条线,要把樊花圈进他情感的私人领地时,樊花毫不犹豫就隐遁了(《勾肩搭背》);丈夫、领导眼里的"奇葩"米嘉欣,没有人能"看见"她的内心,借着旅行中的一次吸食大麻,她获得了灵魂飞翔的体验……这些女性不黏滞,有决断,身上都暗藏着一股"狠"劲儿,她们敢于对现实生活给以反手一击,虽然这些抗争可能依旧是无力的,甚至有时看似是在逃避,但无论是积极的还是消极的抗争,夺回女性话语权这一行为本身,就有一种动人心魄的力量。黄咏梅只用轻轻"一笔",就为我们写出了女性突出重围主宰自我命运的一抹亮色。

"一笔,轻轻地将人的情感'放倒'",也为黄咏梅的小说带来轻逸峭拔的美感。黄咏梅一直深耕于短篇小说的天地,她对短篇小说的青睐,或许与早年的诗歌训练有关系。诗歌讲究凝练、精致、动人,而在黄咏梅看来,"一个精彩的短

---

① 黄咏梅:《生活在喧哗中要学会对沉默进行反思》,《青年报》2018 年 9 月 17 日。

篇，就像一首被拉长的小诗，起承转合，很精妙的"①。可以断言，虽然黄咏梅后来放弃了诗歌创作，但她并没有放弃诗，或者说，诗以另一种方式进入了她的小说。比如叙事上的充分节制，《给猫留门》以猫牵连起"华侨父亲"、老沈、沈小安、雅雅四代人之间的感情纠葛，背后是浩荡的历史风云和曲折的个人命运。黄咏梅把具有长篇小说容量的素材，剪裁成了一个类似于鲁迅散文《风筝》的"罪与赎"的故事。再如给出思考的留白："我特别看重小说人物和故事背后的那些难以言说又意味深长的部分。故事是小说的基础，但一个能引人掩卷慨叹甚至自我对照的小说，不光是讲好故事就能达到的，还需要上升一些东西，需要作者的精神制造。大概跟我过去写诗有关吧，我喜欢用比喻和象征，即使再密实的叙事里也希望留出一些虚的部分，就像一个人，生活在众生喧哗中，要学会对自己沉默的那些部分进行反复思量。"②这是黄咏梅小说掩卷之后仍然耐人寻味的主要原因。卡尔维诺在论述文学中的"轻"时说："文学作为一种生存功能，为了对生存之重作出反应而去寻找轻。"③虽然黄咏梅也深知"今天，谁也无法给谁一个皆大欢喜的交代"④，但她却仍固执地在生活中寻找诗性，以各种变化的方式将主人公的悲哀化为忧伤，让痛苦得到安慰，她对笔下人物总是报以最大的善意和最深的理解。

四、从"勇敢的真诚"到"宽阔的真诚"

黄咏梅是一个不断真诚地自我反思的作家，这使她的创作呈现出"生长性"的特质。有论者从她写作中梧州、广州、杭州的地域转换来看待这种生长，也有论者从她的都市写作、"人到中年系列"、"老年人题材"来评价她的写作变化。但写作地理空间和题材选择的扩展，带来的更多的是小说叙事表面的丰富性，并不能说明作家叙事能力的不断推进和提升。追溯黄咏梅二十年间的写作历程，我认为她小说创作的"生长性"主要表现在以下三个方面。

首先是不断去"我"的写作。一个有意思的现象是，黄咏梅发表第一篇小说《路过春天》的时候，用的是笔名"每每"，她后来说很害怕别人从小说里看到自

① 黄咏梅：《生活在喧哗中要学会对沉默进行反思》，《青年报》2018年9月17日。
② 黄咏梅：《生活在喧哗中要学会对沉默进行反思》，《青年报》2018年9月17日。
③ ［意］卡尔维诺：《新千年文学备忘录》，黄灿然译，译林出版社2015年版，第28页。
④ 张柠：《黄咏梅和她的广州故事》，《南方文坛》2003年第2期。

己。早年涉及诗歌的几篇小说，很可以看作是黄咏梅从诗歌转向小说写作时，对诗歌的一次次"回眸"。这一方面是她对诗歌"无力挽回的遗失"的忧伤，另一方面又是对即将展开的小说写作的"陌生拾到的惶惑"。但是很快的，黄咏梅找到了自己想要反复书写的主题——"写人跟时间的对抗，人跟欲望的对抗"[①]。她写各种小人物，无论是哪一种叙事视角（其中《填字游戏》较为特别，使用了少见的第二人称视角），越来越少"我"的影响，因为在黄咏梅看来："在这种第一人称叙述里，'我'是小说的目光、情绪以及智力、能力，当然，'我'也是小说的一个局限。"[②]她这里所说的"我"，除了指叙事人称，也可以理解为有限的个体经验。

摆脱了"我"的束缚之后，黄咏梅仿佛掌握了神秘的"读心术"，在刻画人物心理方面有时到了令人惊讶的地步。或者用她自己的说法，"写小说的时候，就是我心脏偷停的时候"，"我用偷停出来的时间，将自己当作不同的人，进入一个与自己肉身没有任何关系的另外一个世界里，得以跟一些隐匿的东西团聚，跟一些隐秘的内心活动窃窃私语"[③]。她写游荡于网络世界的表弟（《表弟》）、三皮（《三皮》）、王朝阳（《杀死王老虎》）、布杨（《关键词》）、"风中百合"（《隐身登录》）时，你会觉得她自己就是一个网上冲浪的高手，不仅熟知网络游戏规则，而且能洞悉各类网民的隐秘心理。她可以在两性身份和不同职业、不同年龄之间自由切换：《档案》里的"我"俨然是一个典型的男性小公务员，《蜻蜓点水》让人疑心作者可能就是那几位老年男性中的一个，还有《普鲁斯特杨》和《小姐妹》中对不同年龄段女性情谊的描写；更不要说她对各种病态人格令人信服的刻画。即便是书写最可能见出"我"的女性，黄咏梅也多次强调："在我的思维里，女性只是一个写作的角度或者视角，我的写作口味很驳杂，写我感兴趣的，写我能写的。我并不是一个女权主义者，写作对于一个作家来说应该是雌雄同体的，相比'女权'，我关注'人权'。"[④]这种既热烈拥抱笔下人物，同时又"保持精神的冷"的写作姿态，决定了黄咏梅的写作由"我"出发而能渐渐隐匿"我"，朝向握着一支"人类的笔"写作的理想不断趋近。

其次是小说的结构由单线走向复调。黄咏梅早期的小说基本都是围绕一

① 黄咏梅：《"时间"是我反复书写的主题》，《中华读书报》2020年10月26日。
② 黄咏梅：《写在〈档案〉十年之后》，《长江文艺》2019年9月。
③ 黄咏梅：《偷停》，《锦上添叶》，广西师范大学出版社2018年版，第280、283页。
④ 黄咏梅：《写作对于一个作家来说应该是雌雄同体》，《羊城晚报》2018年10月15日。

个中心人物，由叙述人作为见证者直叙其事。从《契爷》开始出现了变化，小说设置了两个人物互为镜像的结构形式，虽然小说以《契爷》命名，但除了契爷之外，另一个人物夏凌云的形象也非常鲜明，甚至从小说的三分之二处开始，夏凌云一跃而为"高声部"，契爷则退为"低声部"，不仅形成了叙事的双重变奏，人物命运也在相互交叉映照之中各自发展。其后的中篇小说《瓜子》，叙事一方面沿着父亲"开成鳖"和"孟鳖"的"斗法"这一主线展开，另一方面是女儿"我"的成长经历的副线，两者因为第一人称叙事视角而相互穿插，最终定格于女儿"我"从回管山的火车上跳下来的镜头。《病鱼》也通过在外面"捞世界"的女儿"我"和邻居的儿子小偷"满崽"的双线并置、交叉表现他们同是被命运狠狠改变的有"病"之人，甚至那条叫"满崽"的发财鱼也加入了叙事，构成了更为复杂的隐喻关系。《证据》中是被丈夫圈在谎言包围中的全职太太沈迪，与鱼缸里的那条沈迪视为女性的蓝鲨互为镜像，蓝鲨从鱼缸的"越狱"也与沈迪最终要借助摄像头戳穿丈夫的谎言寻回自我形成呼应。《睡莲失眠》则以窗户为镜，将许戈的婚姻失败与对面窗户里女人的悲伤故事对照，许戈造访女人家里，透过女人的阳台看向自己家的一幕也别有意味，也许只有以他者为镜像，许戈才看清了自己婚姻生活的真相。《翻墙》中丧子的老年夫妻与隔壁年轻男孩相互映照；《蜻蜓点水》和《小姐妹》两篇则在结构上极为相似，老曾/老霍，左丽娟/顾智慧是彼此互为镜像的存在，黄咏梅借此将老年男性的身体欲望和老年女性的复杂情谊一层一层地推向高潮。这些复调结构的设置不仅扩充了短篇小说叙事的容量，还增加了叙事线条和层次的丰富性与立体感。

最后是隐喻的层次递进。受诗歌写作的影响，黄咏梅善用隐喻的方式联结和反映现实。比如以一个简单的意象来隐喻某种意绪，如《路过春天》《多宝路的风》《天是空的》《白月光》；用略带黑色幽默的命名隐喻某种现象，如《蜻蜓点水》《哼哼唧唧》《勾肩搭背》《把梦想喂肥》；再如《病鱼》《暖死亡》《睡莲失眠》《带你飞》《隐身登录》等指向我们时代各种病态人格的疾病隐喻；而《负一层》《走甜》《父亲的后视镜》则是对人生的某种整体性隐喻；还有频繁出现于黄咏梅众多作品中的各类"鱼"意象的精神象征意义。关于隐喻，黄咏梅有自己的独到见解：

　　　　优秀的现实主义小说，整部作品就是一个隐喻，对时代、人生的隐喻。从手法上来看，现实书写直接，隐喻表达含蓄，现实书写以精准的描写还原、扩充公众经验,隐喻表达则以超常的想象力带来意想不到的精神漫游,二者共同创造出小说的魅力。当然,不同作家有不同的侧重点,或者说长处。相对于接受者而言,可能直接的书写更具冲击力,而间接的隐喻,则需要读者投入更多的心智去体会,就像有的酒,喝下去时感觉平和,但后劲十足,逐渐会在人的神经系统产生奇妙的反应。①

虽然灵活多样的隐喻手法和层次递进的隐喻功能大大丰富和拓展了小说的表现力,但是也给黄咏梅的一些具有实验性质的作品带来了争议,比如《暖死亡》。但笔者以为,恰恰这部作品是黄咏梅创作中最不应该被忽视的,对此,我赞同这样的判断:"《暖死亡》叙述是温吞的,而其隐喻和象征是尖锐的。对于当下中国城市经验的摹写,'暖死亡'无疑具有世纪寓言的性质,这个短篇应该得到更多的重视。如果我写近二十年文学现象,一定会让短篇《暖死亡》进入文学史。"②20 世纪末,贾平凹以长篇小说《废都》为时代画上了一个寓言的结尾,而 21 世纪的开端,黄咏梅则以短篇小说《暖死亡》为时代敲响了新的警钟。

康·巴乌斯托夫斯基用打造金蔷薇隐喻文学创作活动,希望从中探索作家"是怎样从这些珍贵的尘土中,产生出移山倒海般的文学洪流来的"③。倾心于短篇小说创作的黄咏梅也曾说过:"短篇小说在那么有限的文本里,从容地表现作家丰富的审美韵味和意境,就好像一片被压制得薄薄的透明的金箔,需要许多打磨的工夫。"④二十年来,黄咏梅像康·巴乌斯托夫斯基笔下那个名叫沙梅的善良清洁工一样,日复一日地从尘土中收集金色粉末,熔合成金,打造出一朵小巧精致的金蔷薇。如果说沙梅的耐心和热情来自心灵的召唤,那么黄咏梅的专注和从容,则源于她对文学的真诚信仰。

(本文原载于《扬子江文学评论》2022 年第 6 期)

---

① 黄咏梅:《生活在喧哗中要学会对沉默进行反思》,《青年报》2018 年 9 月 17 日。
② 郭艳、黄咏梅:《冰明雨润天然色,冷暖镜像人间事》,《创作与评论》2016 年第 4 期。
③ [苏]康·巴乌斯托夫斯基:《金蔷薇》,李时译,上海译文出版社 1987 年版,第 11 页。
④ 黄咏梅:《生活在喧哗中要学会对沉默进行反思》,《青年报》2018 年 9 月 17 日。

第七章　海飞："孤岛时空"及其故事话语场的建构

"生活的温度"与侠义精神的重建

—— 海飞小说创作论

詹　玲

从早期的城乡底层生活叙事，到后来的民国传奇书写，一方面，海飞的小说越写越好看，拥有的大众读者数量也不断增加。另一方面，学院派对海飞的关注也在增加，无论是单篇作品的文本分析，还是从创作整体的梳理与探讨，都呈现出上升趋势。并且，各类文学奖项接连不断地获得，也表明了文坛对他的创作的赞赏和肯定。是什么让海飞的小说能够同时获得学院派与大众读者的认同？本文认为原因在于，海飞通过以底层群体为主体的伦理与价值取向、细节的准确与真实呈现以及诗意的气质构建，让孤岛时空中的战争历史想象拥有了"生活的温度"，得以重建以民族国家兴亡为己任的侠义精神，让情感孤寂无依的现代人获得了温暖的力量。

一、城乡底层叙事中的"孤独"情感

海飞对文学的最早接触，从住在上海杨浦区龙江路弄堂里的少年时代开始。在他的记忆中，舅舅们都是颇为时尚的"文艺青年"，订阅了不少像《十月》《当代》这样的纯文学杂志。[①] 这样的文学滋养，沉淀在海飞的思想里，让他在辗转工厂之间，打工谋生的时光里，依然拿起笔，坚持着自己的文学之梦。

海飞的小说始终是沿着自己的生活经验前行的。在《乡愁是被大风吹散的

---

① 金莹：《海飞：文学性是一种至高无上的讲究》，《文学报》2016 年 11 月 24 日。

月光》一文里,他写道:"其实,我的半个故乡在浙江诸暨一座叫丹桂房的村庄,我的另半个故乡在上海市杨浦区龙江路。我是被风吹来荡去的蒲公英。"①蒲公英的自我比喻,传达出的,是作家自少年时代便已累积成形的孤独感与漂泊感。丹桂房与龙江路,构成了海飞童年与少年生活的两端,也是他记忆中最难割舍的两处所在。然而,随着经济、科技的飞速发展,城乡面貌日新月异,丹桂房的道路早"被水泥覆地",没有了青砖黑瓦,"没有了院门,没有了菜园,没有了竹篱笆,没有了一个从竹园隐约处一闪而过的女子"②。作家曾经生活过的龙江路75弄,如今已"成了一片林立的高楼",站在高楼的面前,海飞觉得自己"像一个失魂落魄的流浪汉"。③故地面目全非产生的失魂落魄,让沉淀在少年时光里的孤独感与漂泊感,被迅速放大,浓重地浸透在文本的字里行间。《俄狄浦斯的夜晚》里,失去了母亲的男孩充满不被人理解的孤独,畸恋对门的女人,酿成悲剧;《青烟》中的殡葬工人谷谷,接连烧的两具尸体,都是城市里被遗忘成枯骨的存在,隔壁被杀的女医生,也是一个人孤单地生活。他们与《寻找花雕》中寂寞无聊的婚后男女,《闪光的胡琴》里的孤儿多多,以及《瓦窑车站的蜻蜓》中的毛小军等一道,组成了海飞人物系列里的孤独人风景。

尽管对于作家个体来说,徘徊于城乡,找寻不见归路的孤独,是一种基于他自身生存经验的情感,有着可触摸的真实与诚挚,但对于21世纪以来的城乡题材小说而言,书写底层人物"生活在别处"的心灵痛苦与情感孤独,已经成为一种集体性的情感表达。在这一方面,海飞的创作并没有与其他作家有多大不同。从丹桂房村走出来的人,不过是汇入城市中万千底层大军中的一员,讲述着同样的孤独故事。并且,在叙事的手段和技巧上,或许是太想讲好故事,"为了讲故事而讲故事"④,海飞试图通过一些看起来具有现代意味的叙事技巧,让自己的小说看起来更有深度和意味,但作者使用手法的不熟练,常常导致故事讲述失败。比如《谁谋杀了小青》里,作者希望用主体介入的方式来形成元叙事,但创作主体与故事内容之间的关系并没有处理好。小说里的"我",当思想脱离了身体飞升起来后,视野和思考却依然停留在原来的思维层面,原本可能

---

① 海飞:《乡愁是被大风吹散的月光》,《杭州日报·西湖副刊》2017年9月29日。
② 海飞:《我遥远的丹桂房(后记)》,《丹桂房的日子》,作家出版社2003年版,第217页。
③ 海飞:《上海往事》,《麻雀》,新世界出版社2014年版,第186页。
④ 金莹:《海飞:文学性是一种至高无上的讲究》,《文学报》2016年11月24日。

的诗意和超验性的空间没有打开,"我"的存在也显得十分多余。《烟囱》采用了一只猫的视角来讲述春官和三宝的故事,但讲着讲着就逸出了猫的视角,从异态的限知叙事变成了全知叙事,从而造成了文本视角前后不一致。

二、"孤岛"时空里的侠义人物形象构建

如何看待小说以及小说的本质?在为《蓝耳短腔调系列》写的序中,海飞表达了自己的看法,认为"小说就是一个'假语'的世界,假语为虚,世界为构,所以我们常说小说是虚构的艺术"①。正是对小说虚构艺术的本质认识,使海飞在发现以现实生活为参照的城乡底层叙事,除了不断堆积故地消失带来的孤寂与悲哀之外,别无他法时,他尝试着做了另一个努力,那就是将现实推开,用想象在文本中搭建故地的骨架,为情感的慰藉找寻新的出路。正如他自己所说的,"……我要做一些补偿,要把上海写进我的故事里,做一次文艺创作上的主宰"②。在这样的故事里,上海不再是现实生活中高楼林立,不断向前飞速跃进的现代化都市,而是永久停留在作家想象中的静止时空。如何为这个时空做一个特定的历史定位?从《上海滩》的歌词里,作家发现了"孤岛"这个上海历史上极为特殊的时期,"那是一个特别奇怪的年代,是一个漂浮着的时代,也是上海的'孤岛'时期。我觉得那时候的人们,每个人的故事都是一场电影"③。于是,海飞笔下的主人公,在从故乡诸暨枫桥镇丹桂房村走出后,步入永恒的"孤岛"时空,谱写出一个个"可以跨越年代和生死"④的历史传奇。

在摒弃了元叙事、异态视角等现代叙事手法后,海飞小说中因技巧运用不熟练而出现的阅读障碍基本扫除。为了建构起"汪洋恣肆的",能够"瞬间击中读者的阅读神经"⑤的好故事,海飞开始调动他的另一重阅读记忆,那就是武侠题材的小说与影视剧。少年时代的海飞,除了在上海的龙江路弄堂里阅读了大量的《十月》《当代》等纯文学杂志外,也曾在丹桂房村看了《少林寺》《霍元甲》

①　海飞:《且以小说慰生活》,《蓝耳短腔调系列:战栗与本案无关,但与任何女人有关》,浙江大学出版社 2013 年版,第 1 页。

②　金莹:《海飞:文学性是一种至高无上的讲究》,《文学报》2016 年 11 月 24 日。

③　袁欢、金莹:《海飞:同酿酒一般"养故事"》,《文学报》2017 年 10 月 26 日。

④　傅逸尘:《历史烟尘与现实生活的相互观照——关于海飞小说与剧本的对话》,《文学报》2014 年 12 月 18 日。

⑤　金莹:《海飞:文学性是一种至高无上的讲究》,《文学报》2016 年 11 月 24 日。

《陈真》《木棉袈裟》《八百罗汉》等影视剧,并不可救药地爱上了武侠。那些刀光剑影与英雄传奇,构成了他纯文学之外的第二种文学记忆。[①] 并且,出于吴越之地,刚烈坚韧、崇武尚剑的侠文化精神是这一地域悠久醇厚的文化传统。这种精神自越王勾践立下洗雪国耻目标的时候便已凝聚成形,历经宋明,积淀成越人特有的文化心理。"身为越人,未忘斯义"的地域性格,使得海飞从精神血脉里便有着侠义并举、刚柔相济的品性,用作家自己的话来说,就是有一颗"武侠的初心"[②]。因而,当海飞在他的文本世界里筑起民国上海这样一个生命中"时常重复的长梦"[③]时,武侠就成了这个长梦中的人物最显著的精神气质。

《旗袍》里的钱鹏飞,《麻雀》中的陈深,都是具有狂放不羁的意气与豪情的侠文化精神代表。他们都有着双重身份,表面是汪伪特工处头目手下的得力干将,实际上却是中共地下党员。颇有意味的是,作为潜伏者的他们,在充满猜忌、步步危机的汪伪特工处,行为处事却是极为张扬,处处打破特工处人员的规范与准则,使自己暴露在高光之下。此外,在一般的革命历史小说中看到的党组织影响,也在这些文本中大大地弱化了。《旗袍》里的另外两个地下党员,钱鹏飞的妻子尚晓兰和宋方春,还有《麻雀》里的李小男,都只是脸谱化的存在。《旗袍》里,除了与关萍露的关系问题如何处理外,党组织对钱鹏飞的行为并没有多少干预。《麻雀》中的陈深更是如此,几乎处于一个人单打独斗的状态。其实,不管是与间谍身份悖反的张扬,还是组织影响的弱化,其目的都是在于突出主人公游侠般的个人英雄形象。并且,故事中的男女主人公组成的英雄救美人模式,更以浪漫的传奇想象加重了武侠的气质,让男主人公看起来与其说是忠诚于革命的地下党员,不如说是匡扶正义的侠之大者。

除了钱鹏飞、陈深这样不羁率性的游侠形象外,海飞笔下还有一种很有特色的侠女形象,如《女管家》里的东方靖琪,《花红花火》里的花红等。在她们的身上,都有一个共同的特点,那就是忠勇仁义、刚直果敢。与武侠小说中武艺高强、豪侠脱俗的侠女形象相比,海飞小说中的侠女,其侠义精神更多地表现在治家的精明与魄力,以及强烈的保家卫国。如《女管家》里的东方靖琪,既是非常能干的女管家,又在国难当头之际为全县百姓挺身而出,接下县长一职,为了救

---

① 海飞:《武侠的年代》,《杭州日报·西湖副刊》2016 年 7 月 15 日。
② 海飞:《武侠的年代》,《杭州日报·西湖副刊》2016 年 7 月 15 日。
③ 海飞:《上海往事》,《麻雀》,新世界出版社 2014 年版,第 181 页。

下工厂工人,东方靖琪不惜背上汉奸骂名,出任伪维持会会长,表现出大仁大义的侠者风范;《花红花火》里的花红,面对土匪强盗宁折不弯,在田家遭遇危机之际,不计前嫌施以援手,抗日战争时期,她又以民族大义为己任,带领兄弟们抗击日军,成就了抗日民族英雄的侠义形象。

在《向延安》《惊蛰》《捕风者》等小说中,主人公则是以一种成长的进行时姿态出现的。这也是武侠小说中常见的人物模式,即一个未经世事的少年,身负某种使命踏入江湖社会,经历各种复杂、艰险的考验,以及血与火的洗礼后,成长为众人敬仰的大侠。金庸的《射雕英雄传》、古龙的《天涯·明月·刀》等都是如此。革命历史小说的成长叙事,突出的是意识形态的规训作用,因此,在人物的成长经历中,往往都会有年纪较长的无产阶级革命者充当导师这样的角色,来指导人物前行,但在武侠故事中,突出的则是个体生命通过磨炼之后的成长与成熟,而衡量其是否转换成功的标准,是能否成为人类社会的文化道义之最集中的体现与象征。这也正是为什么《青春之歌》中的林道静,只能成为一名坚定的无产阶级革命者,却成不了英雄,而英雄的角色,要《射雕英雄传》中的郭靖这样的人物形象才能承担。从这个标准来看,海飞这些小说里主人公的成长,更具有武侠叙事的特征。他们或许在某一阶段会受到革命前辈的帮助和指导,如《惊蛰》中的张离之于陈山,《捕风者》里的梅娘之于苏响,但这些前辈人物并不能担任精神导师的角色,主人公的成长从根底里是要靠自己,在亲情、友情与爱情的多重矛盾纠葛里辗转痛苦,被命运的推手推向一场场变故才会成熟。

"十七年"革命成长小说中的个人成长目标是被规限为无产阶级的历史主体,社会主义的"新人",而在海飞的历史传奇故事中,这些新人的成长目标不是成为一个"阶级的人",而是成为"国家的人、民族的人"。《惊蛰》里的张离,作为陈山的精神引领者,她反复告诫陈山的一句话是"没有国,就没有家"。《回家》中的陈岭北,在不断的回家念想与努力中,终于明白的是国破即家亡的道理。"为国为民,侠之大者",这样的精神气质也同样体现在《麻雀》里的陈深、《花红花火》中的花红、《旗袍》里的钱鹏飞等人的身上。可以见出,在海飞的笔下,个体的人与民族、国家始终处于同一结构层面,主人公乱世中的挣扎历程,不断地印证家国同构的逻辑关系,对国家对民族的忠诚,始终与对人对人生的热爱纠缠捆绑,不可分离。

三、构建故事话语场的三种叙事手段

近十年来,战争传奇小说已经成为中国产量最高的大众文学体裁之一,这其中又以抗战叙事和谍战叙事最为流行。作为"谍战小说的领军人物",麦家曾呼吁书写战争的小说家应肩负"重塑人民审美情趣和民族性格的责任"[①]。但现有的抗战及谍战小说往往或用现代个性启蒙意识置换了曾经占据主导的革命集体伦理观念,或"以解构主义叙事策略剥离历史的意识形态外衣,以此还原或解密历史的真相"[②],结果导致革命历史合法性与自我认同的问题依然没有得到有效解决。在这一方面,海飞重新看向民族文化传统,寻找"侠"这一对中华民族有着重要影响力的文化因子,或可看作是重建民族国家文化认同的另一可行性路径。当作家把民胞物与、义薄云天、浩然正气等这些与现实生活迥异的价值观放在虚拟的"孤岛"时空中展开时,如何才能建立起令人信服的话语场?靠什么支持能够使故事叙述具有很强的阐释力与影响力,获得读者的认同?就值得我们去探讨。

首先,以底层群体为主体的伦理与价值取向。与早期的城乡叙事一样,海飞的民国上海战争传奇故事同样以底层人物为对象,以他们的喜怒哀乐、爱恨情仇为主线展开叙事。这些小人物并没有盖世的武功,也没有超凡的头脑,他们的理想也不是有朝一日能够雄踞天下,成就一番霸业,而是不受惊扰地过着柴米油盐的小日子。《向延安》里的向金喜,一心只想做个好厨师,做一桌精致的菜是他最快乐的事情;对《惊蛰》里的陈山来说,能够混饱自己的肚子,让妹妹和父亲安安稳稳地活好,就是他的目标;《回家》里的士兵们,无论是国民革命军还是新四军,他们共同的理想都是回家种田,搂着老婆孩子过完一生。在作者的笔下,不光是中国人对家有着特别的渴望,那些到中国来作战的日本士兵,也无不日夜思念着自己的家乡,把回家作为理想和目标。《回家》中的日本军官千田薰,面对阵亡的同伴尸体,首先想到的不是东亚共荣,征服中国,而是在家乡伊根与家人一起捕鱼的情景;《惊蛰》里的千田英子喜欢上了陈山,渴盼着有一天可以带陈山回到自己的家乡札幌,看看那里的春天。但是,战争让他们连过

① 吴敏、周晓婷:《谍战题材创作变"流水线生产",作家被"挟持"》,《南方日报》2011 年 3 月 23 日。
② 李遇春:《"传奇"与中国当代小说文体演变趋势》,《文学评论》2016 年第 2 期。

个安稳的小日子这样的卑微理想都不可能实现。就像作家所说的："我以为'回家'是这个世界上最温暖的字眼，温暖得如同'棉花'。但是有战争，回家就变得无比奢侈，路途漫长。"①在革命历史话语被消解弱化的当下时代，海飞以底层个体日常生活需求为新的价值立足点，通过弱者在乱世中的离乱命运与对和平生活的渴求，让读者得以重新思考国族话语、集体政治的必要性和重要性。

因为都是底层的小人物，本身并不具备呼风唤雨的权力和能力，所以当他们被迫拿起刀枪保家卫国，实践道义精神的时候，他们往往不会像同时期的一些谍战、抗战小说里的孤胆英雄一样，独自深入虎穴，或者凭借非凡的个人技能破译敌方的重要情报，获得战争的胜利，而是与许多跟他们一样的底层的革命志士并肩作战，与大家一起完成革命的使命。如《旗袍》里的关萍露，既有老地下党员钱鹏飞、宋方春、尚小兰等人的引导，她的同伴李芬芳、陈瞎子、胖子也一直在她的周围帮助和支持她；《捕风者》中的苏响经历的三个男人，都曾是她的战斗伙伴，他们的不同命运和遭际成就了苏响的成长。同样，在《惊蛰》《麻雀》等小说中，我们看到的也都是一组组"烽火年代的无名英雄"群像。在这些底层小人物身上，已经看不到城乡叙事中的孤独、悲凉，大时代历史情境下的战争思维重新提出个体对集体的服从需求，以及牺牲、奉献、仁心、正义这些话语力量的重新复苏，让个体的灵魂找到了可以安放的位置。集体的存在让信仰有了温度，也有了更强大的力量。

其次，细节的准确、真实与日常生活的呈现。战争对于每个人来说，都是一种极端经验，国族战争尤为如此。用极端经验构筑的历史想象，对于生活在和平年代的读者来说，一方面会产生陌生化的审美效应，带给读者新奇感、刺激感，提升读者的阅读兴趣。但另一方面，因为与读者的生活经验距离远，很难让读者在情感上产生真正的共鸣，其结果只是看了一个离奇、好看的故事，文本中蕴藏的价值话语则较难被接受和认同。"十七年"的不少革命历史小说，如《保卫延安》《红日》《红岩》，还有许多武侠小说，都是如此。优秀的历史小说家，会采取选用与极端经验相对的日常经验进行文本填补的方法，让日常经验穿插于极端经验之中，从而有效拉近读者与文本之间的情感距离，使读者自觉认同小说的价值阐释。比如梁斌写《红旗谱》，他笔下的朱老忠、冯老兰等农民形象就

---

① 海飞：《一声枪响》，《名作欣赏》2017年第4期。

是现实生活的常态农民形象,地域生活的描写也都是十分日常化的,这在很大程度上让战争叙事给读者带来的疏离感得到了缓解。在这一方面,海飞是做得很成功的。他笔下的孤岛上海,本身就是中国抗日战争中一个特殊的时空场域,故事中的人物也大多命运离奇曲折,如:《向延安》中的向金喜,原本是一名家境殷实的懵懂学生,父亲的死与家庭的多重变故,让他变身市井小百姓,一心只想当厨师的他,却进了日本特务机关当卧底,并先后经历了兄弟相煎的血光,以及尊严、友谊与爱情的离去等种种考验;《惊蛰》里的陈山经历更为离奇,仅仅因为长得像国民党军官肖正国,就被日本人抓住,强化训练为日军间谍,打入国民党内部的时候被对方识破,又被反间,回到上海,与日本人和汪伪特工队周旋的时候,又加入了中共地下党组织,自己的亲妹妹陈夏被日本人控制,哥哥陈河则是一名潜伏在汪伪政权下的中共地下党员,几乎所有不可能发生在同一个人身上的事情,都在陈山的身上发生了。如此离奇的时空与人物故事,很容易写得华而不实。好在海飞用大量准确、真实的细节描写,填实了文本的虚泛空间,从而将极端经验与日常经验融为一体。在谈《回家》的创作时,他说自己在创作开始的时候就"给小说中的主人公设定了一条真实的'回家'之路",日本军人在战时的种种细节也"都是从一些日本画册、书籍中了解"①的,《麻雀》更是"小到衣服上的一颗纽扣材质,教堂(鸿德堂)的地理位置,当年人事细节,都做了严谨的历史考据"②。为了加强真实感,《麻雀》中还加入了不少那一时期的老照片,照片上真实的历史人物为虚构的文本提供了极佳的历史现场感。通过这些细节的准确与真实描写,作家得以重建孤岛时期的上海景观,让读者得以触摸历史的质感和温度。

再次,诗意的气质。无论是战争年代有家不能回的痛苦,还是和平时代乡村生活的困窘,作家并没有用绝望、悲观的情绪笼罩这些充满苦难的人物,而是尽可能地用一种较为轻盈的讲述方式,让叙事保持了天然的诗性成分与飞翔气质。谍战小说中常见的审讯刑罚,作家没有像很多新历史小说家那样,用高密度的、具象化的手段,呈现令人窒息的暴力画面,叩问战争对人与人性的扼杀和摧残,而是经常简单地一带而过。这种逃离了血腥与毁灭的写法,让抗战这样

---

① 傅逸尘:《历史烟尘与现实生活的相互观照——关于海飞小说与剧本的对话》,《文学报》2014年12月18日。

② 金莹:《海飞:文学性是一种至高无上的讲究》,《文学报》2016年11月24日。

的主题变得没有那么沉重，对战争本质的还原也并没有落到残酷的底色。那些埋藏在各类人物共同的美好情感和人性渴望，让读者感受到小说保持了一种特殊的情感张力，使故事在悲伤的情调之外，延伸出一些诗意的成分，叙事的基调也显得舒缓有致。在那些乡土叙事中，即使主人公们已经穷得吃了上顿没了下顿了，但依然还会怀揣美好的理想，面对生活保持微笑。如《在人间》里，辛苦地拉扯着三个女儿的黄花苗，在偶尔的闲暇时刻，会带着女儿们摘一种叫"阿共共"的野果吃，"新鲜的汁液染在她们的手指头和嘴唇上。她们的样子很幸福，像是在分享丰盛的晚餐"，吃完后她们还会唱歌，"脸上闪起了幸福的光泽"。[①]在"微得像是一场大雾般"的微雨中飘扬的歌声，减轻了沉重生活带来的滞重与苦涩。通过这些充满诗意的叙述，那些难以逃离的苦难与困顿得到了一定程度的消解。

最后，遍观近些年来的谍战、抗战小说，大多以制造紧张的悬念吸引读者眼球，像海飞的小说这样具有温暖的质感，让人读来张弛有度的则不多。而这样的质感的获得，来自海飞的创作态度。在他眼里，小说最关键的点都是"写生活，写人生，写情感"，即便是谍战类小说，要"以生活为主要呈现面，谍战桥段为辅"。[②]海飞特别重视生活的温度，他认为"温度就是一种质感，一种味道，一种让人赏心悦目的感觉。……温度有时候，指的就是生命力。我们的人体温度是37度，这就是生命"，"是刚刚好。包括文学作品和影视作品，以及世界上所有的艺术门类的作品，更包括人际交往，以及万事万物，刚刚好很重要"。[③]为了重建生活的温度，架构一个梦想中的旧上海，成了作家让时光暂驻的方式。通过细节的精心架设与人物心理的细微把握，文本的时空被放大，叙事的速度慢了下来，温度也就达到了刚刚好的时候。因此，尽管海飞的故事里随处可见一触即发的危机，给人的阅读感受却没有其他的谍战小说那么紧张，反而有一种意外的从容。这或许也是海飞的民国战争传奇故事让不少读者手不释卷的原因之一吧。

（本文原载于《小说评论》2018年第6期）

---

①　海飞：《在人间》，《我少年时期的烟花》，作家出版社2018年版，第199页。
②　傅逸尘：《历史烟尘与现实生活的相互观照——关于海飞小说与剧本的对话》，《文学报》2014年12月18日。
③　金莹：《海飞：文学性是一种至高无上的讲究》，《文学报》2016年11月24日。

杭州现象：网络、思潮与新生

第一章　管平潮、南派三叔、烽火戏诸侯：网络世界的自我超越者

网络古典仙侠世界里的自我超越者

——管平潮小说创作论

江秀廷

仙侠小说①以仙道、游侠文化为精神内核，不断汲取上古神话、民间传说、历史故事的养分，以魏晋的神魔小说和唐传奇为渊薮，并附身于描写神妖鬼怪的明清笔记小说和历朝历代的游侠诗词中。但直到还珠楼主《蜀山剑侠传》的出现，仙侠小说才成为独立的通俗小说类型。网络文学兴起以来，仙侠小说作为最具中国特色的幻想小说类型，在赛博空间里获得了重生，在延续民国仙侠小说创作传统的基础上，进一步衍化为古典仙侠、现代修真、奇幻修真等亚类型。

在仙侠小说的创作大军中，管平潮成为网络仙侠小说类型的代表作家。与许多草根写作者学历层次偏低不同，管平潮有着强大的理工学科背景，先后就读于中国科学技术大学和日本国立情报学研究所，并获得博士学位。管平潮在网络上先后连载了小说《仙路烟尘》(2004)、《九州牧云录》(2008)、《血歌行》(2015)、《燃魂传》(2017)、《仙风剑雨录》(2018)、《天下网安——缚苍龙》(2019)，并于2012年获得了热门网游、影视剧《仙剑奇侠传》的官方小说著作权。② 其中，《仙路烟尘》被写入《中国剑侠小说史论》，《血歌行》全网点击超过四亿次，入

---

　　①　关于仙侠小说和武侠小说的关系，一直存在着两种看法：一种认为这两者没有本质的区别，仙侠小说应该从属于武侠小说；一种认为这是两种不同的类型。笔者采取第二种看法，因为现在网络仙侠和网络武侠是两种并列的类型，但对小说进行类型分析或溯源时，仍会把这两者拿来比较。

　　②　鉴于《仙剑奇侠传》为代言小说，其作品首发方式为纸质出版，故"仙剑"系列并非本文讨论的重点。

选中国作协 2016 年度中国网络文学排行榜。同时,管平潮以清醒的网络文学创作理念,积极参与到网络小说精品化写作中去。

管平潮的仙侠小说在风格上有哪些特色?他的两次写作转型实践对其本人以及网络小说创作有着怎样的意义?作为一种小说类型,管平潮网络仙侠小说的叙事语法同传统的侠义小说有着怎样的不同?管平潮的小说体现了哪些现代性思考?论文将带着以上几个问题展开讨论。

一、风格:古典情怀·情爱至上·清新幽默

谈到中国网络仙侠小说,有两部作品是跳不过去的:《飘邈之旅》(萧潜)和《诛仙》(萧鼎)。最早在 2002 年,前者就开始在中国台湾的网络连载,并于 2003 年出现在大陆的网络上,这部网络小说开创了"修真"这一流派,一时间模仿追随者众多,其影响一直持续到现在。后者从 2003 年开始在起点中文网连载,拉开了中国网络古典仙侠小说写作的大幕,《诛仙》长期占据网络小说排行榜的榜首,并借助网络游戏的改编实现了影响力的倍增,也因此被一些读者称为"后金庸时代的武侠圣经"。"大概在 2004 年左右,《诛仙》出来了,我其实受它的启发……《诛仙》出来后我再也没读西方背景的网络文学了。"①毫无疑问,具有东方仙侠色彩的《诛仙》,对于管平潮的仙侠小说创作有启示作用。但是,管平潮并不是简单地跟风模仿,而是以古典情怀、情爱至上、清新幽默的写作风格,让读者们见识到了他的别具一格。

管平潮小说的古典情怀体现在篇章设定、诗词意境、人物设置、叙事借用四个方面。其小说的名字,无论是《仙路烟尘》《九州牧云录》还是《仙风剑雨录》,都不同于大部分网络小说的浅白,有一种鲜明的书生气和人文关怀。这种命名方式,是对传统武侠小说的延续,尤其师法了梁羽生武侠小说的命名风格。而在每一章节的标题设定上,他擅用四六长短句,如"奇山闲卧,夜半人惊月露""白衣渡海,愁归东华神侠",融叙事、写景甚至抒情于一体,信息量大、可读性强。更能体现其古典风格的是小说里大量古典诗词的存在,这些诗词绝大部分都是作者原创,它们既能用在每一章开头,引起下文,又能在章末收束,总结上文;既能写景抒

---

① 周志雄、管平潮等:《网络文学需要降速、减量、提质——管平潮访谈录(下)》,《雨花·中国作家研究》2017 年第 4 期。

情,渲染氛围,又能叙事敷陈,结构故事。管平潮小说里的诗词,并不深究格律、晦涩高深,而是沿袭《红楼梦》里的诗词写法,浅白畅快、活泼雅致、平易近人。

> 满怀幽思意萧萧,愁对空山夜正遥。
>
> 四壁云山春着色,一天明水月生潮。
>
> 神游岩谷心豪荡,思泛星河影动摇。
>
> 远壑时闻猿鹤语,凉宵风露怅寂寥。①

　　管平潮小说里诗词呈现的样态,离不开其长期的积累,最终形成独特的诗词知识谱系,也来自其清醒的文学观念,诗文并存,并不相隔。诗词的大量存在,形成一种古典意境,小说因而具有了飘逸灵动的“仙气”。也正因为此,管平潮得到了被称作“仙剑之父”的姚壮宪的认可,他认为《仙路烟尘》是“多年来少见的极为符合我心目中东方古典仙侠定义的佳作精品”②。

　　管平潮小说的古典情怀,常常寄托在他笔下的人物身上,这在男女主人公的名字上就能体现出来:男主人公的名字里多带有“云”字,如张牧云、云翻海、张狂云;女主人公的名字几乎都带有“月”和“雪”字,前者如月婵(月瑶)、林月如、月歌,后者则有雪宜、雪见、苍雪、明心雪、苏雪婷,并有与“雪”字相近的“冰”字(冰飘、白冰岚)。“云”“月”“雪”“冰”这些都是古典诗词中常用的意象,因此人物的名字就不仅是能指符号,而且具有了强烈的所指意味:名字与人物的性格因此产生了联系。我们很容易联想到以下几种对应关系:云——自由、洒脱,月——高贵、优雅,雪——纯洁、高冷、聪慧,灵——敏捷、精巧。这样的人物命名能够很容易地顺应到读者的审美经验中去,不经意间实现了作者和读者的共情。更加明显的是,管平潮非常善于使用古典文学资源,常常巧妙地将古典人物套用到自己笔下的人物身上:

> 但在蓬勃风情之外,无论她脸上娇憨纯真的神态,还是蹦蹦跳跳的可爱姿态,又让她在万种的风情、无穷的旖旎之外,有着纯出天然的

---

① 管平潮:《仙风剑雨录》,咪咕阅读。

② 周珺:《管平潮:学霸是如何开始写网络小说的》,《北京青年报》2017 年 2 月 14 日。

懵懂和天真。

> 她顿时满面欢喜,叫道:"呀,张哥哥,本来还以为你是可恶的捉妖人,没想到你也是我们同类呀,我这就嫁给你,今晚就洞房!"

> "其人貌美,尤善舞,名动江南。偶有吴越世家子弟,姓祝名孤生,一见忘怀,于是与女相狎,誓以百年。"①

文中的女孩是一只人化的美兔精,她爱笑、娇憨、可爱、纯情,与《聊斋志异》的婴宁极为类似;而孤生的形象显然也可以与王生等书生形象对应起来,孤生与文中云妙妙的关系也可以从这部写狐写妖的文言小说里找到出处。管平潮仙侠小说的创作资源极为丰富:书中时常提到的黄帝与蚩尤之战来自上古神话故事,龙女报恩的原型则出自唐传奇里的《柳毅传》,痴情女子负心汉脱胎于"三言二拍",为居盈、琼彤、龙漪儿、雪宜、莹惑、汐影写词作赋则是受教于《红楼梦》中"金陵十二钗"的判词。

管平潮小说中存在着一种十分普遍的"捉妖"模式:《仙路烟尘》里张醒言与女伴杀蛇妖、擒九婴幽鬼、收上清水精;《仙剑奇侠传》里李逍遥与林月如、赵灵儿,先后杀死、制服了蛇妖、狐妖、赤鬼王、蜘蛛精、水魔兽;《仙风剑雨录》里张狂云和白冰岚诛杀了苟道人、黑鹰老妖、夜魔;等等。这种协作捉妖擒魔的写作与《西游记》里师徒四人捉妖取经的模式如出一辙,其中的妖怪多是自然界里人化的动物,通过不停地捉妖将故事串联起来,给予读者不间断的刺激。需要指出的是,《西游记》里的捉妖模式对当下的网络幻想类小说影响巨大,甚至超越文字衍化为视听艺术,电影《捉妖记》的热播无疑是最好的例证。

"情爱至上"是管平潮小说的第二个特点。爱情是文学作品永恒的主题,它是超越民族、时代、雅俗、类型、题材的,是"超越价值对立的桥梁"②。一定程度上,整个中国通俗文学史就是一部"情爱叙事史",爱情不仅是张恨水这样的言情小说大师笔下的宠儿,还打破了武侠、历史等不同小说类型的壁垒。当《西游记》这部神魔小说被带到当代文化语境,改编成电影《大话西游》的时候,我们发现它的主题已经发生了极大的改变,它纯然已经成了一部爱情电影:至尊宝(孙

---

① 管平潮:《仙风剑雨录》,咪咕阅读。

② 王恺文:《奇幻:"恶人英雄"的绝望反抗》,载邵燕君主编:《网络文学经典解读》,北京大学出版社2016年版,第56页。

悟空)和紫霞仙子、白晶晶的爱恨纠葛贯穿始终。而当我们追溯网络文学的历史时,也会发现中国第一部网络小说《第一次的亲密接触》就是爱情小说,在被称为东方网络仙侠小说鼻祖的《诛仙》里,张小凡与碧瑶、陆雪琪之间上演了一幕幕爱情故事。在女性向和种马文网络小说里,男女间的秘密更是被放置在读者的"放大镜"下。管平潮作为男性向网络小说作家,情爱在他的小说世界里也占据了极其重要的位置,不同之处在于他笔下的爱情更需要通过"显微镜"去观察,他认可的爱情是细腻、纯洁的。最让笔者感兴趣的在于管平潮的"公主梦"(见表1):

表 1　管平潮作品中的男女主角

作品名称	男主角	女主角
仙路烟尘	张醒言:父母为穷苦农民,为上学费尽心思	居盈:人间永昌公主(倾城公主)。灵漪儿:四渎龙族的龙公主。琼彤:昆仑山西王母长公主。汐影:南海龙王二公主。莹惑:魔族公主
九州牧云录	张牧云:孤儿,以打鱼卖柴为生	月婵:定国公主
仙剑奇侠传	李逍遥:父母不知所终,跟开客栈的婶婶生活	赵灵儿:南诏国公主
血歌行	苏渐:失去记忆的孤儿,卑微的玄武卫杂役	月歌:龙族公主
仙风剑雨录	张狂云:孤儿,玄灵宗俗家弟子	白冰岚:妖族王朝涂山国的天狐公主

管平潮几乎所有的小说里都有公主存在,这些公主或高贵优雅,或刁蛮狡黠,或高冷傲娇,但她们有着共同的特点:一是美丽无双,二是对男主角用情至深。反观小说里的男主角,大多出身卑微,连普通人的水平都达不到。这种男女之间身份的巨大落差与"女追男"的故事设定,给读者带来了强烈的刺激。尤其是《仙路烟尘》和《血歌行》里,人、魔、龙、妖、神等各个不同世界和维度里的公主,竟然都对凡人小子投怀送抱。作者的这种写法不难理解,为了最大限度地满足读者的"白日梦",所谓"屌丝逆袭"正是建立在这种想象性满足的基础上的。"YY"(意淫)式的欲望书写,在中国文学史上并不少见,在路遥《平凡的世界》里,孙少平(屌丝)不是对地委书记的女儿田晓霞(公主)有着致命的吸引力吗?有一点需要注意,小说里的男主角虽然出身平凡,但都是勤奋、正直、热心、真诚、仁义的人,他们完全符合中国传统儒家文化里的君子形象。

金庸在他的封笔之作《鹿鼎记》里,塑造了建宁公主、阿珂、苏荃等七个性格、气质差异明显的女性,这种写作方法无疑影响了包括管平潮在内的大量网络小说作者,只不过她们被进一步归置为侠侣、妖侍、魔宠等符合当下网络读者审美期待的具体类型。管平潮笔下的这些女性人物并非摆设,她们有血有肉,并在小说叙事中起到重要作用,《仙风剑雨录》里的天狐公主,给男主角带来了《伏羲经》,帮助其强大起来。有读者曾对《九州牧云录》里几个女性所起的功能做了分析:

> 公主:第一用途是让张牧云获得第一个金手指。第二用途是男女搭配干活儿不累。
>
> 冰飘:第一用途是让张牧云获得第二个金手指。第二用途是顺便让张牧云获得三号女主小幽萝。第三用途是让公主恢复记忆。
>
> 小幽萝:第一用途是常相伴作为武力补充。[①]

此外,这些女性为管平潮结构小说、编制情节提供了帮助。每一个女性的背后都是一个族群,这些族群内部经常发生叛乱,这时"神功已成"的男主角就会化身为"救火队员"。《血歌行》里的苏渐同样拥有一群"迷妹",当她们的族群出现问题时,苏渐就来了:去灵山圣门救洛雪穹,去火妖族救红焰女,去沧海国救罗刹女,去龙族救苍雪和月歌……总之,"哪里有难,哪里就有苏渐",这位加强版的"约翰·兰博",总能化险为夷,一次次完成"英雄救美"的壮举。

管平潮仙侠小说的第三个特点是清新幽默。"究竟自己是什么风格?属于哪一类仙侠?细思良久,觉得可能还是这般归类描述:'清新山水派古典言情仙侠。'"[②]的确,这种清新首先体现在作者对自然山水的喜爱上:

> 白云青天下,秋季的丹崖峰插天而起,山林郁郁;杏叶鲜黄,枫叶赤丹,松柏深青,竹枝浅翠,在阳光中间杂如绣,熠熠发光。林叶织成的锦缎绸匹中,偶尔又有几片山岩裸露,如丹崖之名,其岩色轻若三春的桃花,远望宛若一片片粉红色……[③]

---

① 铁流:《又见管平潮——评〈九州牧云录〉》,起点中文网,https://read.qidian.com/chapter/g3jq7nG-Tlkol/UxuVuEuxVrAexORJOkJclQ2。

② 管平潮:《九州牧云录》,起点中文网。

③ 管平潮:《九州牧云录》,起点中文网。

他常常一连好几天只带着绿漪和幽萝,漫山遍野地去疯玩。登
山、入谷、攀岩、投石、采花、捉鸟、扑蝶、捕鱼,看涧边的幽草、山巅的白
云、清溪的流水、晨昏的烟霞。①

这些对自然景物的白描,为我们呈现了世外桃源般的世界,使得小说具有
了"静态美",体现了作者个人的审美气质。同时,作者还在人物的日常生活上
面花费了大量笔墨。在《九州牧云录》里,张牧云与失去记忆的定国公主月婵一
起生活,他们打鱼、卖菜、抄经书赚钱,并到村里给与自己同住的几个女孩上户
口,具有浓郁的生活气息。管平潮对山水田园景观和日常田园生活的描摹,使
小说具有了"烟尘气""俗气"。"烟尘气"与"仙气"彼此交融,为小说文本带来了
巨大的艺术张力。

这种特点也体现在小说语言的风趣幽默上。作者时常开一些关于性的玩
笑,但总能控制在合规的限度内,实现了一种"干净的暧昧";并有意将人物身份
和他们的说话方式对立起来,或夸张变形,或时空错位,常常让人哑然失笑,既
凸显了人物性格,又能调节小说氛围和带动读者情绪。在《燃魂传》里,冒牌的
光明神侠云翻海歪打正着地揭露了春慈院的秘密,十足感动了京城的青楼妓
院,不仅宣布对云翻海终生免费,他还拥有了挑姑娘的特权:

"它们是闪电,是风暴,照亮我们卑鄙的心灵,抽打我们懦弱的灵
魂!"老鸨慷慨激昂地喊道,"是神侠大人,引领我们走出乱世,到达光
明,他就是救世主,让我们这些迷途的凡人找到方向,变得坚强。所
以,面对他这点小小的愿望,我们还吝惜什么呢?"②

二、转型:从西化、游戏化到精品化

西方文艺思潮对现当代中国的文学创作影响巨大,从外部的文学流派、文
学社团,到内部的观念、语言、主题、艺术手法,都有体现。中国现代文学的雅俗

---

① 管平潮:《九州牧云录》,起点中文网。
② 管平潮:《燃魂传》,咪咕阅读。

（纯文学和通俗文学）二分，也是在此背景下形成的。具体到作家作品，中国现代文学巨擘鲁迅，他的《呐喊》《彷徨》《故事新编》就吸收了现实主义、象征主义、浪漫主义的艺术养分。20 世纪八九十年代的先锋小说，也能从西方后现代主义文学中找到源头。"这边风景独好"的中国网络小说，同样积极吸收西方世界的各种元素，出现了大量"融贯中西"的网络故事，并开拓出"西方玄幻（奇幻）"这一新的文字版图。对于坚持"中国古典仙侠"创作的管平潮，他建造的幻想大厦里，是不是也有几根西方世界的柱子呢？答案是肯定的，管平潮小说创作的第一次转型，就是以大量借鉴西方元素、游戏元素为标志。

"西化"最明显的体现是小说里出现了西方神话里所独有的人名、法术、巫术。在《九州牧云录》里，已经有了"魅惑天魔赫拉瑞斯""夜煞骑兵旅""九幽族沙喀罗""血海法师团"这样异质于中国传统文化的存在，但真正完成转型是在《血歌行》里，作者有意塑造了像亚飒、冰龙女巫、撒菩勒伯等个性鲜明的形象：

> 作为反派势力的侵略者龙族，其具有西方风格的名字，我就不是凭空编造，而是参考了拉丁文。比如龙族皇帝达纳瑞姆，就是拉丁语"donarium"的音译，原意为圣庙、牺牲；第一反派巫龙之王撒菩勒伯，就来自于拉丁语"sublabor"，意为"堕落"；恶魔女王"魅帝姒"来自拉丁语"medicatus"的缩写，有魅力之意；就连一个不太重要的反派，蛇龙女翡蕊唑，也都来自拉丁语"ferus"，原意为凶猛、野性、猛兽。①

与名字相比，西方文化、价值观念对于管平潮的影响更深刻，最典型的是他刻画了一幅完全西方化的"恶龙"群像，讲述了一个屠龙的故事。在中国的文化传统中，龙代表着尊贵、祥瑞，我们自称为"龙的传人"，因此绝大多数文学作品中龙的形象都是正面的。管平潮的早期作品中，就有一个龙女灵漪儿，她热情、灵动、纯情、知恩图报，是符合中国人审美观念的。但在《血歌行》中，作者塑造了许多恶龙的形象，他们恶毒残暴、欺凌弱小、嗜血成性，是小说世界中阴暗的一面。在种族、国家层面，龙族是华夏人族的对立面，龙族将人族赶到世界一角，并时刻用阴谋诡计破坏人族和盟友的关系，亡华夏之心不死。《血歌行》里

---

① 管平潮:《血歌行》,咪咕阅读。

的龙和龙族来自西方文化。在西方传说中，龙长着翅膀，拥有四条腿，拖着长长的、有倒钩的尾巴，爪子巨大，牙齿锋利，能够喷火或毒。在当代的西方文艺作品中，如《龙枪编年史》《龙与地下城》《哈利·波特与火焰杯》《霍比特人》，都存在恶龙形象。因此，西方民间文学里存在着许多屠龙英雄。网络小说《血歌行》纸质出版时以《少年屠龙传》命名，就不难理解了。

西方文化还影响了小说叙事。在叙事节奏上，《血歌行》与此前的小说有着很大的不同，那种有着抒情散文式的闲适慵懒几乎不见了，小说里很少再有闲笔，人与人、种族与种族之间的冲突得到强化。主人公正是在一种紧张的氛围中转战各个族群，一路降妖伏魔，最终光复华夏，这就使得小说具有了一定的史诗品格，如同管平潮在接受笔者采访时所说的："我是在写东方的《冰与火之歌》。"[1]

游戏化同样是管平潮第一次创作转型的重要标志。荷兰历史学家约翰·赫伊津哈说过，游戏是"一种完全有意置身于'日常'生活之外的、'不当真'的但同时又强烈吸引游戏者的自由活动"[2]。随着计算机和网络的普及，网络游戏成为许多青少年的成长伴侣。现在电子竞技不仅成为一项职业，还催生了网游小说这一新的小说类型，像《全职高手》《网游之纵横天下》就吸引了一众读者。计算机专业科班出身的管平潮，早在研究生期间就出版了《局域网组建与维护实例》一书，对于网络技术有着高于常人的理解。博士毕业后管平潮进入网易公司从事游戏策划工作，而在 2012 年的春天，管平潮接受了网络游戏《仙剑奇侠传》版权方的邀约，撰写同名官方小说。这对管平潮的创作和职业发展影响巨大，他需要先将庞大的游戏世界消化，再把声音、图像转化为文字，这必然强化了他对游戏的理解。在采访中，对于《血歌行》的改编他非常坦诚地承认：

因为我做过网络游戏的主策划，所以这次做大纲时，也写了很多的 excel 表，法器兵器一张表，怪兽、动植物、法术还有世系法术各有一

① 周志雄、管平潮等：《网络文学需要降速、减量、提质——管平潮访谈录（上）》，《雨花·中国作家研究》2017 年第 2 期。

② 转引自 JesperJuul、关萍萍：《游戏、玩家、世界：对游戏本质的探讨》，《文化艺术研究》2009 年第 3 期。

张表,还在法术加入前缀,如火系前分成烈焰、火焰、金焰等。到时候我要用某一个系的怪兽,通过查阅它的前缀就可以了,然后加以组合,例如烈焰狞猫。再比如地理、人物设定、人物关系、说话口气等,都做成 excel 表。像我这样筹备写作的网络作家应该很少:不仅有人物情节的大纲,还有各种设定的 excel 表。当然,这也是为了以后改编游戏做准备的。①

这就不难理解,为什么《血歌行》里有着游戏画面般的细腻,而苏渐、雷冰梵、洛雪穹、唐求一行四人"地图切换"式的征战,与其说是像《西游记》里的西天取经,毋宁说是组队打了一场游戏。

管平潮创作的第二次转型体现在"网络精品化写作实践"上。在 2016 年 9 月召开的第二届中国网络文学论坛上,针对网络文学的写作困境,管平潮提出了网络文学要"降速、减量、提质"的主张,"网文更新的速度可以降下来,数量也要减少,不要动辄几百万、上千万,一切目的是为了提升它的质量"②。许多网络文学作品最为人诟病的是其粗制滥造、泥沙俱下,管平潮的见解可谓抓住了问题的要害,但真要改变会面临着极大的风险,因为网络文学的兴盛是与依靠"速"和"量"的"起点模式"分不开的。"起点模式"的核心是 VIP 付费订阅,再辅以月票、推荐票、打赏,形成了一套行之有效的商业模式。在这种模式下,多写才会带来更多的收益:例如唐家三少,这位起点大神每天至少写八千字,连续十四年五千多天不断更,才让他"名利双收";再比如雷云风暴,他的《从零开始》总字数达到了近两千万字,让人无比感慨。在这种情况下,网文的质量是很难得到保证的,创新、突破更是无从说起。

管平潮并非说说而已,而是将自己的理念贯穿到创作实践中去。离开起点中文网后,他在咪咕阅读先后创作了《燃魂传》《仙风剑雨录》《天下网安——缚苍龙》,这三部小说从形式到内容相较于此前的创作都有很大的不同。其一,在篇幅上,这三部网络小说分别只有二十五万、四十一万、二十万字左右,这样的

① 周志雄、管平潮等:《网络文学需要降速、减量、提质——管平潮访谈录(上)》,《雨花·中国作家研究》2017 年第 2 期。
② 陈龙:《第二届中国网络文学论坛:广东打造网络文学产业化新高地》,《南方日报》2016 年 9 月 27 日。

长度与作者前期小说两百万字的篇幅相比只算是开了个头,更无法跟起点中文网三四百万字的"标准长度"相比较。但这种写作方法,无疑是对写作者的解放,它避免了"注水"、反复"挖坑"的弊端,确保写作者能有更多的精力构思,为提高质量创造了条件。其二,在内容方面,管平潮"精品化"转型后,人物形象、情节结构、题材类型都发生了很大的变化,这些变化是积极向上的:在人物塑造方面,人物更加有血有肉。《燃魂传》里的云翻海,从一个只想着捞点钱的"冒牌货",成长为直面邪恶、舍身爱国的英雄,"世事如冰,但心和魂永燃"就是对这个小人物最好的注脚。三部小说里的女主角——明心雪、白冰岚、苏雪婷,不再对男主角毫无理由地"痴爱",她们的爱情更加理性,对男性有一个由不喜欢到喜欢的过程,显得更加可信。例如白冰岚,她是妖族涂山国的公主,因练习《伏羲经》走火入魔,只能滞留人族,开始时她对张狂云虚与委蛇甚至心怀仇恨,两个人共同经历了很多磨难后她才改变了自己的态度。其三,在小说情节方面,这三部小说剪掉了很多枝蔓,正邪双方的冲突紧凑集中,更加流畅、有层次。特别是小说结尾突破了大团圆结局,悬念极大增强。实际上《燃魂传》并没有结尾,只写到云翻海决定"战斗不止",真假"光明神侠"的决战还没有开始小说就戛然而止;《天下网安——缚苍龙》里的大反派"幻面那伽"在审判前逃脱了,他跟陆少渊的斗争还远没有结束;《仙风剑雨录》里的张狂云和白冰岚在最后一章里,才开启抗击神州大敌的漫漫征途。"没有结局"的开放式结尾显得与众不同,就像《雪山飞狐》里苗人凤究竟有没有砍下那一刀,胡斐究竟有没有死,他和苗若兰能不能终生厮守?管平潮和金庸一样,把这些都留给了读者的好奇心。其四,在题材选择方面,管平潮也有开拓。他响应国家网络主管部门和文学网站的倡议,以一个网络仙侠小说作者的身份写出了一部现实主义的作品《天下网安——缚苍龙》。这部小说与现实关系密切,涉及物联网、无人机电磁干扰技术、人工智能、激光窃听、芯片制造等高科技技术,并将高科技与传统文化相结合,充满了知识性、趣味性、时代性。这部现实主义小说里虽然没有剑也没有仙,但陆少渊身上却有着"为国为民"的侠义精神,就如同梁羽生所认为的:武侠小说中的正面人物可以完全没有武功,却不可以没有侠义。在这种意义上,《天下网安——缚苍龙》与前期仙侠小说的内在气质是贯通的。

三、类型：童年神话·个人主义·世俗本质

仅从字面上看,武侠小说和仙侠小说里都有一个"侠"字,它们都受到中国传统"游侠文化"的影响,侠义精神是这两类小说共同的灵魂。两者之间的区别在于,仙侠小说受到佛道文化的浸染,更多地继承了《搜神记》《西游记》《封神演义》等神魔小说的衣钵,其幻想色彩更为浓重。在更多情况下,人们把仙侠小说看作武侠小说的一条特殊的支脉。民国是武侠、仙侠小说快速发展的时期,出现了"南向北赵""北派五大家"等名声显赫的武侠小说大师。其中,还珠楼主的《蜀山剑侠传》以五百万字的鸿篇巨制,构造了一个瑰丽奇崛、浩瀚幽幻的仙侠世界,成为中国仙侠小说史上的一座高峰。中华人民共和国成立后,港台武侠小说兴起,出现了金(庸)古(龙)梁(羽生)温(瑞安)黄(易)等小说大师,进一步推动了这一小说类型的发展。21世纪以来,大陆新派武侠小说创作群体开始崛起,又一次吸引了众人的目光。但是,武侠小说中那支注重幻想、仙道的支脉仙侠小说,自《蜀山剑侠传》《青城十九侠》《蛮荒侠隐》后,便陷入长达半个多世纪的沉寂,直到网络普及和网络类型小说兴起。截至目前,在影响力最大的起点中文网上,标记为武侠小说类型的作品共有四万余部,标记为仙侠小说类型的作品共有二十三万余部,仙侠小说借助网络,青出于蓝,正式成为一种新的网络小说类型。不仅如此,近些年来,凭借《仙剑奇侠传》《古剑奇谭》《三生三世十里桃花》《花千骨》《香蜜沉沉烬如霜》等影视剧的热播,网络仙侠小说成为一颗瞩目的明星。

"类型学学者的首要任务是,为某一小说类型找到这种隐藏在千变万化纷繁复杂的故事情节背后的基本叙事语法,其次是描述其演变的趋势,最后才谈得上正确评价置于这一小说类型发展过程中的具体作家作品的审美价值及历史地位。"[①]在《千古文人侠客梦》里,陈平原在纵向梳理武侠小说发展史的同时,将武侠小说的基本叙事语法概括为"仗剑行侠""快意恩仇""笑傲江湖"和"浪迹天涯"。以此观照管平潮的仙侠小说创作,发现在新的网络文化背景下,与传统的侠义叙事相比,管平潮仙侠小说的叙事语法已经发生了很多的变异,这种变异是隐藏在表层的外衣之下的。

---

① 陈平原:《千古文人侠客梦》,北京大学出版社2010年版,第197页。

从叙事视角上看，管平潮的仙侠小说是披着成人外衣的"童年神话"。陈平原认为中国传统文人理想的境界是少年游侠、中年游宦、晚年游仙，传统武侠小说正好寄托着他们的理想和欲望。在这个意义上，武侠小说是"成人的童话"。但我们阅读管平潮的小说时发现，那些年龄大多才十几岁的孩子，就已经开始游仙了。而且这些不满弱冠的主角，在险恶的江湖世界里纵横捭阖，显得极为夸张。在作家的小说世界里，普遍存在着一个童年群体：琼彤、幽萝、幽小眉等。她们都是一些小妹妹，性格单纯、顽皮，对男主角都极为依恋，但她们又有极大的能量，影响小说的最终走向。同时，小说里的人物大多非黑即白，具有明显的定型化特征，人物间的关系也比较单纯。在武功或者法术方面，管平潮的仙侠小说也区别明显。例如在金庸等武侠小说大师的笔下，主人公虽然也会有奇遇，但那只是个基本条件，个人的勤奋努力更加重要，郭靖、袁承志在成为大侠的路上付出了相当的心血。但在管平潮的小说里，主人公一旦获得"金手指"，就几乎不需要个人的主观努力，他们成长的道路上缺少实质的阻碍，即使偶遇困难也会有贵人相助，及时化解，最终实现"幸福型成长"。其根本原因在于，以"爽"作为核心的网络小说，需要"及时爽"，拖延不得。在当下以仙侠小说为代表的网络幻想类小说中，用童年的思维写成年人的故事，这种明显的视觉下移是非常普遍的。特别在一些"小白文"里，语言俗白、人物简单、故事模式化的现象更加严重。管平潮处于这样的网络文化语境中，往"小"里写才能获得更多的粉丝，正如他在龙的天空论坛介绍写作经验时所说的："首先从最根本的，作为作家，或者确切点为了商业利益的写手，一定要时刻记得自己是为读者服务的……或者说一切都要去从读者角度去考虑问题。"

　　从叙事模式上看，管平潮的仙侠小说是披着集体主义外衣的个人主义书写。他的小说是以人物为核心，环境、情节都服务于主人公的成长，这种成长是通过三种叙事模式实现的。首先从小说的开头和结尾来看，存在着被动的外出和主动的归隐模式。无论是张醒言、张牧云还是苏渐，他们都没有宏大的个人抱负，是"好运""金手指"让他们走向了行侠访仙的道路。与这种被动相反，当他们功成名就后都选择了主动归隐。这种退出江湖的选择显然与中国传统道家文化相契合，是一种淡泊避世的个人人生追求。其次，从小说的结构方式上看，存在一种"外出—归来—外出"的模式，作者时常选择一个具体空间作为叙事中心，这个中心是罗浮山上清宫、灵鹫学院或者九嶷山，主人公完成任务后回到这个中心,述职完成后再出任务。以《仙风剑雨录》为例,张狂云和白冰岚杀死苟道人和黑鹰老妖后回到九嶷山,介绍完九嶷山道门的现实情况后,再次出山捉拿美兔精,这样不停反复。再次,管平潮的小说里还有一个明显的个人成长—为国家而战的叙事模式。现在的网络玄幻、历史架空、武侠小说里,人物的成长和强大多是通过"升级"来实现的,或是武功水平的提升,或是身份段位的跨越,只不过具体的设定方式有所不同:唐家三少笔下的唐三经历过魂士、魂师等十几个阶段才能成为封号斗罗;流潋紫塑造的甄嬛,则在常在、贵人等不同的位分升级中终于成为圣母皇太后。管平潮没有把精力花费在这些繁复的等级设定中,他笔下人物升级是内在的,具有精神性的,大体上就是个人成长到为国而战,在战斗中实现人物的升华。但这些看似集体主义的战斗,毋宁说是个体意识的坚守。例如《血歌行》中的苏渐,他与龙族之间的战斗,最主要的原因是想拯救被封印的月歌公主,苏渐身上就具有了西方"骑士精神",而这场国与国之间的战斗,与其说是郭靖"抗蒙保宋"的襄阳之战,不如说是斯巴达国王救回海伦的特洛伊战争。

从叙事本质上看,管平潮的仙侠小说是披着仙侠外衣的世俗故事。在管平潮的仙侠世界里,人、魔、妖、神等各种族群同时共生,但他始终将叙事重点放在人世间,并不追求仙侠世界的奇异,他在评论他人的仙侠小说时提道:"《仙葫》的作者乃是小弟密友,这回认真拜读,却觉得还是近还珠一流,道法、法宝十分侧重,叙述多而密集,也是一派风格。"[①]不仅如此,与还珠楼主更为不同的是,他并没有构造一个完整的修仙体系,小说里的人物也不追求升仙后的逍遥、长生,而更多享受烟火日常、世俗人情。他笔下的生活场景,不仅有"三言二拍"里的市井生活,还与我们的社会现实生活发生着联系。《血歌行》里苏渐不像张醒言、张牧云那般纯朴,显得圆滑世故,当他与自己的"领导"轩辕鸿见面时,为了获得职务晋升,总是会献上见面礼。在那个培养武学精英的灵鹫学院里,同学之间拉帮结派,校园霸凌的事情也时时发生。与那些缥缈虚幻的仙界生活相比,现实的校园生活才更具代入感。因此,管平潮的仙侠小说,"仙"是手段,"武"也是手段,真正的目的是"侠"和"情"。

---

① 管平潮:《九州牧云录》,起点中文网,https://read.qidian.com/hankread/1027878/4832196。

四、超越：身份追问·反抗权威·政治关怀

文学的雅俗之辩，始终都是一个富有争议性的话题，在不同历史背景下对它们的区分标准是不一样的。在郑振铎看来，通俗文学是民间的、大众的、难登大雅之堂的"俗文学"，它是与高雅文学（纯文学）对立的存在。陈平原则更看重两者的功能区别："文学的雅俗之争，有审美趣味的区别，但更直接的，还是在于社会承担：一主干预社会，一主娱乐人生。"①五四文学革命以来，新小说吸收了民主、科学、人道主义等精神理念和西方小说的写作技巧，通俗小说则在坚持传统观念、创作技巧的基础上，吸收纯文学的精华去适应市场。但是小说的雅俗绝不是壁垒分明的，中国现代文学三十年，就走过了雅俗分流、雅俗互动和雅俗交融的过程。我们不能简单地将某一类型的小说视作通俗小说，在一些通俗文学大师如张恨水、金庸的笔下，并不只有固定的模式、滥俗的套路，还有更深的文化思考。再如老舍的《断魂枪》和余华的《鲜血梅花》，虽然都是武侠小说的题材，但不仅仅局限在行侠、复仇、情爱等方面，还体现了人的生存困境。同样，管平潮的网络仙侠小说，除了有异时空的幻想和欲望表象，还有着对于个人、民族、社会的现代性思考。

管平潮的第一个现代性思考是身份。"我是谁"是三个简单的能指符号，但更是复杂的哲学命题，我们可以从生物学角度为个体或群体命名，也可以从文化、政治等意识形态层面探讨，困难之处在于其内涵的复杂性。不同于哲学家、思想家的理论思辨，小说家的解决之道是用人物和故事对身份进行"证明"或"证伪"。《悲惨世界》（雨果）里贫民冉·阿让变成了市长马德兰，导致他身份转变的究竟是主教米利埃还是那片面包？《暗店街》（莫迪亚诺）里的"海滩人"作为一个侦探能够帮助他人破解谜团，却始终不能查清楚自己是谁，那个罗马暗店街2号成为不可知的隐喻。管平潮不像莫迪亚诺，他是遵循"快感机制"的网络仙侠小说作者，他笔下关于人物身份的故事是可知的闭环。在他的仙侠文本中，他通过个体身份错位和群体身份抗争两个层面，完成他的身份思考。

个体身份错位存在着两种类型："失忆"的自我错位，"自我"与"他者"的错位。管平潮的小说里存在着很多失忆者，如月婵、琼彤、李逍遥、苏渐，与"海滩

---

①　陈平原：《千古文人侠客梦》，北京大学出版社2010年版，第252页。

人"不同,面对失忆,他们虽然也感到困惑,但对此并没有过多的痛苦。在这里,作者更看重失忆的功能。例如月瑶,她原本是刁蛮任性的定国公主,失足落水后忘记了自己的身份,少年张牧云救起她并为其起名月婵。失忆起到了降维的作用,让两个身份悬殊的人生活在一起,月婵此时变得听话乖巧,满足了读者的欲望想象。作者还考察了"觉醒"后月婵的心态,她一度对自己的救命恩人冷眼旁观,只是此时的张牧云已经学习了《轮回之书》和《天人五召》。在以武论英雄的世界里,他们又回到了同一维度,实现了内部的平衡。

"作为文化身份的载体,'我'这个我思哲学中的主体,不仅停留在'自身'的'同一性'上,还停留在'自身'的'他者性'上……'他者性'常被看作是一种比较,在文化身份范畴内,它以差别、差异的概念表现为身份的多样性和多元性。"①武侠小说里身份的多样性和多元性表现得更为具体,通过"自我"与"他者"置换制造误会、矛盾、冲突,是作者惯用的手段。金庸在《侠客行》里塑造了"狗杂种"石破天和石中玉这一对经典人物形象,他们长相相似(实为亲兄弟),但一个敦厚一个狡诈,正是在这种身份对照、置换中展现了作者对品性、卑贱、亲情等抽象命题的思考。在管平潮的《燃魂传》里,山贼云翻海和大侠风惊雨也是一对互为"他者性"的人物。他们因相似的长相和"光明神侠"的称号被联系在一起,假的"光明神侠"云翻海一开始只想赚点钱,并随时准备逃走,而真的"光明神侠"风惊雨却是一个认贼作父的野心家。在正邪对抗的过程中,云翻海认识到了责任、勇敢,发出"一个人也要千军万马"的呼声,成长为真正的"光明神侠"。管平潮因此完成了从通俗故事到人的存在意义的哲学反思,"从个人内心承认确有唯一性个人的存在这一事实,这一存在的事实在心中变成为责任的中心,于是我对自己的唯一性、自己的存在,承担起责任"②。作者利用身份置换触摸到了"侠"的本质,引发读者对于"名"与"实"的思索。

管平潮对于身份的思考不限于个体,还延伸到民族、国家的群体层面。在这个层面上,管平潮的写作与金庸早期的作品有着很多相似之处:都反对民族霸权,并坚守着"汉(人)族"本位意识。不同的是:金庸的民族之战依托于真实的历史,管平潮则是虚构于幻想;金庸的民族观由开始的汉满、汉蒙、汉金冲突,

① 胡园园:《〈暗店街〉中的文化身份追寻》,《法语学习》2015年第6期。
② [苏]巴赫金:《论行为哲学》,载《巴赫金全集(第一卷)》,晓河、贾泽林、张杰、樊锦鑫译,河北教育出版社1998年版,第43页。

发展到后期的汉民族与其他民族的和解，管平潮的小说里却始终充满着战斗意识。在《血歌行》里，主人公苏渐是一个龙血者，一个独立于人族、龙族的特殊存在，也曾是巫龙之王撒菩勒伯的徒弟。面对龙血者群体被迫害、华夏族受欺压的局面，他选择了无畏强权的抗争。苏渐不同于《天龙八部》里的萧峰用自己惊天动地的一死换回宋辽两国的和解，网络小说几乎不存在这种悲剧意识，更多的是弱者战胜强权后的"大团圆"式喜剧。

　　管平潮第二个现代性思考是对权威的消解。他的创作全部都是底层叙事，表现青少年群体在成长过程中的困顿与挫折，最终实现"屌丝逆袭"。这种叙事策略与多数网络幻想类小说是一致的，青少年群体那种"我命由我不由天"的叛逆与决绝，贯穿在整个网络文学发展过程中。对比《西游记》和《悟空传》(今何在)就会发现，《西游记》里的孙悟空虽然对取经常有消极态度，但还是服从唐僧、观音菩萨的意志，完成了取经任务，《悟空传》却将孙悟空一分为二，派生出一个不受束缚、个性张扬的齐天大圣："我要这天，再遮不住我眼；要这地，再埋不了我心；要这众生，都明白我意；要那诸佛，都烟消云散。"这种青春期男生的热血风格，与五四新文学《女神》式的否定一切、挑战一切的民间立场是何其相似。管平潮笔下的主人公遵循着"压迫—反抗—成长"的生命轨迹，正是对五四新文学传统的接续。在他的小说里，皇帝、宰相要么昏聩无能，要么阴险腹黑，以《仙风剑雨录》为例，名门正派玄灵宗的掌门人朗苍子就是一个阴谋家，他实为妖族的逃犯，化身为幽灵客滥杀无辜，终被主角张狂云踢到山下摔死。朗苍子的死具有明显的象征意味，这与《笑傲江湖》里令狐冲对岳不群的态度截然相反：被逐出师门的令狐冲，仍时时想着重回华山派，念及岳不群对自己的恩情。《射雕英雄传》里陈玄风和梅超风这一对"黑风双煞"因为盗取《九阴真经》，致使师父黄老邪迁怒于其他弟子，使他们变成残疾，并被逐出师门。但直到死去，这些受害者仍然对黄老邪念念不忘，没有半点埋怨记恨。中国传统文化里的"师徒关系"自五四运动以来发生了很大的改变，老舍《断魂枪》里王三胜对待沙子龙，已不再是"一日为师，终身为父"。在管平潮等网络小说家笔下则更进一步，小说里已经没有了真正意义上的师父，主人公的成功全是通过外在的机遇与自我的领悟达成的。在这种意义上，权威的消解就演变成权威的消灭了。

　　管平潮第三个现代性思考体现在政治关怀上。梁启超在《论小说与群治之关系》中把小说提高到了非常重要的位置,认为"欲新政治,必新小说",这虽是对小说功能的夸大,但小说这种叙事艺术确实与政治联系紧密。管平潮在《血歌行》里,就表现出对政治极强的兴趣,他不仅把政治斗争看作结构小说的手段,还融入了对政治本身的思索。其中有两场较量引人注目,一场是天雪国中雷冰梵、雷冰烨这对兄弟为争夺皇位反目成仇,不惜举兵互伐、同室操戈,最终成王败寇。这在中国几千年的历史上十分常见,唐太宗李世民正是通过杀兄逼父才登上王位的。另一场斗争在华夏国宰相司徒威和玄武卫大统领轩辕鸿之间展开,前者里通外国,但身后有着强大的政治资源,小说通过苏渐这个不怕死的小人物一次又一次的冲击,才将宰相一派扳倒。在这场冲突中,皇帝李翊的态度值得玩味,他对朝堂的局势并非一无所知,但一直冷眼旁观、坐山观虎斗,直到轩辕鸿、苏渐一方胜出,他才痛下杀手。皇帝的这种制衡之道看似高明,但又有谁知道有多少无辜之人是丧命在国家内部冲突里。政治斗争的核心是对权力的争夺,权力会腐蚀人心,让人失去本性,不顾天下苍生的安危。在管平潮的小说里,痴迷权力的疯狂者也十分常见:南海龙王之子孟章为了追求龙女灵漪儿,不仅让罗浮山生灵涂炭,被打败后竟甘被鬼灵渊附体,出卖自己的灵魂;曾经战功卓著的关外侯夏侯勇,为了权力堕入魔道,聚拢血魂军、夜煞骑兵旅、血海法师团攻打自己的祖国;拜月教主为了取代南诏国巫王,不惜挑起白苗和黑苗的矛盾,更是引来滔天洪水,使得手足相残、人民流离失所……小说里的这些野心家,不正是历史中的侯景、安禄山、袁世凯之流的真实写照吗? 黄宗羲认为中国封建专制君主皆"以为天下利害之权皆出于我,我以天下之利尽归于己,以天下之害尽归于人,亦无不可;使天下之人不敢自私,不敢自利,以我之大私为天下之公"。正因为此,武侠小说作家才塑造了张无忌、袁承志、苏渐这样的无私侠客,国之将倾他们鼎力奉献,国之安定他们隐退山野。

在"娱乐至上""粉丝经济"的时代背景下,网络小说中比重最大的仍然是那些浅且长的"小白文"。但网络文学在经历过二十多年的发展后,在国家政策资源的支持、全版权对作家的保护下,我们渴望看到一个或几个被读者、评论家所达成共识的、称为经典的网络作家。管平潮,作为一个有着清醒创作观念和独特风格的作者,他的"精品化"之路是否就是"经典化"之路,让我们拭目以待。

(本文原载于《数字景观与新型文艺》,浙江文艺出版社 2021 年版)

古典性、现代性与民族性的网络混生

——南派三叔小说论

闫海田

作为将"盗墓文学"推向巅峰的元老级人物,南派三叔在网文界,甚至在整个中国当代文学界的知名度,无疑是毋庸多言的。但在中国知网以"南派三叔"为关键词进行搜索,则会发现,相关研究数量之少非常使人惊讶。[①] 探讨此间原因:其一,自然是整个网络文学研究在中国当代文学界还远未得到应有的重视,尤其是针对重要网络作家的个案研究,还没有全面展开;其二,却恰恰是源于南派三叔作品本身体系的"庞大"与"辉煌",即使单单一个"盗墓笔记"系列,便足以令真正以研究为目的的严肃的研究者望而生畏。南派三叔的小说创作,虽常被归属为网络通俗小说类型,但其背后所隐藏的中国文艺在深层哲学样式与美学形态上的变迁问题,以及百年新文学已成为现代中华民族的一种集体无意识而沉入被网络与通俗外壳所遮蔽的文本深处等问题,这些自然都是中国当代文学目前最具探索性意义的重要话题之一。因此,本文既是南派三叔的个案研究,也努力通过对南派三叔全部创作的观察,而努力探索中国当代文学在当下所出现的一系列根本的规律性变化,以及发生这种变化的深层原因。

一、网络外壳下隐蔽的"经典性"与"现代性"

南派三叔以令人目眩的想象力,建造起了一座辉煌的文学的"云顶天宫"。为论述所需,现将其全部小说作品统计如表1[②]。

[①]　根据笔者统计,以"南派三叔"为主题的相关研究文章,中国知网中仅有 28 篇,并且几乎都是新闻报道类的非学术性文章。

[②]　本表主要依据百度百科"南派三叔""盗墓笔记""黄河鬼棺"等词条整理,但不包括根据南派三叔小说改编的网络剧、影视、动漫、话剧等作品。

表1 南派三叔作品统计列表

系列	书名	出版社/网站	出版/上架时间
盗墓笔记	《盗墓笔记壹·七星鲁王宫》	中国友谊出版公司	2007 年 1 月
	《盗墓笔记贰·秦岭神树》	中国友谊出版公司	2007 年 4 月
	《盗墓笔记叁·云顶天宫》	中国友谊出版公司	2007 年 11 月
	《盗墓笔记肆·蛇沼鬼城》	中国友谊出版公司	2008 年 11 月
	《盗墓笔记伍·谜海归巢》	中国友谊出版公司	2009 年 7 月
	《盗墓笔记陆·阴山古楼》	中国友谊出版公司	2009 年 12 月
	《盗墓笔记柒·邛笼石影》	上海文化出版社	2011 年 9 月
	《盗墓笔记捌·大结局·上》	上海文化出版社	2011 年 12 月
	《盗墓笔记捌·大结局·下》	上海文化出版社	2011 年 12 月
	《盗墓笔记十年》	北京联合出版公司	2019 年 12 月
怒江之战	《怒江之战》	文化艺术出版社	2010 年 11 月
	《怒江之战·大结局》	文化艺术出版社	2010 年 12 月
大漠苍狼	《大漠苍狼:绝地勘探》	时代文艺出版社	2010 年 4 月
	《大漠苍狼:绝密飞行》	时代文艺出版社	2011 年 1 月
世界	《世界》	起点中文网	2011 年
藏海花	《藏海花》	北京联合出版公司	2012 年 8 月
沙海	《沙海一·荒沙诡影》	新世界出版社	2013 年 2 月
	《沙海二·沙蟒蛇巢》	长江文艺出版社	2013 年 8 月
南部档案	《南部档案·食人奇荒》	爱奇艺文学	2019 年 2 月
勇者大冒险	《勇者大冒险:黄泉手记》	起点中文网	2015 年 10 月
惊奇物语	《惊奇物语》	北京联合出版公司	2013 年 6 月
黄河鬼棺	《黄河鬼棺全集》(仅旧版第一本)	北方文艺出版社	2007 年 5 月

根据表 1 资料,我们大概可以看到南派三叔自 2006 年始,迄今所创作的全部小说在题材、主题上的整体状貌,并可能从其在题材、主题、文类上前后的变化之中发现一些根本性的问题。

众所周知,南派三叔以"盗墓笔记"系列而获得极致声誉,这是他进入网文界的根本。在《盗墓笔记·后记》之中,南派三叔颇为动情地描述了他在全本完结时的复杂感受:

这是一段长达五年的拉力赛,花费五年时间,写出九本小说,完成
一个如此庞大复杂的故事,对于一个业余作者来说,确实有些太吃力
了。我写到最后,已经不知道故事好不好,精彩不精彩。我只是想,让
里面几个人物,能够实打实地走完他们应该走的旅程。事实上,这也
不是由我来控制的。我在最后面临的最大的困境,是主人公已经厌倦
了他的生活,我必须在这个故事中寻找让他还能继续往下走的饵料。①

　　南派三叔的成功,绝非很多读者所想象的那种"偶然"与"幸运"。从他为数
不多的创作谈之中,我们可以看到,这是一个非常了解读者,也非常了解小说艺
术本质的作者。当他发现主人公已经厌倦了他的生活之时,他知道怎样使他的
人物还能继续上路,这就是个一流的小说家。只有一流的小说家,才这样看重
他的人物,知道人物是有自己的生命与意志的,当人物不愿意去做某件事时,如
果作者偏想让他去做,那就必须给他这样去做的不可拒绝的理由。也只有一流
的小说家才知道,人物一旦诞生之后,就如同一个婴儿诞生了一样,只要你认真
地去"抚养",他就会慢慢成长起来,而当他具备了足够强大的生命力后,他就会
自己闯荡出一个全新的世界。

　　我总觉得有一个世界,已经在其他地方形成。因为我敲动键盘,
那个世界慢慢地长大、发展,里面的人物也开始有了自己的灵魂。慢
慢地,我就发现,故事的情节开始出现一些我自己都无法预测的变化。
很快,这个人应该说什么话,应该做什么动作,我都无法控制了。我什
么都不用思考,只需要看着他们,就能知道故事情节的走向。他们真
的活了。在后来极长的写作过程中,我从一个作者,变成了一个旁
观者。②

　　在这一点上,南派三叔的小说观更接近传统的作家,而与当下网络小说作
者滥用"金手指"的取向十分不同。这可以从南派三叔与余华如出一辙的小说

①　南派三叔:《盗墓笔记·后记》,起点中文网,https://vipreader.qidian.com/chapter/68223/83173582。
②　南派三叔:《盗墓笔记·后记》,起点中文网,https://vipreader.qidian.com/chapter/68223/83173582。

人物观中看出。余华在《许三观卖血记·中文版自序》中也曾十分得意地表达了他对自己小说人物的看法：

> 在这里,作者有时候会无所事事。因为他从一开始就发现虚构的人物同样有自己的声音,他认为应该尊重这些声音,让它们自己去风中寻找答案。于是,作者不再是一位叙述上的侵略者,而是一位聆听者,一位耐心、仔细、善解人意和感同身受的聆听者。他努力这样去做,在叙述的时候,他试图取消自己作者的身份,他觉得自己应该是一位读者。事实也是如此,当这本书完成之后,他发现自己知道的并不比别人多。书中的人物经常自己开口说话,有时候会让作者吓一跳,当那些恰如其分又十分美妙的话在虚构的嘴里脱口而出时,作者会突然自卑起来,心里暗想:"我可说不出这样的话。"[①]

他们的小说人物观是如此的接近,以至于让我们觉得,可能是后者对前者的模仿,但在寻找到这种影响与被影响的确凿的线索与证据之前,我们还是认为这是他们英雄所见略同的结果。这种人物观无疑深刻地影响了南派三叔的小说走向,正如他坦诚的自述,后来的故事都是人物在带着作者前行。那时,作者的任务就是老老实实地跟在自己的人物后面,任由他的人物去开创与进取,这既是一个优秀的作者应该享有的快乐,也是一个优秀的作者应该具备的明智。也正如余华所说,其实作者所知道的,并不比他的人物多,只有当他意识到这一点时,他作品中的人物才能获得进入经典的生命长度。

所以,南派三叔的小说,从最初的"盗墓笔记"系列到新近的《南部档案·食人奇荒》,可以说,虽然在故事情节上有着令人目眩神摇的变化,而且,在情节的设置与虚构上可谓天马行空,显得极其自由不羁,但在故事的深层,却都有一个一以贯之的品质,那就是作者绝不会越过人物的权利去决定叙述的走向。

为进一步明晰南派三叔关于承认人物有自己独立的声音,让人物自己去说话,不强力干涉人物的选择这一看法的本质,我们有必要再相对深入地分析一下网络小说常用的手法——"金手指"。一般而言,我们可能会有一个错误的印

---

① 余华:《许三观卖血记》,南海出版公司1998年版,第1—2页。

象,似乎是自网络小说开始,文学创作才开始出现各种"玄幻""穿越""修仙"等荒诞不经的题材与情节,而误把这种题材与情节的荒诞,当作是目下网文界流行的"金手指"手法。事实上,这是两个完全不同层面的问题。

只要将视角稍稍放大,我们就知道,"情节的荒诞"从来就是小说这个文体的本质特征,而无论中外古今。从干宝的《搜神记》到袁枚的《子不语》,从阿普列乌斯的《金驴记》到卡夫卡的《变形记》,"女化蚕""尸变""人变驴""人化虫"等,各种荒诞不经的情节层出不穷。而最早的穿越小说,早在明末清初董说《西游补》之中,就已被运用得炉火纯青了。《西游补》是名副其实的"往复穿"类型,其叙悟空掉进鲭鱼(悟空与鲭鱼本同时出世,一在实部,一在幻部)梦中,为寻驱山铎而跌进万镜楼台,乃在秦汉与唐宋间往复穿越,时而化为虞姬戏弄一番项羽,时而助判官审判奸臣秦桧,后得虚空主人一呼,始离梦境,知一切境界皆为鲭鱼所造之青青世界。因此,"情节荒诞"本质上并非当下网络小说的所谓"金手指"。

根据笔者的观察与分析,"金手指"的使用,在多数的网文作者那里,更多地表现为作者对人物命运的强力干涉。"凡人修仙""黑科技系统""玛丽苏"等各种"开挂""爽文",在本质上皆表现出对人物命运的强力扭转。但即使在以赚取阅读量为目的的各种类型文作者那里,稍有追求的作者也会十分慎用这种与文学创作根本规律背道而驰的手法。因为,这一"爽感"十足的手法实则是把双刃剑,其在意淫想象的酣畅快意之间也会极大破坏小说的真正艺术魅力。因此,不管是当下的网络类型小说作者,还是传统的经典作家,只有深谙这一规律并能给予充分尊重的作者,才能进入一流小说家的行列。无疑,南派三叔也一定深晓此间奥妙,所以,不管是他早期的"盗墓笔记"系列,还是后来的《世界》《南部档案·食人奇荒》等,均难觅"金手指"手法的痕迹。

此外,"盗墓笔记"系列,虽在题材上归属于离奇荒诞的超现实类型,因而在情节的虚构层面几乎无法与客观真实相符,但这并不影响南派三叔对小说"真实"的追求。概括来说,这就是"情节荒诞,细节真实",可以说,这几乎是南派三叔小说获得网络经典地位的精髓所在。不管《盗墓笔记》的情节有多么荒诞,多么离奇,南派三叔始终能把握住小说在叙述上的节制、扎实与收束。一般而言,小说的细部,是最能检验作家笔力的关节点,能否做到细节描写的真实,是衡量一流与二、三流小说家最有效的标准。

关于"细节真实"的问题，余华曾有"细节真实，整体可以荒诞"的观点。他说，这正是神魔小说艺术真实性的来源：

> 在《西游记》里，孙悟空和二郎神大战时不断变换自己的形象，而且都有一个动作——摇身一变，身体摇晃一下，就变成了动物。这个动作十分重要，既表达了变的过程，也表达了变的合理。如果变形时没有身体摇晃的动作，直接就变过去了，这样的变形就会显得唐突和缺乏可信。可以这么说，这个摇身一变，是想象力展开的时候，同时出现的洞察力为我们提供了现实的依据。①

《西游记》中类似的例子随处可见，孙悟空从身上拔下几根毫毛，要吹上一口仙气才会变化，这"吹上一口仙气"与"摇身"的动作一样，让人们在一种熟悉的想象中感到了作者描写的传神。变化的结果是神奇的，过程是神秘的，但"摇身"与"吹上一口仙气"都是现实中经常出现的日常动作，这却是真实的。这种看似熟视无睹的细节，却只有一流的小说家才能发现，因为这其中隐藏着洞察力的高下。"细节真实"本质上正是对日常性与现实性的深刻洞察，因此，细节是否真实的差异也正是拉开伟大与平庸之间巨大差距的微妙所在。甚至可以说，"细节真实"是所有"神魔、玄幻、穿越、魔幻"等超现实文学大厦的现实根基，只有凭借它的支撑，荒诞的情节才能产生传世的经典力量。

在这个层面上，《盗墓笔记》的细节描写确实极其克制、扎实与收束，与情节的荒诞、离奇、大开大合相衬托，细节描写得真实反而显得极其简洁、干净，因而具有了一种现实的质感。客观地说，《盗墓笔记》的这一品质，确非同类作品所能企及。诸如第一部《七星鲁王宫》中对人面朦的想象与描绘，足见其笔力的强劲：

> 我已经做好了心理准备，但是看到那东西的时候，还是吸了口冷气，只见她那头发里面，蜷曲着两只枯手。现在看来，这两只手也并不是很长，皮肤都已经有点石化掉了，末端长在一团肉瘤的下面，最恶心

---

① 余华：《飞翔和变形——关于文学作品中的想象之一》，《文艺争鸣》2009 年第 1 期。

的是,肉瘤上竟然还隐约长了一张小的人脸。船老大从他口袋里掏出一把什么东西,就撒在那小脸上,那小脸突然尖声一叫,扭曲起来。①

类似的"想象离奇,而细节真实"的例子,在《盗墓笔记》系列之中,自然不胜枚举,比较成功的如禁婆、尸鳖等。南派三叔之所以能后来居上,应与他更接近传统的经典文学观和长期的经典式创作密不可分:

> 那个时候,我几乎所有的时间都在看小说。我把图书馆掏空之后转向民营的小书店。从书架上的第一本看起,到初中结束,我已经再没有书可以看了,便开始自己写一些东西。从最开始的涂鸦写作,到自己去解析那些名家作品,缩写、重列提纲、寻找悬念的设置技巧、寻找小说的基本节奏。当时还没有电脑,我使用纸和笔,在稿纸上写作。慢慢地,我就开始沉迷进去了。我荒废了学业,到大学毕业,我写作的总字数超过了两千万字。②

无疑,长期的、系统的、有目的的阅读与写作训练,培养了南派三叔在网文界少见的节制与扎实的品质。这也可能是南派三叔的小说创作,最后能做到不管想象是怎样的绚烂,情节是怎样的荒诞,叙事是怎样的天马行空,在小说的细节部分始终十分克制与收束的主要原因。

不管是想象力的恢宏,还是时空结构的复杂,以及伏脉千里、草蛇灰线的小说气象,"盗墓笔记"系列在南派三叔的所有创作之中,都是最具代表性的。尽管如此,"盗墓笔记"系列毕竟是南派三叔的早期作品,尤其是小说的后面四部,因笔力不足、线索太多而无暇一一展开等缺陷还是十分明显的。新野夜雨潇潇的《盗墓笔记"终极"解密》认为,南派三叔最初是致力于"长生"母题,但笔力不足,导致原更为深刻与更具探索性的哲学命题中途隐没,实为可惜。

《盗》在写作过程中,思路发生过一次重大变化。1—5部,南派三

① 南派三叔:《盗墓笔记·怒海潜沙》,起点中文网,https://read.qidian.com/chapter/VaC5szdVsQ1/ChQX6dL8js1。

② 南派三叔:《盗墓笔记·后记》,起点中文网,https://vipreader.qidian.com/chapter/68223/83173582。

叔本来是想写一个关于古代长生的惊悚故事,但从第 6 本开始,线索变成了老九门关于张家楼的阴谋内斗,长生线索被忽略。最终结局的烂尾,是南派三叔由于人类学、生物学、物理学的知识不够以及对"终极"无法自圆其说这些因素形成的,所以作者巧妙地进行视线转移,写了一个政治斗争的结局。

这些问题,自然也与网络文学的生产与传播方式有关,诸如小说篇幅的无限拉长、创作周期的跨度太大等。但这无疑也和南派三叔初涉创作的现实情形密切相关,毕竟作家的成熟是需要时间长度与创作实践的积累的。

从上述这个层面来看,至 2011 年开始写作《世界》之时,南派三叔的创作开始进入相对成熟的时期。与南派三叔其他作品相比,这部作品具有特殊的研究价值。根据论者现在所能掌握的资料,推测其写作《世界》之时①,可能正是其患病期间。② 因此,《世界》这一文本,反而可能更多流露出南派三叔最本质与最深层的文学观与世界观。

《世界》的特别之处,在于它可能是南派三叔所有小说文本之中,最多融入了其自我真实经历的作品。南派三叔此前的作品,几乎很难看到作者真实的现实世界的融入。自然,很多作家并不排斥对自我真实世界的暴露,诸如日本私小说,中国现代主观自叙传抒情小说,风靡 20 世纪 90 年代的私人写作,等等。但很多小说家,却非常在意小说与现实的界限,他们认为深陷自我现实过深的作家,无法超越自己的个人经验,因而会限制想象力的腾飞。尤其是像南派三叔这样极其依赖想象与推理的类型小说作者,应该对此十分在意。但《世界》却恰恰将作者的真实经历引入小说,而使这部作品显示出与同类小说非常巨大的差异。根据笔者的观感,《世界》在文体与文类的品质上,绝对不属于当下诸多的网络小说的通俗品质,而带有很先锋的实验性特质。

---

① 根据南派三叔《世界·引言》交代,《世界》的创作始于 2011 年,完成于 2013 年 9 月,这应该正是网传其患病期间。

② 根据百度百科资料,2013 年网上疯传南派三叔自杀的消息,遭本人否认,但也承认其在写《盗墓笔记》时得了严重的抑郁症。随后他的妻子转发微博,称南派三叔于 2011 年末患早期精神分裂及双向情感障碍,且抗拒治疗。而《世界》的小说文本之中,也隐约有这一信息的流露:"故事最开始是因为一封读者来信。因为电子邮件的应用,现在的作者已经很少使用真实的信件来和读者交流了,这反而使得真实的信件变成一件奢侈但是更有格调的事物。但我使用真实的邮件,并不是有这样的欲望。而是因为我的精神状态在那段时间非常不好。被医生强行地隔离了网络。"

尤其是《世界》的开头，无疑是南派三叔所有小说之中最好的一个。因为，这个开头，你既可以理解成是小说文本的一部分，也可以认为是对小说创作背景与构思的交代：

> 我在写这个故事的过程中，放弃了我之前的一些故弄玄虚的叙事技巧。我之前故弄玄虚，是因为很多故事在最初发生的时候，十分平淡，我需要加工使得它可以在最开始的时候抓住读者，但是，这个故事不需要。我反而一直试图降低这个故事的诡异程度，降低我在写作的时候，对于这个世界的怀疑。

这一真假难辨的手法，使我们有理由猜测，"精神状态不好"既可能是其真实经历，也恰恰在叙事的层面增加了小说的实验性色彩。显然，这是南派三叔有意突破"盗墓笔记"系列以来，其在自我经验与文类上类型化困境的某种尝试。

2019年2月，南派三叔最新之作《南部档案·食人奇荒》在爱奇艺文学上架。该作品以1877—1878年间中国发生的九省旱灾为背景，史称丁戊奇荒。大灾荒造成将近两亿人受灾，灾区人食土，人食人，母子相食，人肉成为流通商品，万里伏尸。丁戊奇荒以旱灾开始，瘟疫收场，这场瘟疫从中国波及整个东南亚，延续近半个世纪。小说即借南洋丛林中的瘟疫而造设神秘、恐怖之境，瘟疫、死亡、食人、诅咒自然是小说吸引读者的主要卖点，但在南派三叔看似"漫不经心、随心所欲"的写法中[1]，却也隐秘地闪露着当下网络小说不为多见的严肃的现实主义光彩。诸如小说描写众人围观张海盐被砍头行刑的场景，收束的笔致，反讽的格调，表达的强劲，都在以往的网络小说之中极为罕见：

> 他的脑袋底下，有一个破筐，那是装他的头的，如果没有这个筐，他的头被砍掉之后，就会一路滚到人群中去。断头台四周全是苍蝇，虽然被砍头之后血会往前喷，断头台也会被冲洗，但木缝中长年

---

① 作者在《南部档案·食人奇荒》序言中自称："这个故事将非常奔放自由，回归随心所欲的写法，回归网络写作之本来的状态。"见爱奇艺文学，http://wenxue.iqiyi.com/book/reader-1812hhre91-1812rj2urb.html。

累月总有洗不干净的腐血,吸引着成堆的苍蝇,在耳边嗡嗡叫个不停。①

这里,"装人头的破筐","木缝中长年累月洗不干净的腐血",都显示出作者精湛的洞察力,这是只有一流的小说家才能注意到的细部。无疑,正是这样的细部的存在,才使作者的叙述变得极其强劲而有力。而喜欢看杀头的看客,吴妈式的跛脚姑娘阿捕,自然也使我们无法不联想到阿Q被砍头时的经典细节。因此,这似乎也可在国民性批判的维度上与鲁迅之间建立起某种精神联系。

客观地说,"细部的扎实""表现的深度",这样的关键词以往多用来评价传统文学作品,但用在南派三叔后期创作的《世界》《南部档案·食人奇荒》上,也未尝不合适。笔者甚至以为,在细节描写的功力上,在小说的结构上,或者在叙事的简洁与力度上,《世界》与《南部档案·食人奇荒》之中写得最好的章节,即使与当代传统文学的经典作品相比,也并不逊色。而这些品质,自然让我们在通俗文学的外壳下看到了百年新文学作为另一种传统早已沉入网络文学深层的隐蔽的集体无意识。

二、中国小说时空的百年变形与复位

将南派三叔的小说创作,放在中国小说时空的百年变形与复位——这一带有根本性的哲学样式与美学形态的百年变迁史——视野之中来考察,具有一定的宏观有效性。只有在这样的大文学史视野下,当下的一些正在反复讨论的热点问题②,才可能得到真正意义上的解决。

五四之后,中国现代小说因受西方文艺思潮的冲击,在小说的时空意识、结构与样式上都发生了根本变化。尤其是在主张"为人生"的写实主义新文学主潮之中,中国现代小说因受写实主义的束缚,在小说的时空结构与样式上往往过于简单,多数只呈现为单一的现实时空。这大概也是张文江所指出的,古代

---

① 南派三叔:《南部档案·食人奇荒》,爱奇艺文学,http://wenxue.iqiyi.com/book/reader-1812hhre91-1812r4tnn.html。

② 诸如中国网络小说的时空意识、时空结构、时空样式的生成资源与生成机制问题等。

中国的小说之"象"在整体上是相通的，但至五四以后，中国现代小说的"象"已发生了根本的变形：

> 中国古代的小说在我看来是一个整体，里面的象全部是相通的。五四以后的现代小说，跟古代的象不怎么通得起来。可以搭一些桥，比如鲁迅的《故事新编》，比如金庸的武侠小说，但都不是整体的相通。中国古代的小说充满了中华民族的憧憬和想象，五四以后的小说憧憬和想象的方向就转变了。诺贝尔文学奖获奖作品的程度参差不齐，但是从这些作品的想象来说，都有理想主义倾向，跟他们的民族文化是相通的，相通以后通向世界文学。而我们的现代文学还没有把我们民族的想象——从古到今的民族想象——贯通起来，有一些好的作品，但贯通整个民族的想象说不上。[①]

张文江以跨越三千年的文学史眼光来看待中国新文学的百年新变，他深切地看到中国现代文学表现世界的方式与古代中华民族想象世界样式间的断裂与变形。百年之中，即使鲁迅的作品，也只是"可以搭一些桥"，而没有产生"把我们民族的想象——从古到今的民族想象——贯通起来"的世界顶级作品。在他看来，中国当代文学的出路，是只有打通古代中国与现代中国的整个民族想象，将《红楼梦》的"空灵"与"先锋、现代、后现代"相接通，才有可能孕育出《百年孤独》那样收束了自己整个民族美感与文化精髓的伟大作品。而从根本上看，中国现代小说之"象"的变形，最终必然指向哲学与美学的最高问题——时空样式与时空结构问题。因为，时空结构是人类最基本的理智形式。[②]

宏观上，中国小说时空的"变形"始于近现代中华民族危机之显[③]，而复位于当下盛世中国的来临。自进入 21 世纪以来，尤其是 2012 年莫言获得诺贝尔文

---

① 张文江：《古典学术讲要》，上海古籍出版社 2015 年版，第 277 页。
② 赵奎英：《语言、空间与艺术》，北京大学出版社 2018 年版，第 254 页。
③ 本文所涉及的"小说时空"这一关键词，既不同于一般叙事学意义上的"故事时空""叙事时空"等具体时空研究，也不同于"话语空间""权利空间"等引申意义上的泛时空研究。文章此处提出"小说时空"这一概念，主要是指小说中所呈现出的作者的时空观念、时空意识，以及小说在哲学与美学层面的深层结构，这一深层结构可能既包含了小说的时空意识，也涉及小说表现的哲学经验与世界观，诸如余华将《世事如烟》的叙事实验视为发现了一个呈现世界之真实的新途径一样。

学奖这一时间节点的到来,中国作家终于实现了自近代以来中国本土经验始终被压抑之后的首次释放,中国当代作家与批评家在各自的语境中纷纷发生微妙转向,本土经验的回归已是一个不争的事实。可以说,近代以来,中国知识界孜孜以求的现代性,终于冲过了一个节点,其现代性的辨识不再以西方为唯一的标准。而将中国模式、中国经验推至世界层面,并试图建构不同于以往源自西方的另一种现代性,乃成为当下中国文学与学术的最新走向。

而具体到文学发展史的层面,其变形则显示为始于现代白话小说兴起的五四文学革命,而复位于当下中国网络小说的蔚为大观。古代中国的小说时空在根本样式上表现为双重时空与空间化两个层面。双重时空指幻化时空与现实时空的互相嵌套[①],而在现实时空内部,则遵循空间化叙事的律则。自五四新变以来,中国现代小说的时空样式,则逐渐从双重时空缩减为单一的现实时空,而现实时空内部的空间化叙事也渐渐演绎成时间化的根本样式。这一变迁的轨迹在此后百年间没有大变,其质变是自 20 世纪 80 年代先锋小说、寻根文学的时空意识觉醒后乃渐渐发生,至于当下,这一趋势渐渐在经典作家与网络作家的小说时空意识与结构中显示出强大的向中华民族原本存在的根本叙事样式——双重时空与空间化——复位的热潮。

而这一中国现代小说时空在百年变形后,还能够完整复位,则主要是基于古代中华民族在几千年中所形成的双重时空样式有着强大的稳定性与特殊的文明类型魅力。文学意义上的中华民族想象方式的时空结构样式具有极其强大的稳定结构。本质上这也是人类社会文明类型稳定性的哲学基础。某种文明能够存在,一定有其强大的稳定结构。而时空意识与时空想象样式,正是文明类型在哲学层面的最根本的征象研究中国文学中的时空结构与时空样式,可以看到中国文明类型稳定的最本质的哲学特征。因此,这一特征虽在现代民族危机与现代性焦虑的挤压下有过短暂的变形,但它并没有真正地"死去"或"消亡"。而对其"接引"与"再造"(在新的时代,受西方各种思潮的冲击,必然融合了新的元素,因而会呈现出某种新质,但本质结构没有变),也必然会随着中国

---

① 这种双重时空互相嵌套的样式,一般表现为:或者是幻化时空(往往是仙界、神界等高于人间时空的大神话时空)在外,现实时空在内,如两个同心圆一样互相包裹(经典文本以《红楼梦》《封神演义》等长篇章回体小说为代表);或者反之,现实时空在外,幻化时空(往往是低于人间时空的阴间时空)在内(经典文本以《南柯太守传》《枕中记》等短篇传奇体小说为代表)。

现代化进程的实现而重新出现。这一大趋势，或大的文学史变迁轨迹，只有超越当下的百年现代文学界限，而以更大更长的文学史眼光才能看到。比如以五百年、一千五百年、三千年这样的时间长度来看，则这一变迁的曲线可能会更为清晰。① 这种变化是到 20 世纪末开始彰显的，既可从小说这一文体的内部看，也可扩展至影视、网络剧、动漫、网游等泛文学的叙事艺术大类上。双重时空中的幻化时空从最初的偶现到后来的泛滥（这一点主要体现在当下的各类网络类型小说——玄幻、穿越、盗墓、仙侠、二次元等，以及依其而来的各种 IP 改编），则正是这一大势的强力彰显。

因此，网络小说中的古代中国时空意识与时空结构一旦全面复活，必然会形成强大的热潮，这是中华民族想象与呈现世界的根本样式的重新汇聚与爆发。于是，"接引"与"再造"古代时空样式，将其与现代科幻宇宙时空对接，再叠加西方神话时空、现代宇宙时空、网络虚拟时空、二次元世界，这一场规模空前的世界各民族特殊时空想象的大融合、大重组、大再造的奇观，便在中华民族想象世界的特殊样式与现代网络技术的神奇相遇之中成为现实。于是，盗墓、修仙、玄幻、穿越、异大陆、异世界、异时空想象也就如潮水一样，成为 21 世纪以来中国当代文艺最为显著的哲学、美学、叙事学、视觉艺术的"超级现象"。

在重塑或再造中华民族想象与呈现世界的哲学与美学样式上，南派三叔的贡献，主要在于他的小说在中国空间化叙事的"当代接引与转化"方面的实践上。无疑，《盗墓笔记》的空间化小说结构，在各种穿越、修仙、玄幻等类型中，表现得最为突出。正与费秉勋评价贾平凹小说的空间化特征类似："他从对中国名画的观赏中就酿结出作品布白、接榫和对时空的鸟瞰、摆布等方面的章法艺术。从《韩熙载夜宴图》《清明上河图》等长卷中，他找到了小说场面衔接中笔断意连的艺术律则。"② 南派三叔的小说在结构上也正是如此。《盗墓笔记》在架构每一个"风水宝地"时，都会"一座山一座山，一条水一条水"地写过去。笔者以为，南派三叔的空间化叙事样式，正是对古老中华民族想象世界与呈现世界的

---

① 比如若以三千年这样的文学史长度来看，则中国文学在叙事样式上的哲学与美学特征，是非常稳定的，虽在不同历史阶段有着各种文学形式上的演变，但在根本的"象"上则是相通的，正如文中所引张文江的观点。笔者以为，张文江文中所言之"象"，本质上即中华民族想象与呈现世界的时空样式，这是中华民族哲学与美学上的根本特征。古代中华民族的这一特征在整体上是相通的，但到五四以后，因受西方文明的冲击与现代民族国家现代性生成的挤压，而开始发生扭曲与变形。

② 费秉勋:《论贾平凹》,《当代作家评论》1985 年第 1 期。

特殊艺术样式的接续。而这种特质在《山海经》这样古老的中国文本之中，就已根深蒂固地存在着了：

> 《山海经》以山与海两大地域为经，以南、西、北、东、中五面方位次序为纬，在悠远辽阔的地域空间中编织进夸父逐日、精卫填海、刑天舞干戚等神话片段。这种奇特的结构方式和缤纷的文本内容使其同时矗立在地理和文学两大领域。而作为"古今语怪之祖""小说之最古者"，它不仅开启了古代小说以空间方位安排叙事顺序的结构方式，更奠定了地域空间在小说作品当中不容抹杀的地位。[①]

可以说，恢复《山海经》式的小说结构样式，以空间的布白、接榫、转换来结构小说与故事，以达到"小说场面衔接中笔断意连"的境界，是不仅局限在南派三叔《盗墓笔记》之中的。中国的多数网络小说，尤其是各种盗墓、修仙、玄幻、探险小说，"换地图"的故事结构模式非常成熟，这一手法非常成功地将世界的空间呈现与玄幻空间的建构结合在一起。从一个墓穴到另一个墓穴，从现实世界到异大陆、异时空，这种转换与呈现，与"《山海经》以山与海两大地域为经，以南、西、北、东、中五面方位次序为纬，在悠远辽阔的地域空间中编织进"各种辉煌而令人目眩的玄幻故事与当代人生，乃是中国网络小说在哲学与美学样式上的最本质特征。

无疑，《盗墓笔记》在空间架构与空间呈现上的表现是极其辉煌的，这也是《盗墓笔记》迟出于《鬼吹灯》，但又能后来居上的最主要原因。

> 《盗墓笔记》之所以后于《鬼吹灯》，却将盗墓题材小说推向了更高的顶峰的原因，应在于《盗墓笔记》将盗墓类题材小说不可避免的地理书写问题，完美地融入小说情节发展中，使之成为小说的一大特色。梳理小说中"战国帛书"标注的七个点所给出的地理方位信息，形成了中国地图上分别由从青海省柴达木盆地出发自西北向东南的一条线，以及从吉林省长白山北部出发自东北向西南的一条线，在大概位于湖

---

① 黄霖、李桂奎等：《中国古代小说叙事三维论》，上海书店出版社 2009 年版，第 203 页。

南省南部位置汇合,经广西南部延伸至海南省西沙群岛的一个倒"人"字形。这个"人"字形上半部分正好迎合了中国东北—西南走向的长白山—武夷山山脉,和西北—东南走向的祁连山山脉两大山脉。[①]

如此恢宏的空间架构与空间意识,自然并非只是简单的"地理书写"所能概括。南派三叔的独特之处是他能将盗墓故事的线性时间化叙事转化成一种空间化的深层结构,而这种空间化的精髓是与《清明上河图》《韩熙载夜宴图》那样的中国艺术精神深刻相通的,表现出中华民族想象与呈现世界的特殊样式。

"盗墓笔记"系列的时空结构与样式是非常独特的,它既充分接引了古代中华民族在时空方面的辉煌经验,也极大地融合了现代科学与理性精神的成分。譬如,虽然《盗墓笔记》写到了"永生",写到了"西王母",但在"永生"的想象方面,却始终没有离开墓穴这一勾连阴阳、生死临界的现实时空。这与《诛仙》《斗罗大陆》《斗破苍穹》《择天记》等玄幻类型小说超现实的异大陆、异世界的时空样式与结构相比,显得十分克制。但墓穴既是一种客观存在的现实空间,也是对宇宙与世界的一种象征性的呈现。

墓穴就是中国的"阳羡鹅笼"与"壶中天地",因此云顶天宫既可以勾连《南柯太守传》中的蚁穴,也可以接引《枕中记》的枕窍世界。蚁穴与枕窍就是通往异度时空的开口与"虫洞"之门,从这个开口进去,就可到达另一个神奇的异度时空世界。在《枕中记》与《南柯太守传》的幽冥时空之中,其时间比人间短促万倍,而空间则缩小到枕窍与蚁穴般大小。但枕窍与蚁穴这一扭曲与变形的狭窄空间,正是古老中华民族的"阿莱夫"[②],整个宇宙空间都可包罗其中,而体积并不按比例缩小。[③] 因此,这一时空样式可轻易造出一种飘忽百年的空幻梦幻之感。当淳于棼从蚁穴(阴间)回到人间,其在蚁穴中虽已度过一世,而人间则"黄粱未熟"。而《盗墓笔记》的每一场盗墓大戏,也往往都是这样,它们通常都是先在人间短暂地酝酿进入墓穴的前戏,而故事的主体一定是在墓穴时空之中拉

---

① 葛珩:《盗墓题材网络小说中的地理书写——以〈盗墓笔记〉为中心的考察》,《世界文学评论》2014年第3期。

② 这一意象出自博尔赫斯的小说《阿莱夫》对时空本质的想象与描述。

③ 《南柯太守传》之蚁穴可容纳"青油小车,驾以四牡,左右从者七八"而不觉狭窄,《枕中记》之枕窍则"其窍渐大,明朗。乃举身而入",《鹅笼书生》亦有"书生便入笼,笼亦不更广,书生亦不更小,宛然与双鹅并坐"等类似的神奇空间描述。

开,在经历种种九死一生的离奇际遇之后,时间便仿佛已在墓穴之中度过一生般漫长。当最后终于得以逃离墓穴而回到人间之时,则此时的人间一定正是"云淡风轻,一片宁静"。显然,这一时空结构与样式,在本质上正是前者的一种变体。

毋庸置疑,《盗墓笔记》所呈现出的墓穴时空,早已超越了它的现实可能,某种程度上,它已成为人类想象力的卓越的象征。墓穴,这一沟通幽冥的黑暗甬道,也是藏在人间的阴间隐喻,在南派三叔的笔下,终于幻化成他想象与呈现生与死这一人类终极命题的辉煌的城堡。

三、结语:中国民族小说之"象"的当代性与世界性

以南派三叔的"盗墓笔记"系列等为代表的"盗墓小说",当下已成为网文界众多类型小说中的一个重镇。无疑,其成为畅销小说,甚至能走出国门而引起海外读者的极大兴趣,主要原因,除去前文所析,还有此类小说在"探险、阴阳之间、死亡、永生"等母题上的特殊中华民族想象对现代读者的吸引。

中华民族关于"永生""死亡"的终极思考,与西方有很大差异。比如,修仙可以长生,修道可以不老。但神仙是不属于现实世界的存在,如果成了神仙,也就意味着不再是人了,因此,成神无法满足现实世界中的作为人而能永生的想象。因此,为满足普通人对"永生"的意淫,神魔、盗墓、修仙等通俗类型小说必须解决肉身的"永生"问题。因为,肉身虽然可能会因为某种原因而不病、不老、不死,但无法排除外力的干扰,比如战争、自然灾难、强大的暴力破坏等,因此,出现了借鉴佛教中金刚不坏之身的另一种想象。如《西游记》中的孙悟空,就具有金刚不坏的肉身。但是,孙悟空无疑并不是普通的人,而是"天生地造",是诞生于石头之中的。所以,南派三叔们必须寻找到普通人通向"永生"的途径。

《盗墓笔记》对"长生"的想象与描述,大概要经历这几个阶段:临死之际吞下丹药—进入玉床(棺、俑,只要是"阴玉"的都可以)—尸化(尸体进入奇妙的待死进化状态)—半路打断则成为血尸—正常进化完毕—肉体复活—恢复意识和记忆。非常明显,《盗墓笔记》的"长生"想象,是将意识(精神)与肉身分开进行的。这与埃及文明对木乃伊保存以备灵魂归来的想象本质上是同一类型。但埃及与中国民间的鬼神想象,诸如借尸还魂等,都是在灵魂不死的基础上进行的,灵魂不死意味着灵魂可以脱离肉身而存在,事实上也就是灵魂是"永生"的,不需要为了"长

生"而做任何努力。所以，《盗墓笔记》的"永生"是把灵魂作为一种信息来处理的，也就是记忆恢复，记忆恢复了，原来生命的信息重新回归，通过进入阴玉而获得长生的肉身，即认为是"复活"。这自然是结合了现代科技思想的生命观。但《盗墓笔记》最具魅力的地方还在于它关于"永生"的东方想象部分，西王母、周穆王、灵蛇、大铜门等遥远、神秘的中国小说之"象"，才是南派三叔最终获得成功的根本。

张文江认为，中国的古典小说，只有《红楼梦》和《西游记》写到了生命起源的哲学深度，这两部小说在时空上都追溯到了生命起源的时间起点。它们都写到了"石头"，石头和生命的关系，也就是非生物和生物的关系。从石头写起，也就是写生命从无到有，从无机到有机。因此，这两部小说都将生命的起源追溯到了石头这一无机物的象征。[①]　自然，以南派三叔《盗墓笔记》为代表的当下网络类型小说，在境界上离《红楼梦》《西游记》还十分遥远，但至少在重新接引古代中华民族想象与呈现世界的独特样式，并尝试将其与现代百年中国新文学传统相贯通，以再造新时代的中华民族小说之"象"的实践上已经起步。这样，"把我们民族的想象——从古到今的民族想象——贯通起来"的世界顶级作品的出现，也就是迟早之事了。

（本文原载于《数字景观与新型文艺》，浙江文艺出版社 2021 年版）

中国网络小说：公共领域与叙事模式

——以"烽火戏诸侯"的网络都市小说为例

徐秀明

中国网络小说借市场之力进入社会主流视野，堪称 21 世纪以来中国最重要的文学现象之一。不过"成也市场，败也市场"，网络小说虽然影视改编成风、成为学院研究热点，亦受市场之累被牢牢扣上了"庸俗大众文学"的帽子。其实高雅小说与通俗小说，或纯文学与类型文学之间，远非人们想象中那般壁垒森严，极端时仅是预设的读者群体不同。如今高高在上的四大名著，哪一部不是通俗小说出身？时下中国网络小说尚属新生事物，质量良莠不齐，但其基数庞大，佳作比例

---

①　张文江：《〈西游记〉讲记》，载《古典学术讲要》，上海古籍出版社 2015 年版，第 277—329 页。

虽低,绝对数量却着实不少。照目前的势头发展下去,说是未来可期绝不为过。

相形之下,当下学界竞相涌现的网络小说评论,有待提高的空间其实更大。网络小说的最大特点,绝非仅是形同媚俗阿世的"爽点"之类,更重要的是奉行"受众本位"所致的多元化与极致化:其中不仅囊括了乡土都市、草根高干、言情侦探、现实玄幻等古今中外、大俗大雅的所有题材类型。而且作者普遍热衷于铺陈渲染,尽心竭力地要把小说的可读性做到极致,以求牢牢抓住更多读者。其中不免有迎合读者本能欲望的低俗现象,但追求内容为王,直击现实社会症结、剖析国人精神状态与内心需求的作品,亦不在少数。因此,若以网络小说的各大类型势力范围而论,其中声势最盛的,或许是以天马行空的想象取胜的玄幻小说,但影响最大的,还是偏于写实的都市小说。"网站做过一个调查,……仅仅只是受读者欢迎的程度,玄幻小说排第二名,都市小说才是第一名。"[①]

画鬼容易画人难。网络小说中,都市生活类与现实生活距离最近、创作难度最大,但也最接地气、受众的代入感最强,出现佳作后得到的认可度最高。网络作家"烽火戏诸侯"(下文简称"烽火")的成功,便是最明显的例子。这位大神从不以量取胜——他不仅更新缓慢,而且动辄主动"断尾"另开新作的状况,以致人称"大内总管";完本之作不过《极品公子》(2005)、《陈二狗的妖孽人生》(2009)、《老子是癞蛤蟆》(实体出版时更名为《那些有钱的年轻人》,2010)、《雪中悍刀行》(2012)等几部,除了《雪中悍刀行》是武侠小说,其余全是都市生活类作品。而在 2013 年,他荣登"网络作家富豪榜"之际,《雪中悍刀行》还在连载之中!易言之,其声誉主要由寥寥几部网络都市小说而来。其都市小说何以如此成功?原因自然是多方面的:除文笔出色、情节动人之外,主要是因为善于将私人性与公共性巧妙融合,凸显现代人在大都市中雄心勃勃却又渺小无助的生存境况与情感欲望。那些极度张扬个性魅力的都市传奇:从学校到黑道、由商界到官场、从穷街陋巷到公馆别墅;人物跨度之大,则从草根刁民到精英天骄……他喜欢在那些狗血煽情的故事情节中夹带"私货",融入对社会、时代隐痛症结的深沉思考;笔下主人公个个是特立独行、倾诉欲颇强的性情人物,动辄传教士一般慷慨激昂、雄辩滔滔。具体观点偶有偏激,但针砭时弊入骨三分,血性十足

---

① 周志雄:《我做梦都在写小说——高楼大厦访谈录》,《大神的肖像:网络作家访谈录》,山东人民出版社 2015 年版,第 16 页。

催人奋进，既能引发广大受众对社会人生的深思，又颇具鼓舞人心的励志情怀。

这也是时下网络都市小说佳作的共性之一：与其他网络小说类型热衷于催泪感人的情感体操不同，网络都市小说看似寻常、俗套的演义笔法中，往往隐含着严肃深沉的时代主题。其整体艺术性或许不强，但细节之深刻动人，较诸传统文学并不逊色。作为其中的佼佼者，"烽火"的作品激情洋溢，又有相当现实基础的文字，在青年学子、都市白领等受众群体中影响极大。能够影响这些社会中坚与"后备军"，等于部分影响了社会的发展走向。从这个意义上说，优秀的网络都市小说，具备成为社会文化晴雨表的潜质。

一

关于文学的社会功能，西方学者有"公共领域"之说。此概念最早由汉娜·阿伦特提出，后经尤根·哈贝马斯进一步阐发，一般指代介于国家与社会之间并对其关系进行调停的公共空间，其范围包括各种团体、俱乐部、沙龙、书籍、杂志等。"公共领域说到底就是公众舆论领域，它和公共权力机关直接相抗衡。"[①]阿伦特主要强调其批判社会的政治功能；哈贝马斯则认为：在其正式形成前，"一种非政治形式的公共领域——作为具有政治功能的公共领域前身的文学公共领域已经形成。它是公开批判的练习场所"[②]。不过即便在他作为理论样板的德英等国，"文学公共领域"亦非一蹴而就，而是先在咖啡馆、沙龙、宴会和协会中形成大大小小的阅读群体，再经长期平等相处、讨论争辩后缓慢成形。这个过程相当漫长，而且即便建成，也只能通过缓慢深入"政治公共领域"来影响社会，不会动摇现实社会根基。因此执政者无须过多干预，有志者则应做好长期努力、点滴积累的心理准备。

"公共领域"对社会来说意义非凡：中国古时即有天子派人四处"采风"（收集民间歌谣）以观风俗、知得失的美谈，20世纪以来中国小说曾为民族解放事业立下汗马功劳……中国对公共舆论的认识可谓由来已久，之所以始终未能建立真正的"公共领域"，历史原因之外，现实原因不外乎中国地广人多，技术难度偏大，民众水准参差不齐，共同参政结果难测，等等。哈贝马斯认为，参政者既要

---

① ［德］哈贝马斯：《公共领域的结构转型》，曹卫东等译，学林出版社1999年版，第2页。
② ［德］哈贝马斯：《公共领域的结构转型》，曹卫东等译，学林出版社1999年版，第34页。

地方经验 与杭州作家研究

具备独立的理性思考能力,又要懂得与上层社会交往斡旋的策略技巧,讲原则又知退让,才能真正有所作为。简言之,公众也需要培养。因此,中国最好先从"文学公共领域"做起,等包括执政者在内的公众的"交往理性"培养到一定程度,再放眼"政治公共领域"推动社会进步。

时下信息网络高度发达,技术问题已可解决。① 网络小说(尤其现实色彩浓烈的网络都市小说)则因受众数量庞大,为构建"文学公共领域"提供了坚实的公众基础。公共领域的基本要素有三:公众、公共空间与公共舆论。真正的公共领域必须同时满足与之相应的三个条件:第一,大量具有独立人格的公众积极参与,能就公共利益问题进行理性辩论;第二,能够保障公众自由交流、充分沟通的公共空间;第三,由"私人"组成的"公众"能在充分辩论的基础上形成共识(公共舆论)。② 这些条件对时下的网络都市小说而言,理论上不存在问题。首先,据哈贝马斯考证,"公众"原本就是读者群体的代名词。③ 而网络都市小说,在读者基数庞大的网络文学中,又是拥趸最多的小说类型之一。时下网络勃兴,智能手机、平板电脑等即时上网设备广泛普及,都市白领、青少年在家中路上、餐厅学校稍有余暇就上网阅读的现象随处可见,其中有相当一部分人是网络都市小说的忠实追随者,文化水平普遍在中国民众的一般水平之上。他们既有长期付费阅读的经济实力,亦有余暇和热情在博客、贴吧、论坛等网络空间讨论情节人物……即便主流社会上层精英,迟早也会间接受到其实体出版物、影视改编剧的辐射影响而参与其间。其次,"网络作为一种媒介,具有平等开放、超越国界、分散权力、赋予权力、及时性、交互性的传播等特征"④。在此无微不至、无远弗届的阅读平台与话语环境中,数量庞大、地域迥异、个体差异极大的读者、作家们,乐此不疲地相互竞争、辩难,除非触及少数敏感问题,几乎无人干涉。最后,网络文学的市场竞争是最无情面的优胜劣汰,多数读者会在阅读交流后达成共识,大浪淘沙般逐渐汇聚于那些影响最大的"大神""神作"旗下。

---

① 网络兴起以来,国内不断有人提出要建立"网络公共领域"的设想。技术上确无问题,但一开始就谋求建立敏感复杂的政治公共领域,牵涉过多、难度太大,而且容易引起外界的猜忌干涉,可行性并不高。

② 罗亮、时影:《互联网与网络公共领域的兴起》,《新闻战线》2016年第10期。

③ 哈贝马斯对此有过专门论述:"'公众'一词是18世纪在德国开始出现,并从柏林传播开来的;到这个时候为止,人们一般都说'阅读世界',或干脆就叫世界(今天看来就是指全世界)"。参见[德]哈贝马斯:《公共领域的结构转型》,曹卫东等译,学林出版社1999年版,第24页。

④ 朱珠、郭晴:《网络中是否存在"公共领域"——基于哈贝马斯公共领域视角》,中国社会学网,http://sociology.cssn.cn/xscg/spdg/201309/t20130912_1981890.shtml。

"烽火"即是代表人物之一，他作品不多，但向来质量上乘、付费订阅火爆（其实通过盗链免费阅读的读者数量更加庞大），从网络留言、论坛评论上看，其读者粉丝群年龄跨度较大，遍布于中小学生与中年白领之间，而且忠诚度颇高，"看他的书长大的"读者占相当的比例。

在传统评论家眼里，网络小说不过是为牟利而无底线逢迎低俗趣味的文化产品。其实，商业成功并非网络小说的唯一目的，不少大神能够从众多写手中脱颖而出，就是因为他们努力更多、追求更远。"烽火"即不满足于吸引读者的情感需要与欲望宣泄，而是努力超越一般性的娱乐性、欲望性书写，关注读者更高层次的精神需要。其作品不仅感性十足，还有理性那晨星般的微光闪动。国内著名的专业答疑网站"知乎"上，专有一条"如何评价网络作家'烽火戏诸侯'"。在几百个热门回复中，有人评论"'烽火'是唯一一个让我看网络小说而做读书摘录的人"，随后有二百六十五人对此回答深表赞同；有人回忆自己从高中开始把他的书读了整整六遍，大学期间处处像陈二狗、赵八两一样谨慎为人拼命用功，然后感慨万分地说："你们能想到一个高中生刚开始建立开辟他的三观的时候这本书对他的影响吗？"①结果有三百一十人对此回答表示赞同。显然，"烽火"最触动他们的，绝非表面狗血煽情的感性情节，而是对社会现实的理性认知。由此言之，"烽火"事实上给以往主要以"言情""欲望"为卖点的网络小说，注入了"理性""超越"的精神品格。

二

"三观"是时下国人对世界观、人生观、价值观的合称。此说逻辑表述虽不严谨（世界观＞人生观＞价值观），但在国内网络极为流行。既是网络表述特殊性的集中体现，又能概括大众文艺精神内核，适足以用来观照"烽火"网络都市小说的思想价值与叙事形态之关系。

（一）世界观与叙事背景

"世界观"之说，在时下动漫、网络小说等大众文艺中极其重要。具体言之，有密切关联的两方面内容：其一，如《辞海》所言，它是"人们对整个世界（包括自

---

① 佚名：《如何评价网络作家"烽火戏诸侯"》，知乎，https://www.zhihu.com/question/20810225? sort＝created&page＝2。

然和社会)的认识和根本态度"①;其二,在大众文艺的范畴内讨论"世界观设定",强调的主要是其叙事功能——作者在创作之前,必须预设一个完整周密、规律清晰的世界体系,作为主人公展现自我、建功立业的舞台背景。

先说其一。网络小说中的"世界观",一般就是小说主人公对世界的整体看法,以及其对整个世界运转规则的理解运用。一般来说,玄幻类求其新颖,写实类望其透彻。王祥以"白日梦叙事"概括网络文学的创作方法,认为"把作品中梦境的'逼真性'呈现,当作是生活事实或者历史事实,这显然是愚蠢僵化的"②。其实 1908 年弗洛伊德指出"作家与白日梦"之间的关系时③,并无区别对待通俗文学与严肃文学之意。小说属于虚构文体,其"真实性"主要体现于小说整体的现实逻辑、社会影响等,情节场景尚在其次。

作为受众极广的通俗文学作品,网络都市小说以社会现实为叙事对象,其中的世界观,足以代表大多数社会成员的社会认知。"烽火"的特点是从不完全抛开现实的一味意淫,而是虚实相间,巧妙游走于意淫与写实之间:他从不写廉价虚假的正义、唾手可得的成功、易如反掌的幸福,而是多写卑微困顿中的倔强挣扎、富贵荣华下的清明高岸;更愿意通过各种情节反复告诫读者,社会从不公平,但努力越多收获越大,欲望越大代价越高。从其最初的成名作、意淫色彩极浓的《极品公子》开始,即有此种端倪:主人公叶无道头上"主角光环"无数——家世人脉、相貌体魄、才智时运、佳人无数等均为上上之选,最大限度地满足了广大读者的白日狂想;但其人生并非始终所向披靡、事事遂心,而是在目睹过弱肉强食的现实黑暗、遭受了身居高位者的轻蔑侮辱后,毅然选择了最为残酷的特训,经过无数生死磨砺,才能够战胜一个个强劲对手,最终登上强者巅峰的……简言之,情节或许荒诞离奇,却仍能贴近现实真相、体现生活质感。

"烽火"抓住了网络小说极致、多元的特点,发展出一种张力十足的叙事风格——他的每部小说的框架结构都由两种或更多势力针锋相对组成:《极品公子》写黑道与官场,《陈二狗的妖孽人生》写草根与权贵,《老子是癞蛤蟆》写商界与官场,就连《雪中悍刀行》这纯虚构的武侠小说,亦由地方军阀与中央政府之间的微妙形势构架而成……主人公总是命中注定般被卷入重重矛盾纠缠的风

---

① 夏征农、陈至立:《辞海》,上海辞书出版社 2009 年版,第 2070 页。

② 王祥:《网络文学创作原理》,中国人民大学出版社 2015 年版,第 18 页。

③ 弗洛伊德:《作家与白日梦》,《论文学与艺术》,常宏等译,国际文化出版公司 2001 年版,第 98 页。

口浪尖,在逆风前行的过程中尽显铮铮铁骨至情至性,情节主线则在各方势力激烈碰撞的叙事背景下推进展开。如果说这种海明威式的"压力下的优雅",既热血又深情的写法,主要对青年男女具有"杀伤力",那么作者笔致从容,舒展卷轴般娓娓道来,将对峙各方的立场苦衷、利害攸关的合理性一层层剖析得入木三分,则对年长读者亦有相当吸引力。一言蔽之,"烽火"小说矫饰夸张的情节表面之下,从来都是众声喧哗、深沉周至的:慷慨任侠与蝇营狗苟、穷奢极欲与清贫自守、重义然诺与两面三刀……既大幅描摹现实社会,又不片面偏狭,而是尽量从中立客观的角度,尽情展现各种极端的矛盾碰撞。这或许还达不到"公共领域"的严格标准,但对绝大多数网络受众已经足够,有时甚至如前所述,成了不少读者解读生活世界的良师益友。

再看其二。通俗文艺特别强调"故事为王",动漫、网游等都非常注重故事情节的推进方式,网络小说亦然。"烽火"小说通常采用家族小说的叙事框架,以主人公的家族演变为切入点宕开笔墨,将现实社会描述为几个源远流长、枝繁叶茂的家族势力瓜分国家权力的世界格局,以几大势力明里暗里的因缘聚散、利益斗争推动情节发展。从一开始的《极品公子》到后面的《老子是癞蛤蟆》《陈二狗的妖孽人生》《雪中悍刀行》,都是如此。这不仅是时下网络小说中最常见的叙事模式之一,在中国小说史上也是渊源有自:代表作可以从当代的《白鹿原》一直追溯到现代的《家》、清代的《红楼梦》、明代的《金瓶梅》……中国作家之所以如此偏爱此种叙事框架,跟中国古代几千年"家国同构"的社会制度有关,与近代以来当权者视公权为私产、置家族荣辱于国家利益之上的历史阴影更是密切相关:民国时期,"蒋、宋、孔、陈"四大家族互相联姻、携手把持中国政治经济命脉;中华人民共和国成立之后,中国社会裙带关系密于罗网、人情往来重于法理的历史陋习大为好转,但大力推行市场经济以来,又有利益为先、富贵骄人的市侩习气潜滋暗长。然而"扮猪吃虎"的关键前提,是主人公有足够令对方低头认输的实力。都市生活类小说讲求"逼真感"或现实逻辑,主人公折服对方时,靠的不是什么奇功异能,而是实实在在的家世显赫、手眼通天。多数网络作家都把重点放在大肆渲染衙内暴发户鼠目寸光的愚蠢之上,与其家族长辈认清形势及时认栽形成强烈对比;极少有人批判此类倚仗家族权势骄横霸道的荒唐卑劣。"烽火"小说同样如此,《极品公子》中此类"拼爹打脸争风吃醋",彼此打电话叫人拼背景的桥段,可谓比比皆是。借网游术语来说,叶无道俨然是最"拉仇恨"的群嘲体质,到哪里都容易遇到飞扬跋扈的小人。最经典的一次,对方欺上门来,扯起的虎皮上用来吓人的居然是他自己的名号!叶无道一掌把这位面生的表妹打倒在地,但对这帮太保太妹欺软怕硬、及时退缩却不无欣赏,只斥责说:"在未掌握形势绝对优势前,不要放出大话,最终你会发现自己当初就像个小丑。"完全搁置是非,纯从功利角度着眼。或许存在的就是合理的,但此般做派,等于变相认同了以公权欺人的合理性。

其实,即便"修齐治平"等古代中国社会理想,某种程度上也反映了国人长期把"家庭管理"与"国家治理"混为一谈的政治思想误区。相形之下,西方政治思想极为发达。据著名学者汉娜·阿伦特考证,早在古希腊时期,亚里士多德等人就对此有相当深刻透彻的认识:"根据古希腊人的思想,人类建立政治组织的能力与建立自然组织的能力相比不仅不同,而且是截然相反的。……以家属关系为纽带的自然组织(如"胞族"和"宗族")解体之后,城邦的基础才得以产生。"①后来托马斯·阿奎那专门比较过家族统治与政治统治的本质区别,结果发现:家族首领与王国首脑之间虽有一些相似之处,但"即使是暴君的权力也比不上家长和户主的权力(他们用它来统治奴隶及其家族)来得优越和'完美'……因为绝对的、没有敌手的统治与讲究正当言辞的政治领域是相互排斥的"②。简言之,从政治民主的角度看,家、国各自所遵循的管理原则,根本是背道而驰的。(国家三令五申,坚决制止少数领导"一言堂""家长作风",就是这个道理。)当然,多数网络都市作家并无此种觉悟,热衷于几大家族瓜分国权的世界观设定,只为叙事便利;但有时形式就是内容,其中"家国同构,国为家产"的陈腐观念及其影响力,不会因为作家忽视而消失,而是始终潜滋暗长、持续不断地影响读者身心。网络小说因其作品亲民性、阅读普泛性,影响范围相当深广,称得上是一把双刃剑——既便于现代公共意识的普及,也是各类封建思想糟粕沉淀的主要载体——因此,网络作家创作时,故事情节的流俗甚至低俗都无所谓,但在世界观设定之类叙事背景上,理应有更高的追求。

(二)人生观与人物创设

人生观,在《辞海》中被定位为世界观的基本组成部分,一般指代"人们对人生目的、意义、价值等的认识和根本态度"③。说白了,就是人生中"什么最重

---

① [美]汉娜·阿伦特:《人的条件》,竺乾威等译,上海人民出版社 1999 年版,第 19—20 页。
② [美]汉娜·阿伦特:《人的条件》,竺乾威等译,上海人民出版社 1999 年版,第 22 页。
③ 夏征农、陈至立:《辞海》,上海辞书出版社 2009 年版,第 1885 页。

要"、人到底"为什么而活"的问题。人生观格外重要，因为与世界观相比，它对人们的影响更为直接，会直接影响其理想目标与道路选择。时下有本流行读物，名为《世界如此复杂，你要内心强大》。这个书名，可以部分说明人们与世界观、人生观之间的互动关系——外部世界或许险恶莫测难以抗拒，但人们仍可坚强地选择自己心之所向。网络小说被视为意淫小说，主人公几乎心想事成、无所不能，那么他选择何种人生道路、以何种姿态方式立足社会、最渴望实现的人生愿望等等，就显得格外重要。

网络小说由公众写手自主创作，供公众群体自由阅读，可以说是真正"由公众中来，到公众中去"的作品，最能反映公众愿望。不过公众本就不是铁板一块，而是来自五湖四海、愿景纷繁多元的，所以网络小说中的人生观颇为紊乱庞杂，最后能够脱颖而出的作品，往往既个性张扬，又能代表某些读者群体的思想状况。网络作家多数年纪不大、出身平平，但并不缺少红尘俗世中摸爬滚打的阅历，其小说人生观，大致有"逆天""顺势"两大极端。其一，"逆天"。"天"在中国文化中，象征寓意极强，最初指代神灵、天子，"天无二日，人无二主"即属此类，后来逐渐演化为大自然或现实秩序的象征，古代儒教有"天人感应"之说，以天意与人事的交感相应解释世事变迁，努力以上天之名约束世俗皇权。现代以来，人们发现社会文明越进步，对人性本能的压抑制约越严重。弗洛伊德开创的心理学派别，即以剖析个体发展受社会秩序的种种规约而著称。时下网络小说中盛行的"逆天"一派，多见于"玄幻"等强调虚构超越的小说类型，特点是侧重"屠龙技"，多以穿越重生或奇功异能为契机，写主人公怎样逆天改命、冲破现实秩序等，既随心所欲又建功立业的故事，意淫色彩浓重，以情绪宣泄为主，不太讲社会逻辑。其二，"顺势"。中国人向来以务实著称，能够长期浸泡在幻想中的读者其实不算太多，喜欢在小说阅读中汲取人生经验的却实在不少。嗜好野史黑幕也好、矢志刺世嫉邪也罢，不少网络作家在小说中浓墨重彩地写"登龙术"，津津乐道于主人公如何充分利用官场内幕、世俗规则，一步步往上爬，终于荣登社会金字塔的巅峰。此类倾向可说遍及各类网络小说之中，但网络都市小说领域尤甚，作家们选择这一小说类型，有不少是现实生活中压抑过甚，希望在小说中尽吐衷肠所致。

"烽火"小说则二者兼有，既有"逆天"的意淫故事，又不乏基于现实逻辑的"顺势"情节。玄幻小说动辄对抗天道轮回，读来确实畅快淋漓，但一旦选择纯粹意淫,就意味着放弃现实冲击力,缺乏震撼心灵的感染力;都市小说注重现实逼真,没人愿意完全屈从外界环境束缚或家族命运安排,但在中国这个社会壁垒无处不在的国度,再桀骜不驯的人也会有其限度。"烽火"小说写的都是一些励志性极强的传奇人物奋斗史,其小说主人公对其人生规划与道路选择异常执着,但蛮干到底的不多,而是理智冷静脚踏实地。"烽火"小说这一奇妙的二元特征,有个逐步演化反复试验摸索的过程:最初的《极品公子》在开头部分大写叶无道游戏花丛、谈笑破敌,意淫程度不在玄幻小说之下,但后来因追求美女教师韩韵遭遇竞争对手——风云企业董事长李凌峰胁迫退出。面对他"凭什么"的愤怒质问,对方不屑一顾:"凭我可以在三秒钟内干掉你!凭我是中国十大企业家之一!凭我是中国北方黑道势力的主宰之一!凭我在十年之内完全依靠自己的实力迅速崛起,而不是像你这个败家子一样只知道挥霍!"根本不讲道理,完全以势压人,但偏偏毫无办法。叶无道被现实打醒后,没有凭借家族势力去消灭对手,而是痛下决心,拒绝了早被安排好的英国精英教育,选择了三年魔鬼训练,义无反顾地走上了充满血腥的黑道杀途。如果说叶无道是浪子回头,走的是以武力"屠龙"、敲碎现实秩序的险途,那么最后那部《老子是癞蛤蟆》中,赵甲第则少年老成,选择了以智慧"登龙"、顺势上位的坦途。这位隐富"太子",做事沉稳踏实,明明是民企龙头董事长赵鑫的长子,却因父亲另娶,赌气只靠个人努力打拼,虽因自奉甚俭常被鄙视为寒门子弟,但才学志气绝佳而深得诸多长辈认可。而最成功的要数《陈二狗的妖孽人生》,名门弃子陈浮生,人生境遇和千千万万真正的草根相差无几,要出人头地只有华山一条路。这位"伪草根"心思缜密、性情坚忍而且重情重义、知恩图报。[①] 他走出东北山村之后,辗转上海、南京等地,在曹蒹葭、魏端公等人的欣赏支持下,靠"武力＋智慧"的综合实力迅速崛起,不到两年就成为南京地下世界的强权人物。这位别号"二狗"的枭雄,虽然骨子里心高气傲,但很明白成大事就要识大局、知进退的道理:无论初到上海,还是避祸南京,都有一段忍辱负重的蛰伏期,被人奴才猫狗一般颐指气使而神色自若;甚至强势崛起之后,在妻子曹蒹葭的高干母亲的言语凌辱面前,仍然一副低头"顺势"之态。他的发家史,是"屠龙技"与"登龙术"并用的结果,

---

① 最后这一点不只是"烽火"小说中人物的重要优点,也是大多数网络小说的主人公被亲友师长们格外看重的共同关键点。这一网络小说人物塑造的普遍现象,应是民众对当代社会中寡情薄义者太多而深恶痛绝之故。

他个人也隐隐是前两位主人公的合体。"烽火"在这几种人物与情节设定上,多少有点试探都市小说极限的味道。其实他关于都市生活、关于男子汉奋斗人生观等看法,已经表达得相当淋漓尽致;然而,赵甲第的出现还是很有必要的——任你家世显赫、心比天高、才华盖世、聪明绝顶,到头来也有大厦将倾、穷途末路的一天。当所有世俗外物被悉数剥离,每个人都只能孤身面对这炎凉世态。"烽火"读者们的总结是:身世不及赵甲第,努力应过陈浮生。

简言之,"烽火"小说对都市人生景观的勾勒,由张扬夸饰而渐趋平淡深刻。然而平淡之下,却更加真实。"烽火"从《极品公子》起,就好谈命数谶纬:叶无道自出生之日起,就有世外高人登门预言有桃花劫而赠送玉佩,与手下大将萧破军的相识,亦被蒙上了"太白无道,将星破军"之类宿命断语。《陈二狗的妖孽人生》中陈二狗的兄弟陈富贵,那位大智若愚的"莽汉"曾深有感触地说:"一个人将来是否能有煊天赫地的位置,取决于城府,取决于手腕,取决于视野,还得信一点命数……"男子汉应有"逆天"的气魄血性,但冥冥之中亦应有所敬畏与释怀,这应该就是"烽火"都市小说人生观的精神内核。此类"人生观"倾向直接影响到了小说人物创设,是以"烽火"拙于描摹市井众生,人物形象谱系相对贫乏——小说中除了几个主要人物形象较为丰满之外,其他重要配角多为模式化的扁平人物。比如他笔下的主人公,几乎个个身旁都有才貌双全而痴心一片的"青梅竹马":《极品公子》中陪伴叶无道的是音乐女神慕容雪痕,《老子是癞蛤蟆》中赵甲第身旁的"童养媳"齐冬草是罕见的商界女杰,《陈二狗的妖孽人生》算是难得的例外,《雪中悍刀行》中又出现了与徐龙象自幼爱恨纠缠的剑道天才——太平公主姜姒。另外,"烽火"小说中似乎不可或缺的,还有极少正面出场却威慑力十足的父亲、"卡里斯玛"神话原型般的智慧老者:比如《极品公子》中韬光养晦的叶河图、神龙见首不见尾的老道士,《老子是癞蛤蟆》中野性十足的赵三金、身为大学副校长的郭老,《陈二狗的妖孽人生》中抛妻弃子的陈龙象、借下棋点拨陈浮生的孙大爷……一言蔽之,"烽火"善写类型化的扁平人物,而非个性化的圆形人物。这对旨在愉悦大众的网络小说而言,也未必不好——只要故事情节吸引人,集中笔墨塑造富于人格魅力的主人公,有时反倒能够获得更多读者认可。"烽火"小说中的许多配角,都称得上是人中之龙。其实生活世界里哪来这许多性情人物,但这就是"烽火"小说最迷人的意淫方式。他在小说主人公身上,寄寓了自己的人格理想,又着力把那些重要配角写到极致,以表达其人生感悟。

(三)价值观与叙事结构

在正统观念中,价值观隶属人生观的范畴。《辞海》将价值观界定为"人们对人生价值的认识和根本态度。人生观的组成部分,具有行为取向的功能"①。这话过于笼统含糊,容易与前文的人生观定义混淆。其实二者区别较为显豁——人生观虽能引导人生走向,但只是对人生宏观的、形而上的整体概括。凡尘浊世之中,能够把握独立自我,人生观明晰执着的有几个?多数人不过沿袭礼俗惯例、随波逐流而已。大众真正在意的,不过生活世界中的是非判断原则、价值(利益)衡量标准等,这些都在价值观的范畴之内。

人生观明确人生走向,价值观则决定人物品位。网络小说是大众通俗读物,这方面的分寸把握非常重要:开篇不可陈义过高,以免读者敬而远之;随后需要逐步提升,否则始终在一个很低的层面摸爬滚打,无法给人超越现实的阅读快感。小说本就是随着市民社会繁荣兴起的文体,非常注重公众读者的愿望满足,尤其世俗愿望的满足。网络小说中的叙事结构设定,最常见的是始于"平凡人生,混吃等死",终于"醉卧美人膝,醒掌天下权"。主人公要么起于草莽、艰难困苦,但一路披荆斩棘,登上世界巅峰,要么出身王室贵胄、周遭皆敌,但所到之处美女无数、敌皆拜服。故事情节跌宕起伏,人生境遇翻天覆地,但人物一般不会迷失本性、忘恩负义。这与民众对上层人士的过河拆桥、尔虞我诈、虚伪狠毒等不良行径深恶痛绝有关。如前所述,价值观具有行为取向之功能,因此从小说的情节安排,可见主人公的性情目标,进而逆推出时下公众读者群体阅读偏好背后的爱憎好恶。从这个角度看,网络小说普遍存在的夸张渲染、不事含蓄之弊,反倒有助于对公众心理的逆向解读。

作为最受欢迎的网络都市作家之一,"烽火"小说非常适于解析公众价值观的都市文化标本。他的小说因集中书写"个人奋斗"与"男女情爱",被"百度百科"标识为"都市生活小说""都市爱情小说"。这是最受青年读者欢迎的两大主题,不过"烽火"并非只靠情节曲折生动吸引读者,其小说不仅意蕴丰厚,透过情节铺叙流露出对社会时代的深刻认知;而且叙事超拔,情节结构与人物关系紧密——"人物具有的特性决定了他们的行动,而行动则改变着人物,这样,人物

---

① 夏征农、陈至立:《辞海》,上海辞书出版社 2009 年版,第 1058 页。

和行动都朝着某个结局发展"①。简言之,小说叙事结构是由主人公价值观的驱动推演而渐次展开的。"烽火"小说主人公几乎个个都是亦正亦邪的"枭雄",而非为国为民的"英雄",其叙事结构由其一长串大大小小的人生选择组成。何谓枭雄?《极品公子》中对叶无道的评价,借用了《三国演义》对曹操的断语——"治世之贤臣,乱世之枭雄";《陈二狗的妖孽人生》中陈浮生七岁学习书法时,反复临摹的是《老子河上公章句》的名句——"勇于敢所为,则杀其身。勇于不敢所为,则活其身"②。③ 这两段名言,指向的都是人生交叉口上的取舍决断问题。显然,在"烽火"看来,枭雄乃是极端自我、快意恩仇、勇于舍弃、敢为常人所不敢为之人。即便曹操"宁可我负天下人,不可天下人负我"举世皆谤,但也算果敢无悔、不拘小节。"烽火"在几部小说中借不同人物之口,反复感慨"人生不如意之事十有八九"。人生在世,所图愈大舍弃愈多——叶无道为尽快强大洗刷侮辱,舍世俗"正途"而就快意恩仇的黑道"险途";赵甲第因父亲抛弃生母,要靠自己打拼独闯仕途,就要舍弃金海实业集团太子的种种利益;唯有陈浮生没有既定的锦绣前程,为了尊严成功,只得一再舍弃对亲人的照拂——第一次接受了爷爷为其前程的自我牺牲,第二次把母亲兄弟留在贫瘠的东北山村独自奔赴十里洋场,第三次为日后成功而抛弃全心付出的纯情女孩沐小夭。为事业而放弃家庭、牺牲感情……这些痛入骨髓的人生无奈,在众多农村出身、进城打拼的年轻人中极具代表意义。他们求的绝不止简单的物质"生存",而是圆满的精神"存在"。"烽火"感慨:"一个男人生前要达到什么高度的不可一世,才可以避免死于无名?"(《陈二狗的妖孽人生》)问题在于,为出人头地而舍弃纯良初心,就一定能避免"生于无名,死于无名"(《极品公子》)的人生结局吗? 再说,堂堂血性男儿,如果靠卑躬屈膝、胁肩谄笑换富贵,即便金玉满堂官居一品,有何意义可言? 在坎坷的人生面前,我们究竟要妥协退让到什么程度什么时候,才能直

　　① 申丹:《英美小说叙事学研究》,北京大学出版社 2005 年版,第 177 页。

　　② 吕祖谦:《音注河上公老子道德经》,熊铁基、陈红星主编:《老子集成(第四卷)》,宗教文化出版社 2011 年版,第 39 页。

　　③ 《老子河上公章句》是现存较早的《老子》注本,据说是东汉隐士河上公注解流传至今,与坊间常见的王弼注本差异较大。历来王本更为学者推崇,而河上本为民间通用。这两句出自其中的"任为第七十三","烽火"略有加工。原文是:"勇于敢则杀。勇于不敢则活。"旁有小字注解——"勇敢有为,即杀身也;勇于不敢有为,则活其身。"下文是"此两者或利或害。天之所恶,孰知其故? 是以圣人犹难之"。这段大意是说:勇敢而胆大妄为就会遭到杀害,勇敢而不逞强就能保全性命。这两种行为一个获利一个遭害。天所厌恶的,谁知道其中的原因? 因此,(即便)高尚睿智的人(身处其中)也会感到为难。

起腰杆,过自己想要的生活?

　　"烽火"小说中的价值观内涵,都是在此类人生无奈演变所致的戏剧性冲突中展现出来的。"烽火"对这些戏剧性冲突的巧妙安排,构成了小说独具匠心的叙事结构。具体来说,就是效仿《红与黑》与《红楼梦》这两本国内长盛不衰的中外名著,由事业与情爱两条叙事线索揉合而成:从事业主线来看,"烽火"多写《红与黑》式的个人奋斗,主人公才华横溢、不甘雌伏,与社会现实关系紧张,为冲破壁垒森严的阶层限制而百折不挠。倘若仅此而已,最多只能算是历久弥新,但"烽火"小说最特别的是,主人公赖以成功的"屠龙技"或"登龙术",虽然偶有黑道色彩的血腥暴力,但主要由现代知识力量与传统社会智慧组成。叶无道、赵甲第、陈浮生等人的传奇经历中,都有一段疯狂读书、开阔胸襟眼界的经历。在其知识构成中,股票房产等财会理工类,是最实用的现代"屠龙技",而名表首饰、咖啡红酒、豪车时装、京剧书法及其他人文修养,才是他们运用传统"登龙术"借势崛起之际,用来交接名流权贵的核心技能。表面看来,这不过是现代社会炫耀式消费心理使然,《小时代》之类通俗小说不厌其烦地胪列各种时尚奢侈品的流行病,但从价值观的角度看,意味却相当深长:一是时下社会人以群分所依据的,依然是人们的消费水准或娱乐方式;二是上层人士并非纯然的市侩恶俗,在利益稳固的前提下,他们同样珍视传统的人文情怀与高雅追求。

　　从情爱副线来看,"烽火"小说善写《红楼梦》式的情感纠葛,多少有点"后宫向""种马文"的意味。"烽火"小说主人公都是真性情的热血男儿,温柔多情,称得上完美情人,所以身边从不缺少美女环绕:按属性,则温婉、火辣、痴情、端庄、贤惠,各种类型在在皆是;按年龄,则萝莉、师姐、御姐,形形色色一应俱全;谈伦理,则姊妹(王半斤)、阿姨(蔡言芝)、小姑(叶晴歌)、人妻(裴洛神),随心所欲左右逢源……然而枭雄本色,自然不会沉湎女色,极品女人之于他们,至多算是江山之一角、稀有资源之一种,乐此不疲但不过"收藏"而已。有的网友将叶无道视为"贾宝玉"与"薛蟠"的合体,就其温柔多情与霸道专横的两面性来说,还是相当精辟的。① 叶无道一方面有给周遭美女按容貌、体态、皮肤、气质、才艺等标准打分且区别对待的习惯,一方面又足够清醒理智——当被问及林黛玉、

――――――――――

　　① 有趣的是,时下不少自诩思想现代的年轻女性偏偏就喜欢这种别样的感觉,"霸道总裁"之类。可见女性喜欢征服与被征服的矛盾心态。

薛宝钗之间如何选择时，他的回答是："我想在选择女朋友的时候，大概有百分之五十的人会选林黛玉，但在选老婆时，估计有百分之九十九点九的男人会选薛宝钗。……有个性是一件好事，但婚姻本就是一件特没个性的事。经营一场婚姻要远远难于经营一场爱情，所以很多男人都喜欢和适合生活的薛宝钗过日子。"这种纯利益考量的婚恋选择虽然并不新鲜，但如此隆重地出现在以意淫著称的通俗小说之中，则足以说明即便在心想事成的幻想人生中，性情高洁而拒绝流俗的美女，也已不是主人公的良配佳偶。"烽火"从这种情爱价值观中，衍化出了不少小说情节变化——从这个角度看，主人公的奋斗历险史，何尝不是与不同类型的美女相遇相知、聚散离合的恋爱史？而小说中的"大妇之争"，最后无一例外以既贤惠能干又背景深厚、能容忍其他红颜知己的"薛宝钗"胜利告终，如《极品公子》中的吴暖月、《陈二狗的妖孽人生》中的曹蒹葭、《老子是癞蛤蟆》中的李枝锦等。

三

网络具有公众最为珍视的开放性、隐匿性、平等性、互动性与兼容性。网络小说作为受众群体庞大的通俗读物，则由公众读者群体的普遍欲望、情感、愿望、理性等交织而成。这种原生态的文学表达，虽然存在精芜杂陈、藏污纳垢、情绪化宣泄、欲望化表达等很多问题，但公权机构若能审慎处理、张弛有度，网络小说蓬勃发展所得之利远大于弊。

首先，网络小说与纯文学声息相通，高雅与通俗、主流与边缘的交流互动，才有助于文学自身发展。归根结底所有文学都要服务读者大众，时下影视网络等各种大众文艺争奇斗艳，文学已经不复往日辉煌。纯文学如果始终画地为牢，拒绝学习网络小说对公众阅读兴趣的把握，只能日益褪变为小圈子内自娱自乐的智力游戏；网络小说虽然看似声势浩大，但如不能及时向纯文学取经，努力解决技法粗糙、境界低俗、叙事套路化等问题，读者新鲜感过后，门庭冷落也是必然的。其实文学何分雅俗？网络小说与纯文学本就血脉相通。"烽火"、猫腻等口碑最好的网络作家，文学修养普遍较高。网络作家高楼大厦坦言：网络作家都是读纯文学长大的。因此，双方放下成见、互通有无，才是当下文学发展的福音。

其次，网络小说是时下国内最成功、受众最广的文化产品之一，堪称解读当下中国社会的最佳文化标本。如前所述,单以"烽火"的网络都市小说为例,就可以解读公众心理的"三观"问题。第一,世界观。家国同构被作为最重要的叙事背景。小说中事关全局的中心事件,被设定为家族争雄而非国家民主。第二,人生观。逆天与顺势、屠龙或登龙,被作为最高人生目标。小说中底层民众与上层社会的关系,被描述为壁垒分明、不相往来的阶层对立。第三,价值观。无论上层人士、底层民众,在个人奋斗与男女情爱方面的选择,都有理智与情感的矛盾无奈。虽然内心倾向于真性情人物,但最终事业、婚恋等重大人生抉择,仍以利益权衡为准。人穷志短,是中国社会的现实状况;贪欲无边,仅仅温饱难以使人固守本分,是我们时代的精神病症。

最后,网络小说的多元化、极致化表达,便于建构公共领域。网络小说以逐利为目的,对受众群体的生存状态、心理状况等都有细致全面的剖析,忠实而充分地表达了广大公众的心声愿景。其题材内容应有尽有,几乎遍及现实社会所有领域、各个职业;价值取向兼容并包,囊括了人们纯粹的欲望满足、有意识的针砭时弊、形而上的乌托邦幻想等等。汉娜·阿伦特以为:"当人们只从一个角度去看世界,当人们只允许世界从一个角度展现自己时,公共世界也就走到了尽头。"①而时下网络小说呈现出来的,可说是一幅无所不包、无微不至的"市井百态图":理想与写实、悲剧与快感、理智与感性、重情与薄义、崇文与反智、封建与后现代……虽然免不了有些哗众取宠的情绪化言论,然而"不满是向上的车轮,能够载着不自满的人类,向人道前进"②,公众的不满情绪可以随时释放,政府才能及时发现疏导。这种鱼龙混杂的混沌图景,才真正有利于社会的长治久安。以"烽火"网络小说为代表的网络都市小说之所以可贵,就是因为其中尽管有不少富二代、官二代与草根发生冲突的桥段,但并非盲目仇富,而是一视同仁,以"烽火"为代表的作者也写过不少富贵门第的苦衷隐情,始终保有对世态人心的客观审视与理性思索。没有碰撞就没有交流,激烈辩论就意味着希望尚存。倘若社会各阶层泾渭分明,完全丧失接触的兴趣,才是社会濒临崩毁的最危险境地。

（本文原载于《盐城师范学院学报》（人文社会科学版）2022 年第 5 期）

---

① ［德］汉娜·阿伦特:《人的条件》,竺乾威等译,上海人民出版社 1999 年版,第 45 页。
② 鲁迅:《热风·随感录六十一》,《鲁迅全集》第一卷,人民文学出版社 2005 年版,第 376 页。

第二章　潘维、梁晓明、李郁葱、泉子、沈苇：诗歌的地方路径与中年变法

江南文化的诗意解码

——潘维诗歌论

赵思运

十五国风从十五个方向吹来，吹了三千年，仍然让我们能够感受到它们清新而永恒的地域文化气息。可以说，自古以来，诗歌与文化、地理紧紧地融合在一起，形成了丰富斑斓的地理文化意象。在江南文化的世界里，潘维是鲜明的诗性符号之一。潘维拥有多种极其繁复驳杂的标签。刘翔曾在《潘维：最后一滴贵族的血》里说："潘维是一个怪杰，他集激进主义者、政治幻视者、农民、市民、贵族、肉欲分子、无产者、观察者、局外人、抒情歌手、儿童、有着'革命的嘴脸'的革命者于一身，他是一个用血、用肉来沉思现实的人。"①而这众多的面目，都难掩他内在精神上强烈的角色自期——"汉语帝王"。而他作为"汉语帝王"的野心，最终通过江南文化地理意象呈现出来，诸如"江南雨水""少女""太湖""巨龙"等意象，既是他灵魂深处最重要的元素外化为诗歌的创作母题，构成破译潘维灵魂密码的钥匙，同时，又是潘维破译江南文化的诗意密码。

一

在潘维的诗中，出现最密集的意象大概是"江南的雨水"。他的诗集之所以命名为《水的事情》，肯定与其灵魂秘语有关。《遗言》开篇"我将消失于江南的雨水中"，既奠定了诗作的基调，也渲染出潘维的灵魂底色。"江南地理"是潘维

_____

① 刘翔：《潘维：最后一滴贵族的血》，《星星（下半月）》2010 第 12 期。

诗歌最醒目的标志。正如福克纳的约克纳帕塔法、莫言的高密东北乡、扎西达娃的西藏，"江南"成为潘维灵魂深层不可揭移的邮票，成为他的生命存根。江南，是多雨的江南，似乎永远都是阴郁而潮湿的。阴性的"水"意象，成为潘维血脉中最充沛的精神元素。他在诗中反反复复地出现"水"意象：

> 夜晚，是水；白天，也是水
>
> 除了水，我几乎已没有别处的生活
>
> 　　　　　　　　　　　　　　　　《鼎甲桥乡》

> 水做的布鞋叫溪流，
>
> 穿着它我路过了一生。
>
> 上游和下游都是淡水。
>
> 　　　　　　　　　　　　　　　　《进香——给杨岭》

有时，他咏叹"水"的变形意象"雪"：

> 大雪在通往树林的中途，
>
> 留下纯洁；
>
> 使我得以在一片白色里窥视，
>
> 巍峨的苦难，
>
> 所负载的万象。
>
> 　　　　　　　　　　　　　　　　《进香——给杨岭》

从理想的状态来讲，"水"是流动的，可以冲刷历史的污浊，可以净化生存环境，"水"和"雪"都是洁净的化身。所以，在《东海水晶——给胡志毅》里，他写道"我喜欢草尖上的液体水晶"，"液体水晶"是洁净的象征，相反"人不过是一点杂质……/人声鼎沸，交响成黑煤"。意象的强烈对比，彰显出潘维对自然的亲近，以及对"黑煤"那种人性杂质的远离。由此，我们就不难理解潘维何以把自己比喻为"一座水的博物馆"（《炎夏日历——给方石英》）。

然而，潘维并没有对江南地理做单一的"纯化"处理。他有效避免了一般意义上"地理诗歌"写作的浅薄与单一,而通过对灵魂的深度刻画,彰显出爱之深、责之切的复杂情状,从而深入剖示了一个时代的纹理。《江南水乡》里"一股寒气/混杂着一个没落世纪的腐朽体温/迎面扑来。江南水乡/白雪般殷勤,把寂寞覆盖在稀落的荒凉中";"对紫禁城的膜拜,对皇权的迷恋,/使宅院的结构,阴黑如一部刑法";"阴寒造就了江南的基因,那些露水,/凝成思想的晶体,渗入骨髓";"腐败在贿赂他的眼睛"……这里充斥着颓败的物象:"虚弱的美女""贵族们的恐惧""逃亡的马车""残废的沉默"。这些都强烈激发起他的双重情感:一方面,他竭力逃脱江南水乡的历史颓败对他的纠缠与制约,深深地"吃惊于自己是一座水牢"(《天目山采蘑菇》),宁作一个自由的"异乡人";另一方面,又无法在精神上逃出"永远是生养他的子宫"的那片土地。最终,"我将消失于江南的雨水中",灵魂的回归,体现了强烈的文化寻根意识。

二

如果说,"江南雨水"是潘维灵魂的底色,那么,他的精神伴侣即是"非法少女"。这是与第一个母题"水"相关的另一个创作母题。正如《红楼梦》中贾宝玉所说"女儿是水做的骨肉,男人是泥做的骨肉",潘维固执地在诗作中反复咏赞"水"的人化意象——少女,也是自己灵魂的渴求。他说:

> 别把雨带走,别带走我的雨
> 它是少女的血肉做成的梯子
> 爬上去,哦,就是我谦逊的南方
> ……
> ……千万别触动玫瑰
> 它们是雨的眼珠,是我的棺材
>
> 　　　　　　　　　(《别把雨带走》)

> 柳枝滴下枯绿,
> 地平线穿进针眼,把一抹霞彩
> 缝补在东方。

......

花瓣的薄膜游向处女。

高贵只接受鲜嫩的事物。

（《西湖》）

他至少有二十首写给女性的诗篇，主人公有孟晓梅、J. H. Y、艾米莉·狄金森、L. S、C. Y、B. Y. T、陆英、顾慧江、王瑄、苏小小、王音洁、ZXH、杨岭、杨莉、明姬、徐雯雯，等等。他在《框里的岁月》题记里写道："每一次接近岁月/少女们就在我的癌症部位/演奏欢快的序曲。""少女"是医治诗人灵魂疼痛的良药，已经成为潘维灵魂的对应物，甚至成为他的灵魂的组成部分："我，潘维，一个吸血鬼，将你的生命输入我的血管里。"（《致艾米莉·狄金森》）

这里，我们有必要引述一个西方哲学概念："潜意识双性化"。柏拉图和弗洛伊德都提出过人生来就有"潜意识双性化"倾向。荣格也认为，一个人同时具有"男性的女性意向"和"女性的男性意向"，这种分法避免了生理上、心理学上严格的雄性与雌性对立的简单性。他把前者称为安尼玛（Anima），后者称为阿尼姆斯（Animus）。他认为，最雄健的男子也有安尼玛，她是男性无意识中的女性补偿因素，"他"常把"她"投射到女性身上，而最女性的女子也有某些心理特征证明身心中的阿尼姆斯存在，女性也有潜在的男性本质。因此性别之间的对立主要是个人内部安尼玛和阿尼姆斯之间无意识斗争的一种投射，两性间的和谐依赖于个人内部的和谐。[1] 所以，一个人越是深入地认识自己，越具有自我的觉知，也就越了解自己灵魂所投射到的异性，也就容易做到两性和谐相处，互治互补。正是在这一意义上，人本主义哲学家更将"双性化"的自我实现看作人类健康的全新概念，认为人的双性化将会成为人类理想的角色模式。加斯东·巴什拉在《梦想的诗学》中赋予了诗学一种梦想性质，而梦想的实质是什么呢？他说：

阴性与阳性的辩证关系是按深层的节奏开展的。这一辩证关系，

---

① ［美］C.S 霍尔、V. J. 诺德：《荣格心理学入门》，冯川译，生活·读书·新知三联书店 1987 年版，第 53 页。

从不太深处开始,总是从不太深处(阳性)走向深处,走向越来越深处
(阴性)。……我们会找到全部舒展的阴性,在其宁静中歇息。①

　　这种阴性的核心——梦想的实质——是诗的核心和人类灵魂的归宿,也是
我们每个人安宁的内在起源,是我们身心中自足的天性。荣格说:"我为安尼玛
下了极简单的定义,它是生命的原型。"②这是静止、稳定、统一的生命原型。这
是潜藏于每一个男性和女性最深处的核心本质。潘维以女性作为自己灵魂的
对应物,甚至自己灵魂的一部分,正是在深层探寻自己生命原型安尼玛的表征。
他笔下的人物即使是男性,当他一旦具有生命本质的时候,也更多地彰显出内
在的安尼玛特征。他写诗人泉子,突出了泉子"潮湿的身体""尘埃般疼痛的脸"
"忧郁""羞愧""无辜""绝望""怜悯""悲剧"等内涵。诗人泉子像"小男孩"一样,
因为"拒绝成长,专注于'匿名活在一首诗里',所以愈加成熟",结尾的"承接不
可复制的水滴",使诗人具有了阴性的"水"的特质,赋予了纯净的本质内涵。
　　正是由于潘维深层对于女性的灵魂体认,所以,他经常以"拟女性角色"的
诗写视角进入诗篇,如《冬至》《除夕》《隋朝石棺内的女孩——给陆英》。尤其是
《隋朝石棺内的女孩——给陆英》:

　　　　日子多么阴湿、无穷,

　　　　被蔓草和龙凤纹缠绕着,

　　　　我身边的银器也因瘴气太盛而熏黑,

　　　　在地底,光线和宫廷的阴谋一样有毒。

　　　　我一直躺在里面,非常娴静;

　　　　而我奶香馥郁的肉体却在不停地挣脱锁链,

　　　　现在,只剩下几根细小的骨头,

　　　　像从一把七弦琴上拆下来的颤音。

---

　　①　[法]加斯东·巴什拉:《梦想的诗学》,刘自强译,生活·读书·新知三联书店1996年版,第
76页。

　　②　[法]加斯东·巴什拉:《梦想的诗学》,刘自强译,生活·读书·新知三联书店1996年版,第
118页。

诗人与女主角的身份彻底融为一体,诗歌的内涵勘探既是肉体的,又是人性的,既是性别的,又是历史的。

"少女"是潘维灵魂的伴侣,不要忽略的是,这个"少女"有一个修饰语——"非法":

> 我将带走一个青涩的吻
>
> 和一位非法少女,她倚着门框
>
> 吐着烟,蔑视着天才。
>
> 她追随我消失于雨水中,如一对玉镯
>
> 做完了尘世的绿梦,在江南碎骨。

这个片段活灵活现了现代女性不羁的自由灵魂。我们说,少女往往是潘维灵魂的对应物,但是,也只有如此落拓不羁的性格,才配做潘维的灵魂伴侣。理解了这一点,才能真正进入潘维的内心的喧嚣、漂泊、寻找过程,以及这个过程里所激发的创造力。

三

接下来,是潘维灵魂的归宿——"太湖"意象,以及"太湖"孕育出的"巨龙"意象。

他在多首诗中都有过"太湖作我的棺材"之类的表达。《遗言》一诗,再次申说"我选择了太湖作我的棺材",可见,"太湖"意象在他灵魂里是多么的浩瀚与深邃。潘维曾在 1994 年写出了他一生中具有重要刻度的大气磅礴的巨作《太湖龙镜》。沈健称之为"对人性、幻美、道德、暴力、权力和历史等主题的关注使长诗成为一部关于江南的林林总总的百科全书"[1]。"根据诗人胡嘉平的回忆,这组诗其实是在一次巨大的危机中完成的。当时,一场失败的爱情,一下子将诗人抛进了现实与理想的高度紧张之中,诗人敏感的灵魂像初秋的虫子一样置身于肉体的痛苦与悲哀之中。"[2]当时在浙江长兴县电影公司做电影

---

[1] 沈健:《雨水的立法者:潘维评传》,《星星(下半月)》2008 年第 8 期。

[2] 沈健:《雨水的立法者:潘维评传》,《星星(下半月)》2008 年第 8 期。

拷贝的质检员的潘维,请了两个月的假,躲在一座临河的房子里完成了这部重要作品。

非常有意味的是,在《遗言》里,潘维并没有渲染他灵魂的归宿"太湖",而是说:

> 我选择了太湖作我的棺材,
>
> 在万顷碧波下,我服从于一个传说,
>
> 我愿转化为一条紫色的巨龙。

他的真正用意在于自己转化为"太湖""万顷碧波"下"一条紫色的巨龙"。这是"江南雨水""如水的少女""太湖"中滋养出的巨龙。这条"紫色巨龙"实际上构成了诗人潘维的"灵魂图腾"。"巨龙图腾"虽然是潘维潜意识的显现,但是在近作里频繁出现,几乎跃上意识的水面。《开发区》也隐约透露出龙意象:"可能不小心,我释放出了龙身蜿蜒的愿景?"《秋浦歌》也写道:"一条龙附体结晶成钻石的矿脉。"《不朽之舟——跨湖桥遗址博物馆独木舟》中的"不朽之舟"其实也是"龙"形象的变体:

> 不朽之舟。来从地下的中国。
>
> 一层层剥开,贫瘠的、肥沃的、盐碱的各种泥土,
>
> 会目睹繁茂的根系强健地忙碌着。
>
> 我是其中最敏感、脆弱、无形的那根触须。
>
> 似乎,布谷鸟的啼唤、野鸭的扑扇、白鱼的跳跃魔法般粘合起
>
> 这散架的独木舟,一颗雾蒙蒙的灵魂
>
> 划着桨。至少,在进化论里,它装载的孤独
>
> 打败了一支太平洋舰队,以及时代批发的骄傲。

"穿透水晶罩——不朽之舟,不朽在地下的中国。/它静静地,停止了划行、腐烂,接受神话。"这个"不朽之舟"为什么不能解读为潘维在潜意识里自期的一个自我角色呢?

"巨龙"在古典文化典籍中,无论指的是"男根"还是"帝王",内涵都是"阳

气"。如果说,"男根"象征着肉体生命力,那么,"帝王"则象征着精神的生命力。如果"江南雨水""如水的少女""太湖"是"阴性意象",那么,"巨龙"则是丰腴的"阴气"所滋养出的充沛的"阳性意象"。很多人都认为潘维的私宅设计得阴气太重,或许是因为潘维的阳气太盛,必须用充足的阴气,才能获得生理、心理乃至灵魂的平衡。

沈健在《雨水的立法者:潘维评传》里这样描述潘维在杭州的那座浸淫了中国传统文化的精气与神韵的私宅,是如何充满黏稠的阴郁、朽黯和古意的:

> 扑面而来的是一种缭绕幽气,发绿银纹。扑面而来的,是一缕缕美女的狐魂仙灵,自古琴、陶罐深处,自发黄的书本深处。
>
> 整日紧闭的窗帘和昏暗的灯光,将一种神秘、阴柔、女性的馥郁散播在空气的每一缕弹性与折皱之中。仿佛,有无穷的淫乐、阴谋、政变正在酝酿,又好像有举世皆震惊的美与画在演绎。如同古运河上帝王船队中,最机密、核心的一个船舱,那些来自床笫、书桌、剑匣和一些汉语盘旋柔韧的撞击声,起伏在做爱的节奏之中,丝潮健涌,虎踞龙盘。
>
> 这是一个有着帝王生涯的奢侈迷梦的诗人后院,摆放着渴望不断迎娶的西湖婚床,也盛装着动用气动用爱情的梅花毒酒的太湖棺材。这儿,从太极八卦图、发黄的线装书、乾隆画像的纤维中,千年前的美女的呼吸梳理着一种封建的美。[①]

诗人江离在《潘维:堕落尘世的天才》一文中,这样描述潘宅:

> 他把自己的家布置得很阴暗,窗帘总是拉上。除了令人眼花缭乱的五千多册藏书之外,还有他收集的古旧的江南木质雕花推窗,乾隆皇帝画像,各种拓碑文字,以及陶罐,等等,他毫不隐讳地称自己是一个喜欢封建的人。[②]

---

① 沈健:《雨水的立法者:潘维评传》,《星星(下半月)》2008 年第 8 期。
② 江离:《潘维:堕落尘世的天才》,《星星(下半月)》2010 年第 12 期。

按照中国传统文化中阴阳平衡互补的理论,潘维何以如此钟爱阴性的"江南雨水"意象? 他何以如此痴迷"少女"的人性馨香? 他何以把"太湖"作为自己的棺材? 也许,他的阳气太盛,必须有如此黏稠的阴性意象,方可平衡他内在的阳气。他在诗里彰显的更多的是阴性气质,殊不知,潜藏更深的"巨龙"意象才真正是潘维的精神图腾。

　　潘维确实有着浓厚的贵族情结和帝王情结。他的故乡在浙江省湖州长兴。春秋时期,长兴即为重要的政治、军事、经济、文化之要地。南朝陈代开国帝王陈霸先及其后代陈后主曾生活于此。而陈后主是不爱江山爱语言的著名奢侈文人。潘维在《梅花酒》里说:

　　　　这些后主们:陈叔宝、李煜、潘维……
　　　　皆自愿毁掉人间王朝,以换取汉语修辞。
　　　　有一种牺牲,必须配上天命的高贵,
　　　　才能踏上浮华、奢靡的绝望之路。

　　在初二时,潘维为了维护自己的思想(思维)尊严而"勃然大怒,掀翻课桌,抛开课本,冲出了平行线、圆切线、辅助线,冲出课本、学校与老师喋喋不休的引领"[①],勇敢地逃出体制化教育的藩篱。这种叛逆,不正是少时的"帝王"之气吗? 无怪乎他在《那无限的援军从不抵达》里面说:"我保存了最后一滴贵族的血。"

四

　　当然,随着生活阅历的叠映,潘维的"帝王之气"由少时的叛逆,转化为了一种文化野心,具体而言,他的理想是为伟大的汉语再次注入伟大的活力,他要在语言的王国里成就一个"语言贵族",一个"汉语帝王"!

　　潘维的诗学资源其实是十分丰富的,他在不同的诗写阶段研读过希门尼斯、福克纳、布莱、米沃什、布罗茨基、曼杰尔斯塔姆、沃尔库特、夸西莫多、兰波、杰弗斯、赫尔曼·黑塞、阿莱克桑德雷、阿赫玛托娃、艾米莉·狄金森,但他最终还是回到了汉语的草原。他曾经呼喊"灯芯绒裤子万岁",向"爱因斯坦"和"新

---

　　①　沈健:《雨水的立法者:潘维评传》,《星星(下半月)》2008 年第 8 期。

的但丁——约瑟夫·布罗斯基"致敬,坚定地确认自己的"诗人角色",但是,最终"他毫不隐讳地称自己是一个喜欢封建的人"(江离语)。在《冬至》《除夕》《彩衣堂——献给翁同龢》《隋朝石棺内的女孩》等诗作里,潘维都表达了对传统文化和传统诗学的钟情。而作为传统文明象征的"西湖"遭受现代商业语境的侵蚀:"旅游业榨干了诗意,/空气也挂牌制币厂。/人民在楼外楼,醋鱼是山外山。/几片乌云,感动白堤。"(《西湖》)则令潘维伤怀不已。

《彩衣堂——献给翁同龢》乃为传统文化招魂之作。近代史上著名政治家、书法艺术家翁同龢,学通汉宋,文宗桐城,诗近江西,工诗,擅画,尤以书法闻世。其书法遒劲,天骨开张,造诣极高,为同治、光绪年间书家第一,几乎成为中国传统文化的精神人格符号。"傍晚,老掉牙了,/书香,被蛀空了;/梁、檩、枋、柱处的游龙不再呼风唤雨;/天伦之乐是曾经喜上眉梢;/整座宅第,静候着新茶上市。"现代商业语境下翁同龢故居门前冷落,令我们为一代文脉落幕的"精神苍茫"而慨叹。纵有"领头的翁家有一件尽孝的彩衣,/有一条联通龙脉的中轴线,/可依次递进命运的格局",但是,打开那"精细、丰裕的心灵",却是"虚无弥漫,一头狮子游戏着地球"。"一头狮子游戏着地球"的荒谬,令我们联想到"我,潘维,汉语的丧家犬,/是否只能对着全人类孤独地吠叫"。(《今夜,我请你睡觉》)纵然,你是雄伟的狮子,但是在喧嚣的后现代语境下,文化之子也只能像"汉语的丧家犬"一样备感孤独。

潘维对于汉语的高度自觉充分显现在《潘维诗选》的序言和《水的事情》的跋里。他虽然认可古代有几位大诗人曾到达一种"直观的汉语语境"的境界,他们"用非凡的天赋向我们提供了一些更人性的世界观",但是,"现实的眼光若没有经历语言的提升,就不会具有普遍意义和思想深度"。"写作在很小程度上是个人行为,它更多的是文学行为,再进一步就是语言行为,最后当然是灵魂行为。"他说:"一个诗人不是诗歌的母亲,语言才是诗歌的母体,诗人只是助产师而已。诗人接生出来的也许是一棵嫩芽,也许是永恒之光。语言是人类文明的时间。一首诗是一场信仰仪式,为了文明而做的一场心灵仪式。"①

被称为"现代汉语之美硕果仅存的高地"的潘维,在很早就显示出卓越的语言天赋。早在1986年,他就写出了作为诗集开卷之作的《第一首诗》:"在我居住的

---

① 潘维:《潘维诗选·自序》,浙江文艺出版社2008年版,第1页。

这个南方山乡/雨水日子般落下来/我把它们捆好、扎紧、晒在麦场上/入冬之后就用它们来烤火/小鸟赤裸着烫伤的爪/哭着飞远了/很深的山沟窝里/斧头整日整夜地嗥叫/农夫播种时的寂寞击拍着蓝色湖岸"。抽象与具象叠合，写意造境，虚实交映，颇富艺术功力。《春天不在》写道："春天不在，接待我的是一把水壶/倾注出整座小镇。寂静/柔软地搭在椅背上。我听见/女孩子一个个掉落，摔得粉碎"。意象的错接十分奇崛而富有情趣，对抽象的"寂静"的具象化呈现，以及对于女孩子命运的潜意识直觉，显示出极其细腻的成熟技法。近年的《冬至》《除夕》更为纯熟。《除夕》："守岁的不眠之夜如同猫爪，/从鼠皮湿滑的光阴里一溜而过，/微倦，又迷离。"写出了时间的质地与纹理。而《冬至》的语言更是被诗性智慧打磨得锃亮：

> 虫蛀的寂静是祖传的；
> 高贵，一如檀木椅，
> 伺候过五位女主人的丰臀，
> 它们已被棉布打磨得肌理锃亮。
> 唉，那些时光，看着热闹，
> 实际上却不如一场大雪，
> 颠簸、自在，
> 鹅群般消融。

"寂静"以"虫蛀"修饰，获得了具象呈现，接着转义为多年的檀木椅，再转义为五位女主人的命运绵延，直抵历史深处与膝理。一切热闹的"尘埃"都落定在这个冬至的日子里。对于时光如此细腻的呈现，深得汉语智慧的奥妙。

他在诗集《水的事情》的跋里谈及自己的写作内驱力问题：

> 最初是源自一种想表达的欲望，其实可以说是个体生命在寻找社会意义，他在时间的茫茫人海里寻找自己的那张脸；再进一步，美学企图产生了，也就是说希望用语言炼金术，拯救出某些人性的纯真；最后抵达，每首诗都是一场文化仪式，用来调整灵魂的秩序。[1]

---

[1]　潘维：《水的事情·跋》，北岳文艺出版社 2013 年版，第 179 页。

他最近的一些作品,在锤字炼句与立意造像方面,更是呈现出令人讶异的气度,体现出"语言炼金术士"的品质。每一个字,他都拿捏得各得其所。他对于诗歌文体和语言十分考究。他说:"一步步走来,我坚持一点:精确,精确,更精确。我从未突破一个基本底线:文学引领人类文明,而不是诗歌模仿日常生活。""我不信赖随心所欲的草率写作,世界早已证明,诗歌语言的粗糙和意义的简单化与社会堕落是同步的。"①"他划着船,湖面是一块钢铁,/四周是城市越积越厚的脂肪层。"(《对一位朋友的翻译》)他所钟情的"水"诗性意象"湖面"遭受现代化侵蚀之后的无言控诉,真的具有一种"踏石有印、抓铁留痕"的力度与质感。《柴达木盆地》吞吐天地之象,缀连成诗:"扛着云梯的昆仑山脉,/把须状闪电烙在盐湖上。/波纹扩展,给油菜花和胡杨林镀金,/终止于风蚀成迷宫的雅丹地貌。"

《永兴岛》开头就气度非凡:

> 仲夏升起芭蕉叶拱顶,
>
> 我听见细沙在问:永恒什么时候完工?
>
> 船长答道:还在波涛上颠簸。
>
> 永兴岛,一只龙窑烧制的瓷器水母,
>
> 正一张一弛呼吸着南海;
>
> 触须,心电图般联通着南沙、西沙、中沙群岛。
>
> 那蓝绿变幻的海水,
>
> 是由我家乡最昂贵的虫子——春蚕
>
> 织造的丝绸。单一的季节
>
> 其实铺展着经纬合奏的管弦乐。

对永兴岛的状写大处落笔,极富想象性和形象性。意象组接奇绝而妥帖,既有波涛汹涌雄浑之浩大,又有细腻柔婉如丝之质感。他调动了视觉、听觉、触觉等多种感官。显然,在这些近作之中,他的语言运用犹如从生命和灵魂里淘洗出来的矿藏一样,那样珍视,带着生命的魂魄和灵魂的体温。那些文字,在很

---

① 潘维:《水的事情·跋》,北岳文艺出版社 2013 年版,第 181 页。

大程度上,与他的身体器官融为一体。他说:"不久之前,我仿佛天眼突然开启,我明晰地认识到,是汉语选择了我这个器官,为它奉献。不知道是幸抑或不幸,我别无选择。我的性格、心智,我的孤独、痛苦和颓废的迷失,我的交往、阅读、荣誉和失落的时光,一切的一切,都是汉语在塑造我这个器官。我的人间岁月是汉语赐予的礼物。"①

潘维的野心在于,"在中国文化的风水宝地——我的江南乡土上,谦卑地做汉语诗魂的守护者"②。"汉语帝王"是他永远的宿命,这一条汉语帝王的"巨龙"说:"我长着鳞,充满喜悦的生命,/消失于江南的雨水中。"《遗言》的这个结尾与开头形成了回环照应,再次强化了他的江南地理诗学。"西湖梦在宋词里泛滥,/柳浪闻莺最红的野花,敲亮了晚钟。/听清楚,更大一片开阔/留给了回声。"同样,汉诗诗歌也为潘维留下了很多的空间:"欣慰的是,几百年积累下来的庞大诗歌空间,尚未被伟大使用过,为才华提供了千载难逢的施展机会。"③

他选择了一个绝佳的文化坐标安置自己的诗学位置——西湖。"我用历史的糖果许个愿:/在湖畔,我的铜像/将矗立起龙的灵感;/等待,一张又一张宣纸穿越烟云。"(《西湖》)"西湖"意象集纳了潘维诗歌里"水""女性""湖"等几乎所有的意象元素,描绘出一个"汉语帝王"的精神气度。而这个文化坐标又是在向一种伟大的秩序致敬的:"每一首诗,无论容纳了怎样的意义冲突、矛盾、复杂,但都是在向一种秩序致敬。这秩序,由神殿里的群像——屈原、杜甫、李商隐、曹雪芹、莎士比亚、清少纳言、波特莱尔、叶芝……构成。"④潘维的汉语写作,即是这个伟大秩序中的一个链条。

潘维作为"汉语诗魂的守护者"的见证与努力,其间所浓缩的灵魂密码,既是潘维个人的,同时又蕴含着汉语诗歌的古老而新鲜的文脉。

(本文原载于《南京理工大学学报》(社会科学版)2014 年第 1 期)

① 潘维:《水的事情·跋》,北岳文艺出版社 2013 年版,第 179 页。
② 潘维:《潘维诗选·自序》,浙江文艺出版社 2008 年版,第 1 页。
③ 潘维:《水的事情·跋》,北岳文艺出版社 2013 年版,第 179—180 页。
④ 潘维:《水的事情·跋》,北岳文艺出版社 2013 年版,第 181 页。

更纯粹的生命感觉

——论梁晓明近作

臧 棣

最近三十年,诗人和才气的关系,在当代诗歌话语里一直处于晦暗莫名的状态。说一个诗人靠才气写作,或者说,一个诗人写得很有才气,听上去更像是敷衍的客气话,而不像是正经的品评。更令人尴尬的是,有的诗人可能写得很好,无论是在取材立意方面,还是在遣词造句方面,都驾驭得面面俱到,而他的写作本身却很难说是有才气的。比如,新诗早期历史上,徐志摩的写作可以说是有才气的,但卞之琳的写作(除非做出更明确的前提限定)却很难被指认成是有才气的。艾青的写作是有才气的,而郑敏的写作却很难是有才气的。20世纪80年代之后,海子的写作可以说是相当有才气的,而江河的写作却很难说是有才气的。顾城的写作,或许向诗歌批评提出了更微妙的挑战:我们可以说顾城写得很有天赋,却依然难以斩钉截铁地说,顾城写得很有才气。当然,对现代诗而言,才气和诗歌的关系,可能已不像这种关系在古典诗歌场域里有那么鲜明的指示作用。从更严格的批评尺度看,诗歌的好坏并不完全取决于一个诗人是否具有才气。卞之琳的诗,肯定比徐志摩的诗要好。有的诗人的写作,我们从不指望过他会写得有才气,我们阅读这样的诗人,并品评他在诗歌写作方面的得失,可以从其他的角度进入,他有没有才气,并不特别妨碍我们对他的阅读。而有的诗人,我们阅读他的写作之后,却发现我们对他的诗歌的欣赏全然来自我们对他的诗歌才气的按捺不住的肯定。梁晓明的诗就属于后一种情形。而且可以这么讲,朦胧诗之后,当代优秀诗人层出不穷,但真正像梁晓明这样能称得上有才气的诗人,却是凤毛麟角的。

梁晓明的才气首先反映在他的诗歌语感上。自新诗诞生起,为了纠偏诗歌和现实的关系,为了对得起五四知识分子倡导的诗歌的历史感,现代诗歌文化的总体倾向是,鼓励诗人对语言的强力使用。这种强力使用表现在诗人对隐喻的张力效果的关注,对紧张的批判性风格的渴求,远远超过了汉语诗歌传统上的其他时期。梁晓明成名于第三代诗歌浪潮,也被看成是第三代诗歌浪潮中的极具代表性的诗人,但和第三代诗歌浪潮中的大多数诗人不同,梁晓明的诗歌语言一直偏向诗人的纯粹的生命感觉,它几乎从未受到过诗和经验的关系的诱惑。语言的感觉就是生命的感觉,而且这样的关联不仅仅是观念上的,也基于生命本身的立场。同时,生命的感觉也只有透过语言的感觉,才能变得更加纯粹,变得更能有能力呈现生命的觉悟。当代诗人中,很少有诗人愿意相信语言的感觉即生命的感觉,他们更愿意相信诗人的语言源于人生的经验。换句话说,他们更愿意相信当代的诗歌语言已不再可能是纯粹的,要写出复杂的现实经验,必须增加诗歌语言的含混。从诗歌趋势上看,梁晓明的做法,多少显得有点逆潮流而动。当代诗歌观念在语言意识方面经历了多次转变,梁晓明却依然保持着对诗歌语言的纯粹性的虔诚。更令人钦佩的是,这种虔诚不仅仅是姿态上的,而且也获得了它的可喜的文学成就:用纯粹的当代语言,梁晓明写出了对当代经验的复杂的回应。

作为诗人,梁晓明的才气还表现在,我们在阅读他的诗歌的时候,总克制不住地陷入一种联想:诗人和词语的关系在本质上应该是一种舞蹈的关系。诗人把词语变成了舞伴,在探索主题的意向进程中,双双起舞。在近作《大雪》的开篇,诸如"像心里的朋友一个个拉出来从空中落下"这样的句法表达,都带有强烈的舞蹈的韵律。在《但音乐从骨头里响起》这首诗中,原本只能在诗歌的低音区里来呈现的倾诉,也被诗人生动地拽进一种词语的舞蹈节奏中:

从骨头里升起的音乐让我飞翔,让我

高空的眼睛看到大街上

到处是我摔碎的家。

这样的表达,应该说颠覆了现代诗美学中的很多东西。现代诗的核心观念,强调诗人必须要表达的事物有高度的自我意识。诗人必须有能力将他对诗歌题材的审视发展成为一种独特的审美意识:对于要表达的东西,诗人不仅能理智地看到它的经验的成色,而且也能用意识的旋涡将它的意图激活在词语的张力中。而在我看来,梁晓明在这方面走得还要远,甚至可以说,闯出了一条新的表达之路。他总能找到一种办法,让进入词语中的事物活跃在诗人的思绪中。也不妨说,很多诗人为了保险起见,多半会停留在用意识来搅拌主题的做法上,但梁晓明的诗,我们从阅读中感受到文本的动感,则源于诗人喜欢用思绪来推进诗的意图。叶芝曾说,艺术的至境中,舞者和舞蹈已难以区分。在梁晓明的近作中,我们常常能领略到诗人和词语的混同一身。在《真理》中,我们几乎可以感同身受地无碍地进入这样的思绪:

> 我将全身的瓦片翻开,寻找一盏灯
> 谁在我背后鲜花盛开?

"全身的瓦片"写出了世界对诗人的遮蔽。很有可能,说遮蔽,都有点轻描淡写。这个意象里,更触及了世界对生命之光的埋没。而诗人的觉醒,则表现他不甘于这样的埋没已越来越显现为一种现实或命运。他要像爬上危险的屋顶那样,将"全身的瓦片"统统"翻开",寻找象征着生命的觉醒本身的那盏明灯。他甚至已自信地察觉到了这种寻找本身的富有人道主义色彩的"后果":谁在我背后鲜花盛开。他知道,他的艰辛的寻找不是徒劳,一定能造就生命的灿烂——"鲜花盛开"。

美国批评家佩里曾相信,戴着脚镣跳舞,是所有时代的诗人都应该遵循的一条艺术铁律。如果没有镣铐,生命之舞就会迷失于自由的散漫。有一段时间,诗人和词语跳舞时,敢不敢戴着镣铐,变成了对诗人驾驭诗歌形式能力的一种富于挑战意味的检验。就像闻一多在《诗的格律》里指认的那样,作为格律的镣铐,可以将现代诗歌语言的自由天性锤炼得更有建筑美。而梁晓明的写作,在笔者看来,则至少起到了一种新的示范作用:不戴镣铐,照样能将现代诗的语言之舞跳得有声有色。甚至更重要的,梁晓明的抒情方式提示了一种新的文学事实,长期以来,我们的诗歌观念在这个问题上很可能过于迷信镣铐的作用了。在近乎精神自画像的《中立》中,我们可以读到这样直抵灵魂的表达:

> 厅堂中立。秋风中中立。竹林瑟瑟在山中中立。
> 一生苍白漫长,在海啸与种菜中
> 如何中立?

毫无疑问，在这样的诗句中，我们可以直观到诗的节奏带来的生命的情绪。此时此刻，谁还在乎有没有"镣铐"呢？

　　锤炼语言，几乎在所有的诗歌观念中都留下它的不容置辩的回响。汉语的诗性书写中，更加看中诗人对语言锤炼。因为有着漫长的使用单音节文字的抒情史，锤炼词语，也一直被视为汉语诗歌的核心意识，一种颠扑不破的语言态度。直到新诗的兴起，语言的解放，诗体的解放，被确立为新的汉语诗歌的方向之后，和锤炼词语密切相关的风格观念，也还是或隐或显地从各种角度左右着人们对现代诗的表达的辨认。人们几乎很少会意识到，锤炼词语背后，其实隐含着一种书写的惯性：诗的结构应该不断趋向文本的实体感。在风格层面，用修辞的密度压缩诗歌语境的张力，令诗性的表达冷峻在情感的克制中。这是卞之琳在写《尺八》时用到的方式，也是穆旦在写《诗八章》时用到的方式。当然，从趋势上看，我们也可以把参照的目光投得更远一点：这也是里尔克在写《豹》时用到的方式，或者是史蒂文斯在写《坛子轶事》时用到的方式。一方面，锤炼词语，意味着风格的收缩。另一方面，诗的解放，作为新诗现代性的核心观念，在执行起来，却屡屡遭受着它自己的美学的滑铁卢。梁晓明的诗歌写作，在我看来，很可能预示了一种新的锤炼词语的美学方向：几乎语言的外向性，用欢乐的节奏激活词语的神经，用开放的语态来释放结构的激情。无论是从画面感，还是从认识的深度，笔者应该会永远感谢梁晓明为汉语诗性呈现的以下情形：

　　　　书带着我离开木椅，门楣，书带着我飞

　　　　死亡与一件袈裟住在山上

　　　　我的回忆居住在影子倾斜的楼中

　　　　沿着黄昏衰老的人

　　　　向空中说出了姓名和一把灰。

　　　　　　　　　　　　　　　　（本文原载于《星星·诗歌理论》2020年第1期）

"当美妙的想法始于我们"

——关于李郁葱的诗

芦苇岸

精神立像及其相对意识考辨的突出,是李郁葱作为诗人留给我的初步印象,就人文视角而言,我相信作为爱因斯坦的理论建树——相对论,在广义方面,一定有对现代物理学的超越,人类对宇宙和自然的一些"常识性"观念,对当今诗学的启发是巨大的。读李郁葱的诗稿,"物我相对性""时空交互""多重语境""精神空间的物理托底"等关键词相继在脑海中闪现,对于诗歌,我们的认知其实才刚刚开始,而认知之外的意识更新,又不乏强烈的共进趣味。他的诗,有值得深入探讨的物理空间和情理纬度。

一、"无我"之物的诗意与物我相关性的在场

李郁葱是一个"精神立像"气质显在的诗人,他有一种旁若无人的专注,有一头扎入诗意的固执己见。正如库切所说,"精神生活"是作家为之献身的最为充分的"理由",因此,库切的诘问"我以及在大英博物馆深处的这些孤独的流浪者,有一天我们会得到报答吗?我们的孤独感会消失吗,还是说精神生活就是它本身的报答"才显得有力且令人深思。在李郁葱的诗里,一种基于精神参考的现代性考量从精神层面向更深的哲学意味挺进,像所有中国古代诗人喜好寄情山水展现高洁心境一样,李郁葱深入的是由物及己的内心世界,或许在他看来,自辩的导论是心灵旁白和意识之辩,自己是自身在通向灵魂状态的那个"无我"的最熟悉的证词。

不难看出,李郁葱的诗歌创作始终处在一种生成性的顺势而为之中,这很难得,其诗内容宽博,展现出一个经验丰足而有为的诗人对驳杂现实的介入勇气,面对光怪陆离的生活镜像,他始终保持着处变不惊的清醒,善于绕过表象深入事物神秘的部位,创设心灵境语,达成诗意的江南瑞象。

比起他早期的才子式抒情,如今他的诗多了一份理性的冷静,这是一个诗

人成长轨迹必需的跃动，是生命闭环中的自觉怠速，一个奔走的人，需要慢下来的沉思。他已然觉悟，当下诗歌仅仅迷恋于词语的变异造奇而博得一点儿好感，是很糟糕的，真正立得住的诗与诗人的人生历练、心志意气、智识境界、认知体系、现实关切的宽厚，以及语言的现代性领悟，同在某种纬度上为阅读期待提供意想不到的感受与力量，才有嚼头，才经得起深究。他的那些新作展现了他对当代生活的深入，不以形式为重，而在意结构和语感层面的稳固。他在"触摸时代背景下灵魂的秘密，以一个当代人的个人史记忆时代"，当生活被切片般存储，"曾经"与"此在"就不会浮光掠影，在进取的积极意义的倡导下，日光流年赋予的伤感也是一种正面价值的赋能，那些闪光碎片的打捞，那些陆离的人事景物的触及，都会给心灵奇异的一击。"这一日早已成为记忆中的一艘弃船/像青春。"《在废弃的大船上》横截一段"周末"时光，在"秋天"与"江风"的时空表情之下，观照荒废中的自己与对消逝的不甘。"但如果春日消融为秋天，阳光/挽留那一阵突然的雨：江风，给我们/什么样的表情，在这个平常的周末/我们的眺望是否有着内心的惊讶/当这些人没有被自己所打败"这非线性交代，而是错开了另一个空间的存在之诗。登高远眺，浊酒释怀，在诗人看来，袒露在秋日里的江滩旧船，废弃了的只是时代的虚幻，而他已悄然当之为一个遗存，担负着祭奠岁月的使命——"这荒芜的船是一个逗号/而我，光阴渐消，越来越是个问号"。是的，这艘被遗弃的船，在诗人这儿，是作为一个参照，指向再生的美学意义，助力诗人达成一种极具暗示性的物我观，"物"即目击之自然景观——船，"我"乃经由观照获得意义重启的"新我"。已经废置的大船与抵御荒废的"我"同步发力，在平静的水面上看到被封闭的雷霆。于是将悲秋切换，"我愿意在一个春日登上这船，突破局限，找到新的、镜框之外的光/如果我们有足够凝视自己的勇气"。

　　长期以来，在对世俗化课题的深入研判与解析中，诗人们都表现得兴致勃勃，但旁观者却始终看不到结题时间，对李郁葱来说，隐喻的现实无比强大，而梦想的守望也异常坚韧，二者作为一个矛盾存在，伴随诗人介入对当代的判断，已渐入佳境，在理性和感性交织与碰撞过程中，达成一种见微知著的镜像性语义。因此，李郁葱的诗，表现出对时间探测的积极导向，他不耽以廉价的热情看待外部世界的表征，而以一种疏离的心态，保持着知微的执拗，他的丰富性就在精神空间的诗学延展里，细微的笔触与细腻的内心辉映砥砺，在相对性的声控中总是能够闪现推陈出新的亮点，这方面，李郁葱表现突出。

二、耽于修辞的象征倾向及其可能的深刻

　　李郁葱是一个象征倾向明显的诗人,他不回避修辞的力量,他的诗歌创作既有"静"的深邃以及哲学意味的倒映,也有"动"的内驱属性及其活泼表现。"你们看见他的名字消逝于石头/石头裂开,一句话诞生。"他对法国诗人、文学评论家伊夫·博纳富瓦的推崇,其实就是一种"同道"或"师承"的回应。就他的诗歌观感及其写作路数看,象征主义传统的影子显在,他应该一度对波德莱尔、瓦雷里、马拉美等为人公认的象征主义诗人表现过极大的兴趣,因而才有文本持久的丰茂与艺术活力的恒定。风格上他受伊夫·博纳富瓦影响,用词严谨,用意形象,题旨深广繁复,时见玄秘,有时诗意也表现得直接而强烈。"而他们到来,肉体的松弛/在绷紧了一个冬季的严寒后/那些声音变得固执而悠长,如果你听到/或者被那突然发育的芽苞所惊讶/相比于之前的冬天,你能有一个春天的心吗？//像是脱落了的衣服,从少女到妇人/这些树,几乎没动,却勾勒出时间的流逝/它们那么喧嚣,在我以为静态的美里/它们不动声色地开始表演/用饶舌的赞美,把事物隐藏于更深。"

　　这首《植物园》的片段里,前一节有"病树前头万木春"的象征,后一节直接就是对破坏园林美感的那些"喧嚣"和"表演"的厌恶。抛开情感轨迹,诗歌的情绪走向还表现出一种经验的自足。"那些在成长中被忽略的,那些简单的手势/当阳光和雨水间隔着落下:/对熟悉的身体感到疲倦/但能否从陌生的地方获得？像/这些叫不出名字的植物,万物生。"生命不可言说的隐秘就是对世界本相的卫护、打开与呈现。

　　在他看来,世界的诗意就在"隐而不见"的内在里,我们所见的景象其实只是一种虚幻,而非现实本身的形象,万物生长对应的天地演变,广阔而幽微的境界,"只有通过语言的创造"才可让个体经验抵达其核心,而它们往往是无形的,既熟悉又陌生。《夏之原则》借海鸟之口说出那些日复一日单调的涛声"是大海的原则",而这原则更是对喧嚣和沉默的重新定义,是"我们将开口说出"的结果。诗的旨意是基于现实考量之后对真理或真相的恪守与追寻,这里,"诗"是自我净化的容器。《夜跑者》除了暗示"用减法去增加生活的长和宽",还表现出对自身藏匿的黑暗的绝不手软。"他在自己的身体里挖掘出深深的夜晚/他要

摆脱的夜晚比身边的更黑。"诗人改变世界的前提是改变自我,只有敢于剜去自身的黑暗,才能让世界变得光明。这种本我旨趣超越了比比皆是的自我圣化的狭隘的本位主义,更接近于福柯的言说要义,求真意志只有对个人有用时,才能影响更广更远更符合情理。《致1089年的苏轼》以复古视角,试图走进苏轼的精神气度里去,诗人于是想象自己"顺流而下",在时间的河流里跟随先哲,去拜谒古老的道法,关于人格尊严的执着与大我的无限可能性。"在这一年,看见青色点缀的大河/渲染、流淌,天马行空/如同河道上出没的白鹭/一直不曾改变:它飞,那么优雅/仿佛凝结在时间中。"白鹭在沃尔科特笔下,已成为一个观照生命状态的经典意象,这岂不是也对一千多年前的苏轼有效? 有时,诗意的深刻就在不经意的松弛笔法之中。

三、天真的经验与"孤独"修为的美学旨趣

自古诗人皆寂寞。李郁葱也难逃这一宿命,但是,孤独是生产力,耐得住寂寞,受得住大孤独的,都是经得起咀嚼的人物。陈子昂"念天地之悠悠,独怆然而泪下"(《登幽州台歌》)与屈原"惟天地之无穷兮,哀人生之长勤"(《远游》),以及沃伦"我最怀念的,不是那些终将消逝的东西/而是鸟鸣时的那种宁静",这些天地人神交辉同频的绝唱,将小我的孤独形象,升格到无限的时空之中,往来超然,而具有伟大的人格力量。斯蒂芬·欧文说:"新的诗歌正是通过返回传统,运用改造传统而产生。"江山恒久,人生几何? 伫立天地间,即便繁华,也只有自己陪伴自己。也许得益于这个悟道,他的诗,就气质禀赋而言,孤独是一条纵贯线,在不少诗中,"孤独"一词高频出现。有一首题目就是《孤独》:"雨走了进来,在拉上窗帘的房间里/另一个湿漉漉的我/另一种声音低声朗诵着/睡眠醒着,在水的波纹里/每一滴水都有小小的涟漪/而我听到小狗的呜咽,像是对夜色的畏惧/它有那么沉重吗? 在无辜的眼神中/我可以听到,甚至是青苔生长的哭声/雨带来这个夏天的礼物:/轻轻地鞠躬,为一小片的晴朗。/我翻了个身,雨还在下。"这首诗展现的情景,让我不由自主联想到李白的"对影成三人"。真正懂得孤独本质的人,连挣扎都变得温柔。雨天独居斗室,除了雨声、狗的呜咽,就只有另一个湿漉漉的我,在呼应……王国维说"一切景语皆情语",李郁葱深知此道,浑然入诗,透彻而淋漓。

　　显然,李郁葱对布莱克"天真是一种智慧的深刻,是一种富有内涵的官能力量"的定论有强烈共鸣,早起读微信,有感"总归会淡去,那些经验和天真的承诺",其实这话一经说出,就暴露了自己的某种不合时宜,在可见与无视的双重界面,他始终不渝地阐释着自己的偏爱。于是,"孤独"就占有其诗的关键位置。当这种情绪化为气息时,诗意就表现得极其可贵,他希望隐遁于文字的空间,获得精神自由,但在深度进入之后,却又深感一种无形的束缚器皿一样将自己笼罩,这就是孤独。《晨昏别册》借用唐代高僧寒山的"日月如逝川,光阴石中火"作为题记,彰显之意不言而喻。寒山这个符号,几乎汇集了"形而上学"的东方智慧与讲古的神妙,是一个大写的"孤独"在文明史前置后衍的自然而然的深度意象。作为庞德、加里·斯奈德,以及罗伯特·勃莱等美国超现实主义诗人神交的"老师",寒山在他们心目中,有着至高无上的地位,尤其是美学旨趣与心境造诣,令他们倾倒着迷。我们知道,所有的诗意都几乎会通过阅读传递"新知",在另一个未知时空被"重启",比如唐宋诗词在今天人们的日常生活中承担的文化美学及其精神布道的重要性。毛姆认为,对于有良知诉求的人,善在多思中自我救赎的人,阅读便是一座随身携带的避难所。这其中蕴含的意义、力量,远比字面看来丰饶、广阔得多。

　　天真与孤独在卡尔维诺这儿是诗人的使命,是隔离众人,热爱大地,升入天空。问道天地间,谁能不孤独?李郁葱时常会陷入一种虚无感。"我看到它消失于夜色,此刻/有星星孤独地拥我入怀,它和这夜色重叠/我,一个虚无者的夜晚/推敲于更深沉的虚无。如果是夜色的挽留/有妖娆的花的声音和寂静的路/它们构成了重量:压着我的/不是这苍穹和群星,而是我脚下的大地",星星与"我",孤独相拥。这应该是一种常态。借用博尔赫斯的话说,是"你的肉体只是时光、不停流逝的时光。你不过是每一个孤独的瞬息"的感同身受。"如果我愿意独钓于岁月的一侧/会不会有耐心耗尽于未遂的火?像一个礼物/年轻时,我把诗写得复杂/诗并不打动所有人,它不给所有人慰藉/它有自己的荣耀:现在它独自存在/在发黄的纸页中,它独自说话。/那一年,我十八,有人说,她五岁/所以岁月如削,寒山子,不如我们回到这山中/藏在每一朵桃花的绽放里/那里藏着一个浩瀚,我们抵达的终结。"优秀的诗篇总是以其独特魅力感染读者,一个诗者,自我认知的深浅决定着诗歌的成色,当然这其中,对孤独的体感,最为重要。它是生命不可或缺的部分,甚至是生活核心地带,延伸到每时每刻。

在《某一日》中，诗人将"孤独"视为对自己的惩罚，他说"而我的青春/在那里独自孤独：也许/孤独早已改变了我，在我的体内/它形成了街道、河流、滂沱和阳光/一遍遍惩罚着这些被记忆遗忘的人"。在《纪念：2016 年 3 月 16 日》中，"孤独"是一种"自尊"："这些年，我跑步或者长久的行走/偏爱于它们带给我的孤独/如果我走出城市一点，我偏爱于/那些微微模糊的灯光/像一个醉汉，我偏爱于那孤独/是一座小小的屋宇/锁住我不喜欢的喧嚣，无论是/褒扬还是诅咒。我更爱/那一直追随着我的影子，如果我/和它之间，能够构成一个世界/那种在忍耐中形成的自尊/它屈尊于那些疲倦和自由。"当这些天真之诗多维度多层面指向个体主体经验里的灵魂状态，一个空虚的肉体，因为诗意的发现，渐渐就有了"内在的充实"。

四、在相对论的滂沱之外，潜修"山水的秩序"

不得不提李郁葱的两个组诗《雨的形式主义》和《山水相对论》。

《雨的形式主义》共有五首，采用交互性的结构话语体系，以乐观和悲观互为话题切入的参照，围绕"而你的内心已是雨后/在一片滂沱之外"（《雨》）这么个核心句，对"雨"这个意象渗透的人文意味，进行探微的建构。这组诗，展现了李郁葱诗歌辩证趋势的显豁意义。作为具象"雨"，即"物"的形式，在对个体情感认知发生作用时必然会被导入"主义"的自我假设之中。

在《一个悲观主义者的雨天》中，雨的形式移位于"主义"时是"让人发愁"，这是古典主义的传统路径，带入的是"愁绪"，与呼喊发生美学碰撞，就加大了雨天里"人"的现实一面，一种不确定的甚至有点"强说愁"的冒险，加大睹物而由心的不可名状却又思接千载的可能。当"花瓣""大海""春天""雨伞"等诸多繁复意象同时在一首诗里出现，并成为诗意触发的动能，诗人内心的诘问和欲言又止的辩证淹没在雨声里，而眼前实景在忧思中渐渐向虚像偏移。"阴郁的春天，我们被雕刻的流水/它难道不是一场梦吗？"这个结尾，与宋代晏殊的"满目山河空念远，落花风雨更伤春"构成了一种超时空的"神合"语境。而《一个乐观主义者的雨天》突然就进入另一种音频，这时的雨，和圆舞曲、空蒙的山色、剔透的雨眼、飞起来的世界……重组，一个苏轼式的感触赋予了诗人春明景和的当代性提示：陶醉足以忽略全部。与其说两个境语衬出了两种心态，不如说在观察者的情绪两端,站着两个不同的世界。它们的代言人各自以"空虚"和"充实"展开"如是说",说什么呢? 设定情节、导入话题、冲突交锋、高潮起兴、袒露心结、给出感受,一个是"献身于一个自我的保护"的悲情,一个是"如果雨移走了我的影子,我不再踩着自己"的乐观。作为构思上的一个出奇的安排,最后的交响《如果悲观主义遇上乐观主义》被设置在"半梦半醒"的区间,二分法的活学活用。一个人身体里的两个自己,肉身笃定与灵魂出窍其实是凡人的常态。"一个假寐时出没于你身体的人/你们争执、你们拥抱,你们有着太多的相似。"兄弟伙儿,姐妹花,有人的地方才有江湖,有人味的诗歌才有诗意。"睡和醒的重叠,是昨天的你/和明天的你:但他们不会成为/今天的你。即使你站在中间,像一张/可笑的合照(纪念一次普通的旅游?)/也不会更可笑,比如/墙挡住你的视线,而你可以想象/那消失了的时间——/那么,即非乐观,也并不悲观。"卒章显志,这是诗人的"政治诉求",它们既不和解,也不敌对,世界和世事就在这二分框架里和谐共生,一个人的内在宽阔,就在相互的二律背反中趋向合理。诗人不是在复制哲理的概念,而是在实践中,遵循诗学原理,通过纷呈的意象得出探索的自足与检测发声学的变量。

"当美妙的想法始于我们",李郁葱如此感慨诗歌带来的"好处",哪怕虚无,哪怕只是一场没有意义的宿醉。但是生活之外,即便只看到"那些高高的墙和无边的天"的"其中的一部分",也是好的,值得"执迷不悟"。他说"另一条路不是我的选择,另一种风景不会向我展开",为此,他选择作为隐者的那点与红尘的格格不入:"留一点白? 好吧,把群山留给旷野/把河流留给雨水;把你/留给我们月下的对饮。我们退回到/各自的影子里,像随风摇曳的松叶/没有风时,它在我们心中动/而我们,回到我们的植物年代/当我们所拥有的动物岁月/陷入到一种不知名的安静里。"是的,他宁愿捡拾并津津乐道被"他们所忽视的植物的美德"。心归于野,道法自然。老子说:"夫唯弗居,是以不去。"这是老子《道德经》里的,核心要义是,不占有,便不会失去。每个人都离不开肉体的现实,但是任何人都不排除有一双超越笨重肉体的灵魂的翅膀,李郁葱赋予自己飞翔的权利就是放眼远观,试图回到"从山野中来,到山野中去"的存在主义哲学命题里寻找那个"独立思考"的自己,因此,他写下了由二十一首耽于旷野诗学主轴的格调下沉心思稳健的组诗《山水相对论》。在那些日常经验中,他秉持天地万物,各美其美,美美与共的"共和"愿景,让自己的初心对接自然,写出最原始的感觉和大道至简的心意。

一个乐于把自己交给自然的人，一个希冀灵魂与肉体的和谐统一的人，一定能在欲望之外，建立一个合乐的"理想国"。李郁葱的山水诗不是一般意义的仿真描摹，而是加载了心理建设的情怀关切，展现了痛苦、彷徨、渴望、懊悔、迷惘、失落、欢欣、陶醉、妙趣、自省等诸多情感体验的特殊性，说到底，他在"相对论"的不求惊人之语中想要塑造的是一个本真的自己，他致力于让顺应尘世化的自然，回到"这一片刻，我愿意鸡同鸭讲，好好活着"的此在，歆享"孤独"，潜修"山水的秩序"。

（本文原载于《中国当代文学研究》2022 年第 1 期）

凝视就是不断地重复

——读泉子的诗札记

杜 鹏

我和诗人泉子只见过一面，那是在 2019 年的 11 月河南郏县的"三苏诗会"上。诗会的第一天晚上我们大概有近二十个诗人一起在郏县的一个大排档吃饭，因为我们坐的位置距离非常远，所以我们之间也没怎么说话。第二天，他送给了我一本他的诗集《空无的蜜》。在那天的饭局上，我可能是话最多的那个，而泉子可能是话最少的那个。

我刚拿到这本《空无的蜜》的时候感到很吃惊，因为从没想到一个看上去如此低调的诗人会出一本封面颜色如此张扬（亮黄色）的诗集。在那一次诗会中，我收到了不少诗人的诗集，装满了我原本就不大的行李箱，但是唯独这本《空无的蜜》躺在我的行李箱中，用它的亮眼颜色不停地暗示着我，仿佛它比其他几本诗集更期待我对它的阅读。就这样，当我任意翻开其中一页的时候，我读到了这首《一首诗的完成》：

> 一首诗的完成是一个诗人不断地克服来自语言，
> 来自"色、声、香、味、触、法"的诱惑，
> 而终于成为他自己时的喜悦与艰难。

通过这首诗,我感觉我看到了泉子的所有诗,看到了一种我从没想到我会喜欢,但是我确实喜欢的诗。在我个人的阅读习惯里,我从来都是倾向于异质性强的文本,越怪异,越有破坏性,我的阅读快感也就越强。而在泉子的诗里,我看到了一种之前我几乎很少触碰的文本,就是一种自带"擦拭"功能的诗。在这首《一首诗的完成》里,在这看似大白话的语言背后,我看到了一种诗人修炼自己的语言并不断地用自己语言的"擦拭"给母语"洗尘"的状态。而这种通过诗歌内部传达出来的"擦拭"状态,比这首诗所呈现出来的文本,更能打动我。

我的书桌上放着四本泉子的书,一本他的诗话集《诗之思》,还有三本他的诗集《杂事诗》《空无的蜜》及新近出版的《青山从未如此饱满》。和所有高产的诗人一样,泉子的诗歌写作也存在着大量的自我重复。然而泉子的自我重复,并没有稀释掉他的写作才华,因为他本身就不是一个靠所谓才华和灵感去写作的诗人,相反,由于泉子的重复,从修行的角度来看,反而加强了泉子诗歌的质感和写作的内功。如果拿一个现代诗人的标准来看,泉子的写作涉及范围相对较窄,更多的是聚焦在对汉语根源性的探索。泉子的诗是思想者的诗,更是凝视者的诗。在我看来,一个诗人的修炼不一定在于他读过多少书、走过多少路、参加过多少诗歌活动,而是在于他有没有真正凝视过自己的生活,凝视过自己的语言。泉子诗话集《诗之思》中有句话令我颇为感动,就是"我早已放下了新与异对我曾经的诱惑与吸引"。作为一个生活在现代都市中的诗人,日常生活从某种程度上来讲就是在有意识或者无意识地和"新与异"发生关系。"新与异"在诱惑着我们的世俗生活的同时也诱惑着我们的精神生活,尤其是自朦胧诗以来的当代汉语诗歌的写作,本身就已经形成了一个和"新与异"相交融的小传统。通过每一代诗人的努力,现代汉语的实验性在诗歌写作中几乎已经触及了所有可能触及的角落,然而任何一个有抱负的诗人都不得不考虑到的一点就是,实验过后,诗歌还能剩下什么? 泉子通过他的这种几乎看似毫无"现代性"的写作,小心翼翼地呵护着自己母语中最本真的那一部分。对于一个诗人来讲,放弃实验就意味着放弃"求新"和"求异",需要一种对自己母语的极为特殊的亲密感,才有可能去选择放弃这种来自"新与异"的诱惑。

和江南很多有着"崇古"与"复古"倾向的诗人不同的是,泉子的诗歌虽然纸面上看起来像大白话,几乎没有什么现代性所带来的那种冲击力,但是在他诗歌的背后,却包含着一种特殊的现代感,而这种现代感是建立在保持对"现代

性"的怀疑并同时可以抵达一种当下体验的基础上的。泉子曾经谈到,他最推
崇的当代诗人是多多,他认为多多的诗歌写作已经把汉语的现代性推到了一个
极致,而他的诗歌则是扎根于对现代性的怀疑。而这种怀疑在泉子近十年的作
品中几乎随处可见。以《忧心》一诗为例:

> 不要为技艺或年龄忧心,
> 我们需要时时警醒的是,
> 我们是否依然能够
> 心无旁骛地去看,去理解这人世。

　　从这首诗的题目上看,"忧心"既是对"在场"之忧,也是对是否还具备"脱离
现场"的能力之忧。"忧心"之所以沉重,是因为在场,无论是在"年龄"的"场",
还是在"技艺"的"场",都会不得不背上一个个包袱。而这首诗的"忧心"则来源
于,我们是否在沉重之余,还具有追寻"轻"的能力。在现代社会当中,如果想要
达到一种"心无旁骛地去看"的状态,既需要诗人有一颗警觉之心,也同样需要
诗人长期地对自己的直觉,也就是先验性的呵护和培养。
　　《天才是一种病吗》是泉子的另一首出色的"怀疑之诗"。在这首诗里,"天
才"虽是炫目的代言人,却不是"道"的同路人:

> 天才是一种病吗? 一种因才华过于丰腴,
> 而得以获赠这人世的偏狭。
> 或许,天才还过于炫目了,
> 并因此偏离了道的静穆。

　　在这首诗中,我所理解的"天才"并不完全是指那些聪明绝顶并在一开始就
吸引到众多目光的天赋异禀之人,还有可能是一种嘈杂的象征。而"道"则必须
是"静穆"的,也是隐蔽的。在这首诗中,泉子在保持追问的同时,也显示出了一
个有着自觉意识的诗人所应有的隐而不显的孤绝状态。而"孤绝"本身显然比
"炫目"离"道"要近得多。
　　"空无"是泉子的诗歌写作中经常涉及的一个概念。这一词来自道家,指的

是一种虚无之境,既是一切事物的本体,也是一切事物的最终归宿。相比散文,诗歌写作从文体上来讲,自身就偏"虚",所以当涉及"空无"这一主题时,一旦处理不当,就很容易为了"玄"而"玄",有故弄玄虚之嫌。而泉子的写作则是通过对"空无"的凝视来为"空无"赋形,在探寻汉语根源性的同时也发明了一种新的言说,也就是言道方式。且看这首《空无的蜜》:

> 多和寡都不是你所注目的。
> 你必须成为一,
> 那唯一的,甚至比一更少,
> 你必须在对心灵的持续倾听与追随中
> 饮下这空无的蜜。

"蜜"这一词在诗中为"空无"这一相对较虚的概念完成了一次味觉上的赋形。与那些依赖灵感降临的浪漫主义诗人不同的是,泉子的诗不是等出来的,而是修出来的。在泉子的诗里,有紧迫感的诗并不多,这首是其中之一。诗中的两个"必须"是这首诗的紧迫感的外在因素,这两个命令式的句子加强了诗的语气,给了诗人的凝视以"加速度"的感觉;同时,这两个"必须"还激活了诗对作者的要求、诗对作者的凝视。只有通过"对心灵的持续倾听与追随",作为回报,才有资格去"饮下这空无的蜜"。

如果说这首《空无的蜜》是为"空无"这一概念发明了一种新的味觉,那么这首《真正的谦卑》则是为"空无"发明了一种新的"谦卑":

> 真正的谦卑一定不会是毫无尊严,
> 或斯文扫地的,
> 而是一个曾经如此骄傲的人,
> 他终于在一面空无的镜子中
> 看见了自己脸庞时的荒凉与寂静。

在这首诗里,"空无的镜子"是一种类似于史蒂文斯所说的"最高虚构"的存在。在"最高虚构"的投射下,人世间的"骄傲"自然荡然无存,留下的只有"荒凉与寂静"。而这面"空无的镜子"作为"最高虚构"的一次显现,赋予这首诗一种特殊的画面感,这让笔者想起了库布里克的电影《2001太空漫游》中影片开始出现的那块莫名其妙的黑色石碑,在影片中,一群猴子看见了石碑莫名其妙地学会了使用工具,从而变成了人。而在这首诗里,"一个曾经如此骄傲的人"因为"一面空无的镜子",也莫名其妙地从自身发掘出了一种新的谦卑,从而由一个骄傲的人变成一个修行的人——一个诗人。

与其说泉子是一个在写作技法上存在着大量自我重复的诗人,不如说泉子是一个把所有诗都当成是同一首诗去写的诗人。因为"重复",所以泉子的很多作品之间都有一种奇妙的对称关系。泉子新出的诗集《青山从未如此饱满》中,收录了大量的悼母诗,其中很多诗作就存在着一种以时间为轴的对称关系,以《我曾经不敢想象》《黄道吉日》和《去年这时》这三首为例,在这三首诗中,泉子都把凝视的焦点放到了和母亲去世有关的特殊日子,先看这首《去年这时》,泉子用一种对时间的不断强调的方式,使哀痛在诗中凝固了下来:

去年这时我正在劝说中暑数日的母亲去医院,

去年这时我在等姐姐的车子,

去年这时,我在给母亲刮痧,

并因母亲随即的精神抖擞

而欢欣鼓舞,

去年这时,母亲正对阿朱烧好的牛肉蔬菜羹赞不绝口,

去年这时,我正在给母亲擦身,

去年这时母亲正沉沉睡去,

去年这时,

应是一段多日来难得的轻松

而为喜悦注满的时辰,

而我对母亲在不到十二小时后的猝然离世,

依然一无所知。

在这首诗中,"去年这时"重复使用了七次,这种重复是对一个有特殊意义的时间的追忆和一次次的凝视,这让我想起了诗人沈浩波有首诗叫《清明悼亡

诗》中的两句诗:"与其说是在祭奠死者/不如说是来看望死亡本身。"泉子在言说母亲离世前的最后一天这一特殊日子时,用这种对时间不断加强的"凝视"的方式,使自己的哀痛之情顺着词语的缝隙缓缓流出,并流进一种更深刻的谦卑之中。这种谦卑既源于诗人对自己母亲的哀悼,也来自诗人对死亡本身的敬畏之心。最后,泉子在"依然一无所知"之中,将对母亲离世的哀痛之情拉回到了那个"为喜悦注满的时辰"中。而这种"一无所知"与"为喜悦注满的时辰"之间形成的冲突,使这首语调平缓的诗有一种"哀而不伤"的情感张力。让我们再把视角对准另外一首与这个特殊时间有关的诗《我曾经不敢想象》:

　　我曾经不敢想象,

　　有一天妈妈不在了,

　　这将是一个怎样的人世?

　　直到我在此刻的凝望中,

　　看见了一池的残荷、静静的湖水

　　以及更远处

　　青山缓缓地奔流。

　　悼亡诗之难就难在很多作者处理不好这种具有个人化的情感宣泄与非个人化的表述力量之间的平衡,所以悼亡诗之难并不只是在考验作者的心智,还同样考验作者的技艺。而这首《我曾经不敢想象》无论是对语言节奏的把握,还是对情绪的处理,都堪称是同类诗中的杰作。在这首诗的第一句"我曾经不敢想象"与上一首中的"依然一无所知"有着一种同义却不同理的关系。"依然一无所知"带有一丝惊异和一丝懊悔,与"我曾经不敢想象"相比较起来,就淡然很多。如果说泉子的哀痛之情在上一首诗中是呈现出一个"回流"状态的话,那么在这首诗中,泉子的哀痛之情更像是一种"奔流"的状态。最后一句"青山缓缓地奔流"把速度上有矛盾的词纳入一句之内,带来幻觉与错觉的恍惚感,堪称是这首诗中的点睛之笔。耿占春先生在为泉子的《杂事诗》写的序言中谈道:"诗歌不仅仅止于抵达普遍的道德情感的认同,他还由此出发,抵达一个非我化的普遍表述力量与沟通的媒介。"在这里,"青山"就是这个"非我化"的媒介。"青山"在这里既是西湖边上的景,也代表着泉子的一颗哀伤之心,是整首诗中最"沉重"的一个词。在这里,泉子让自己的心随着青山一起"缓缓地奔流",用一种客观参照物的方式将自己的情绪融进"青山"之中并赋予其一种生成性的意义。

《黄道吉日》是一首特别的诗,诗中讲述的那一天既是泉子的婚礼之日,也是泉子母亲的落葬之日,时间相隔整整十二年:

> 去年的今天,是妈妈落葬的日子。
> 而在十二年前的同一天,
> 我和阿朱举办婚礼,
> 它作为我们手捧皇历
> 翻到的第一个黄道吉日。
> 那天,妈妈笑得那样地开心,
> 就像我每天想起她时,
> 她一直望着我的样子。

这个被诗人选定的"黄道吉日"在诗中有着双重的意味——个人的极喜(婚礼)和极悲(母亲的落葬之日)。作为一个特殊的日子,一个被权威(皇历)选定的日子,泉子在这首诗中再一次对时间产生了凝视。在凝视的同时,一个哀痛着的诗人也恩赐般地得到了时间的回视("她一直望着我的样子")。在这种互相的凝视之中,一种天赐般的"大爱"被时间中的复杂情绪激发了出来,从而形成了这样一首"爱之诗"。

在读完手边泉子的几本诗集之后,我曾经问泉子,是否有读经或抄经的习惯?他回答说,对于他每天的生活来说,读《心经》和《金刚经》都是必修课。在一个一切都在加速度的时代,一个用母语写作的诗人天生就负有一种责任,也就是一种时刻为自己的母语踩刹车的责任。诗人臧棣曾说过:"诗是一种慢。"我们可以看到在泉子的写作中,这种"慢"体现得尤为明显。泉子写"慢",不仅是有诸如"微凉""青山""磐石"等"慢"的意象,更是在写法上和语调上做到一种精致的"慢"。要想抵达这种诗之"慢",既是一个修炼的过程,同时也是一个凝视的过程,这个过程本身就意味着需要大量的重复。这种重复在我看来并不是一种因技艺的匮乏而导致的重复,相反,泉子诗歌的重复使诗的技艺问题在人文关怀面前显得无关紧要,而关怀本身就意味着重复,是"人世之丰盈"的"伟大的缘起"。

(本文原载于《扬子江诗刊》2021 年第 2 期)

"混血"的语言

——沈苇诗歌新论

沈 健

一、从"湖人"到"胡人":"与新的日出对话"的诗人

1998 年是沈苇从江南进入新疆的第十个年头。继前一年参加《诗刊》"青春诗会"之后,这一年沈苇凭借诗集《在瞬间逗留》又荣获首届鲁迅文学奖,在众声喧哗的当代诗坛崭露头角,发出了五官独异的声音。这是一种浑厚、俏丽、新奇而又生机勃勃的声音,与此前昌耀、周涛、章德益、杨牧等人为代表创作的"新边塞诗",既有音域谐振的共性承接,又有肌理质地的陡峭差异。这种差异在于,它是一种源自边塞却超越地域、状如类型却综合多元的声音——沈苇给我们带来了中亚太阳下的胡旋舞,带来了沙漠之花,天山新月,"巴旦木神秘的图案",带来了"绒毛里兽性和人性合二为一的暖":

> 飞鸟的正午,太阳滚进十个村庄,
> 黄塔碧寺,琉璃反光,感恩的颂辞
> 来自泥土中的嘴巴。时候到了,启示近了,
> 卑微低矮的事物接纳了最高景象

——《新柔巴依》第 18 首①

这是一个能指单纯的世界,更是一个所指繁复的镜像,高悬中央的是一轮

---

① 引自沈苇诗集《在瞬间逗留》(百花文艺出版社 1995 年版),下文中所有句均引自沈苇《沈苇诗选》《新疆词典》《博格达信札》《高处的深渊》《柔巴依:塔楼上的晨光》等,不一一注明。

"正午的太阳"，他的"脸上昼夜交替，一半是冰，一半是火，中间是咬紧的牙"，一个迟到的移民，来自"混血的城"，"一个异乡人，褐色瞳仁里燃着爱与怜悯"。这是一帧西域肖像，也是沈苇个人的底片。

照片是精神分析的重要索引。沈苇诗集《我的尘土，我的坦途》（新疆人民出版社 2004 年版）插页中有一张照片，拱门的菱形小窗透出隐约的光亮，仿佛另有一重世界支撑在后。画面的主体，诗人双手合十，方正之脸，天庭阔大，目光平和，一副典型中亚胡人的身躯，只有那副书生气的眼镜才透露出一些涟漪细密的儒雅与秀慧。这个沈苇，与 1988 年离开老家时已经判若两人，那时的他风华正茂，那时的他是个"提着灯笼的少爷"，眼镜背后精明的光散发着南方特有的"潮湿"和"寒意"，"还有菊花和桂花的余香"。那时的他，"正处于人生的一个狂热阶段，忧伤、梦想、反叛以及背井离乡的冲动压过一切"（见《高处的深渊》后记《雪豹手记》）。而现在，岁月与异域已蒸发掉他身上多余的水分：

> 荒原显现他的肉身，如同显现一株牧草、一只黄羊。荒野是从他
> 体内铺展开去的，无边无际，像海。他知道，他知道。他有一条活着的
> 丝绸之路，连结湮没的城市、死者的心跳……
> 杂色的羊群，婴儿的眼睛，
> 瞳仁中渐渐放大一位综合的上帝。
>
> ——《大融合》

沈苇反复提到"综合的上帝""上帝的观音"，提到"大融合"，提到"子宫""年复一年的磨砺"，提到"混血""新生""啜饮"……这样一些生殖性的肉感词语，将诗人的自我孵化、苏醒、蜕变、重生的过程呈现为一种"异质混成"的诗歌风格。而且，随着远方的地平线不断打开，随着诗人"掉进地域在我身上造成的巨大裂缝"的越来越深不可测，他变得越来越朴素、厚道、谦卑了：

> 如果我只专注于个人的痛苦／那是一件多么羞耻的事
> 勿忘节约悲伤，将微笑留给四季／勿忘日月星辰草木鸟兽都是私
> 人财富／勿忘知足，身体已装得太满／勿忘将心长到体外——长到尘土
> 与风暴中去……

在这十年及以后一个时期,沈苇以奇异方式写下的文字,是一部个人写作不断"以潮湿的方式进入干旱和坚硬"的成长纪录,更是一部中亚文化与江南灵气内在结合的精神谱牒,是冰与火、死与生、干旱与潮湿、辽阔与狭窄、葱郁与荒芜、时间与空间、历史与社会……纠集成的异常丰富、复杂和深邃的多元文明融会的个案样本:

> 一切都在结合:风与尘,沙与金,
>
> 草与木,山与壑,光与影,梦与真
>
> 高歌与低吟,飞翔与沉沦,伤痛与抚慰……
>
> 天赐的婚姻铺天盖地,笼罩了万事万物。
>
> ——《新柔巴依》第 29 首

在这个"杂色"样本中,沈苇所写的主题可以开列如下:死亡、虚无、爱、人道、正义……这是波德莱尔以来的诗人们的共性追求,并无什么独异,但沈苇的不可替代性在于他诗中的多重声音的不断争吵与和解,不断分裂与拥抱,不断背叛与涅槃。这些争吵的声音来自诗人的两个故乡、两个文化背景、两个自我的驱动和此后多元文化背景的介入,就像沃尔科特文本中的英语世界与加勒比海文化、叶芝个人面具背后的多重自我,争吵的结果就是和解:一种自我培养的诗,"一种可怕的美已经诞生"(叶芝诗句)。

那么,如此忠诚地分裂着沈苇肉体与灵魂的多重声音是什么呢?沈苇在答《新京报》记者问时说:"在我的心目中,浙江和新疆都是我的故乡。再缩小一下范围,两个故乡同样指的是我出生地的水乡村庄庄稼村和目前生活居住的边城乌鲁木齐。"前者是典型的江南温柔富贵之乡,盛产才子佳人、琴棋书画、风花雪月。在机智、巧慧、细腻的底色上,最具冲击力的姿态也无非只是张扬、狂放、离经叛道,如八大山人之流。后者则是百感交集的中亚文明的博览中心,是东方和西方对话的前沿与窗口,多民族的共居,多宗教的交错,多文化的融合,构成了一种活着的传统、醒着的历史。沐浴其中,沈苇长出了与这片土地血肉相连的"脐"——中亚文明的乳汁源源不断地输入他体内,艰难的精神"换血"之后,他找到了自己,确立了一种"正午的哀伤"的抒情基调,开始了混凝、杂色、综合的诗歌之旅。

于是，沈苇的肉体与灵魂都发生了微妙的变化。我清楚地记得，大约是1995 年之后，沈苇每回一次南方，他的外貌、体型、状态、精神都向江南传播出一些新的信息，比如，眉清目秀的英气日渐少了，铜钟般浑厚的大器日渐多了，胸膛的厚度也日渐加增，天庭也不断饱满、宽阔。大致说来，这是一个由"湖人"向"胡人"的渐变历程。现在，沈苇的体内，居住着两个分裂又统一的家乡：一个是湖水温婉、蒹葭苍苍的太湖之滨的湖州，一个是胡风凌厉、胡杨倔强的天山脚下的乌鲁木齐。一个清正、克制、隐忍的胡人，隐身在敏感、机巧、温柔的湖人躯体之中，弄得他自己都有些恍兮惚兮："有时我觉得自己是古代阿拉伯人中的一员，迷恋骏马、刀剑和经书……"

> 大玫瑰和向日葵下，亚洲的心脏
>
> 跳动如亲生的处子，如不倦的羯鼓。
>
> 丝绸之路，一条穿越时空的长线，
>
> 连接着死去的心和活着的心
>
> ——《新柔巴依》第 2 首

"胡人"与"湖人"，其实拥有一颗共同的心脏："终有一天，我将集水鬼与木乃伊为一身！"（《新疆词典·沙粒》）这是以幽默的方式表达的诗人之梦、融合之梦。

由此，沈苇的诗歌具有江南丰富、滋润、细腻的血肉，西域开阔、俊朗、包容的骨架。通读沈苇，我认为他带给我们最精彩的礼物就是：一种人道主义的正气、理想主义的浩气、道德主义的阳刚清气和俗世主义的达观慧气。用新疆歌舞来比喻的话，我曾看到的十二木卡姆是一种灿烂的艺术，人们以天空为屋顶，以大地为舞台，以日月为手鼓，让人与人的交融唱出内心的赞美，让欲望与暴戾趋于和解，让理性的艰涩放逐于感性的辽远，让猛烈的美诞生于无边的安宁、沉雄……在语言炫技和经验的转述如日中天的整个 20 世纪 90 年代，沈苇的诗，正是以这样一种清正大道的气魄，构筑了一个梦想的家园，一个精神的中亚，一个沙漠中的宝窟——一部让我们在词语中取暖的书中之书！

二、从"换血"到"混血"：个人化语言"突眶而出"的绚烂形态

事实上，整个 20 世纪 90 年代也正是当代汉诗从"换血"走向"混血"的时代。理念转型、语言自觉、诗人分化、代际承传，贯穿于 1989 年之后世俗化、物质化、市民化的诗学认同与文化衍演之中。诗，在回归本体和去意识形态化波澜中趋于泥沙俱下异质混凝的发展态势。唐晓渡、张清华等关于当代诗歌"经典化"的讨论，埋下了首都与地方、口语与书面语、体制与身份冲突的种子；程光炜《岁月的遗照》一书的编辑出版，引发了诗坛美学流变与话语争夺的激烈论战。紧接着，"民间写作""知识分子写作"两大阵营公开分裂，并于 1990 年在"盘峰诗会"上爆发成著名的诗歌史事件……也正是在这一时期，于坚以《0 档案》等诗作解冻了拼贴式口语化混杂写作的壶口瀑布，西川、臧棣则以《鹰的话语》《厄运》和《锻炼》《在官厅水库》等文本开凿了刻意磨砺技艺的戏剧化叙述性写作的诗学三峡。地处"地域写作"偏远边疆的沈苇，以天赋灵感与后天努力写出了《混血的城》。这是一个转型的象征，一次"混血"的新启程：

> 另一种浪涛拍打着我——
>
> 热的血、浓的血、清洁的血、泥泞的血
>
> 在大十字和小十字相遇，融汇成
>
> 同一种赤诚的血
>
> ——《混血的城》

从 1999 年起，诗人花了十年时间"漫游新疆"，其间出访罗马尼亚、摩尔多瓦、俄罗斯、以色列，"完成对丝绸之路二十余种植物的实地考察"，"异域的教诲"不断地朝向时间与空间伸展，"精神辐射力"不断垫高着创作主体眺望世界的眼界，诗人的身份也随之不断地如蝶幻变，"游吟者、警觉者、存在主义者、革新者、悲观者、侠客、英雄主义者、叛逆者、无产者、陌生者、圣徒……"[1]"胡人"开放性的体内活色生香，异人如织，一种超越国界、民族的人类学视域被内在地建构起来。在具体的写作形态上，表现为跨文体、超文本、多视野的"混血"文体探

---

① 徐敬亚：《沈苇诗歌中史诗元素的异变》，《特区文学》2017 年 1 期。

索一发不可收地涌现在沈苇笔下。其标志就是以"新疆"三部曲为主体的一大批诗化散文的写作和出版。

在我看来,《新疆词典》《新疆盛宴》《植物传奇》等散文集和"人文地理"的创作与传播,其意义就像《认识东方》之于克洛岱尔的法语创作——正是由于邂逅汉语东方,克洛岱尔敞开法语的五官汲纳东方园林、山水、城市与日常生活,派生出一个西方人对东方的误读与异见,在欧洲传播了象形文字帝国落英缤纷的诗性魅力,影响了米修、谢阁兰、佩斯等人振空凌翼的创作——《新疆词典》《新疆盛宴》《植物传奇》也是如此,它们以"随笔、札记、日记、书信、传记、剧本、田野调查、微叙事文本"等融合,将"诗歌、散文、故事、思考"等文种互文化合,派生出误读混杂与异见交织的沈苇式的"一个人的新疆",形成了技巧与诗性齐飞、语言与德性一色的语言风貌。[1] 而这种风貌回流到诗歌内部,必然地反哺诗歌的书写,全方位地推动诗人价值理念、审美聚焦、观察方式、呈现技艺、意象择取的蓬勃生长。这是一种"混血"写作,一种基因杂交的实验,其美学结果就是,一种个人化诗学技艺、诗思秘诀和语言形态渐渐形成。对此,我愿以个人化语言"夺眶而出"喻之,请允许展开详述。

> 数一数沙吧/就像你在恒河做过的那样/数一数大漠的浩瀚/数一数撒哈拉的魂灵/多么纯粹的沙,你是其中一粒/被自己放大,又归于细小、寂静/数一数沙吧/如果不是柽柳的提醒/空间已是时间/时间正在显现红海的地貌/西就是东,北就是南/埃及,就是印度/撒哈拉,就是塔里木/四个方向,汇聚成/此刻的一粒沙/你逃离家乡/逃离一滴水的跟随/却被一粒沙占有/数一数沙吧,直到/沙从你眼中夺眶而出/沙在你心里流泻不已……
>
> ——《沙》

"沙子"是粘连着佛教经义芸芸众生的喻象,也是威廉·勃莱克以微观透窥宏观的著名意象,到沈苇笔下却与"泪水"融为一体,从"眼中夺眶而出",又返回

---

① 张杰:《从江南到西域"混血写作"所抵达的诗与远方——访首届鲁迅文学奖获得者沈苇》,《华西都市报》2017 年 10 月 29 日。

"心里流泻不已"。人与沙,你与我,内心与宇宙,通过"眼眶"这一"不同时间的汇聚点,所有空间的交叉点"①,集纳于"地球极点"。东西南北凝聚于此一极点,古今中外浓缩于此一结构。这是一个诗化小宇宙的内在结构,这一结构的核心装置,有时是一粒"沙子",一个"眼眶",一滴"泪水";有时是一个"穹顶",一个"湖底",一个"宇宙"。这种"夺眶而出"语言技艺集成术表现在以下方面:

其一,主客倒置与感官综合。诗人是"眼眶"的缔造者。在感官知觉活动中,将自我"眼眶"放大或缩小、改变位置、转换视轴、收放焦距,或者将自我推移到他者的"眼眶"之中,可以创生人人心中有、人人笔下无的陌生化效果。

> 峡谷中的村庄。山坡上是一片墓地/村庄一年年缩小,墓地一天天变大/村庄在低处,在浓荫中/墓地在高处,在烈日下/村民们在葡萄园中采摘、忙碌/当他们抬头时,就从死者那里获得/俯视自己的一个角度,一双眼睛。
>
> ——《吐峪沟》

打通生与死、阴与阳、村庄与墓地、天空与大地的通道,将观察的视轴倒置、翻转和多重转换,或者通过主客变焦、换位与反复错陈,从而抵达直观新陌、洞悉存在的灵悟境界。这是现代诗的惯常技法,但沈苇的独到之处在于,通过这一技法建构一个思辨与反观的坐标,让生者检视人间的冷暖,辨认人生的意义,反察生命的韵味。这一点《清明节》一诗最为典型:

> 死去的亲人吃橘红糕、糖塌饼、猪头肉/最老的一位颤颤巍巍,拄着桑木拐杖/最小的一个全身沾满油菜花粉/年轻人喝着醇香的米酒/……/天黑了,他们深一脚浅一脚返回/带着一些贬值的纸线、几个怯生生的新亡人。

"清明节"是"愉快的一天",亡灵们忙忙碌碌,像活人过"古尔邦节""元宵

---

① [墨]帕斯:《原始人与野蛮人》,《孤独的迷宫》,赵振江、王秋石等译,北京燕山出版社 2014 年版,第 307 页。

节""中秋节"一样，做客、吃饭、喝酒，济济一堂和谐共欢，毫无死亡的阴森与恐怖。这首诗巧妙之处就在于，通过生机盎然的日常生活场景描述，让生命的喜感、乐趣和人伦价值，从死亡的反光镜中"夺眶而出"，在读者心中"流泻不已"，激发读者从中回望生命的意趣与价值。

纵观三十多年来的写作，二元交错、视轴反转、主客倒映、物人换位等，沈苇正是通过这些诗化"眼眶"的喻象投射，或者感官的综合投影，为他的诗带来一种思辨的力量，一种顿悟的冲击力，一种敞开存在的幽暝气场。请看：

"我俯下身，与蚂蚁交谈/并且倾听它对世界的看法"（《开都河畔与一只蚂蚁共度一个下午》），这是人与蚂蚁视角的对转；"苍生啊，在我躯体的辽远国土上/众多嘴巴发出咆哮和呻吟/出来吧，卡在喉咙里的雷声/迅速滚向一个深渊……"（《眺望》），这是个人的身体与国家土地的互换；"太阳一大早就落下去了"（《一个老人的早晨》），这是落日和朝暾的倒错；"水往高处流/这就是说，向上的路与向下的路/有时是同一条路"（《江布拉克》），这是方向的视觉倒转；"窗子取缔了我的目光/替我面向喀纳斯风光/一门几何学的教诲/让我向外瞅/也向内看"（《喀纳斯颂》），这是身体与建筑物活化的互文；如此等等，不一而足。这种将人的感官全方位综合、倒错、融通、勾连，形成了一种异想混合的思维方法与诗思技艺，几乎成了沈苇西域书写的特有标志。

其二，背景混杂与细节提纯。沈苇诗歌观照的对象异常复杂，题材极其庞驳，背景特别繁厚，意涵格外错综。读一读《喀什噶尔》的后半阕：

> "书面的美是一座麻扎，/在静静消化'死'这个词。"/守墓人！你与文字间游荡的亡灵对话/深知伟大的书取缔作者/取缔他的生平、简历和传记/翻到十一世纪幽蓝的一页/突厥语，波斯语，阿拉伯语/交换内在的信物和光芒/正如小径交叉的喀喇汗花园/慷慨的百花交换各自的芬芳//你谈到封存的智慧，书中的天窗/破晓的一千零一夜——/在喀什噶尔，我热爱的城，/皇家经学院的诵读声/使庭院里的石榴树一夜无眠……

如何在纷繁杂陈的无序中，整理出个人化的诗性时空，这需要一种非凡的细节提纯能力。在《喀什噶尔》一诗中，诗人让多种时间、历史、文明和宗教汇聚在"庭院里的石榴树一夜无眠"的拟象之中,呈现了对话、共和、交汇、杂糅的经验形态,一种现实的修辞被提纯为历史的关怀和俗世的慰藉。

需要我们追问是的,这种提纯何以可能?法国当代美学家阿兰·巴迪欧指出:

> 艺术的真实就是通过提纯的内在过程所构想出的理想化的杂多。换句话说,形式的一个偶然开端决定了艺术的原材料。艺术对于迄今为止的形态不明的一个形式的降临进行了再度的形式化。[①]

面对庞大复杂的现代社会综合体,艺术家的创造难度和心理压力是空前的,既要从"艺术的原材料""杂多"中"提纯""形式的偶然开端",又要在"提纯""形式"的结果中包孕"理想化的杂多",从而创造性地为"迄今为止形态不明的形式"赋形,使之"再度形式化"。在欧洲资本主义文明的荒原中,艾略特以"女仆潮湿的灵魂在发芽"和"普鲁弗洛克无聊地用咖啡匙子量走自己生命"等细节来概括时代,从而成为现代主义智性写作的一代宗师。长期生活在加勒比海的沃尔科特,以渔民"向游人展示脚踝上生锈的伤口"等细节映射知识个体的多重创伤,进而成为见证"被双方的血都毒害"的殖民地荒诞存在的一代大家;伊丽莎白·毕肖普是梦游地图上反旅行细节的提纯者,辛波斯卡是主体在场者以日常细节穿刺现实铁幕的提纯者……他们都在各自领地为创新诗歌形式开辟了成功的先例。沈苇在写日常生活时,比较接近辛波斯卡,写历史性的现实时,又靠近沃尔科特,在处理复杂民俗与人性题材时,他又接近西默斯·希尼。因此,他擅长在无序、茫然之中抓取关键细节,让诗性的阳光"夺眶而出",照亮一片"美的自治区"。比如死寂的沙漠,在沈苇看来生活并未终止,"在地底,枯骨与枯骨相互纠缠着/当他们需要亲吻时/必须吹去不存在的嘴唇上的沙子"(《沙漠,一个感悟》)。诗人通过"亲嘴需吹沙"这一细节提纯,给浩大空阔的诗境灌注亲切怡人的真气。在《无名修女传》一诗中,诗人提纯了一粒"小小药丸":

---

① [法]阿兰·巴迪欧:《当代艺术的十五个论题》,http://collection.sina.com.cn/ddys/20120208/11365142.shtml。

> 你，上帝的新娘，龟兹的观音/变成了一名赤脚医生，一名衣衫褴褛的老护士/你拖着衰老的身躯奔走、忙碌……将自己变成一粒小小的药丸

正是这粒"小小药丸"，催化"失败的传教"者与"综合的上帝"间的情感张力，提纯出一种超越文化、种族、宗教的人伦力量，扩散成承载人类慈航的浩荡海水，读来令人共鸣不已。

即使是那些非边疆生活题材，细节提纯也依然是沈苇诗性爆发力的触发器。"在妇联大院，年长的一位/捡到一枚漂亮的发卡/将它别在/最小一个的头上"（《三个捡垃圾女人》），柔情似水的母性光芒通过一枚小小发卡传递得温暖而馨香。"一条狗跳过水洼，在桥头张望……像今世的留恋/雨滴仍在屠夫们的案板上跳跃……"（《南浔》），"狗眼张望"中透露出多少春水无尽的晦暗乡愁，霍建起式的镜头激发的阅读波澜又是那么的五味杂陈。

就这样，三十多年来，沈苇练就了一副集江南剑客、西域刀郎、现代激光手术刀于一身的刀法，下刀去屏蔽，落刃见深度，解除想象力的障碍往往举重若轻，祛魅诗思性的遮蔽常常庖丁解牛。"一种语言炼金术在粗糙的事物中一点一滴加以提取与转换"的非凡手段，给沈苇诗写带来了格调卓越的面目与风度。①

其三，多重回音穹顶结构与中亚文化修辞藻饰。结构意识的自觉是一个诗人成熟的重要标志。沈苇的诗结构自成一格，无论单个地看，还是按组诗或诗集考察，抑或与其他诗性文本集成的分析，都有一种西域建筑的结构特征。外部形态个体独立，内在构造圆融浑穆，整体构建气势恢宏，细微藻饰呼应精细，单体细部匠心独运，群体风貌错落有序。而且，最为独到之处是，他的每一首诗都内在地布局着一种穹顶结构，充满了诗意的复合性与生成性。这既是他早期诗歌内部多重自我争吵的深化，也是近年来心灵开放性与世界的复杂性在他者反观中多重冲突，并最终趋于诗性和解的结果。请看沈苇入疆之后第一首优秀之作《一个地区》：

---

①　耿占春：《当代诗歌中意义的逻辑：呈现与象征》，《江汉大学学报》2005 年第 5 期。

> 中亚的太阳。玫瑰。火
>
> 眺望北冰洋，那片白色的蓝
>
> 那人傍依着梦：一个深不可测的地区
>
> 鸟，一只，两只，三只，飞过午后的睡眠

从发生学上看，这首诗也许可溯及昌耀的《斯人》："静极——谁的叹嘘？/西西比河此刻风雨，在那边攀缘而走。/地球这壁，一人无语独坐。"一派浩大澄明的寂静之中，呈现眼前的是这首诗的天穹结构，仿佛宇宙星空的微观浓缩，或者说圆顶寺院的穹顶放大，空阔而纯正，滋润而鲜活，充满了上苍至高的肃穆与亲和，既深不可测如梦如幻，又生机勃勃亲切温暖。诗中的"太阳、玫瑰、火、鸟、那人"等物象，就像寺院内部的变形藻饰，以灵动的线条、色彩、符号填敷了四壁与天井，给人以深远的空间回声与人性的幽幻启悟。

《一个地区》短小精致，意蕴丰盈，得到了谢冕等前辈的激赏，赢得了酷似汉语绝句和柔巴依的赞誉。在我看来，它有如一个上天神启，引发了沈苇将"深不可测的地区"收编为文本内在结构的诗学冲动，催发了诗人特有的"穹顶结构"探索之旅。

接着在《向西》一诗中，通过"向西"这一动作性镜像词语，诗人以太阳公转为时间单位，串起植物与动物、地理与空间、生命与虚无等意象，在诗歌内部建构了一个四季嬗递星斗移换的诗性小天穹，从而实现地理结构向诗性结构的艺术转换：

> 向西！一块红布、两盏灯笼带路/大玫瑰和向日葵起立迎接//向西！一群白羊从山顶滚落/如奢侈的祭品撤离桌台//……向西！寒风吹向无助的灵魂/那姗姗来迟的援军名叫虚空//向西！孤身上路，日月从口袋掏出/像两只最亮的眼睛高高挂起

在一路"向西"的寺院穹顶之下，"坟茔"与"乳房"互反，"冰"与"火"肉搏，"姑娘"与"尸骨"纠缠，空间意义"向西"与死亡意涵"向西"交媾，像建筑内部的图像镶嵌或几何刻绘，内生出多向交互激荡的复调形态。应该说，这种以小博大，以一滴水拆分宇宙，或者纳四海于一沙、抚古今于一瞬的结构技术，并非沈

苇独创,沈苇的独特性在于引入多重悖论语象,使之在文本内部反复碰撞,生发声韵鼓荡,从而给诗带来多元节点连接世界的丰富性与复杂性,让人反观存在的意义与情趣。

《喀纳斯颂》一诗是《向西》的乘法扩容,十二节小章节,像十二根梁柱,组成以湖泊为星空的诗化小穹顶,在天地倒置的语序中,庄严地演绎了一场自然、风景与人的宗教洗礼。

> 落叶铺了一地/几声鸟鸣挂在树梢//一匹马站在阴影里,四蹄深陷寂静/而血管里仍是火在奔跑//风的斧子变得锋利,猛地砍了过来/一棵树的战栗迅速传遍整座林子//光线悄悄移走,熄灭一地金黄/紧接着,关闭天空的蓝//大地无言,雪就要落下来。此时此刻/没有一种忧伤比得上万物的克制和忍耐

这是《喀纳斯湖》第七节,曾经题为《林中》单独发表。独立地看,这里的“整座林子”,像一间小修行室,在“雪就要落下来”的时刻,大地无言万物隐忍,生命必须以“克制和忍耐”的修行来抵抗冬天,一种救赎的福音引导孤寂的人徐徐上升。全诗围绕着“喀纳斯不是景色的大地/而是景色的星空:一个景色的宇宙”这一主题,以第七节为穹顶圆心,以生命必经“斧砍战栗”为高潮,将受孕、诞生、成长、历史溯源、祖根追寻、受难、爱和拯救、春天的轮回等诗性象征叙述,如众星拱月般榫合构造为一个整体,使诗呈现为一曲自然仪式和宗教奥义的合奏与交响。每一节的描述与咏叹,都涂刷了大量矛盾而多元的细小意象,像建筑内部的中亚藻饰交叠纠集,回环杂错,形成四季搏击万物轮回的假借与转注。这是一曲自然疗伤之歌,一首神性母爱之曲,一部生命救赎之书,而这一宏大庄严又情趣盎然的主题,则通过辐辏聚集式的穹顶结构和修辞激荡传递出来。诗,因为诗意与形式的巧妙榫合,显得神韵悠长,空谷传响。

到了《沙》《对话》《哀哉》等诗中,诗人对这一技艺已驾轻就熟、得心应手。考之于沈苇大量成功之作,在意义与趣味叠合、风景与抒情统一、思辨与境界浑融、杂多与纯一相拥、奇峭与雅正嵌套、晦暗与坦荡错杂等方面,都无不呈现出华丽宏阔而又幽峭细密,质实坚韧并且气韵生动的面相,朴素如沙漠,却不乏文明的华瞻;简约若几何,又暗藏星象的繁复。

从总体创作和文本形态上看,在结构自觉理念驱动下,沈苇还探索了组诗、小长诗、一句诗、柔巴依、格则勒、诗化散文、随笔、诗剧等写作,尝试了歌谣、卜辞、经文等写法,同时摸索了引文入诗、加注脚、一诗多写、诗文跨界、诗画合璧等技艺,这一切极大地丰富了沈苇诗歌文体的表现力。他三十多年来的诗作,就像一个清正阳刚、伏彩潜发的建筑群,在当代汉语诗坛的国土之上,展现了中西合璧、亚欧嵌镶、汉维高迥的风貌。而这一独特的结构能力,实质上是一种超文本、跨文体"混血"交融的逻辑结果,也是跨民族、跨文化综合杂糅的必然结晶。

三、"对话"与"语言共和"建设:综合性史诗写作何以可能

对生命的绝对尊重,对人权的无条件认同,对爱的超宗教、超文化、超种族的布施与传播,如同一汪月牙泉涌现在现代汉语诗性正义的沙漠之中。在《对话》一诗中,诗人写下了这样朴素无敌的句子:

> "——你来自哪儿?"//"我不是南方人,/也不是西北人/是此时此刻的乌鲁木齐人"//"——你有什么悲伤?"//"我没有自己的悲伤,/也没有历史的悲伤,/只有一座遗弃之城的悲伤"。//"——你想说点什么?"//"有形的墙并不可怕,/可推,可撞,可拆,可炸/。无形的墙却越来越升越高……"//"——你站在哪一边?"//"我不站在这一边,/也不站在那一边/只站在死者的一边。"

这首诗的灵感也许不无源头和祖本,如村上春树、辛波斯卡,但现实的"惨叫、惊恐、噩梦""夏日的颠覆",则是诗思显而易见的心灵起爆器。在预设的问答中,诗人设置了一个超越疆界的时空,以上天作穹顶,以大地铺平台,将孤独的"对话者"推送到抒情中央,通过四个步步紧逼的叩问,以图穷匕见的逻辑和语调,推出诗歌主旨——"只站在死者的一边"。死者为大,对不能言说的死者的尊重,也就是对活着的人尊重。站在死者的一边,"就是站在人性的一边,站在生命的一边"①。这是一种"第四人称"的价值站位,是一种追随"前世走散的兄弟"的立场,一种比"站在鸡蛋一边"更为人性与正义的现代诗歌的伦理承担。

---

① 于贵锋:《雪和雪的互证与改写:沈苇诗歌札记》,《星星·理论卷》2015 年第 2 期。

20世纪90年代以降,诗坛充斥着平庸琐屑的小情绪、小情调、小伤感、小感触的诗化书写,历史化的现实主义不是在诗学本体建设进程中被日渐边缘化而偃旗息鼓,就是被冠之以意识形态写作之名而打入冷宫自生自灭。即使偶尔出现对重大现实题材的观照,要么只是体制内诗坛新闻速写式的分行记录,要么成为体制外愤青式的标语口号而徒具诗形。现在,沈苇通过系列文本,以一种罕见的良知重启现实主义的诗学闸门,上承艾青、北岛一代现代主义的语言担当,近追20世纪90年代以来被消费主义日渐稀释了的诗歌的道德尊严,开拓了一种"第四人称"人道现实主义的新海域。这是现代汉诗不断成熟的修为,也是国人对当代诗歌主体承担的强烈祈盼。

　　为死者说话,就是为活人说话,为生活说话,为"爱、仁慈、友善与民族和解"说话,这是诗人义不容辞的语言天职。

　　因此,笔者要再次重复一下在一次演讲中的判断,沈苇2009年以来的诗歌,已经呈现"走向语言共和"的集成式写作态势,一个综合型诗人正在渐渐成型。

　　　　从阿勒泰到布尔津,牧草已枯,秋色渐浓
　　　　旷野,一张展开的巨幅草图,随地势起伏
　　　　沙枣,白杨,芦苇,向日葵,戈壁胡麻
　　　　还有远处闪光的盐湖,多像心爱的文字
　　　　你的异乡母语。"于书本汲取的力量
　　　　变得晦涩,唯大自然保持敞亮和气象"
　　　　公路为界,一边是哈萨克微型城市般
　　　　的精致墓地,一边是汉人遗弃的乱坟岗
　　　　"死者的考究或潦草,是否代表生的态度?"
　　　　从陨石堆那边,起来一队转场的奶牛
　　　　缓慢,平静,从容,仿佛已穿越生死
　　　　不为脚下踩踏滚滚而起的尘土所动
　　　　天空低垂,远方似在眼前,车过切木切克
　　　　无须开足马力,目光打开的空旷、苍茫
　　　　迎面而来,将内心的沉闷和愁绪驱散……

　　　　　　　　　　　　　　　　——《秋日·旅途》

这是一种集成式的写作样态。一方面，它以深刻的现实感受力和非凡的历史化想象力，呼应了近年来风行全球的非虚构小说思潮，领航着当代诗歌重返现实主义高地；另一方面，它以精确的在场叙事，共生的客观抒情和"百科全书的镜像"修辞形态①，丰富着汉诗气象万千而又精微幽冥的语言地貌。

这是一种大诗的发展趋势，徐敬亚称之为"史诗"，周涛、臧棣称之为"混血的诗"，而第19届柔刚诗歌奖授奖词则称之为"绝望中的希望"之诗：

> 今天的诗人不能不直面这样的险境：如何在重大的公共事件中发出独立的声音，同时又能谨守诗歌的内在律令而不致毁于美学与伦理的失衡。这不仅是对诗人技艺的考验，同时也是诗人强大心智的集中呈现。……长年游吟在"辽阔"与"细微"之间的沈苇，用他悲怆的《安魂曲》告慰亡灵，从断裂的人性荒野发出寻求对话与和解的泣血呼告，在真切的现实图景与隐忍审慎的"痛苦的辩证法"中饱含着一个中国诗人的悲悯、思考和超越种族的爱。这一充满勇气的诗歌写作，使我们在血色的背景下看到一种绝望中的希望。

无论家长里短的现实书写，还是游走天下的人文勘察，抑或一以贯之的阅读和思考，沈苇无不"站在死者和弱者一边"，"站在人性一边"，以人性、自然性、神性和诗性为美学标准，让"言辞"贴近"低处的心"，为具体的人提供心灵的慰藉和生命的安抚。甚至，像中国古代儒士那样，他愿为之质押生命、荣誉和自我，以求成全人类共和的诗学至境。

以"语言共和"为旗帜的"史诗"共和国与当下的诗歌写作有着怎样的区分度？初步望去，笔者以为以下质地与肌理值得关注。

一是多种语体间的对话融合。在沈苇笔下，汉语、古汉语、方言恣意杂交，哈萨克民歌、突厥占卜书、柔巴依、汉语绝句等交互嫁接，《古兰经》《圣经》《佛经》你中有我，我中有他，散文随笔与诗歌文本有机跨界，为综合型新诗"史诗"的降生创造了一个充满了生成性的美学"子宫"。二是自然、人性、历史、想象力和自我间的对话融合。在"第四人称"发明之后，"站在弱者一边""站在死者一

---

① 徐敬亚：《沈苇诗歌中史诗元素的异变》，《特区文学》2017年第1期。

边"，万物平等，众生齐一，已经成为诗人的一种写作自觉,内在推动着诗人方法论的更新与诗艺的精进。当然,加强思辨锤炼和想象力对话,"通过修正自身使之适应中年并从中找到一种完全不同的写作方法"(艾略特语),对沈苇来说还有待九死未悔的上下求索。三是地域性与全球文化间的对话融合。"你身在哪里,哪里就是世界中心"。现在,诗人时刻以更为自觉的姿态,像沃尔科特和希尼那样,既寄生地域,热爱偏僻,又融合他者,博爱人类,既直面现实,不避困境,又心游万仞,穿越古今,既在分裂自身中弥合人类,又从和解敌意中完善自我,从而深入到极端个人化语言创造的深井中,开创一片人性的大海和语言的宇宙,渐渐逼近诗歌普度众生的化境。对此,我们应充满期待。

(本文原载于《西部》2018 年第 6 期)

第三章　晓风：当代知识分子的追求与困局

当代大学现状与新儒林外史

——晓风小说论

高　玉

　　晓风在五年的时间内，出版了五部文学作品，包括三部中篇小说集《弦歌》《儒风》《静水》，一部长篇小说《回归》，一部非虚构文学作品《苔迹》。作者的职业是大学教授，专业是中国古典文学研究，这些作品都是业余完成的。五年内还发表了二十多篇学术论文，出版了《刘禹锡诗研究》（上下册）、《刘禹锡诗传》、《西湖文学史·唐宋卷》等多种学术著作。这一方面说明了作者的勤奋程度，另一方面也展现出作者的才气横溢。文学创作似乎可以看作是作者多年的生活积累、创作积累得到充分施展机会的一个大爆发。

　　这五部文学作品，除了《苔迹》主要是写作者早年亲身经历的一些故事以外，其他四部都是当下大学题材。三部中篇小说集共收录十四篇小说，包括《开局》《岗位》《职称》《第三种人》《回归》《换届》《课题》《发票》《评估》《学历》《招生》《培训》《事故》《棋子》，这些小说都在期刊上发表过，其中包括《人民文学》《中国作家》《当代》《十月》等著名文学杂志上。长篇小说《回归》则是中篇小说《回归》的增写，或者说"续写"，以原小说为第一章，另外增加四章，但其实后面四章《风雨来临》《伯乐难为》《求医波折》《情海微澜》又可以独立构成中篇小说，所以这四部小说又可以作为另一部中篇小说集，四部中篇小说集由十八篇中篇小说构成。但同时，三部中篇小说集每部之内又具有连续性，均以坐落西子湖畔的"东海大学"为背景，事件具有连续性，人物也交叉出现，比如校领导薛鹏举、王畅、白俊、朱玉鹤等都在多部小说中出现，并且其性格前后一致，所以三部中篇小说集也可以看作是结构相对松散的三部长篇小说，加上《回归》，合起来可以称为"大学四部曲"。

一

　　四部小说客观真实地反映了当今大学状况及作者的校园生活,集中描写了青年教师入职、岗位聘任、评职称、领导退休、中层换届、科研课题、财务报销、教学评估、博士学历、本科招生、高师培训、本科教学、学校基建、师生关系、廉政巡视、退休教师医疗健康、大学教师爱情婚姻及家庭等方方面面,旁涉校园与社会的关系、家庭教育等问题。作者在《静水》的后记中说:"我不自量力地试图对现阶段的中国大学做全景式的观照,将镜头扫描到它的每一个角落,通过对不同类型的人物或事件的细致描绘,拼接出校园生活的'清明上河图'。"①笔者认为作者这一目标基本达到了。如果还能写出人才评审以及竞争,各级教学团队、科研团队的申报及复杂的评审过程,各种科研平台的建立、建设和验收,科研获奖、教研获奖,绩效业绩及分配,笔者想就会更加全面丰富。相信作者还会继续写下去,这些内容一定会以更加精彩的方式出现。

　　四部小说虽然只写了十八个故事,但每一个故事都很有厚度,信息量非常大。在结构上,晓风小说的基本模式是:以一个故事为主线,通过人物之口讲述大量的相关故事,或者作者直接穿插叙述各种相关故事,这些故事有些是上了报纸和电视的新闻,有的甚至还是热点新闻,有些则是网络上的"八卦"消息,虚虚实实,真真假假,但都有很强的娱乐性。还有的则是作者的道听途说,有真实的成分,也编造的"段子",幽默不失内涵,当然更多的则是作者直接听闻甚至经历的身边的人和事。这种小说结构方式和贾平凹近年来创作的长篇小说如《怀念狼》《秦腔》等非常相似,优点是主题明快、单纯、集中,缺点是写作上很难掌控,它需要作者具有非常丰富的文化知识,高雅的情趣以及丰富的生活阅历和素材储备,还需要有很高的叙述技巧,运用得不好,会显得非常琐碎、杂芜,品位不高。但晓风处理得非常好,所以我们可以看到,四部小说中的每一篇章虽然都只是讲了一个故事,但其实内容非常丰富。

　　笔者感觉从作者的写作思维和逻辑的角度来说,它显然不是学习和借鉴贾平凹等人的小说结构方式,而更像是一种学术思维。学术论文讲究观点明确,材料充分,旁征博引,有充分的理论根据和实践根据,逻辑清楚,表述准确,思路

---

　　①　晓风:《后记:淑世情怀与喻世宗旨》,《静水》,浙江文艺出版社 2017 年版,第 360 页。

清晰,而晓风的小说就是这种结构。一个主故事,征引很多相关故事,从而增加故事的深度与广度,既有引证的作用,也有反衬的作用,给人的感觉是小说写得很有学问。比如《学历》,小说写"东海大学马克思主义学院院长"许志坚已经是知名学者,多年的博士导师,但自己没有博士学位,下决心去攻读博士。于是过去的老朋友变成了导师,女儿变成同校"同学",同门师弟最后成了自己的女婿,一系列啼笑皆非、哭笑不得的故事,一句话,"都是学历惹的祸"。近来正在批评"唯学历论",这篇小说似无意中成了注脚,也可见其现实意义。

再比如《招生》,小说写了一个"招生"交易故事,企业老板希望儿子通过"三位一体""自主招生"上东海大学,于是对东海大学招生办主任李乃宇展开各种"攻势",软的不行来硬的。李乃宇也有私心,希望借助老板的势力让自己儿子上重点高中。小说围绕着这个故事展开,写了很多招生的故事,听到的、虚构的、新闻的全都写进去,简直是大学招生故事的小百科全书。所以这种小说对于作者来说大概只能写一篇,写第二篇就可能会重复。

在写作方法上,作者有点"新写实"的意味,大到社会背景,中到大学背景和具体环境,小到大学工作程序、细节、人物对话,都非常写实,对于初入大学职场的老师和行政人员来说,这些小说甚至可以作为工作手册。小说中所写的具体事情,比如各级社科课题,都是大学文科教师日常生活的重要组成部分。申报的过程、评审的程序,和现实没有任何差别,一点都没有虚构。小说还提到诸多知名刊物,评教授职称必须有一个国家课题或者两个省部级课题,必须有权威刊物文章,这都和现实生活无异。小说中所写新教师入职过程、财务报账程序、中层干部换届程序等,就是严格的现实的大学工作流程,就是我们正生活其中的活生生的现实,特别熟悉,特别亲切,给人以实感。这种小说,只有长期浸润在大学之中,亲自体会了其中的酸甜苦辣、甘苦辛酸、喜怒哀乐之后才写得出来。以我们的眼光来看,因为身在其中感觉很平淡和普通,但它不仅是最真实的当今大学生活,而且是非常难得的当今大学生活的客观反映,不仅具有文学价值,而且具有史料价值,也许后人会更深切地体会它的珍贵。

近年来,大学教授创作越来越多,有写诗的,但写作散文的最多。也有一些小说创作,但多是舍近求远写社会题材,反而对身边的大学生活较少反映。当然也有一些大学生活题材的小说,但由于准备不足,投入不够,生活阅历的局限性等,成功的不多。也有一些作家写大学生活的,但就其对大学生活的反映和描写来说，并没有真正写出大学的精神、状况以及特殊的情绪和氛围。晓风的小说之所以写得好，还在于作者具备的气质修养、文化知识以及人生阅历，他不仅是知名教授，还长期从事高校管理工作，熟谙"大学之道"，参与过很多具体的工作，所以写出了真正的大学。笔者大学毕业后就从来没有离开过大学，对大学也算是很熟悉的了，也能够讲很多教学、科研、课题的故事，但无法讲述退休、培训、基建、招生等故事，对这些领域仍然很陌生。晓风的小说可以说是"全方位"地写大学，能够做到"无死角"，这是要有相当的阅历。不管人们从艺术的角度怎么评价晓风的小说，仅从内容上来说，我认为晓风小说对于中国当代小说创作做到了突破，在大学题材的拓展方面有很大贡献。

晓风小说对当代大学生活的反映，不仅表现了真实性、客观性、全面性，还表现了深刻性。我们可以看到，作者一方面客观地描写大学生活，另一方面在描写和反映之中又有所表达和反思。作者长期从事大学管理工作，既有基层经历又有"高层"经验，对当今大学的进步和积极性当然是充分肯定的，也给予了充分的反映和表现，但对于存在的问题也是直接面对的，也给予了适度的批判和反思。比如大学的科研体制，科研是大学的重要任务之一，中国目前的科研成就很多都产生于大学，大学对于提高中国的科研实力，以及更深远的经济发展和综合国力提升具有重要的作用。所以对于大学的科研，国家是鼓励和扶持的，投入很多。大学的层次很大程度上是由科研层次决定的，所以，各高校也非常重视科研，这并没有错。但因为科研决定高校地位比如排名，决定国家经费投入，影响学校的招生等，所以很多大学都采取极端化的方式提升科研数据，人才评比、职称、工资待遇等一切都与科研挂钩，高校"全民"科研，甚至后勤人员、管理人员也要求有科研成果，这就是所谓"唯课题""唯论文"倾向。有能力做科研并且职责应该做科研的人在做科研，没有能力做科研，职责不必做科研的人也在做科研，所以就产生了很多关于科研的荒唐故事，包括学术造假、学术不端等，但更多的是产生了大量的学术垃圾。《课题》写体育老师田本纯其特长在于指导学生长跑，是很好的田径教练，在高校里属于"术科"老师，但为了评职称，也勉为其难地去申请省部级课题，最终算是把申报课题的流程搞清楚了，也认识到了课题的本质，虽然有失败，但却也小有成功，小说的结尾预示田本纯还会继续努力，在课题上可能会有更大的作为。田本纯也许最终会成功，会如愿评上教授，但在这个过程中他却"学坏"了。小说并不否认课题本身，但对于"唯课题"所造成的科研泡沫或学术垃圾明显是否定的。

其实,《发票》中的历史学教授刘子仁是"刘本纯",非常辛苦申请来的几万块钱科研经费,因为不愿意被收回去,而去买假发票报销。《招生》中的东海大学招生办主任李乃宇是"李本纯","三位一体"自主招生的"漏洞"使他变得不"纯"了,最后差点"中招"陷入险境,还害得孩子失去了宝贵的上重点高中的机会。《培训》中高师培训处的孟昕是"孟本纯",但在培训处接待各种领导、知名教授以及三教九流,也变得不"纯"了,好在他官职不高,处理复杂的事情不多,所以,小说最后算是一个"光明"的结局。但与有些作家对社会的激烈性批判不同,晓风的小说基本上是微讽,有时是"春秋笔法",小说一开始都是激烈的冲突,似乎有大事将要发生,但结局基本上都归于平淡无奇。

二

晓风的小说除了全面、深刻反映了当今大学生活,真实客观地呈现出当今大学的现状以外,重要的就是刻画了一系列故事生动,性格鲜明的大学知识分子形象。

东海大学校长薛鹏举,是大学官员,也是一个"正常"的知识分子,年满六十,从校长岗位上退下来。他希望回归学术,回归普通人生活,但"树欲静风不止",官场的惯性以及长期当校长所养成的习惯、心理是很难一下子"回归"的。过去长期享受的特权以及因为校长而得到的尊敬突然没有了,虽然已有心理准备,但仍然很难一下子适应,从精神历程来说,"下来"比"上去"更难。小说不仅写出了世态,更重要的是写出了心态,写出了具有复杂精神生活的学者型官员在逐渐变老,在逐渐退出历史舞台过程中的心理过程。小说刻画了一个退休过程中的学术型官员形象。

《培训》则描写了一个外表猥琐但内心干净的政府机关处长形象。小说写这位男处长"一说话就翘起个兰花指,一副反串京剧花旦的娇滴滴的样子,你以为你是梅兰芳啊"。讲话时以"哦"字尾,"吐出'哦'字时,还辅以害羞的表情,如果手中有道具的话,他只怕还会以扇遮面"。此外,"见到孟昕这样的美女他就情绪高涨,兴奋不已,总是卖弄自己,就像雄孔雀一见花花绿绿的颜色就急于展示自己漂亮的羽毛一样"。他还喜欢逛商场,能逛五六个小时,"比女人还女人"，衣服要试穿两遍，甚至三遍。但"处于生活状态的罗处长与处于工作状态的罗处长简直判若两人"，他工作干练，遵纪守法，原则性很强，乐于助人。这个人物形象很特别，写法上有点契诃夫小说中人物的味道，有些苦色或者灰色。结构上特别像杨朔散文的先抑后扬。

《事故》写了一位好老师张丹阳。张丹阳已经当了八年的讲师，虽然在科研上没有什么突出的成绩，但课上得好，教学方面花了大量的时间和精力，认真备课，注意教学方法，关心学生，教书育人，严格要求学生，深得学生喜欢。张丹阳太普通，所以默默无闻，但一场碰瓷"车祸"引发的"教学事故"，却让她在与各方打交道的过程中引起了大家的关注，大家反而认识到她是一位好老师，最后喜剧性地逆转而评上了副教授。

晓风小说中的主人公都有比较鲜明的性格，有些次要人物也非常有性格。比如《棋子》中的洪明涛本来是副校长朱玉鹤最信赖的人，也得到了各种关照，但他却利欲熏心陷害后者，最后把朱玉鹤送进监狱并判刑五年。高校就是一个小社会，各种人都有，虽然知识分子绝大多数都是有知识有文化有修养的人，但也有本性奸佞之人，他们心理变态，品质恶劣，贪图享乐，不择手段，阴险狡诈，自私自利，洪明涛就是高校中这种"坏人"的代表。再比如《换届》中的王国柱，任学校保卫处副处长，但在换届中因为民主评议差而被淘汰了。"测评差的主要原因是，工作时精力不够集中，点子少，事故多，关键时刻还脱岗。"后来才知道，此人的生活很不幸，两岁的儿子先天脑瘫，夫人为了照顾儿子，只能辞掉工作，农村户口的年迈母亲因为脑出血瘫痪在床，需要人照料。母亲和孩子的医疗费都是自理，家里债台高筑，生活非常艰难，整天生活在焦头烂额之中，工作也受到影响。王国柱其实是一个好人，虽然家庭生活非常困难，但却默默承受，从不向人诉说，这是一个"可怜人"形象。随着教育在整个国计民生中地位的提高，也随着教育的发展，老师的待遇和生活条件都得到了很大的改善，高校甚至出现了一些"富人"，一些知名学者也成了"老板"。但必须承认，高校还有很多老师物质条件处于比较贫困状态，生活非常艰难，家庭工作压力都非常大。王国柱虽然不是教师，虽然他的情况属于极端化，但他却代表了一部分大学"底层人"或者"弱势者"。

对于作品中的人物，作者无一不表现出一种同情与理解，即使是对"坏人"，作者也表现出某种限度的宽容，希望他们改过自新，自我救赎。比如洪明涛，作者安排他"转岗",调离基建处,到后勤集团公司任职,这种安排当然是出于现实的事实,但也反映了作者的一种"善良"的态度。我们可以看到,四部小说集中没有绝对的好人,也没有绝对的坏人。在三本小说集的后记中,作者都表达了对其小说中人物的同情与理解,比如在《儒风》的后记中说:"他们无一不在严酷的现实面前感到困扰,甚至为此而心力交瘁。他们也都默认了现实中的某些潜规则,有着向世俗化趋向的一面,但在内心深处,他们却没有泯灭理想,丧失本真,依然对至善至美至纯的东西保存着程度不同的向往与追求。他们也有私欲,也试图谋取私利,但在现实突围的过程中,他们最终都守住了底线。"①在《静水》的后记中说:"他们大多数了解世态人情,懂得必要的游戏规则,有不能免俗的一面。但他们更有不愿随俗的一面,在他们心灵深处都根植着传统文人极为看重的'道','道'为他们设置了不可逾越的底线。"②在《弦歌》后记中说:"我试图以此来折射现行教育管理体制下高校知识分子群体的生存处境,展示他们面对重重压力的困惑与无奈,同时也表现他们在困惑中的坚持、无奈中的奋争,以及心灵深处对大学之道的守望。"③这其实是作者对当代大学知识分子的基本判断,我认为小说很好表达出了作者的这种判断,在作者这里,现实与小说具有同一性。

晓风小说在写作技巧上主要以故事为中心,为了增加可读性,作者采取了很多方法,比如加入很多相关的幽默笑话、顺口溜,增加表现力、趣味性和概括性。另外就是写爱情,但我觉得效果不好,因为当代大学校园的爱情故事已经远非 20 世纪七八十年代的风尚,其方式、观念以及标准等都有巨大的变化。人事、科研、教学、管理这些应该是作者所熟悉并擅长表达的,但年轻老师的个人生活作者究竟了解和理解到何种程度尚不得而知,晓风小说所描写的爱情一看就是老一辈人,"止乎礼"而精神化。

晓风小说的描写和叙述都比较写实,近于"新写实"一路,但为了达到效果,作者有时也会采用夸张的方式,《事故》中有这样一段描写:"比如十点钟举行百年校庆大典,校长对院长说:所有学生九点半之前必须坐好。院长对团委书记说:所有学生九点之前必须坐好。团委书记对辅导员说:所有学生八点半之前

---

① 晓风:《后记:现实的突围与理想的守望》,《儒风》,浙江文艺出版社 2016 年版,第 333—334 页。
② 晓风:《后记:淑世情怀与喻世宗旨》,《静水》,浙江文艺出版社 2017 年版,第 361 页。
③ 晓风:《后记:大师之问与大学之道》,《弦歌》,浙江文艺出版社 2014 年版,第 317 页。

必须坐好。辅导员对班长说:所有学生八点之前必须坐好。班长对同学说:大家七点半集合。"结果是十点的会学生七点半就到场了,这有点荒诞,的确太夸张了点。事实上,层层提前十分钟是"现实"的。这是现实,但更是寓言故事,既好笑,又有很深的寓意。

晓风小说的语言也非常有特色,标准的现代汉语,非常规范,很典雅,不逐一而论。总体上来说,晓风小说写出了当代大学里的各种人物及其心理以及其生存状况,写出了他们的理想与善良,写出了他们的节操与高尚,但也写出了他们的痛苦、挣扎与无奈,甚至于他们的猥琐、低俗,继承了《围城》传统,也颇有《围城》之风。

(本文原载于《当代文坛》2023 年第 1 期)

第四章 朱晓军:勘探历史之隐 深描地方之实

史家的心法与文学的笔法

——朱晓军《中国农民城》读札

周保欣

一

报告文学、纪实文学、非虚构文学,我不知道在英语世界里这三个概念怎么区分,但是在汉语世界里,很显然,"非虚构"意味着一种写作的理念和手段,它对应的是虚构,虚构或非虚构,都是中性的概念。纪实文学中的"纪实",突出的是事实、真相,它对应的,是容易被遮蔽的"真实",或被常识扭曲的虚假和假象。至于报告文学中的"报告",它所强调的,理当是重大的事件或情况,因为,唯有"重大的",才有向民众和社会"报告"的必要与理由。至少在 20 世纪 80 年代,报告文学曾一度因为总是能够抓住"重大的"、人们关切的事件,总是能够及时地把握到我们所处时代的难点、痛点、兴奋点,而产生诸多轰动当时、震撼人心的优秀甚至是伟大的作品。

在这种意义上,我更愿意认为,朱晓军的《中国农民城》是部报告文学的杰作,因为,这部作品处理的题材,符合上文我所说的"重大的"标准。作品以三十万字的篇幅,为一座小城写传,写温州龙港从四十年前东海之滨,青龙江边的一片滩涂、五片渔村,一跃而发展成为一个现代化城市的历史。从题材上看,这是个再好不过的素材,因为它符合人类审美心理中最具震撼力的美学图式——"创世神话"。众所周知,世界诸文明,早期解释宇宙、人类与万物的起源时,都是从创世神话开始的,所以,创世神话内在地包含着英雄、创造、意志、力量等精神意涵。退而求其次，即便不以神而是以人为主角，创世故事同样会折射出英雄、创造、理想、信念等精神光芒。《中国农民城》叙写海边一个荒滩，四十年时间白手起家，矗立起一座新兴的城市，这怎么说，都是具有神话气质的大创造。但是，在题材的处理上，朱晓军几乎不涉任何的精神、信念、英雄、理想、荣耀、奉献之类的修辞，更不涉及国家、民族、时代等大词。尽管整部作品，我们可以随处归纳出这些耳熟能详的词语，但那是我们的事，朱晓军要做的，就是不断地向历史靠近，向事实本身靠近，去还原那个滩涂起新城的艰难、复杂的过程。朱晓军不想把这样一个宏大的题材，处理成具有强烈宣传意味的作品，这是他警惕的地方。

从人类文明史上来看，城市本就是从无到有、应"用"而生的，其功能，作品中时任浙江省委书记王芳在视察龙港时有段精彩的议论："过去，'城'是防御用的，'市'是交易用的。现在，'城'的防御作用小了，'市'是交易作用大了，因此，城市建设中重点要放在'市'上，要把交通搞上去。"[1]早期城市国家、城邦国家，城市的功能，军事的、政治的、宗教的要占主导的地位，后来，随着人类社会从城市国家向领土国家转型，城市渐渐增多，经济的、交通的、移民的、生活的，等等，城市的功能也多元化起来。但是，每个城市都有自己的历史，每个城市都有自己的生命史。相比较而言，从一个渔村发展成现代新型城市的，龙港可以比拟者，不唯深圳，还有更早的香港、上海。然而我们知道，深圳之所以会成为现在中国的一线城市，是因为改革开放、经济特区的示范效应，深圳崛起的背后是有国家力量主导的；而更早的香港和上海，除了它们自身的条件，更是一系列历史大事件、历史运动塑造的产物。这些城市的崛起，背后都有一个强大的历史的外势在推动，不崛起都不行，而龙港则不同，如果说龙港有历史的外势，这个外势就是20世纪80年代中国的改革开放；但是，改革开放并不意味着一定要催生出龙港这样的城市，龙港可以有，也可以没有。况且即便要有，也可以是虎港，或其他什么港；可以在浙江温州，也可以在浙江其他什么地方，或者说省外其他地方，何以是温州？

对这个历史逻辑的探究，实际上是朱晓军《中国农民城》的某种辩证，他既然不想把《中国农民城》处理成带有宣传意味的作品，不想以那些个司空见惯的

---

① 　朱晓军：《中国农民城》，人民文学出版社、浙江人民出版社2021年版，第278页。

语词去解读龙港这座城市的生命起源,那么,他就必须要找到更具有说服力的内生力量,去诠释龙港四十年时间何以滩涂起新城。朱晓军找到的这个内生力量,就是人性的普遍力量,即人们对贫穷、贫困的畏惧,或者换句话说,是人们"对美好生活的向往"。整部作品中,朱晓军无论是地理环境描写,还是人物形象描写,或者是时代氛围描写,都有一个持续的推动力,那就是贫穷。苍南县1981年从平阳分离出来,当时温州流传着这样的顺口溜:"平阳讨饭,文成人贩,永嘉逃难,洞头靠贷款吃饭,温州资本主义泛滥。"平阳本来就是贫困县,分出来的苍南比平阳还要贫困,它地处偏僻,交通落后,很多地方不通公路,人们出行或者靠船,或者步行。最主要的,是这个地方没有港口,经济发展不起来,且地处山海相连的地方,没有耕地,靠海为生的渔民尚可勉强度日,农民的生活就可以想象得见是多么的困难了。

朱晓军写贫困,有直观的方法,比如说,以人物回忆的方式,叙述当地农民吃地瓜,吃米糠,吃地瓜藤,吃树皮,吃野草,等等。但更多的地方,他还是运用文学的方法,注意细节描写和刻画,如写没有见过汽车的乡下孩子,看见"一个像小房子似的东西从远处疾速而来,孩子们欢呼起来,张开双臂迎上去。老师吓坏了……嘀嘀汽车叫了起来,尖厉而急促。孩子们吓一跳,落荒而逃,有的跳进路边水田。"[①]写李其铁随着父亲去鳌江,父亲给他买了根油条,从没有吃过油条的李其铁,吃油条的细节,都刻画得很直接,很有力量。

朱晓军写贫困不是皮相地写,他写到骨头里去了,写出贫困和人的精神世界的联系,写出贫困与人的尊严的关系,写出贫困与人的命运的关系,写出贫困中的鄙夷、羞辱,写出贫困者的文化性格,等等。陈定模的哥哥喜欢吹牛,陈定模问他为什么,他哥哥说:"你讲少了,人家也不给你。讲多了,家里富裕点嘛,借钱好借嘛。"这就是典型的穷人思维和贫困人格。在贫困面前,人的泼辣与强悍一文不值,就像阿慧妈妈一样,心气再高,也不得不向贫困的现实低头。因为写的是"江南人",且报告文学有它的特殊性,需要隐蔽作家的主体性,求得"真实",所以,朱晓军的整体视点是下降的,下降到了以"江南人"的视角看问题。他们对贫困的自我发现,不是以抽象的贫困,或者说是感性的贫困,而是以江对面的"鳌江人"作为参照的,鳌江镇是"千年古镇,百年商港",素有"瓯闽小上海"

---

① 朱晓军:《中国农民城》,人民文学出版社、浙江人民出版社2021年版,第106页。

之称。那边处处是高楼大厦,夜晚是灯火通明,而反观这边,荒野滩涂,路没有路,灯没有灯。对岸人称这边人是"傻瓜农民",是"江南鬼"。

> 一江之隔,我们这边是农民、渔民,他们那边是城里人。我们这边最好的鱼啊,虾啊,要挑过去卖给他们吃。我们吃不饱,到那边买地瓜丝;柴不够烧,也要到那边买。①

这种"那边人"给"这边人"带来的俯视和压迫感,造成"这边人"的内心挫败感。然而,贫困以及贫困造成的挫败感,既可以让人自卑、沉沦,将人打落尘埃,同时亦可让人奋进,与命运抗争。朱晓军写龙港新城的崛起,抓住的就是温州人的不甘、不屈与不服,抓住的就是温州人骨子里的硬气。这种硬气,是人在恶劣的自然环境下,生存意志的一种蓬勃野蛮的生长。《中国农民城》中,"猴子"们脑子灵活,会来事,走南闯北,敢想敢干,就是温州人野蛮生长的生存意志的体现。龙港从荒滩到新城,从无到有,在最根本的意义上,是贫困逼迫的结果,是人反抗贫困的结果,当然,也是 20 世纪 80 年代,每个乡下人都有一个进城梦,进而为之努力的结果。

朱晓军是一个具有高度文体自觉性的作家。作为报告文学作家,他知道,龙港滩涂起新城,新城从无到有这个题材,如果处理成一个一般性的人类不屈服于环境,进而开拓、创造出新生事物的创世故事,自然是成立的;但是朱晓军却打开了这个题材,在这个题材当中融入了一种富有时代感的内涵,那就是"脱贫""乡村建设""共同富裕"等,这些是这个时代的主旋律。不是说朱晓军如何机灵,而是说作为报告文学作家的朱晓军,必须要抓住报告文学的时代感问题,报告文学必须与时代共振,必须与人心共振。

报告文学不同于报告,它是文学,报告可以叙事为主,以人为辅,而报告文学必须是以人为核心,事由人生,事中见人。《中国农民城》中,荒滩变高城,是"事",是作品的"纲领",而另一个"纲领",就是写人。朱晓军写到的人物很多,奇迹的创造,需要有一个奇人群体,需要有运筹帷幄者,需要有决胜千里者,需要有形形色色的"猴子",还需要许许多多平平凡凡的普通人。统观整部作品,

---

① 朱晓军:《中国农民城》,人民文学出版社、浙江人民出版社 2021 年版,第 107 页。

其核心人物就是陈定模。朱晓军于纵横勾连、聚散开合之中写陈定模。就像整部作品的基调处理一样,朱晓军刻意规避这个题材的宣传意味,因此在人物刻画上,他实际上有很多棘手的地方,特别是这样的题材,这样的人物,稍有不慎,就会写成宣传性的作品。朱晓军当然非常清楚,所以他写陈定模,首即在写其"心",写他推动龙港建设的"初心"。陈定模其貌不扬,身材瘦小。刚到龙港镇时,背着行李卷儿、拎着装有洗漱用品的网兜,就像一个农民工。这个身材瘦小的人,身体里却蓄积着无穷的力量。他像大多数温州人一样出身寒苦,曾经饱尝生活的艰辛,饱尝贫困中的屈辱,所以,改变命运的安排,是他内心强劲的动力,这个动力,让他做出选择,去龙港,带领龙港人去绘制美好的未来蓝图。陈定模其实也是一个"猴子",他不安于现状,不墨守成规,有创造的冲动和激情。事实上,"猴子"的必要条件,是要有"胆",就是要敢于去尝试,敢于去"摸着石头过河",甚至是没有石头可摸,也要过河,因为,要想做成特定条件下很难做成的事情,就必须要突破特定条件中的"特定"。陈定模所处的时代,还是中国处在改革开放的初期,无论是观念层面,还是政策、制度环境,都有很大的限定性,需要突破的地方太多。陈定模要想有超常规作为,必须要经常去触碰政策、制度,乃至人们观念的天花板,所以陈定模不得不搞"变通",或者说是"打擦边球"。有所不同的是,陈定模是政治上的"猴子",不是一般生意上的"猴子",生意上的"猴子",输赢胜负尽在一家一己的利益,失败了还可以卷土重来,但是政治上的"猴子"不行,他没有那么多的试错机会,别人也不可能给他那么多的试错机会,所以,政治上的"猴子"陈定模,除了要有"胆",还更需要有"识"。如果他没有"识","胆"越大,栽跟头的可能就越大。正是如此,朱晓军写陈定模,也聚焦于他超越同时代人的识断,"人民城市人民建",这是他的识断,计划修五十米宽的马路,这还是出于他的识断,申报龙港镇为"市",这同样是他超常的识断……从20世纪80年代至今的四十年,是中国历史上最具跨越性的四十年,常人可能连五年后的社会是什么样子都未必能看到,而陈定模在四十年前做出的决断,在四十年后的今天仍能站得住,由此可见,成大事者,必有他的根因。就人物的刻画而言,《中国农民城》对陈定模的形象塑造是成功的,唯一的遗憾,是后面由盛转衰时过于仓促,叙事逻辑不够清晰。

二

无论是报告文学、纪实文学还是非虚构文学，皆属叙事文学范畴。在中国，叙事文学与史学同宗同源，其宗为巫，其流为史，为小说，乃至后面的报告文学、纪实文学与非虚构文学等，均从叙事而出。章学诚论"传记"时说："传记之书，其流已久，盖与六艺先后杂出。古人文无定体，经史亦无分科。《春秋》三家之传，各记所闻，依经起义，虽谓之记可也。经《礼》二戴之记，各传其说，附经而行，虽谓之传可也。其后支分派别，至于近代，始以录人物者，区之为传；叙事迹者，区之为记。"①章氏所论，便是史学与文学在写人、叙事方面的同源性关系。所区别者，历史所记之人和所叙之事是实有的，不容虚构增饰，而文学则不同，虚构增饰，本就是小说家的本事。此外，史学家写人、叙事，当会有所选择。史学有史学的担当，按照司马迁的说法，就是"究天人之际，通古今之变"。但是，小说、报告文学与史学有个内在的不同，就是小说虽不以真实为要务，但小说的真实，可能比历史的真实更真实，因为小说追求的是生活的真实、人性的真实，而历史所求的，多不过是背景、地点、人物、事件的真实。比较而言，小说与报告文学同属文学，但是小说可以有所取舍，就是在事实与真实间，取真实而舍事实，小说家可以以想象和假设，去达到所谓真实，但是报告文学却不行，它必须要以事实为基础，然后在事实的基础上，去达到所谓真实。因此，报告文学作家在某种程度上，更接近历史学家，他们需要有史家的"心法"，去抓住某些重要的历史事件，从中去勘探历史隐秘的肌理。

《中国农民城》，从外部看是写一个人，一座城，一个时代的崛起，但是，这一切的背后，其实涉及的是一个重大的历史命题，那就是中国的社会转型和文化转型问题。建一座城不难，城，不外是砖石、道路、土地和财富的问题，只要有政策，只要有规划，只要有资金，建一座城确实不是什么难事，但是朱晓军写的却是中国的"农民城"，这就涉及"农村/城市""农民/市民""传统/现代"诸问题。这些问题，并不是一个简单的身份转换，而是一个巨大的历史命题和文化命题。从大的历史上看，人类生活在不同的自然地理环境，比如高山、草原、丘陵、盆地、戈壁、平原、雨林、海滨等地区，必然会形成人与环境相统一的生活方式和价

---

① 章学诚撰、叶瑛校注：《文史通义校注》（上），中华书局 2014 年版，第 231、232 页。

值观念。生活在不同的社区形态,如农村或城市,人们同样会形成相应的生活方式、价值态度和人际伦理关系。简单地说,农村地区,因为人们多依靠血缘、亲缘、地缘相连,熟人社会最重视的就是亲疏远近。而城市则不同,以家庭、社区、单位为单元,人与人之间,更多时候是原子化的,多处在一个陌生人社会中,因此,共同的规则和价值遵守是城市得以有效运行的基本保障。其间的差异性,是历史阶段问题,也是文化问题。

朱晓军写《中国农民城》,就有这样的历史视野和文化视野。朱晓军有一个他自己的深刻的思考:农民进了城,农民在城里买地置房,所建之城,是不是就是"城市"? 这个是也不是。是,是因为它有了城市的外观,有了高楼大厦,有了住宅小区,有了学校、医院、商场、影院、酒店等;说不是,是因为朱晓军知道,城市有城市的文化、价值、规范、规则和理性。农民、农村,无论是日常生活、伦理生活,还是人际交往理性等,都与城市有着天壤之别。《中国农民城》对温州苍南地区的乡村文化的刻画,甚是用力。这个地方,宗教的风俗浓厚,寺庙、教堂密布。在农民心目中,观音菩萨、释迦牟尼、上帝和耶稣,是可以为他们救苦脱困的。我们知道,苍南人对宗教的"信",不是信仰,无论是对佛教还是对基督教,他们的"信",都是实用主义和功利主义的。这种实用主义、功利主义的"信",是底层社会贫困阶层贫困人格的反应,他们没有能力通过自己改变自己的命运,只好将美好希望寄托在菩萨和神的身上。

朱晓军写苍南的民间文化,再一个就是写他们的宗族观念。这里的人宗族意识浓重,建筑讲究"高大上"的,除了寺庙、教堂就是祠堂,"仅江南区域内,祠堂就达一千多处",在农民心目中,观音菩萨、释迦牟尼、上帝、耶稣跟祖先同等重要。这里重男轻女,生了女孩而没有男孩的家庭,除了在村里抬不起头,还时时处处受人欺负。这里的人认姓不认官,不认公、检、法。苍南地方陈姓是大姓,到这个地方做地方官的小姓,甚至被迫改姓陈。这里宗族姓氏械斗成风,规模巨大,严重的时候还抢劫军用仓库,或者购买武器、弹药,打死、打伤人,烧毁、拆毁民房的现象经常出现,姓氏与姓氏之间积怨甚深……陈定模生于斯,长于斯,所以很善于跟农民打交道,知道跟他们讲道理、讲政策法规行不通,只能跟他们讲情义、讲关系。陈定模跟村支书们的沟通,是半月一聚,按年龄大小排序,轮流做东,吃农家菜,喝家酿老酒,说知心话儿,他们把这个称为"半月谈"。

朱晓军以如此多的笔墨,写苍南民风之硬、之老旧、之野蛮,其意即在以报告文学的写实,去呈现两个层面的意涵:一个是社会改造之必要和急迫,一个是"中国农民城"建设之难。就前一点而言,社会改造,人的改造,是百年中国现代启蒙的一个基本叙述。朱晓军写到的苍南人,物质上的贫困,当然是急于要改变的现实,但是民众精神系统、价值系统、观念系统的贫困和落后,可能是一个更要急迫改变的现状。毕竟,中国社会的现代转型已逾百年,而这些古老、蛮荒、陈旧的习俗,恰恰是社会现代转型必须要跨越、突破的东西,它们是与现代社会、现代文明格格不入的。可是反过来说,这些陈旧、野蛮的观念、思维和生活方式,恰恰又构成社会现代转型的障碍和绊脚石,严重阻碍着现代文明的发育。于是,"农民城",一个词语,便包含着两个文明形态、两个文明阶段、两种悖反的文化力量。其中的内在张力,朱晓军把握得非常到位。他一方面,以超强的洞察力看到苍南人的苦难,看到农民们"进城梦"的必然要求;另一方面,他以史家的笔法,记录着进城农民"第一代学会走红绿灯,第二代学会讲卫生"的艰难蜕变。农民们进城后,旧的习惯不改,从楼上往下扔垃圾、吐痰、泼脏水,大街小巷飘零着白的、红的、蓝的塑料袋,像飞舞的灵幡。作家叶永烈在龙港的街头看到,一堵刚刚砌成的、尚未粉刷的墙上,黑墨写着一行大字标语"谁在这儿大小便,谁就是乌龟","乌龟"两字不是文字写成,是一个圈儿四条短腿外加一个脑袋一条尾巴。这些是生活方式上的改变,可能需要一年、两年,而精神、观念、思维、价值层面的改变,则显然更为艰难,特别是涉及利益上的纠缠,则更难改变。作品写到,龙港原住民和外来者,因为观念、思维、风俗、语言不同,冲突不断,原住民瞧不起外来人,外来人也瞧不起原住民。原住民"秃头阿许"等,土地被征,征地款拿到了,却还把原来的土地当成自己的,欺行霸市,敲竹杠。凡此种种,皆为"农民城"之复杂性所在,内含着不同文明层累的内在冲突。

　　说朱晓军有史家的"心法",是因为他能够穿透事物本身。报告文学虽然说对事实、真实负责,但是,事实和真实究竟在哪? 事实上,并不存在一个原始的事实和真实。作家之所得、之所呈现,全在一个"看"字,所谓"看山是山""看山不是山""看山还是山",就是人对世界把握的不同方法。朱晓军的"看"法,是具有大历史视野的,他是在中国社会现代转型、文明现代转型的历史结构中,去把握"中国农民城"的文化、文明内涵的,所以,他之所"见"、之所"得",自有他的高度、深度和宽阔之处。"农民城"的文明二元性,文明体内部的各种冲突等,是社会发展的必然阶段和必要过程的产物,唯有经过冲突,创出新的文明形态,方是

"中国农民城"的方正大道。而温州龙港这座"农民城",它的另外一个意义和价值,就是做中国城市改革、城市治理改革和行政改革的试验田。"龙港经验",其意义不在龙港,而在中国,在未来。

朱晓军写龙港,但不限于一隅,全书纵横捭阖,以龙港为聚焦点,写到县、市、省和中央各层级,写到当时的苍南县委书记胡万里、温州市委书记袁芳烈、浙江省委书记王芳、国务院副总理万里等。龙港这个农民城能够从无到有,陈定模自然功不可没,但是如果没有改革开放的大势,陈定模不可能成功,"农民城"也不可能成功。而这当中,陈定模和"农民城"的成功,也归功于陈定模遇到了开明的苍南县委书记胡万里、温州市委书记袁芳烈、浙江省委书记王芳、国务院副总理万里等。时也运也,时运的叠加,成就了陈定模,成就了"农民城"。

三

作为一部成功的报告文学,《中国农民城》的材料运用非常扎实,涉及的面很广。朱晓军是一个有丰富经验的报告文学作家,获取哪些材料,获取到什么程度,如何获取,获取的材料如何使用?朱晓军心知肚明。他的田野调查功夫,在《中国农民城》这部书中可以看得很清楚。当然也可以想象得到,他在材料搜集和田野调查上花费的时间也不会少,举凡苍南的地理、疆域、建置、人口、交通、港口、耕地,以及不同时期的 GDP、财政收入、经济增长率等数据,朱晓军掌握得非常详尽,这些为他的创作提供了充实的数据支持。比如在写到江南人历史上的历次宗族群体械斗时,《中国农民城》动用了大量的数据,具体的年代、械斗的场次、死伤人数、烧毁房屋间数、财产损失数量等,俱以数据说话。其中涉及的 1967—1991 年间,全以数据说话,"共发生大小宗族械斗 1000 多起(其中,发生于 1979 年底以前的,约 700—800 起,发生于 1980—1983 年间的 65 起),死亡 20 人,伤 39 人(其中重伤 8 人),烧毁房屋 218 间,直接经济损失在 300 万元以上"。《中国农民城》所涉材料,有的来自作家对当事人的访谈,有的来自作家的田野调查,有的来自政府的官方文件和会议决议记录,有的来自不同时期的新闻报道,有的则来自作家自己的文献搜集。朱晓军的《中国农民城》,形成的是一个立体的材料支撑系统。

朱晓军创作中切入材料之深,超出我们的想象。他写陈定模一家逃荒的线路,具体到每一个地名:先是亲戚划船送他们去桥墩镇,船过灵溪,他们在桥墩三十六村上岸,然后过崎岖陡峭、狭窄险恶的枫树湾,最后到达福建桐山,一家四口人,最后在山下祠堂的戏台下安顿了下来。这些清晰的细节,见出朱晓军的用心、用力。他甚至对温州的方言体系都做了深入细致的了解,知道苍南的方言包括瓯话、闽南语、蛮话、金乡话、畲话等。他还知道具体的方言地理分布,如说蛮话的主要是南垟片区,包括钱库镇、炎亭镇、金乡镇、望里镇等。在《中国农民城》中,朱晓军不时穿插着苍南地区的方言,包括地方的风俗、土语、饮食等方言,如温州的蛮话"清谈清谈""阿娘阿娘没想"等;还有写到金乡的小吃,如"油锅",写到金乡的风俗,如"暖灶"等。温州方言本就繁复难懂,朱晓军以一个东北人的语言、思维和习惯,去切近温州的语言、风俗和习惯,自然是不可能的。朱晓军的目的,自然也不是想去掌握温州的方言。他是尽自己的可能,去把他所叙述到的人物、事件,还原到温州的特定叙述场域中。而这种将叙述对象还原到特定叙述场域中的做法,恰恰是一个优秀的报告文学作家的专业素养和自我高要求的体现。正是因为对温州方言地理的了解,所以在写陈定模到龙港后的第一次镇委、镇政府会议时,朱晓军才能够写出会场上镇委、镇政府几个人参会时,因为相互之间语言不通,会场上大家一头雾水、不知所云的丰富细节,有的人说蛮话,有的说闽南话,有的说金乡话,有的讲宜山话,语言各自不同,且不相通,就极为难懂。语言的"隔",意味着人心的"散",意味着"农民城"建设的不易。

我们知道,报告文学是需要材料作为支撑的,因为报告文学的生命就在事实与真实,作家获得事实与真实的唯一途径,就是事实调查和获取材料。没有完备的材料,想写出有深度的、有现场感的、高质量的报告文学,是绝无可能的。但是,材料又不是报告文学的决定性要素,否则,处在事件现场的经历者、知情者、旁观者,就可以写出更为精彩的报告文学了,因为他们掌握着更加原始、更加丰富、更加全面的材料。这就是说,材料对于报告文学作家来说,是重要的,没有材料,报告文学就是无源之水、无本之木;但反过来看,作家对材料的重要性,则显得更为根本,因为,作家对材料的处理和运用,是赋予材料以灵魂,让材料"说出"报告文学需要的事实和真相的最核心的手段。正是如此,作家创作报告文学,材料并非是以多多益善为妙,而是以合理的运用、独具匠心的运用,为报告文学的最高境界。

就朱晓军的《中国农民城》来看,他处理材料的能力和水平,确实有其独到之处。朱晓军仿佛有着人类学家田野调查的策略与智慧。他的材料运用的第一个妙处,就是回到材料的地方感、现场感,以"深描"之法,去描写一个地方的地理事物。就像人类学家对一个地方的描写那样,朱晓军所抓住的,就是一个地方的文化,然后去理解这个文化,描述这个文化,在这个文化的具体场景中,去复建报告文学涉及的人和事物的具象性的场景,以及人和事物得以产生的地方性逻辑。所以,朱晓军写苍南和龙港,对其自然地理条件、社会条件、历史条件的描写,是他对苍南和龙港人的文化性格的一种把握形式。作品中,朱晓军多次写到龙港自然地理条件限制下,人的特定的观念、心理、态度、情绪的形成,他们生活方式的选择,以及他们价值观念世界观念形成与自然地理环境之间的关系,由此揭示出"农民城"建设的初衷和逻辑。这一点,在前面我们已经做过不少分析。朱晓军"深描"之法的另外一种形式,就是写出"地方"的历史感。比如写方岩下村,就写到它的另一个名字——"坊额下"。在当地,方岩与坊额音谐,以地处元代乡贤林约仲所立石碑坊下获名。写方岩下村的一个内河渡口,则溯其原始,原称"安澜渡",清同治七年所建,距今已经有一百多年历史。这些都是富有历史感的叙述。再比如写金乡,他写道:"那是一座古镇,古称瀛洲,濒临东海,三面环山,山外环海,山海回环。传说三国时周瑜在那训练过水军。明洪武二十年置卫筑城,称金乡卫。"①金乡本就是城,且据说金乡人大多是戚继光的后裔,"讲着接近上海话和宁波话的金乡话",所以,金乡人从不讲蛮话和闽南话,他们只讲金乡话,这是由他们的历史感和地理优越感决定的。

《中国农民城》中,朱晓军驾驭材料的另一个特点,即是"深描"其时代感。作品涉及的时间,主要集中在 20 世纪的 80 年代,但是又不局限在 80 年代,而是上下勾连,贯通起一个上自 20 世纪 50 年代,下到 21 世纪的一个特定的历史时段。朱晓军渲染时代感的方法多种多样,其中一个基本的方法,就是使用历史图片。整本书中,朱晓军动用了三十幅左右的历史图片,这些图片包括地图、人口地理分布图、建筑图像、地表图像、规划图、个人生活肖像、集体合影、媒体图像等。图像的背后,隐伏的是国家的大历史和个人的小历史,是一个时代的风尚,也是一个时代的肖像,更是一个时代的人们文化心理的呈现。如书中有

---

① 朱晓军:《中国农民城》,人民文学出版社、浙江人民出版社 2021 年,第 131 页。

一幅图,1988年,龙港的标志性建筑"七层楼",此楼由农民企业家林上木所建。这是当时龙港最高的楼,但是最醒目的,并不是这个"七层楼",而是楼顶赫然建起的一层钟楼。钟楼和鼓楼,是古人报时之用。唐代实施晨钟暮鼓,鼓响,城门关闭,宵禁开始;钟鸣,城门开启,万户活动。钟楼和鼓楼多建于宫廷、寺庙、都城。那时候的林上木,不仅建起镇上最高的"七层楼",还建起令人仰视的"钟楼"。这样一幅图片,唤起的是人们对第一代农民企业家暴发户气质的历史记忆。图像,是历史想象的方法,朱晓军通过图像的形式,将读者拉入特定的历史情境中。除图像外,《中国农民城》之为一个时代赋形,还有服饰、饮食、语言等手段。如作品中写到的尿素袋子。"文化大革命"后期,中国从日本进口大量尿素,因为白色的尿素袋子是人造棉(化纤成分),所以化肥用完后,袋子多被人用来做衣服穿,"来个社干部,穿个化肥裤。前面'日本产',后头是'尿素'"。"日本产尿素,做成飘飘裤。前面是日本,后面是尿素"。此一场景,就是极具时代感的一个场景。今天的人看来未免有些滑稽可笑,但在那时的人眼里,能有"飘飘裤"穿,却是有身份和地位的象征。陈定模倘若不是在供销社工作,就难有这近水楼台之便,根本不可能给他大哥送尿素袋子。再比如语言方面,朱晓军也尽量以还原之法,将人物的语言还原到那个时代中去,如写李其铁和陈迎春谈恋爱:"我比较喜欢你"——恋爱六年后,李其铁对陈迎春说。陈迎春说:"我也比较欣赏你。""喜欢"和"欣赏",既弥漫着那个时代的拘谨气息,也显示出男女有别的分寸感,而再加一个"比较",则更显得那个时候的拘谨和分寸了。

总的来说,朱晓军的《中国农民城》,无论是写人还是纪事,都有其独特的、成功的地方,写人,则重在同其心,叙事,则重在原其理。朱晓军善于在大量的文献资料中,提炼出具有说服力、冲击力的材料,去构造报告文学的"事实",构造报告文学的"事理",构造出作品中富有戏剧性、形式感和文学化的情节和情境。朱晓军以文学择取本事,敷衍本事而为文学,《中国农民城》当之无愧是一部有历史感、时代感,且有文化深刻性和思想深度的报告文学杰作。

(本文原载于《江南》2022年第5期)

第五章　池上、祁媛:青年群体的日常变奏与情感图谱

在日常的泥淖中挣扎

——池上小说论

王振锋

在近十年的创作历程中,池上一直保持着对现代日常生活的密切关注,尤其是对女性日常化生存处境的潜心探寻。在池上的笔下,人生之"困"是一个始终无法摆脱的主题。她常常以一种极具内心化的叙事,将叙事的触角延及当下社会运行机制和权利体系的内部,呈现出现代女性在俗世生活中不为人知的艰涩处境,并由此传达创作主体对女性生存境遇的深切关怀和体恤之情,展示作家对现代社会中日常生活异化问题的深刻省察。

一

纵观池上的小说,她往往执着于叙述都市女性在现代社会中所体悟到的种种悖谬的生存经验,并且通过对这些生存经验的提取、生发与想象,让人物的外在生存障碍与内在精神困顿相互摩擦与碰撞,从中揭示现代女性鲜为人知的存在处境和心灵深处的隐秘情愫。在池上的小说中,女性之"困"是始终缠绕在叙事话语之中的一条重要纽带,也是作者开启女性隐秘心灵之窗的一把钥匙。诸如无爱的婚姻、脆弱的情感、无力经营的爱、诡谲的职场以及残酷的生存等,它们彼此作用、相互缠绕,共同施予现代女性的日常生活,使得她们的肉体和精神都背负着一道道沉重的枷锁,进而陷入日常生活的泥淖中挣扎不已。

从文化层面来看,池上小说中的都市女性们之所以被困,很大的原因在于她们内在的人性欲求与传统的文化伦理之间产生了巨大的罅隙。一方面,作为

现代都市的知识女性,她们向往自由的生活,追求独立的人格,渴望美好的爱情;另一方面,作为生于斯、成长于斯的中国女性,她们又无法完全脱离社会文化和道德伦理的潜在规约。一旦个体的人性欲求与传统的文化伦理发生摩擦与碰撞,便会对个体的生存和精神状态造成难以估量的隐痛。在《中国文化要义》一书中,梁漱溟曾指出中国是一个"伦理本位"的社会。而所谓"伦理本位"主要针对个人与社会的相互关系来说的,在此关系上,中国社会既非个体本位,又非社会本位,而是将"伦理情谊"视为人生而在的第一要义,人的一切言行都要以对他人的情谊关系为重,抑制了生命个体个性人格的发展。① 这种伦理本位的文化对于维系人伦秩序与社会和谐固然重要,但是其内在的顽固和保守属性,也使其不断地阻滞着现代人独立自由的精神人格之生成。如《这半生》中的云惠和《桃花渡》中的阮依琴,在面临个体的情感吁求与家庭伦理的两难之境时,她们都选择屈从于传统的婚姻伦理,从而牺牲自己对自由爱情的理想追求,最终致使她们在无爱的婚姻之中饱受煎熬。与此同时,她们又时常将这种伦理的重负变本加厉地施予下一代身上。而这背后,正是中国传统"父为子纲,夫为妻纲"的畸形伦理之现代变种。即便是女性们冲破了传统伦理的束缚,可现实给予她们的仍是重重打击,如《胎记》中的卢心慈、《灰雪》中的范思思、《虞美人》中的虞娟娟等,她们都冲破种种阻碍,勇敢地追求爱情和自由,然而一旦面临家庭、道德和伦理之间的抉择,她们精心构筑的爱情堡垒还是不攻自破。

就社会层面而言,现代社会的男权秩序对女性主体的规训与钳制依然不容忽视。随着现代文明进程的演进和女性主义运动的蓬勃开展,使得现代女性的身体和精神得到了极大的解放,甚至在消费主义的现实境遇中,还呈现出一种女性主导的、阴盛阳衰的文化景观。然而景象并非真相,女性由于"生理性别"和"社会性别"的天然弱势,在男权主导的社会秩序中依然面临着不可承受的生命之重。因此,当池上以一种女性视角切入小说文本之时,叙述话语便会流露出对于男权社会的讽刺和批判意识,表现出创作主体为深陷男权话语囹圄的都市女性寻找自我存在主体空间的审美愿望。在叙事过程中,叙述者通常以一种弱化、矮化乃至丑化男性的叙述姿态,在表现女性美丽、温柔、优雅、坚韧的同时,男性则普遍呈现出一种自私自利、卑怯懦弱的性格特征,并且时常是致使女

---

① 梁漱溟:《中国文化要义》,上海人民出版社 2005 年版,第 83 页。

性身陷囹圄的罪魁祸首。《春风里》中林安娜身边那些形形色色的男性都是如此。如安娜那个软弱猥琐且带有深厚小农思想的前男友沈世民,还有纨绔颓废而又怯懦无能的老公浩扬,加之单位中那些豺狼虎豹般青面獠牙的男性同事,正是在他们共同的倾轧之下,安娜一步步陷入了绝望的渊薮。总的来看,池上小说中的男性形象大致包括三类:他们或是权力和财富的拥有者,但却自私自利,不负责任,将女人视为玩物或工具,如《桃花渡》中的赵老板等;或是困囿于婚姻家庭而在婚外情中寻求安慰的男性,虽不穷凶极恶,但却卑怯懦弱,无论是身为丈夫还是情人,他们都不能承担起相应的伦理责任,如《胎记》中的沈城南等;抑或是在事业中兢兢业业,却丧失了对日常生活的兴趣,如同机器般冷漠,毫无情趣可言,如《在长乐镇》里的郭一鸣等。在这种男权所主导的社会秩序里,女性的生存空间受到严重挤压,导致她们只能依附于男性以获得生存的可能,其身体和欲望也成为男性欲望的附属物和消费品。

通过上述分析,不难发现,池上小说中的女性普遍遭受着生存之痛,而又饱尝着精神之苦。一方面,她们要承担家庭的伦理责任——为父母、为丈夫、为子女,不得不放弃自我主体的生命吁求,牺牲自我的主体存在空间,因此只能在传统的女儿、妻子、母亲的角色与现代女性个性、独立、自由的诉求之间痛苦地煎熬。另一方面,她们又要兼顾社会的职业分工,在充满男权压迫的职场中扮演着重要角色,在自我实现的成就感与男权宰制的屈辱感中挣扎不已。有时来自两者的力量会共同作用,使得她们深陷日常生活的泥淖之中无法自拔。实际上,无论是来自传统伦理的潜在规约,抑或是源于男权社会的无情碾压,归根结底,都与现代社会日益异化的日常生活密切相关。这种异化情形已非马克思所论证的生产力、生产关系等宏观层面的劳动异化,而是渗透在现代人日常生活的方方面面,人们的衣食住行、婚丧嫁娶、人际交往无不处于一种异化的存在状态。而这,也是池上所要竭力探寻的现代都市女性的生存本相。

二

池上笔下所呈现出的日常生活异化,实际上已经逐渐演变成现代都市中人一种普遍的生存状态和精神形态。随着现代化进程的不断推进,技术理性和人本精神已经成为人们日常生活的一种集体无意识,它在促进现代文明、文化进程的同时,也在销蚀着人们的日常生活,使其日趋沉沦、平庸、单调的异化状态。某种意义上,正是由于现代社会日益程式化、理性化的日常生活对人的肉体和精神的双重异化,使得现代人在日复一日的日常生活中逐渐丧失了行动的热情和生存的动力,变得麻木不仁,冷漠异常。正如孟繁华先生所说的“情义危机”——“当下生活充满了戾气,缺少爱和暖意,同情心越发稀缺,不幸的是,我们的文学有过之无不及”①。人与人、人与社会、人与自然都处于一种无边的疏离状态,人的自我主体性也陷入一场严重的文化危机之中。

《在长乐镇》中的唐小糖和郭一鸣就十分鲜明地体现了这种文化危机之所在。郭一鸣作为产科医生,工作中的极致理性和零度情感逐渐侵袭了其日常生活,使他面对一切突如其来的感情或是生活变故,都表现出一种近乎冷酷的理性。他对小糖的悉心照料,也不过出于一个丈夫的伦理责任,而非发自内心的情感之所至。这让唐小糖压抑已久的情感和欲望不得不向外喷发,在婚外情中告慰自己几近干涸的心灵。《胎记》中的李立整天埋头于自己的机械研究,家庭、婚姻对他来说,不过是一个空洞的伦理外壳,生活的热情早已消失殆尽。以至于当妻子与其他男人野合的照片传得满城风雨之际,他对此甚至毫无察觉。《桃花渡》里的马凯,《松木场》中的秦建林,《虞美人》中的吴东盛等,他们虽然来自各行各业,但其精神气质却有着内在的一致性,他们的日常生活无不笼罩在冰冷的工具理性之下,丧失了生命本有的浪漫与激情。恰如孙志文所言:“我们这个时代纯然工具性的反宗教的推理确然使人往厌倦、功能性的按例行事、空虚、恐惧、蛮横的深坑愈陷愈深;足智多谋、才气纵横、效率良好的管理措施并不足以帮助现代人在他日常生活上找到意义。”②对池上小说中的人物来说同样如此,正是那种纯然的工具理性使他们在日常生活的泥淖中越陷越深,以致无法找到存在的意义。

这种日常生活的异化看似发端于男性世界,但真正陷入日常生活泥淖之中无法自拔的则是与之相关的女性们,因为女性作为日常生活的主体,往往更加关注日常生活中的饮食起居、婚丧嫁娶、两性情感等非理性的、无序的、感性化

---

① 孟繁华:《善是难的,难的才是美的——当下小说创作状况的一个方面》,《扬子江评论》2019年第3期。

② [德]孙志文:《现代性的焦虑与希望》,陈永禹译,生活·读书·新知三联书店1994年版,第105页。

的存在领域,而这势必会与现代社会技术化、理性化的意识形态产生严重的背离。这种背离,使得她们不堪忍受"日常生活之重",成为现代日常生活异化的牺牲品,由日常生活的主体变成客体。在列斐伏尔看来,"对日常生活最为敏感的是家庭主妇,因为日常生活加在妇女头上的包袱最为沉重,她们必须面对柴、米、油、盐、酱、醋、茶等生活琐事","日常生活对女性比对男性的影响更加深远,……女性在家工作,在家使用技术工具、消费广告中的产品,消遣最新的生活风格杂志或浪漫主义小说。她们在一切方面都遭遇异化"。① 这种异化在池上的小说中体现得尤为明显。在池上的小说中,无论女性在日常生活中扮演着何种角色,如家庭生活中的妻子、母亲和女儿,或是职场生活中的白领,抑或社会中的流氓无产者等等,她们的身心无不遭受着残酷的压迫与欺凌,成为异化最为沉重的生命个体。《这半生》中的云惠先是初涉社会被老板杜江所玩弄,接着因为拗不过母亲的催婚而与沈兆楠草草完婚,无爱的婚姻使得她在日常生活中步履维艰,离婚后独自肩负起养育儿子的使命最终使她不堪重负,几近崩溃的边缘。《在长乐镇》中的唐小糖,《松木场》中的宜珍,《胎记》中的卢心慈,《桃花渡》中的阮依琴等都是如此。这种异化,一方面让她们在日常生活中的主体性大打折扣,甚至成为日常生活的客体和替代品,主体对理性的过度彰显反过来又成为奴役自我的工具;另一方面,也使她们与他人、社会之间产生巨大的疏离,个人的人际互赖关系被斩断,日常生活本有的熟悉感、安全感和"在家感"被蚕食殆尽,最终造成了心灵的巨大折磨和精神的极度困窘,而这无疑是一种最深层次的人的异化。

尽管现代日常生活已经处于一种普遍的异化之中,但是日常生活并非死水一潭,它既包含着异化最为深重的因子,同时也内蕴着最为强烈的反抗异化的质素。在列斐伏尔看来,"一方面日常生活确有压制性和暴力特征;另一方面,又尚存一些非工具理性和非功能主义的空间,诸如身体、感性、欲望等。因此,日常生活带有压制和反压制的双重可能性,并不是铁板一块的,而是包含了复杂的矛盾和多重可能性"②。正因如此,池上没有选择让其笔下的女性在异化的日常生活中沉沦,而是通过对女性身体和欲望的感性化书写,赋予了她们以反

---

① 吴宁:《日常生活批判——列斐伏尔哲学思想研究》,人民出版社 2007 年版,第 46、175 页。

② 吴宁:《日常生活批判——列斐伏尔哲学思想研究》,人民出版社 2007 年版,第 47 页。

抗绝望和对抗异化的激情与勇气。我们可以看到,池上对女性的身体和欲望的叙述都是极其干净的,很少有污秽和粗鄙的成分,在她的小说中,女性的爱与欲是一种一体化的生命情态,由爱生欲、因情生欲是池上小说女性欲望书写的一个重要特征。卢心慈、唐小糖、范思思、宜珍、虞娟娟等,这些女性常常会挣脱各种禁忌伦理的束缚,寻求肉体上的刺激与精神上的愉悦,但这既非放纵,亦非放荡,而是一种对抗日常生活异化的方式,其中包含着女性对自由爱情和生命激情的本体性探寻。

这种对自由爱情和生命激情的本体性探寻,使得池上小说中的女性欲望叙事呈现出某种飞翔性和诗性品质。即便涉及女性在社会层面的权利欲望之时,也会呈现出她们在世俗利益与自我心灵满足之间的负隅顽抗。与此相对,池上在叙写男性欲望之时,则表现出另一种叙事话语——一种纯生理性的、粗鄙的、兽性的欲望话语。小说中的男性追求的不过是一时的激情和肉体的欢娱,他们将女性视为其在烦闷无聊的日常生活中的调味品和兴奋剂。例如阿凯对小糖,吴东盛对虞娟娟,卢建宁对范思思等都是如此。这一观点虽然略显偏颇,但是他通过对两性性感觉的揭示,却也不无深刻地揭示了男女两性对待日常生活的巨大差异。在日常的情感中,女性更加强调飞翔性的生命感觉,她们追求的是生理和心理的高度契合,而男性则往往更注重具体的生理层面的感觉。因此,我们不难理解《这半生》中的云惠何以在与丈夫做爱的过程中毫无快感,沈兆楠又何以会在嫖娼中去寻求生理的满足。由此可见,池上在处理这种婚外恋时具有的独特的审美选择。在小说中,男性的出轨往往并非出于一种自觉的对日常生活异化的抗争,而是一种消极式的下沉,女性则相反,她们的出轨乃是源于一种对程式化、庸常化的日常生活的自觉反抗。她们是被日常生活所异化的最为沉重的生命个体,同时也是这种异化生活的最为积极的负隅顽抗者。

值得一提的是,池上在小说里并没有让欲望沦为一种廉价的叙事质料,为欲望而欲望,而是在肯定人物正当生命欲求的同时,极力发掘其中的理想成分。这种欲望叙事不仅超越了现世的享乐,而且象喻着生命的力量,使得小说中的爱情和欲望书写具备了诗性品质和浪漫情怀。由此折射出作者对待现代日常生活异化的深度思考,并且传达出创作主体对人类内在生命的理解与把握,以及对人类正当生活中身与心、灵与肉相统一的理想生活的强烈呼求。当然,仅仅依靠这种女性欲望来抗争被异化的现代日常生活,无异于螳臂当车、飞蛾扑火,因为异化不仅仅是现代人的一种生存方式,而且已经渗透到人们日常生活的方方面面,并且将会永恒存在着,就像她小说中的卢心慈、范思思、宜珍、唐小糖在须臾的抗争之后,依然逃不过回归平庸琐碎的家庭生活之宿命。池上小说的价值正在于,她深入到了这种异化生活的背后,揭示了现代都市中人无法摆脱的生存悖论。

三

在具体的叙事过程中,池上往往以一种极具内心化的叙事,着眼于人物内在的生存感受,捕捉女性内心深处转瞬即逝的情感涟漪,探索女性的无意识这块黑暗的大陆。在《胎记》中,当小云将那份印刻着卢心慈偷情证据的报纸置于父亲眼前时,卢心慈的内心是极度慌张和惴惴不安的,她生怕丈夫发现报纸上露天野战的女人就是自己。然而李立却对女儿那爆炸的新闻毫无兴趣,继续埋头于自己的机械之中,此时卢心慈的内心发生了剧烈的变化,原本的不安与忐忑瞬间转换为失落和绝望。小说中写道:"卢心慈突然想叫住李立,她想捡起报纸,挂在他面前,让他好生看看。卢心慈甚至期望看到他煞白的脸,是的,照片里的是他信任的妻子的腿,那块胎记就是最好的证明。她希望他能够扯住她,摇晃她,打她,骂她是不要脸的贱货。"这种令人惊悸的心理描写,可以作为解读这篇小说的一把钥匙,它不仅呈现了日复一日的程式化生活,将生活本有的激情和愉悦消磨殆尽,而且也极其生动地凸显了卢心慈不甘平淡、反抗绝望的内心意绪。对卢心慈而言,丈夫的沉默和无视远比激烈的爆发来得痛彻心扉,令人绝望。《松木场》中对女教师宜珍在公交车上遭遇年轻男子猥亵时的心理状态的描摹同样发人深省。面对猥亵者在自己身上不断地摩挲,她非但没有及时地制止和躲避,相反,内心的讶异、兴奋和刺激之感一时间全部涌上心头,并且沉浸在这种不伦的身体接触之中。在她的内心深处,丈夫的冷漠和麻木显然比这个猥亵者更为"流氓",令她无所适从。此外,像《在长乐镇》《桃花渡》《静川》《这半生》等小说中,作者都采用了极其精彩的内心化叙事,深入人物的内心深处去描摹她们的无意识活动,打开了女性们隐秘而复杂的内心世界,探问她们的情感秘密,将女性们推向孤独与绝望的深渊,从而直指女性的生存之困和人性之谜。

与此同时，池上也是一个十分注重小说结尾艺术的作家。俗话说，编筐编篓，都在收口，对于小说而言，亦是如此。好的结尾设置，不仅能够体现作者的艺术智性，而且能够深化小说主题，使小说的审美空间得到无限的延展，"言有尽而意无穷"。例如《在长乐镇》的结尾写到唐小糖即将离开长乐镇奔赴远方之际，作者这样写道："这时候，唐小糖听到了一阵鸣笛。不远处，一辆大巴车正朝她驶来。"对于这个结尾，或许可以有两种解读方法，一是这个心气极高、拒绝平庸的女人向着光明的未来重新出发。不过我更倾向于认为，那辆缓缓驶来的大巴车，或许如同当初将小糖从白乐村带到长乐镇的大巴一样，等待唐小糖的也不过是下一个郭一鸣或者阿凯。这一结尾的妙处正在于此，它可以引发我们的多重想象，使小说在有限的文字里获得了超越文本之外的审美信息。而这，也在一定程度上昭示着百余年前"五四"一代作家们所深情叩问的"娜拉走后怎样"这一世纪之问，依然是一个无解的命题。《桃花渡》的阮依琴大醉之后来到师傅墓前，似乎有要忏悔之意，就在这时，"不远处，灵隐寺的钟声仿佛响了一下"。小说在此处戛然而止，留给人无限的遐想，阮依琴是就此顿悟，还是清醒之后再度被"困"？《灰雪》的结尾写到范思思在万念俱灰之际躺于雪中的桂花树下，大雪慢慢渗进她的肌肤里面，苍凉而又唯美。在这三个小说的结尾中，我们可以看到中国古典美学的影子，《在长乐镇》有"远意"，《桃花渡》有"禅意"，《灰雪》则有"诗意"。可以说，正是通过这些别有意味的结尾之设置，传达了作者对理想生活形态的诗意探寻和浪漫情怀。

当然，池上的小说也有一些不足之处。首先是同质化问题，这主要表现为小说中的婚恋叙事有着极其相似的叙事模式。在这些小说中，婚恋叙事大多呈现为女性在无爱婚姻中的受挫，并且在婚外情中寻求肉体和精神的欢愉。与此同时，这种同质化的叙事，也直接导致了池上小说中人物形象的单一化和模式化，在其小说中，男性往往是女性悲剧命运的制造者，他们卑怯懦弱、自私自利、性格扁平，精神人格都有着内在的一致性。相对来讲，女性形象则更为饱满鲜活，更能体现出人性内在的复杂和隐秘情愫。而这与池上所秉持的女性主义的叙事立场不无关联。除此之外，在创作过程中，作者常常企图传达更多更为复杂的审美信息，致使一些小说的情节冗余、略显拖沓，因为短篇更加考验作者的写作技术和艺术智性，而非细节和情节的过度堆砌。如《米米的身世》中，小说的主要情节是为了呈现米米的身世之谜和命运遭际，但在叙述过程中，作者采取了一个不可靠的叙述者"我",在叙述过程中又穿插了"我"的人生经历,并且用掉大量笔墨来叙述"我"的情感和婚姻历程,给人一种喧宾夺主之感。实际上,"我"的经历对米米的命运遭际并无关键性的影响,而且看上去与"米米的身世"并无甚关联,导致文本给人一种强烈的撕裂之感。

需要注意的是,有时缺乏必要的思想和文化积淀,使得池上小说的题材尚显狭窄,而且有些意蕴单薄。在她的一些小说中,我们可以看到作者讲述了一个个完整而生动的故事,并且能够与读者产生较好的共情效果,然而如果抽离小说的故事和情节因素,我们便会发现作者对于社会现象的剖析和人性的质询,都缺乏一定的探索深度和摄人心魄的精神力量。比如她近期在《钟山》发表的中篇《创口贴》,小说聚焦于城市青少年的教育和身心健康问题,如校园欺凌、家庭教育、学校教育等当下最为人们所关注的现实问题,但却给人一种浅尝辄止的感觉,而未能深入到这些现象背后,发掘其中深层的社会和心理结构。还有《蓝山农场1997》对"后知青"题材的涉猎,《无影人》对现代人精神处境的形而上之探寻,其文本质地都稍显坚硬,不够力透纸背,未能尽如人意。

实际上,这种经验的贫乏和思想文化意蕴的单薄,乃是80后作家所普遍遭遇的写作瓶颈。诸如张悦然、笛安、周嘉宁、张怡微、甫跃辉、马小淘等,他们在展现这一代人家族的内部生活和个人化的情感际遇之时,都能够随心所欲,应付自如,凸显出他们这代人特殊的身份意涵和生存意绪。然而,一旦将笔触延伸到社会、历史等领域,便会暴露出其思想的贫弱和文化积淀的匮乏,常常给人以浅尝辄止、隔靴搔痒的审美感受。例如笛安新近创作的长篇《景横街》,在这部被媒体和评论界标榜为笛安转型之力作的小说中,笛安走出了家族生活和个人情感的舒适区,叙述了北京景恒街上一群都市白领在网络媒介和粉丝经济时代下的生存境遇。然而在我看来,笛安的这次转型是失败的,我们可以明显地感受到笛安在小说创作中的撕裂之感,即个人经验与社会现实的两相抵触。而当上海青年作家张怡微将笔触伸向"上山下乡"的历史,叙写了"知青"题材的长篇《你所不知道的夜晚》,她的这种尝试依然没有脱离自身经验的范畴,"知青"在小说中就像一个商品的外包装,小说所呈现出的文本内核依然是作者所惯常书写的家庭生活和情感经历。值得一提的是,近几年以双雪涛、班宇、郑小驴、王占黑等为代表的一批青年作家的崛起,让我们看到了80后文学续航的可能性,他们的小说能够较好地处理个人化经验与社会历史变迁之间的关系,这使得他们的作品更具现实感、在地性和及物性。当然,从池上新近的几篇作品《无影人》《无麂岛之夜》《蓝山农场1997》《创口贴》《天梯》中,也可以看出池上在这方面所付诸的努力,她开始尝试走出自己写作的舒适地带,开拓新的叙事领地,努力突破自身的经验边界。只不过,这种突破有时因超越主体的经验范畴,还未能臻于佳境,这也使得她的小说创作依然处于一种未完成的探索阶段。

尽管如此,我们也不能否认一个有理想的年轻作家在写作这片土地上默默耕耘的劳动成果。对池上来说,写作只是她在语文老师教职之外的"副业",她没想过要通过文学获得什么实际的功用和效益,她坚持不懈地写作不过是出于对文学的敬畏和热爱罢了。对她这样的"业余"作家来说,能够在繁杂的教学工作之余,勇敢地接纳自己内心的魔鬼,立足于自己所熟知的都市女性生活,从不同侧面来展现都市女性的生存困境和人性之谜,并且显示出一定的思想深度和艺术智性,这无疑是非常可贵的。正如略萨所言:"真正的小说家是那种十分温顺地服从生活下达命令的人,他根据主题的选择而写作,回避那些不是从内心源于自己的体验而是带有必要性来到意识中的主题。小说家的真实性或是真诚态度就在于此:接纳来自内心的魔鬼,按照自己的实力为魔鬼服务。"①从这个层面来说,池上无疑是一位真诚的小说家。

(本文原载于《当代文坛》2020年第4期)

"未知"的诱惑与质询

——祁媛小说印象

斯炎伟

初次阅读祁媛的小说,笔者感到十分吃惊。一个80后的女孩,一名绘画专业出身的中国美术学院毕业生,却在写作上闪烁着如此耀目的光芒。她不仅具备感知生活的特别视角与能力,还有这个年龄段作家鲜有的语言上的老道与自如。祁媛的文本症候,已完全逸出了我们通常所说的"80后创作",诡异地透射

---

① [秘鲁]马里奥·巴尔加斯·略萨:《给青年小说家的信》,赵德明译,上海文艺出版社2016年版,第24页。

出中年作家常见的成熟与睿智。

总有一种特殊的氛围,笼罩着笔者阅读祁媛小说的整个过程,不是现代都市青年所热衷的那种文艺小资情调,而是某种现实主义的坚硬与锐利。人间的绝情与苍凉、命运的多舛与无力、人性的玄奥与复杂等,像贯穿肌体的血脉,徜徉于祁媛的文本世界,而冷酷、愕然、悲凉与迷惘,则又几乎是这个世界的表情基调。祁媛的小说宛若一个个深幽的黑洞,它们隐秘而诱惑,那种持续的不确定性,那种随时可能出现的大转折、大爆发,强烈地刺激着读者的神经,同时也构成了"祁媛式"的文本风格。

除了传奇的家族史留给了祁媛特殊的人生经验,对世界"未知性"的异常敏感与深度着迷,或许是促成祁媛这一创作个性的重要基因。祁媛自己有言:"我喜欢在写作中的变化,还谈不上是风格的变化,而是接二连三出现的未知感,对它我爱恨交加,但其实我更喜欢它,说白了,未知感是唯一的让我创作的动力。"[①]在这里,我们似乎明白了祁媛为什么要选择这种不无自虐意味的艺术倾向:摒弃城市文艺青年发达的感性生活,而偏执地演绎现实人生背面的褶皱与疼痛。对于肩膀尚且弱小的祁媛来说,探寻这种"生存困境式"的未知,是一件颇为残忍的事,然而,它无疑又是祁媛目前小说最闪亮、诱人和饱满的元素所在。

一

《爷爷》之于祁媛的意义,不只是创作生命层面上的处女作,更在于它是祁媛创作的一个原始胚胎。一个作家随后可以被称为"特质"的东西,能在这部小说中找到逻辑的基点。祁媛确实应该感谢她的爷爷,不仅为曾经的相依为命和倾其所有的抚养,更为爷爷赋予了她一个意想不到的文学人生。

我想说的是,爷爷传奇的一生,以及由他贯穿起来的家族迁变史,为祁媛的写作准备了太多的东西。可以有这样一个疑问:没有这样一个爷爷,写作是否会造访祁媛?这真是一个很悬的命题。爷爷生命历程中的戏剧性,许多极富想象力的作家似乎也难以企及,这使爷爷的现实人生高度抵近"虚构"(Fiction)的状态,或者说,我们甚至已经可以把它视为一种艺术化的存在。

---

① 祁媛:《游民的天性》,《人民文学》微信平台醒客 APP,2015 年 5 月 29 日。

爷爷把这样一个世界交给了祁媛，她是多么幸运。她要做的，是如何以小说的方式，演绎爷爷的这份馈赠，以及由此所激发的她对于这个世界的理解。《爷爷》在写法上极其朴素，但内容却异常饱满。浓郁的纪念性质，使爷爷的生命流程十分完整与清晰。爷爷曾经有太多的辉煌。他出身镇上首富家庭，小时候是孩子王，也是读书王，常被教书先生直言"长大必有出息"。尽管家境的衰败断绝了其留洋从文或者学医的可能，但千里挑一地进入重庆陆军学院，使他继续向自己的人生高原迈进。蒋介石不仅请爷爷吃中秋月饼，还在爷爷的名字上画了两个表示"将来要重用"的圈；爷爷以最高军衔"少校"的身份从陆军学院毕业，随后履职组长、队长直至军长；蒋经国携爷爷身着便衣夜巡战前的上海，还与爷爷在馄饨摊旁一起慨叹人生。除此之外，爷爷还参加了与二十万日本鬼子的血战，拒绝了漂亮但又任性的上司女儿的求爱，公堂之上主持正义帮弃夫夺回妻子，当场枪决强奸民女的乡村恶霸……命运之神的快意拨弄，令爷爷前半段的人生光晕无限。然而，历史翻云覆雨，爷爷显赫的过去，在社会变更之际陡然成为其生命中的"原罪"。他开始卑微地求生，"就像被风刮下的败叶，吹到哪就是哪了"。在一种"身后有把刀一直顶着"的状态下，在子女们的喧闹、折腾与挣扎中，爷爷随着命运的波涛无助地迈向他人生的终点。

　　虎头蛇尾的人生总是小说绝好的素材，不仅因为它能催生读者有关世事无常的慨叹，更因为它具有保障小说"好看"的元素——戏剧性的故事。祁媛的难能可贵之处在于，面对这份难得的戏剧性，她没有滋生亢奋与选择炫耀，而是保持着叙事上一种极难驾驭的冷静与自制。之所以说《爷爷》作为处女作的起点是高的，原因之一在于我们感受不到祁媛对这种戏剧性的刻意渲染，呼之欲出的，是她对这种戏剧人生细腻深邃的体悟与叩问。从一个国民党高级军官，到冬日阳光下那个衣服劣质、裤脚炸缝、领口油腻、头油熏鼻的邋遢寒酸的老头，直至最后"归零"般地结束一切，其间生命的传奇与跌宕，更像是祁媛的艺术手段，而某种左右人的生命轨迹的神秘力量，才是文本更撼人的内核所在。或者说，"由盛而衰"只是爷爷生命流程的外部形式，"未知"才是更接近于本真意味的命运实质。不论是从前的"辉煌神旺"，还是后来的"破败潦倒"，都那么偶然，那么随意，那么无力支配，显现着"生命是死神唇边的笑"的神秘，折射的却是生命深处最无道理可言的部分。在这里，爷爷的生命获得了某种超越于个体存在的普遍性意义。

《爷爷》的饱满感还在于一个家族故事的完整呈现,以及由此洋溢于文本中某种复杂的历史与人生体验。家族个体命运的加入,开拓了爷爷的生存时空,也延展了文本的叙事容积。爷爷辉煌的过去,为家族个体命运笼上了灰暗与惨淡的基调。大奶奶不愿变节爷爷,在二十一岁时默默投河自尽。奶奶的美貌没有给她带来快乐,只留给她晚年的"凶相"、严重的驼背和临死前那个"我"看不懂的"深刻的一眼"。六个孩子的命运也七倒八歪,破碎残损。二姑在爷爷坐牢期间送人领养,后被继父虐待强奸。三姑长得最漂亮,四岁时却在河边失足淹死。大伯惧内,强硬麻利的大伯母能任由自己初生的女儿(有缺陷)在哭号一天后死去。叔叔脾气暴躁,整日抱怨,还让爷爷到市政府前的广场上为其谋职举牌下跪。父母的婚姻一开始就漏洞百出,随之而来的是父亲的郁郁寡欢和命丧车祸,以及母亲的红杏出墙与回乡改嫁⋯⋯密集的家族不幸,坚硬无奈而又不乏某种一致性。他们随波逐流,但又似乎冥冥之中早已注定,看似无意,却又似乎都在印证祁媛的那一谶语——"人生像一陷阱,但是这一砖一瓦都是由当事人自己亲手砌成的"①。就文本而言,与其说我们在这里读到了花样百态的人生悲剧,还不如说是发现了祁媛看待命运的执拗眼光,以及由这种眼光所决定的文本叙事语调。阴冷的家族命运逼退了祁媛的天真与凡常,养成了她"看透人间冷暖"式的人生体察方式,叙事由此变得异常冷静、沉着与无望。"零度情感"的意味随之诞生,不是对灰色人生的放逐之心,而实在是祁媛对生命底色的"温暖"缺乏信心。

家族的叙事构架也使祁媛最初的创作获得了某种历史感,不是刻意为之的结果,而是文本不经意间生成的某个意义维度。我想说的是,祁媛这样年龄的作家,应该没有多少自觉的历史意识,《爷爷》的创作动机也是为纪念亲人而非阐释历史,然而,当一个腾挪跌宕的家族故事在一种个人视角下被铺展开来的时候,《爷爷》不仅具备了历史的时空跨度,而且也获得了历史作为"他的故事"(His Story)的具体、多元与生动。我们完全可以说,《爷爷》是一个可被放大观察的历史切片,里面刻录着 20 世纪中国社会丰富的日常生活与精神历程。当然,《爷爷》作为出山之作与缅怀目的,其历史叙事的身份是暧昧的,历史阐释的主体意识并不自觉。表现在文本中,虽然历史的呈现方式明显带有新历史主义

---

① 祁媛:《爷爷》,《西湖》2013 年第 12 期。

的意味，但祁媛并未表现出历史解构与重构的意图或冲动，而更多显露着她有关历史认知的深刻困惑。祁媛对历史的规律似乎毫无信心也缺乏兴趣，历史打动她的，同样是其"未知"的特质。小丑与英雄的互换，"人民的敌人"与"报国者"的错位，朝代陨落与崛起的游戏感……《爷爷》中的历史琐碎、具体而随意，充斥着"没想到"。对于祁媛来说，历史是一团迷雾，"变"是它核心的特质，也是其最诱人的魅力所在。"任何世事都不会长久的，都会变的"，这或许是祁媛唯一可以用来概括历史的一句话。

《爷爷》冲击着笔者印象的，还有其纪实与虚构的关系。文本中两者的边界是模糊的，或者说小说《爷爷》作为一种虚构的艺术，其虚构的意味极大程度上被故事的"实"所覆盖。虚构淡出的状态，是作者有意为之？是初涉写作的祁媛还没有明确的虚构意识？还是故事本身足够"虚构"因而已无须再有所经营？反正读者更倾向于把祁媛笔下的"爷爷"，理解为祁媛现实中的爷爷。这种带有纪实性的叙事范式，令人物与历史获得了一种"迎面走来"的亲切与可感，但同时也促成了对现实中的爷爷某种"消耗性"的写作。笔者想说的是，《爷爷》笔法上的纪实与结构上的完整，使祁媛把有关爷爷的故事一次性讲完了。《爷爷》仿佛是祁媛和爷爷一次正式而严肃的告别，一种为了感念和不愿忘却的告别。

祁媛的处女作《爷爷》，仿佛构成了伽达默尔有关艺术作品存在方式理论的一个鲜活注脚。"爷爷的故事"作为一种有吸引力和有限制性的存在，将游戏者（祁媛）身不由己地卷入其中并制约着她的游戏（小说）方式。某种程度上，与其说祁媛创作了《爷爷》，还不如说《爷爷》塑造了作为小说家的祁媛。《爷爷》的故事形态、叙述风格、语言基调等，构成了祁媛艺术性阐释意义的最初方式。

二

在传递生命的漂泊与荒芜方面，《约会》与《爷爷》存在着关联。《约会》把《爷爷》中有关生命存在的困惑与迷茫，从历史拉到了眼前，从他人拉向了自我。当然，由于时空和人物对象的不同，《约会》呈现出迥异于《爷爷》的艺术风景。《爷爷》被大量离奇玄幻的历史故事所占领，《约会》则充盈着意识流色彩的故事碎片；《爷爷》的话语方式是叙事的，《约会》则是抒情的；《爷爷》有乡村式的简洁，《约会》则有都市式的绵密。

《约会》由"她"男友的约会电话写起，到因为迷路"她已经完全不想再赴那个约会了"收尾，其间是"她"在消磨、等待和前往晚上十点钟的约会时的种种行状与思绪。《约会》最显著的艺术方式，是电影镜头中常见的"闪回"，而且是一种密集的重复性"闪回"。在小说领域，它又极易让人联想到王蒙在新时期之初扔向文坛的"集束手榴弹"。与《春之声》《夜的眼》等小说相似，《约会》中的故事碎片，大多是由人物眼前的随意所见而折返回来的过往生活。所不同的是，王蒙对零碎生活片段的组接，是为了呈现外部社会的历史性变化，而被祁媛拉回的那些记忆碎片，却执着地指向自我内心此刻的生存体验。

琐忆首先被投进屋内的"一小片阳光"激活（"她"五六岁时同样注视过这样一小片阳光），随后蜂拥而至的往事片段，都带着凄凉的格调，都怀揣一颗忧伤的灵魂。父母也曾爱得酣畅淋漓，但后来却各奔东西，把"她"决绝地扔给了孤独与寂寞。儿时母亲搂"她"睡觉时的"被窝香"，与父母离婚后的冰冷与绝情，两者都那么具体可感，然而又无法统一。"她"不知道"婚姻是不是一开始就是错误的"，也不知道童年的温暖和后来被抛弃的痛苦，哪一个才是更真实的。舅舅与舅母年轻时执迷于"互洒狗血、互揭老底"式的吵架，老了却忽然做了基督徒，原本火爆的家庭，居然"响起基督的赞歌和饭前桌上一连串的阿门"[1]。他们变得非常怕死，舅母却偏偏死得如此轻率（收衣服时从凉台上掉下去摔死）。丧妻后的舅舅伤心地号啕大哭，可是当天晚上他就去打牌了。"她"与"他"相处两年，但两人关系一直模糊不清，他们每隔一周在旅馆床上的会见，除了性欲的成分，也有一闪而过的对他（她）"好一点"的念头。室友阿丽漂亮娇嫩，但从 KTV 下班回来后则一换其"公主"形象，一边抠脚一边吃方便面。她瘫在沙发上的肉体"好看"但又"腐败"，"她"羡慕阿丽但又为她感到可耻。衣橱里挂着的各款裙子，或唤起童年得不到新裙子的切身疼痛，或勾起青春失落、明丽不再的叹息，或记录着和另外一个男人一场失败的约会。初恋给了"她"电流、高潮和震荡，但那段美好的时光，却被"在他怀里裸着身子的另一个女人的娇羞样"击得粉碎……

这些蜂拥而至的过往生活，琐碎、跳跃而充满游离感，但都指向了生命的不确定与模棱两可，都隐隐带着失败的信息，是生命历程中一个又一个的"无解之

---

① 祁媛:《约会》,《青年文学》2015 年第 12 期。

题"。过去的拥有、真实与具体,是附着于现在的失落、空洞和模糊之上的问号,它们使生命变得飘忽不定与毫无逻辑。对于祁媛来说,闪回的运用,是其小说写法层面的一次有效探索,它使祁媛找到了一种表达"此刻的我"的上好方式:用破碎残损的过去,来阐释当下"慵懒"的生存境遇及无边的生命困惑。它是一种"现在时"的写作,但以大量的"过去"来填充。这种方式不仅让读者发现了"她"当下行状的历史根基,也让读者对"她"面对此次约会的整个状态以及最终结果心领神会。"约会"是慵懒的"她"白天里最明确的生活动机,末了却因自己莫名其妙地在公交车上睡过了头无疾而终。它像文本中大量的记忆碎片一样,事件真实又空洞,意义确定又模糊。"约会"连同被它率领的碎片群落,给文本深深烙上了"在路上"的印记。对于《约会》而言,"在路上"既是故事的状态,也是叙述的标识,还是关于"人的存在"的一个寓言。

与《爷爷》相比,《约会》的写作无疑更抵近"自由"的状态。它是祁媛的一次心灵漫游,一次充满变数、解除写作重负的精神漫游。文本中反复提及"约会还早得很",仿佛在宣示叙事时间的充裕;一次次随机的闪回,彰显着叙事进程的缓慢与任性。一切都由祁媛此刻或下一刻一闪而过的意念说了算,一切又都在此刻的心境统治之下,写作在这里更像是一次漫不经心的自我唠叨。祁媛以一种"淡出故事、凸显意识"的方式,以一种娓娓独语的语调,缓缓敞开自己慵懒、孤独与迷惘的精神世界,并亮出了被这些流动的故事碎片所包裹的生命内核:生活是一场无边无际的"错误的循环",而自己只是这个循环的小小的一"环"而已。

"约会"对生命那种强大的注释能力,是文本艺术匠心的一个核心体现。祁媛赋予了"约会"以深邃的弦外之意:不是"她"与男友的一次花前月下,而是"她"对自己生活的一次照见与回味。或者说,约会是"她"整理生活头绪的一个契机,是"她"与自身所处情境的一次对话。约会无所谓有,也无所谓无,它仅仅是一次充满仪式感的等待,结果似乎并不重要,重要的是我们曾经为之等待。为约会而漫长地准备,但约会最终幻灭于自身的漫不经心,两者间的互相解构,不仅完成了文本最重要的反讽修辞,而且使故事的整个结构具有了某种隐喻的功能。此时,一种深刻的荒诞感击中了读者:生活无异于这一场约会,它们充满目的但又似是而非,我们有所期待但似乎又能够轻易将它埋葬。

三

祁媛笔下的未知,也经常十分巧妙地蛰伏于平静光鲜的日常生活之下。它其实就近在咫尺,但因为生活表象的严密包装,我们却往往难以捕捉。那些与生活逻辑相悖的未知一旦示人,让人惊惧不已,它居然可以如此隐秘而活跃地寄居于波澜不惊的日常生活之下。

小说《脉》对这种未知的演绎,可谓慢条斯理却又惊心动魄。文医生是一个"家庭事业双优的男人",医术特别好,对病人热情耐心、体恤和蔼,家有温婉贤惠的妻子和青春可爱的女儿,而且他对家庭充满"体贴"与"担当"。依照笔者对祁媛的印象,这样一个"世上不多的好男人"一旦出现在她的笔下,一定存在着某种深刻的危机。一个对生活异质性有着天然敏感与深度体认的作家,怎会对如此完美的人生深信不疑?有关文医生的温暖叙述,油然而生某种刻意渲染的意味。悬念感骤然降临,一个有关"分裂"的故事隐隐被预见。读者不免心生疑虑:这个温文尔雅的成功男人,内心是不是生长着不可告人的秘密。

果不其然,文医生对日渐熟悉起来的"我"开始采取行动。单独请吃晚饭,继而带"我"到私人工作室喝茶,接着倾诉衷肠,暧昧地语言试探,直至手在穿着牛仔短裤的"我"的大腿边"游移"与"徘徊"。文医生对"我"极具冒险意味的出格性试探,是文本结构的重大转折,它构成了《脉》意义阐释的关键环节。在这里,叙述趋于急促,人物呈现出张力,日常的外部世界转向深幽的心灵世界,隐秘豁然敞开了胸怀。文医生取下了"中医专家"的面具,露出了他对于中医虚无主义的认知与生存主义的自觉——这个"无法科学化的东西",其实早就"可以取消",它只是自己一个聊以生存的"饭碗"。稳定的工作、充足的收入和幸福的家庭,这些在屌丝如"我"的人那里唯有艳羡的东西,则恰恰成了重压文医生的"三座大山"。它们包裹住文医生的日常生活,那么严实,密不透风而又天经地义,窒息之下催生出文医生"不再有未来"的绝望。

至此,祁媛为读者把到了看似"润泽"却奇异的文医生的脉象:成熟的"秋脉"却搏动着"春脉"的征兆,那里流淌着冒险与欲望,它们汹涌、燥热而充满破坏力,但又像一头困兽,被某种无形的牢笼紧紧束缚,乏力而又无奈。这种欲望以前蛰伏于平静的日常生活,现在则被"我"的青春靓丽骤然激活。谁又能轻言,那仅仅是成功中年男人一次生理性的荷尔蒙冲动,或者是对幸福生活的一种"作"。"我愿意用我现在所有的一切,换回你这个年纪,一切重新开始,即使混得很惨,我也渴望一个未知。"①这个成功中年男人后半辈子的人生宣言,显示着他对未知与冒险的渴望乃至崇拜。说来荒诞,恰恰是这种不着边际的对未知的神往,构成了文医生支撑其世俗生活的重要能量,升华为照亮没有生气的现实的信仰。也恰是这种遁出日常生活常理的荒诞,折射出现代社会人性的复杂与生存的悖论。

如果说《脉》揭示了光鲜背后的暗涌与危机,那么《奔丧》则传递出日常人生背面的荒诞与悲凉。叔叔的人生长度虽只有四十二年,但足以注释生命没有什么理性和意义可言。叔叔年轻时曾是少女杀手,后来却变成了他粗野妻子身边的"一条狗"。打架、游手好闲、换了一打的女朋友,是他暴烈而任性的青春的内容,也是他短暂人生仅有的存在标识。当"潇洒"散尽,衰老迅速降临,叔叔俊美的脸庞变得丑陋不堪,他开始被彪悍的妻子任意打骂和使唤,被女儿和周围的人群冷落和嫌弃,唯有贫病交加的母亲依然宠他。生命的落寞与悲凉,全部化在了这个中年男人醉酒后扑在母亲怀里的哭泣中。

这样一个失败的男人,其葬礼是否会给他一些迟到的安慰?祁媛对叔叔葬礼极尽残酷的书写,再次印证了她是一个顽固迎战灰色人生的80后。祁媛的叙事从一开始就背离了温暖的亲情,层层盘剥式地揭示出葬礼的"固定情节"之下,竟然隐藏着人间如此丰厚的冰冷与绝情。屋里气氛出奇地温馨,婶婶平静安详,堂妹对着电视机的剧情哈哈大笑。婶婶以一种"扔垃圾的姿态"为叔叔选了墓地,在一种"人为编排的庄严感"中叔叔被推进了火葬场,在堂妹"准时响起的悲号声"中叔叔最后入土。家人们用一场"蹩脚"的葬礼,应付了叔叔"蹩脚"的一生。叔叔"独自在人生舞台上演完最后一场戏,没有赢得一个观众,一个掌声"②。如果说叔叔像"一只丧家之犬"的苟活已让人唏嘘,那么家人们因叔叔之死而获得的欣慰与超脱则让人窒息。葬礼上一切蒙着肃穆的虚假,消解了我们的生活常识,颠覆了我们对这个世界温暖的想象。

文本浓烈的解构意味,极易让人联想到先锋作家洪峰的同名小说《奔丧》,

---

① 祁媛:《脉》,《十月》2016年第2期。
② 祁媛:《奔丧》,《人民文学》2015年第4期。

然而两者的诉求却大相径庭。洪峰的解构是戏谑的,是一种观念化的写作,带着某种"实施破坏"的快意;祁媛的解构不是出于对父辈或权威的嘲弄,而实在是因日常经验经不起严酷现实的检验使然,它只与"疼痛"有关。显然,祁媛此时的写作更强调独特的人生经验,而不是个人化的写作风格。《奔丧》的故事与叙述,也自然滋生我们对祁媛作为"局外人"的身份想象。类似于加缪《局外人》中的默尔索,他们都对生活充满怀疑,对世界心怀绝望,然而又不甘心被世俗裹挟,就只能如此游走于社会的边缘,做一名痛苦自知的零余者。

《奔丧》的荒诞与悲凉同《爷爷》遥相呼应,但两年后的祁媛与此前毕竟有了不同。同样面对这份生命之轻,如果说 2013 年的祁媛偏向于困愕与迷惘,那么 2015 年的她似乎多了某种淡定与从容。那种栖息于困顿生命之上的不解与追问,随着祁媛倔强地"孤独性成长"而逐渐退场,取而代之的,是对生命荒诞与悲凉的常识化确认与习惯性摸爬。这种体验程度与接受姿态上的微妙变化,使祁媛在《奔丧》中有关世界未知感的表达变得更为深邃与绵长。

总之,有关世界的真实与虚幻、美好与丑陋、圣洁与龌龊,祁媛与常人的理解似乎是颠倒的。不论光鲜还是平俗,现实人生在祁媛眼里总有那么多的不可靠;而对于生活的虚幻与空洞,她却体验得如此真切与强烈,像空气一样无处不在。这或许就是为什么祁媛宁愿感动于虚幻的影子,也要对眼前的美景保持某种无动于衷,因为对一个人而言,只有影子才是最真实的一辈子的不离不弃。看来,祁媛对于世人津津乐道的"存在的意义",实在是不抱什么希望的。

(本文原载于《南方文坛》2017 年第 1 期)

后　记

　　编写这部《地方经验与杭州作家研究》，意在指出关乎杭州的某种理应得到足够重视的当代文学传统与文化传统，尤其是面对扑面而来的新特质、新趋势与新风尚，其意义非同寻常。《地方经验与杭州作家研究》的出版，也是在试图重新定义"杭州作家"的边界与版图，以及由之延伸开去的审美逻辑、脉络谱系、文学史意义。

　　"东南形胜，三吴都会，钱塘自古繁华"，这是关于杭州的一种古老且迷人的文学表达，而改革开放后的杭州作家，如黄亚洲、李杭育、麦家、艾伟、王旭烽、黄咏梅、钟求是、吴玄、哲贵、海飞、晓风、陆春祥、朱晓军、苏沧桑、沈苇、梁晓明、潘维、李郁葱、泉子、南派三叔、烽火戏诸侯、管平潮、方格子、萧耳、顾艳、池上、祁媛，他们与他们的作品构成了当代杭州的别样的文学表达与地方性写作范本。对于这些充满理想与抱负的写作者而言，他们已然无法满足于让纸上的杭州停留于如福克纳所言的"邮票般的大小"，他们要让"邮票"起飞，让"邮票"越过山川与河流，终成世界的血脉与纽带，终成世界性的经验、记忆与风景。

　　因此，尽管本书聚焦"地方经验与杭州作家"的观照与互动，但本书也借此作为某种认识层面的"装置"，进而勘探新时代语境下指涉文学创作与批评研究的"地方经验"的来路与去路。这无疑是中国当代文学创作与研究的新的生长点，也是文学与地域、时代形成充分对话关系的前提。

　　本书在编选、出版过程中，得到了各位作者与浙江工商大学出版社任晓燕女士的支持与厚爱，在此一并感谢。

编者

2023 年 12 月 10 日